Jean Genet

Miracle de la rose

Marc Barbezat - L'Arbalète

Avec Notre-Dame-des-Fleurs, Miracle de la rose *marque le début de l'œuvre de Jean Genet. Ce roman est daté de 1943. Il reflète les passions du prisonnier, ses souvenirs, sa vie et celle de ses compagnons qu'il transforme en légende, en œuvre d'art. Le récit commence à l'arrivée de l'auteur à la centrale de Fontevrault. Mais la présence d'un condamné à mort, Harcamone, qu'il a connu jadis, est une occasion d'évoquer la maison de correction de Mettray, où Jean Genet avait été enfermé à quinze ans.*

De toutes les Centrales de France, Fontevrault est la plus troublante. C'est elle qui m'a donné la plus forte impression de détresse et de désolation, et je sais que les détenus qui ont connu d'autres prisons ont éprouvé, à l'entendre nommer même, une émotion, une souffrance, comparables aux miennes. Je ne chercherai pas à démêler l'essence de sa puissance sur nous : qu'elle la tienne de son passé, de ses abbesses filles de France, de son aspect, de ses murs, de son lierre, du passage des bagnards partant pour Cayenne, des détenus plus méchants qu'ailleurs, de son nom, il n'importe, mais à toutes ces raisons, pour moi s'ajoute cette autre raison qu'elle fut, lors de mon séjour à la Colonie de Mettray, le sanctuaire vers quoi montaient les rêves de notre enfance. Je sentais que ses murs conservaient — la custode conservant le pain — la forme même du futur. Alors que le gosse que j'étais à quinze ans s'entortillait dans son hamac autour d'un ami (si les rigueurs de la vie nous obligent à rechercher une présence amie, je crois que ce sont les rigueurs du bagne qui nous

9

précipitent l'un vers l'autre dans des crises d'amour sans quoi nous ne pourrions pas vivre : le breuvage enchanté, c'est le malheur), il savait que sa forme définitive résidait derrière eux, et que ce puni de trente berges était l'extrême réalisation de lui-même, le dernier avatar que la mort fixerait. Enfin, Fontevrault brille encore (mais d'un éclat pâli, très doux) des lumières qu'en son cœur le plus noir, les cachots, émit Harcamone, condamné à mort.

En quittant la Santé pour Fontevrault, je savais déjà qu'Harcamone y attendait son exécution. A mon arrivée, je fus donc saisi par le mystère d'un de mes anciens camarades de Mettray, qui avait su, notre aventure à nous tous, la pousser jusqu'à sa pointe la plus ténue : la mort sur l'échafaud qui est notre gloire. Harcamone avait « réussi ». Et cette réussite n'étant pas de l'ordre terrestre, comme la fortune ou les honneurs, elle provoquait en moi l'étonnement et l'admiration en face de la chose accomplie (même la plus simple est miraculeuse), mais encore la crainte qui bouleverse le témoin d'une opération magique. Les crimes d'Harcamone n'eussent peut-être été rien à mon âme si je ne l'avais connu de près, mais l'amour que j'ai de la beauté a tant désiré pour ma vie le couronnement d'une mort violente, sanglante plutôt, et mon aspiration vers une sainteté aux éclats assourdis empêchant qu'elle fût héroïque selon les hommes, me firent secrètement élire la décapitation qui a pour elle d'être réprouvée, de réprouver la mort qu'elle donne, et d'éclairer son bénéficiaire d'une gloire plus sombre et plus douce que le velours à la flamme dansante et légère des grandes funérailles ; et les crimes et la mort d'Harcamone me montrèrent, comme en le démontant, le mécanisme de cette gloire enfin atteinte. Une telle gloire n'est pas humaine. On ne connaît aucun supplicié que son seul supplice ait auréolé comme on voit que le sont les saints de l'Église et les gloires du siècle, mais pourtant nous savons que les plus purs d'entre les hommes qui reçurent cette mort sentirent en eux-mêmes, et sur leur tête décollée, posée la couronne étonnante et intime, aux joyaux arrachés à la nuit du cœur. Chacun a su qu'à l'instant que sa tête tomberait dans le panier de sciure, prise aux oreilles par un aide dont le rôle me paraît bien étrange, son cœur serait recueilli par des doigts gantés de pudeur et transporté dans une poitrine d'adolescent, ornée comme une fête de printemps. Il s'agit donc d'une gloire céleste à laquelle j'aspirais, et Harcamone avant moi y avait atteint, tranquillement, grâce au meurtre d'une fillette et, quinze ans après, à celui d'un gâfe de Fontevrault.

J'arrivai en Centrale, préparé par un voyage très long et très dur, avec les chaînes aux pieds et aux poignets, dans le wagon cellulaire blindé. Le siège était percé. Quand mes coliques étaient trop violentes à cause des cahots, je n'avais qu'à me déboutonner. Il faisait froid. Je traversais une campagne engourdie par l'hiver. Je devinais des champs durcis, la gelée blanche, le jour jamais pur. Mon arrestation avait eu lieu en plein été et le souvenir le plus obsédant que je garde de Paris, c'est celui d'une ville complètement vide, abandonnée par la population en fuite devant l'invasion, une sorte de Pompéi, sans agents aux carrefours, une ville comme ose en rêver, quand il n'en peut plus d'inventer des trucs, le cambrioleur.

Quatre gardes mobiles jouaient aux cartes dans le couloir du train. Orléans... Blois... Tours... Saumur... Le wagon fut détaché, mené sur une autre voie et ce fut Fontevrault. Nous étions trente arrivants, parce que le wagon cellulaire ne compte que trente cellules. La moitié du convoi était composée d'hommes d'une trentaine d'années. Le reste s'échelonnait entre dix-huit et soixante ans.

Sous l'œil des voyageurs, nos mains et nos pieds enchaînés, on nous attacha par deux, et nous montâmes dans les paniers à salade qui nous attendaient à la gare. J'eus le temps d'entrevoir la tristesse des jeunes gens à la tête rasée, qui regardaient les filles passer. Avec mon compagnon de chaîne, j'entrai dans une des étroites cellules, cercueil vertical. Or, je remarquai que le panier à salade était déshabillé de ce charme de malheur hautain qui, les premières fois que je le pris, faisait de lui une voiture d'exil, un wagon chargé de grandeur, fuyant lentement, lorsqu'il me transportait, entre les rangs d'un peuple courbé de respect. Cette voiture n'est plus le malheur royal. J'ai eu d'elle la vision lucide de la chose qui est, par-delà le bonheur ou le malheur, splendide.

C'est là, en entrant dans la voiture cellulaire, que je me sentis être devenu un visionnaire exact, désenchanté.

Les voitures partirent pour la Centrale dont je ne puis dire ce qu'elle apparaît de l'extérieur — et je puis le dire de peu de prisons, puisque celles que je connais, je ne les connais que du dedans. Les cellules étaient closes mais, à un soubresaut de la voiture qui

12

montait une légère rampe pavée, je compris que le portail était franchi, et que j'étais dans le domaine d'Harcamone. Je sais qu'elle est au fond d'une vallée, d'une gorge infernale où surgit une fontaine miraculeuse, mais rien ne nous empêche de croire la Centrale au sommet d'une montagne très haute ; ici même, tout me fait penser parfois qu'elle est au sommet d'un roc que continuent les murailles de ronde. Cette altitude, si elle est idéale, est encore plus réelle car l'isolement qu'elle confère est indestructible. Ni les murs ni le silence n'y sont pour quelque chose, nous le verrons à propos de Mettray aussi lointaine que la Centrale est haute.

La nuit était tombée. Nous arrivâmes au milieu d'une masse de ténèbres. Nous descendîmes. Huit gâfes nous attendaient en rang, comme des valets de pied, sur le perron éclairé. Au sommet d'un perron élevé par deux marches, le mur de nuit était troué par une immense porte en plein cintre, tout illuminée. C'était fête et peut-être Noël. J'eus à peine le temps de voir la cour, aux murs noirs couverts d'un lierre funèbre. Nous passâmes une grille. Derrière elle, était une deuxième petite cour éclairée par quatre lampes électriques : l'ampoule et l'abat-jour en forme de chapeau annamite qui sont la lampe officielle de toutes les prisons de France. Au bout de cette cour, où déjà dans la nuit nous soupçonnions une architecture inaccoutumée, nous franchîmes une autre grille puis descendîmes quelques marches toujours éclairées par cette même lumière et, tout à coup, nous fûmes dans un jardin délicieux, carré, orné d'arbustes et d'une vasque, autour duquel courait un cloître aux colonnettes délicates. Un escalier sculpté dans le mur, et nous étions dans un couloir blanc, puis au greffe, où nous restâmes longtemps en désordre avant qu'on nous retirât les chaînes.

— Tes poignets, toi, tu vas les tendre ?

Je tendis le poignet, et la chaîne à laquelle elle était attachée tira vers le haut la main triste comme une bête capturée, du mec auquel j'étais lié. Le gâfe chercha un peu la serrure des menottes ; quand il l'eut trouvée et qu'il eut introduit la clé, j'entendis le déclic léger de ce piège délicat qui me libérait. Et cette délivrance pour entrer en captivité nous fut une première douleur. Il faisait une chaleur étouffante, mais personne ne pensa qu'il ferait aussi chaud dans les dortoirs. La porte du greffe donnait sur un couloir éclairé avec une précision cruelle. Elle n'était pas fermée à clé. Un détenu du service général, un balayeur sans doute, la poussa un peu, passa son visage rieur et chuchota :

— Les potes, ceux qu'ont du perlot, faut me l'refiler pasque...

Il n'acheva pas et disparut. Un gâfe avait dû passer. Quelqu'un referma la porte du dehors.

Je prêtai l'oreille pour savoir si la voix crierait. Je n'entendis rien. On ne torturait personne. Je regardai un des mecs qui m'accompagnaient. Nous sourîmes. Tous les deux nous avions reconnu le chuchotement qui serait pendant longtemps le seul ton sur lequel nous pourrions parler. On soupçonnait autour de soi, derrière les murs, une activité sourde, silencieuse, mais ardente. Pourquoi en pleine nuit ? L'hiver, la nuit tombe vite et il n'était que cinq heures du soir.

Peu après, étouffée aussi, mais lointaine et qui me parut être celle du détenu, une voix cria :

— Bien l'bonjour à ta lune, c'est ma bite !

Les gardes du greffe l'entendirent comme nous et ne bronchèrent pas. Ainsi, dès mon arrivée, je savais qu'aucune voix de détenu ne serait claire. Ou bien c'est un murmure assez doux pour que les gâfes n'entendent pas, ou bien c'est un cri que des épaisseurs de murailles et l'angoisse étouffent.

Au fur et à mesure que nous avions déclaré nos noms, prénoms, âge, profession, indiqué notre signalement et signé de la marque de notre index, nous étions conduits par un gâfe au vestiaire. Ce fut mon tour :

— Ton nom ?

— Genet.

— Plantagenet ?

— Genet, je vous dis.

— Et si je veux dire Plantagenet, moi ? Ça te dérange ?

— ...

— Prénom ?

— Jean.

— Age ?

— Trente.

— Profession ?

— Sans profession.

Le gâfe me jeta un coup d'œil méchant. Peut-être me méprisait-il d'ignorer que les Plantagenet étaient enterrés à Fontevrault, si leurs armes — les léopards et la Croix de Malte — sont encore aux vitraux de la chapelle.

J'eus à peine le temps de faire en douce un signe

15

d'adieu à un jeune gars qui faisait partie du convoi, et que j'avais distingué. Ce gosse, il n'y a pas cinquante jours que je l'ai quitté, mais alors que je voudrais orner ma désolation avec son souvenir, m'attarder sur son visage, il me fuit. Dans le panier à salade qui nous emmenait de la gare à la prison, il fit en sorte de monter dans la même étroite cellule (où les gardes nous font entrer deux par deux) qu'un mac à l'allure hardie. Pour arriver à se faire enchaîner à lui, il s'était livré à un manège qui me rendit jaloux du mac et du gosse, et qui m'inquiète encore, et m'attire par un mystère profond, déchirant un voile par où j'ai un aperçu lumineux et, depuis, lors des heures ternes, je rabâche ce souvenir dans ma prison, mais je n'approfondis rien. Je peux imaginer ce qu'ils firent, se dirent, complotèrent pour plus tard, monter une vie très longue à leurs amours, je suis vite lassé. Développer ce fait bref : la manœuvre de l'enfant et son entrée dans la petite cellule — n'ajoute rien à sa connaissance, détruit plutôt le charme de la fulgurante manœuvre. Ainsi la beauté du visage d'Harcamone m'éclairait quand il passait très vite et, à l'observer longtemps, en détail, ce visage s'éteignait. Certains actes nous éblouissent, éclairent des reliefs confus, si notre œil a l'habileté de les voir en vitesse, car la beauté de la chose vivante ne peut être saisie que lors d'un instant très bref. La poursuivre durant ses changements nous amène inévitablement au moment qu'elle cesse, ne pouvant durer toute une vie. Et l'analyser, c'est-à-dire la poursuivre dans le temps avec la vue et l'imagination, c'est nous la faire saisir dans son cours descendant, puisque à partir de l'instant merveilleux qu'elle se révéla, elle devient de moins en moins intense. J'ai perdu le visage de ce gosse.

Je ramassai mon balluchon : deux chemises, deux mouchoirs, une demi-boule de pain, un cahier de chansons et, la démarche déjà lourde, sans rien leur dire, je quittai mes compagnons de voyage, des casseurs, des macs, des voyous, des voleurs condamnés à trois ans, cinq ans, dix ans, ou relégués, pour d'autres casseurs, pour d'autres relégués. Je marchais devant le gâfe, à travers des couloirs blancs, très propres, éclairés violemment, sentant le ripolin. Je croisai deux auxiliaires suivis d'un jeune garde et d'un greffier qui portaient sur un brancard les huit livres monumentaux sur lesquels sont inscrits les noms des mille cent cinquante détenus. Les deux détenus marchaient en silence, les bras tendus par le poids de ces livres géants qui eussent pu se réduire à un petit cahier d'école. En glissant dans leurs chaussons de lisière, ils gardaient tout le poids dispensé par tant de tristesse, qu'ils semblaient marcher, lourdement, dans un bruit de bottes de caoutchouc. Les deux gâfes observaient le même silence et marchaient d'un pas également solennel. Je faillis saluer, non les geôliers, mais les livres qui contenaient le nom trop illustre d'Harcamone.

— Tu vas saluer, oui ?

Ce fut dit par le gâfe qui m'accompagnait, et il ajouta :

— A moins que tu tiennes déjà à goûter du mitard.

On doit aux gâfes le salut militaire. En passant près d'eux, j'osais avec peine ce salut ridicule qui s'accorde si mal avec notre marche trop molle et glissante

17

sur des chaussons sans talon. Nous croisâmes d'autres gâfes, qui ne regardaient même pas. La Centrale vivait comme une cathédrale un minuit de Noël. Nous continuions la tradition des moines s'activant la nuit, en silence. Nous appartenions au Moyen Age. Une porte était ouverte à gauche, j'entrai au vestiaire. Quand j'eus quitté mes effets, le costume pénal de drap brun me fut une robe d'innocence que je revêtis pour vivre aux côtés, sous le toit même de l'assassin. Je vécus, tremblant comme un voleur, de longs jours, dans un émerveillement qu'aucune des préoccupations quotidiennes les plus basses n'arrivait à détruire : ni les chiottes, ni la soupe, ni le travail, ni le désordre des sens.

Après m'avoir affecté un dortoir, le cinquième, on m'affecta l'atelier de filets de camouflage destinés à l'armée allemande occupant alors la France. J'étais bien décidé à vivre à l'écart de toutes les intrigues des marles (les caïds), des mecs qui payent pour casses, qui payent pour meurtres, mais au vestiaire, je reçus un pantalon ayant appartenu à un dur — ou un mec qui s'en donnait les allures. Il l'avait fendu de deux fausses poches, interdites cependant, à hauteur du ventre, et taillées en biais comme celles des matelots. En marchant, ou inactif, malgré moi, c'est là que je plaçais mes mains. Ma démarche devint ce que j'eusse voulu qu'elle ne fût pas : d'un marle. Ce costume se composait d'une veste en bure brune, sans col ni poches (sauf qu'un détenu avait percé la doublure et fait ainsi une sorte de poche intérieure). Toutes les boutonnières existaient. Tous les boutons manquaient. Cette bure était très usée, pourtant elle l'était moins que celle du pantalon. Il était réparé par neuf morceaux de drap dont l'usure était plus ou moins vieille. Il y avait donc neuf teintes différentes de brun. Les deux fausses poches avaient été faites en diagonale à la hauteur du ventre avec, j'imagine, un tranchet de l'atelier de cordonnerie. Le pantalon devait tenir par ses seuls boutons, sans bretelles ni ceinture, mais tous les boutons manquaient, et cela donnait au costume la tristesse d'une maison dévastée. Je me fis, à l'atelier, deux heures après mon arrivée, une ceinture en forme de corde avec du raphia, et, comme elle était saisie chaque soir par un gâfe, je recommençai... il y a des types qui recommencent chaque matin, c'est-à-dire, mettons pour dix ans, trois mille fois. Le pantalon était trop petit pour moi. Il m'arrivait au mollet et laissait passer les jambes d'un caleçon long ou mes jambes nues et trop blanches. Le caleçon était en toile blanche, et marqué à l'encre grasse : A. P., ce qui veut dire administration pénitentiaire. Le gilet était en bure, brune aussi, avec une petite poche sur le côté droit. La chemise était sans col, en toile de drap très rude. Les manches étaient sans poignets. Pas davantage de boutons. Il y avait des taches de rouille que je craignis être des taches de merde. Elle était marquée A. P. On change de chemise tous les quinze jours. Les chaussons sont en bure brune. La sueur les rend rigides. Le calot plat est en bure brune. Le mouchoir est rayé blanc et bleu.

J'ajouterai que Rasseneur, rencontré dans une autre prison, me reconnut et, sans m'avertir, me fit admettre dans un gourbi. A part lui, de la Santé ni des autres prisons, je ne reconnus personne parmi les hommes. Seul, Harcamone avait été avec moi à

Mettray, mais il restait invisible, dans la cellule des condamnés à mort.

Je vais tenter d'écrire ce que me fut Harcamone et, à travers lui, ce que me furent Divers, et Bulkaen surtout que j'aime encore et qui m'indique finalement mon destin. Bulkaen est le doigt de Dieu, Harcamone étant Dieu puisqu'il est au ciel (je parle de ce ciel que je me crée et auquel je me voue corps et âme). Leur amour, mon amour pour eux persiste en moi où il agit et agite mes profondeurs et s'il est mystique, celui que j'eus pour Harcamone n'est pas le moins violent. Chez ces beaux voyous, je m'efforcerai de dire le mieux qu'il m'est possible, ce qui, me charmant, est à la fois lumière et ténèbre. Je ferai ce que je peux, mais je ne puis dire autre chose que « ils sont une ténébreuse clarté, ou éblouissante nuit ». Ce n'est rien à côté du sentiment que j'en éprouve, sentiment que d'ailleurs les plus braves romanciers expriment quand ils écrivent : « La lumière noire... l'Ombre ardente... », tâchant de réunir dans un court poème la vivante antithèse apparente du Beau et du Mal. Par Harcamone, Divers et Bulkaen, je vais encore revivre Mettray qui fut mon enfance. Je vais retrouver la Colonie pénitentiaire abolie, le bagne d'enfants détruit.

Se peut-il que le monde ait ignoré l'existence, ne l'ait pas même soupçonnée, de trois cents enfants organisés dans un rythme d'amours et de haines à l'endroit le plus beau de la plus belle Touraine ? La Colonie menait là, parmi les fleurs (qui, depuis elle, me sont accessoires infernaux, ces fleurs de jardin et celles que j'offre aux soldats morts, inquiet qu'elles ne suffisent), et des arbres d'essences rares, sa vie

20

secrète, obligeant, jusqu'à vingt kilomètres alentour, les paysans à demeurer dans l'inquiétude, dans la crainte qu'un colon de seize ans ne s'évade et mette le feu à sa ferme. Au surplus, chaque paysan touchant une prime de cinquante francs par colon évadé qu'il ramenait, c'est une véritable chasse à l'enfant, avec fourches, fusils et chiens, qui se livrait jour et nuit dans la campagne de Mettray. S'il sortait la nuit, le colon, dans les champs, semait l'épouvante. Quand il voulut se bicher, Rio, à qui je ne peux songer sans être ému par sa douceur de fille, avait dix-huit ans à peine. Il osa allumer un incendie dans un grenier, afin que les paysans en chemise, affolés, dans la nuit se lèvent et courent au feu, sans prendre le temps de fermer leur porte. Il entra sans être vu et vola un pantalon et une veste pour se débarrasser de la culotte de treillis blanc et de la blouse de coutil bleu qui sont l'uniforme de la Colonie et qui l'eussent fait repérer. La maison flamba, magnifiquement. Des gosses, dit-on, furent carbonisés, des vaches périrent, mais l'enfant audacieux et sans remords arriva jusqu'à Orléans. On sait que les jeunes femmes de la campagne laissent toujours étendus sur le fil où d'habitude sèche le linge, une veste et un pantalon, espérant et craignant qu'un jeune colon évadé ne les vole, fasse bouger le fil qui communique à une sonnette et se laisse prendre. Des pièges tendus par des mains de femmes entouraient la Colonie d'un danger invisible, indécelable, qui jetait l'un contre l'autre des couples de gosses affolés. Ce seul souvenir me cause, à l'intérieur de ma désolation, un surcroît de désolation, un bourdon terrible de savoir mort ce monde enfantin.

Une seule phrase peut traduire ma tristesse : c'est celle que l'on écrit toujours à la fin de la visite d'un prince au lieu de ses anciennes amours ou aux lieux de sa gloire... « ... et il a pleuré... ».

Fontevrault, comme Mettray, pourrait s'écrire par une longue liste de ces couples formés par des noms :

Botchako et Bulkaen.

Sillar et Venture.

Rocky et Bulkaen.

Deloffre et Toscano.

Mouline et Monot.

Lou-du-Point-du-Jour et Jo.

Divers et Moi.

Bulkaen et Moi.

Rocky et Moi.

Je vécus huit jours dans l'imprécision de l'arrivée, me familiarisant avec la discipline et le régime de la Centrale. Régime simple, vie qui serait facile si elle n'était vécue par nous. Lever à six heures. Un gâfe ouvrait la porte, nous allions chercher dans le couloir dallé de pierres, les fringues posées la veille avant d'aller se coucher. On s'habillait. Cinq minutes au lavabo. Au réfectoire, nous buvions un bouillon, et on partait pour l'atelier. Travail jusqu'à midi. On revenait au réfectoire jusqu'à une heure et demie. A l'atelier encore. A six heures, à la soupe. A sept heures, au dortoir. Je viens d'écrire, exactement, l'emploi du temps de Mettray. Le dimanche, nous restions aux ateliers, inactifs, à lire quelquefois la nomenclature des abbesses nommées par décret royal, qui régnèrent sur Fontevrault. Et pour aller au réfectoire à midi, nous traversions des cours d'une tristesse infinie, tristes par le fait déjà de l'abandon qui voue à la mort des façades d'une Renaissance admirable. Des fagots noirs sont entassés dans un coin, près de la chapelle abbatiale. De l'eau sale coule dans des rigoles. La grâce d'une trouvaille architecturale est parfois blessée. Je pénétrais dans les complications des amours, mais les préoccupations quotidiennes du travail, de la soupe, des échanges, de quelques coups d'astuce par quoi un détenu double sa vie officielle et visible d'une vie sournoise, enfin la connaissance rapide des mecs, n'empêchaient que je subisse et presque douloureusement, le poids de la présence d'Harcamone. Je ne pus m'empêcher, un jour, de chuchoter à Rasseneur, pendant la soupe :

— Où qu'il est ?

Et lui, dans un souffle :

— A la septième. Cellule spéciale.

— Y va y passer, tu crois ?

— Sûr.

A ma table, sur ma gauche, un gosse qui nous devina causer de cette mort, murmura, la main devant la bouche :

— Mourir en beauté, c'est beau !

Je le savais là, et j'étais plein d'espoir et de crainte, quand j'eus le privilège d'une de ses apparitions. Tout près de la cellule des condamnés à mort, à l'heure de la promenade, nous étions alignés pour être rasés par un détenu, comme cela se fait chaque semaine. Un surveillant-chef avait ouvert la porte d'Harcamone. Un gâfe l'accompagnait qui entortillait nonchalamment ses gestes d'une chaîne, de la grosseur presque de celles qui retiennent les chaises de la muraille. Le chef entra. Tournés vers le mur, nous ne pûmes pas ne pas regarder malgré la défense. Nous étions pareils aux enfants inclinés pendant le salut et qui lèvent leur regard quand le prêtre ouvre le tabernacle. Je revis Harcamone pour la première fois depuis mon départ de Mettray. Il était debout, dans toute la beauté de son corps, au milieu de la cellule. Il portait son béret non très avachi sur l'oreille, comme à Mettray, mais posé presque sur les yeux et cassé, formant un bec comme autrefois la visière des casquettes des poisses. Je reçus un tel choc que je ne sais s'il me fut porté par son changement de beauté ou par le fait que j'étais soudain mis en face de l'être exceptionnel dont l'histoire n'était familière qu'à la chambre bien gardée de mes prunelles, et je me trouvais dans la situation de la sorcière qui appelle depuis longtemps le prodige, vit dans son attente, reconnaît les signes qui l'annoncent et, tout à coup, le voit dressé en face d'elle et — ceci plus troublant encore — le voit tel qu'elle l'avait annoncé. Il est la preuve de sa puissance, de sa grâce, car la chair est encore le moyen le plus évident de certitude. Harcamone « m'apparaissait ». Il savait que c'était l'heure de la promenade, car il tendit lui-même les poignets auxquels le gâfe attacha la courte chaîne. Harcamone laissa tomber les bras et la chaîne pendit devant lui, plus bas que la ceinture. Il sortit de cellule. Comme les tournesols vers le soleil, nos visages se tournèrent et pivotèrent nos corps sans même que nous nous rendissions compte que notre immobilité était dérangée et, quand il s'avança vers nous, à petits pas comme les femmes de 1910 à la robe entravée, ou comme lui-même dansait la Java, nous eûmes la tentation de nous agenouiller ou, tout au moins, de poser la main sur nos yeux, par pudeur. Il n'avait pas de ceinture. Il n'avait pas de chaussettes ; de sa tête — ou de la mienne — sortait un bruit de moteur d'avion. Je sentais, dans toutes mes veines, que le miracle était en marche. Mais la ferveur de notre admiration avec la charge de sainteté qui pesait sur la chaîne serrant ses poignets — ses cheveux ayant eu le temps de pousser, leurs boucles s'embrouillaient sur son front avec la cruauté savante des torsades de la couronne d'épines — firent cette chaîne se transformer sous nos yeux à peine surpris, en une guirlande de roses blanches. La transformation commença au poignet gauche qu'elle entoura d'un bracelet de fleurs et continua le long de la chaîne, de maille en maille, jusqu'au poignet droit. Harcamone avançait toujours, insoucieux du prodige. Les gâfes ne voyaient rien d'anormal. Je tenais à cet instant la paire de ciseaux avec laquelle, chaque mois, on nous permet, à tour de rôle, de nous couper les ongles des pieds et des mains. J'étais donc déchaussé. Le même mouvement que font les fidèles fanatiques pour saisir le pan d'un manteau et le baiser, je le fis. J'avançai de deux pas, le corps penché en avant, les ciseaux à la main, et je coupai la plus belle rose qui pendait à une tige souple, tout près de son poignet gauche. La tête de la rose tomba sur mon pied nu et roula sur le dallage parmi les boucles de cheveux coupés et sales. Je la ramassai et relevai mon visage extasié, assez tôt pour voir l'horreur peinte sur celui d'Harcamone, dont la nervosité n'avait pu résister à la préfiguration si sûre de sa mort. Il faillit s'évanouir. Pendant un instant très court, je me trouvai un genou en terre devant mon idole qui tremblait d'horreur, ou de honte, ou d'amour, en me regardant comme si elle m'eût reconnu, ou seulement comme si Harcamone eût reconnu Genet, et que je fusse la cause de son atroce émoi, car nous avions fait l'un et l'autre exactement les gestes qui pouvaient s'interpréter ainsi. Il était d'une pâleur mortelle et ceux qui virent la scène de loin purent croire que cet assassin avait la fragilité d'un duc de Guise ou d'un chevalier de Lorraine, dont l'Histoire dit qu'ils défaillaient, terrassés par l'odeur et la vue d'une rose. Mais il se ressaisit. Le calme — où passait un léger sourire — revint sur son visage. Il continua sa marche, en boitant selon cette claudication dont je reparlerai, atténuée par l'entrave de ses chevilles, mais la chaîne liant ses mains, ayant perdu son apparence de guirlande, n'était plus qu'une chaîne d'acier. Il disparut à mes yeux, escamoté par l'ombre et par le coude d'un corridor. Je mis la rose dans la fausse poche taillée dans mon froc.

Voilà donc le ton que je prendrai pour parler de Mettray, d'Harcamone et de la Centrale. Rien ne m'empêchera, ni l'attention aiguë ni le désir d'être exact, d'écrire des mots qui chantent. Et l'évocation de Bulkaen, si elle me ramène à une vue plus nue des événements, dès qu'elle cesse, en réaction à cette nudité, je sais que mon chant sera plus exalté. Mais que l'on ne parle pas d'invraisemblance en prétendant que j'ai tiré cette phrase d'un arrangement de mots. La scène fut en moi, j'y assistai, et ce n'est qu'en l'écrivant que j'arrive à dire le moins maladroitement ce qu'était mon culte porté à l'assassin. Le lendemain même de ce prodige, je devais l'oublier, pris par Bulkaen.

Les cheveux blonds, mais tondus ras, les yeux peut-être verts mais certainement un regard très dur, le corps souple et mince — l'expression qui le montrera le mieux : « la grâce dans sa feuille et l'amour se repose » — l'air d'avoir vingt ans : c'est Bulkaen. J'étais à Fontevrault depuis une semaine. Je descendais à la visite médicale quand, à un tournant de l'escalier, je le vis qui s'habillait ou se rhabillait. Il avait dû troquer sa veste de bure contre une plus neuve et j'eus le temps de voir, éployées sur sa poitrine dorée et large comme un blason, les ailes immenses d'un aigle bleu. Le tatouage n'était pas sec et les croûtes lui donnaient un tel relief que je le crus ciselé au burin. Ce fut quelque chose comme l'effroi sacré qui me saisit. Quand il se leva vers moi, le visage de ce gamin souriait, son visage luisait d'étoiles. Il achevait de dire au pote avec qui il faisait l'échange : « ... et en plus, j'ai dix ans de trique. » Il jeta sa veste sur ses épaules et la garda ainsi. Je tenais quelques mégots dans ma main qui se trouvait à la hauteur de ses yeux, à cause de notre position sur l'escalier — je le descendais —, il les regarda et me dit : « On fume ? » Je répondis oui et descendis, un peu honteux de fumer des gauloises. La cigarette est la tendre compagne du prisonnier. Il pense à elle plus qu'à sa femme absente. L'élégance même de sa forme et toutes les attitudes auxquelles elles obligent ses doigts et tout son corps, ne sont pas pour rien dans l'amitié charmante qu'il lui porte. J'avais la grossièreté de refuser à Bulkaen l'une de mes blanches filles. Ce fut notre première rencontre. Je fus trop touché par les éclats de sa beauté pour oser dire un mot de plus. Je ne parlai de lui à personne, mais j'emportais dans mes yeux le souvenir d'un visage et d'un corps éblouissants. Je priai afin qu'il m'aime. Je priai qu'il soit bien tel qu'il faut être afin de pouvoir m'aimer. Je savais déjà qu'il me conduirait à la mort. Je sais à présent que cette mort sera belle. Je veux dire qu'il fut digne que je meure pour lui et par lui. Mais qu'il m'y conduise très vite. Enfin, tôt ou tard, ce sera par lui. Je mourrai d'usure ou brisé. Même si la fin de ce livre doit montrer Bulkaen méprisable pour sa bêtise ou sa vanité, ou toute autre laideur, que l'on ne s'étonne pas si, conscient de ces laideurs puisque je les montre, je persiste à changer ma vie selon la direction de l'étoile qu'il m'indique (j'emploie, malgré moi, ses termes. Quand il m'enverra des biffetons, il écrira : « J'ai mon étoile... »), car il est dans son rôle de démon de me montrer cette nouvelle direction. Il apporte un message que lui-même ne comprend pas bien mais qu'il exécute en partie. La fatalité se servira d'abord de mon amour pour lui. Mais mon amour — et Bulkaen — disparus, que restera-t-il ?

J'ai le toupet de penser que Bulkaen ne vécut qu'afin que je fasse mon livre. Il fallait donc qu'il mourût, après une vie que je n'imagine qu'audacieuse, arrogante, giflant sur son passage toutes les faces pâles. Sa mort sera violente et la mienne la suivra de près. Je me sens remonté et en marche vers une fin qui nous projettera en mille éclats.

Le lendemain même, dans une cour, à la promenade, Rasseneur nous présenta l'un à l'autre, au moment que plusieurs mecs chambraient une lope sans beauté, vieille et sans allure. On la bousculait, on la molestait, on se moquait d'elle. Le mec le plus acharné, possédé d'une cruauté que rien ne paraissait expliquer, c'était Botchako, qui avait la réputation d'être le plus terrible casseur de Fontevrault, un gars brutal et qui, habituellement, ne disait rien aux cloches, encore moins aux pédés qu'il paraissait ignorer et je me demandai pourquoi il s'était soudainement déchaîné contre celui-ci. On eût dit qu'il libérait d'un coup des insultes accumulées depuis longtemps. Ses dents, mal rangées mais solides, semblaient relever ses lèvres. Son visage était taché de rousseurs, on lui supposait les cheveux rouges. Il n'avait pas un poil de barbe. Il ne souriait pas en se moquant, comme tous les autres le faisaient : il insultait méchamment. Il ne jouait pas, mais paraissait se venger. La rage l'illuminait. Il passait pour le plus grand tringleur de la tôle. La laideur est de la beauté au repos : quand il parlait, sa voix était enrouée et sourde, elle avait encore quelques stries acides qui étaient comme des craquelures, des gerçures, et songeant à la beauté de sa voix quand il chantait, j'examinai cette voix parlée avec plus d'attention. Je fis cette découverte : c'était l'enrouement énervant qui, forcé par le chant, se transformait en une teinte veloutée, si douce, et les craquelures devenaient les notes les plus claires. C'est quelque chose comme si, en filant d'une pelote au repos, ces notes se fussent épurées. Un physicien expliquera très bien ce phénomène, moi je reste troublé devant lui qui m'indiquait que la beauté est la projection de la laideur et qu'en « développant » certaines monstruosités, on obtient les plus purs ornements. Emporté par ses paroles, je m'attendais à lui voir frapper la cloche, qui n'osait pas un mouvement, même de crainte. Elle prenait d'instinct l'immobilité soudaine, sournoise et prudente des bêtes craintives. Si Botchako avait eu un seul geste pour frapper, il l'eût peut-être tuée car sa fureur n'aurait pas su s'arrêter. On savait, dans la Centrale, qu'il n'arrêtait pas ses bagarres que lui-même ne soit épuisé. Je voyais sur sa face camuse, exprimée par des traits, toute la puissance d'un corps solide, trapu mais inébranlable. Comme celle du boxeur sa face était dure, ferme, frappée à coups redoublés, battue comme le fer forgé. Aucune mollesse n'en fait tomber la chair, la peau colle à un muscle sec et à l'os. Son front était si étroit qu'il ne pouvait contenir assez de raison pour pouvoir arrêter une colère en train. Ses yeux étaient loin sous des arcades profondes, et l'épiderme de sa poitrine, qui apparaissait par l'ouverture de la chemise et de la veste de bure, était glabre absolument, et d'une pâleur, d'une blancheur pleine de santé.

Au-dessus de la cour, sur une sorte de chemin de ronde surélevé, Randon passait sans s'arrêter. Il regardait au-dessous de lui, de temps à autre, la cour où nous étions. De tous les gâfes, c'était le plus vache et, pour que la cruauté de la scène ne lui apparaisse pas — il aurait fait punir les coupables par goût de la vertu — les marles et la cloche elle-même donnaient à leurs attitudes, à leurs gestes, une apparence inoffensive, amicale même, quand leur bouche vomissait les insultes, mais d'une voix assourdie, voilant le mordant. La lope souriait avec le plus d'humilité possible, autant pour donner le change au gâfe que pour essayer d'attendrir Botchako et ses potes.

30

— Salope, t'en avale de la bavitave !

D'un seul coup de reins, unique au monde, Botchako remonta son froc.

— J't'en fouterais dans l'fouinedé, morue !

Le coude posé contre le mur, Bulkaen s'appuyait de telle façon que sa tête passait sous son bras qui paraissait le couronner. Ce bras en couronne était nu, car sa veste, comme toujours, était simplement jetée sur ses épaules, et cette énorme torsade de muscles, ce tortil de baron franc sur la tête légère d'un enfant du Nord, c'était le signe visible des dix années d'interdiction de séjour — ses dix berges de trique ! — pesant sur son chef délicat. Son béret était posé comme celui d'Harcamone. En même temps, je voyais son cou dont la peau était un peu ombrée par une légère crasse, et le col rond de sa chemise laissait dépasser la plume extrême d'une aile de l'aigle bleu. Sa cheville droite était croisée sur la gauche, de la façon qu'on montre toujours Mercure, et le lourd pantalon de bure était sur lui d'une élégance infinie. Sa bouche souriante était entrouverte. Il en sortait une haleine qui ne pouvait être que parfumée. Sa main gauche était posée sur l'os de sa hanche comme sur le manche d'une dague. Je n'ai pas inventé l'attitude, il l'avait telle. J'ajouterai enfin que sa taille était élancée, ses épaules larges et sa voix forte d'une assurance que lui donnait la conscience de son invincible beauté. Il regardait la scène, Botchako insultait toujours, toujours plus vache.

Lou-du-Point-du-Jour, le plus isolé de nous par son nom, esquissa un geste. Le nom de Lou était une buée qui enveloppait toute sa personne et cette douceur franchie quand on s'approchait de lui, quand on avait passé à travers son nom, on se déchirait à des épines, à des branches aiguës et sournoises dont il était hérissé. Il était blond et ses sourcils paraissaient des épis de seigle collés sur le front stylisé. C'était un mac — un hareng comme ils disent maintenant — et nous ne l'aimions pas, nous, les casseurs. Il tenait gourbi avec d'autres macs, que nous appelions « les Julots » ou « Ces Messieurs »... et, souvent, avec nos gourbis, il y avait des frottées.

Nous crûmes que ce geste — sa main allant se poser sur l'épaule de Botchako — voulait tenter la paix, mais dans un sourire, il dit :

— Mariez-vous, va ! Tu l'aimes, ça se voit !

— Moi ! M'marier avec une lope ?

La figure de Botchako exprima un dégoût exagéré. Lou n'avait aucune raison de parler comme il le faisait, car si les macs et les casseurs, tout en formant des groupes distincts, se parlaient de choses banales, nécessitées par le travail et la vie commune, ils ne se permettaient, les uns à l'égard des autres, aucun mot trop osé. J'attendais que Botchako tournât sa colère contre Lou, mais il se détourna en crachant. Lou souriait. Il y eut un mouvement d'hostilité dans le groupe des casseurs. Je regardai Bulkaen ; il regardait en souriant tour à tour la cloche et Botchako. Peut-être amusé ? Mais je n'osais croire que je me trouvais en face de deux types (Bulkaen et le pédé) identiques au fond. J'épiais sur Bulkaen la réponse des gestes de la lope. J'essayais de surprendre une correspondance entre leurs gesticulations. Rien n'était maniéré chez Bulkaen. Un excès de vivacité le faisait paraître un peu brutal. Portait-il au fond de lui

32

un pédé honteux et frétillant pareil au clodo piteux que tout le monde méprisait?

M'aimerait-il? Déjà mon esprit s'envolait à la recherche de mon bonheur. Pareils, aussi miraculeux, un événement inattendu, une maladresse, nous lieraient-ils par l'amour comme avec Rocky il fut lié? Dans son langage à lui, plus tard il me raconta cette fête. Je traduis: Rocky et lui s'étaient connus à la Centrale de Clairvaux et, libérés tous les deux le même jour, ils décidèrent de travailler ensemble. Trois jours après, un premier cambriolage les faisait riches d'une liasse de billets. Bulkaen précisa: soixante mille francs. De l'appartement visité, ils descendirent dans la rue et la nuit. L'allégresse les portait. Ils n'osaient compter et partager le butin dans la rue éclairée. Ils entrèrent dans le square d'Anvers, désert. Rocky sortit les billets. Il les compta et en donna trente à Bulkaen. La joie d'être libres et d'être riches les sortait d'eux-mêmes. Leur âme cherchait à quitter leur corps trop lourd, à l'entraîner vers son ciel. C'était la joie. Ils souriaient du bonheur de la réussite. Ils se portèrent à la rencontre l'un de l'autre comme pour se féliciter mutuellement, non de leur habileté, mais de leur chance, comme on félicite d'un héritage, et ce mouvement dans le bonheur les fit s'étreindre. La joie était si forte qu'on ne peut savoir quelle était son essence. Son origine était le coup réussi, mais un petit fait (l'étreinte, l'accolade) intervenant au milieu du tumulte de la joie, et malgré eux c'est ce fait nouveau qu'ils considèrent source du bonheur auquel ils donneront le nom d'amour. Bulkaen et Rocky s'embrassèrent. Ils ne pouvaient plus se déprendre l'un de l'autre car le bonheur ne fait jamais accomplir un mouvement de recul. Plus ils étaient heureux, et plus ils allaient l'un dans l'autre. Ils étaient riches et libres — ils étaient heureux. Ils étaient dans les bras l'un de l'autre au moment du plus fort bonheur : ils s'aimaient. Et cette confusion s'aggravant d'une sourde peur d'être pris, et du fait encore que leur mutuelle solitude leur faisait rechercher un ami comme un abri où se cacher, ils s'épousèrent.

Bulkaen détacha son regard de la scène qui m'était pénible et il le porta sur Rasseneur, l'ami qui nous présenta l'un à l'autre — mais sa tête dut faire un quart de tour et son regard, en passant pour atteindre Rasseneur, rencontra le mien. Je crus un moment qu'il avait reconnu en moi le type de la veille. Mon visage demeura impassible, indifférent, et le sien, maintenant que je le recherche, je crois qu'il était malicieux. Il rentra dans la conversation. Les dix minutes de promenade finies, je lui serrai la main sans vouloir paraître prendre la peine de le regarder, et je mis l'accent sur cette indifférence calculée en feignant une grande joie de voir un ami qui passait, mais j'emportais Bulkaen au fond de mon cœur. Je remontai dans ma cellule et l'habitude abandonnée, de mon enfance abandonnée, me reprit : tout le reste de la journée et toute la nuit, je bâtis une vie imaginaire, dont Bulkaen était le centre, et je donnai toujours à cette vie, vingt fois reprise et transformée, malgré moi, par le jeu des événements inventés, une fin violente : assassinat, pendaison ou décollation.

Nous nous revîmes. A chacune de nos rencontres, m'apparaissait-il dans une gloire sanglante qu'il ignorait. J'étais tiré vers lui par la force de l'amour à laquelle s'opposait la force de créatures surnaturelles mais musclées qui me retenaient d'aller vers lui, par des chaînes aux poignets, à la ceinture et aux chevilles, qui eussent retenu à l'ancre un croiseur par une nuit de tempête. Il souriait toujours. C'est donc par lui que me reprirent les habitudes de mon enfance.

Mon enfance était morte et, avec elle, en moi, les puissances poétiques. Je n'espérais plus que la prison demeurât ce qu'elle fut longtemps, un monde fabuleux. Un beau jour, tout à coup, à des signes je compris qu'elle perdait ses charmes. Cela veut dire, peut-être, que je me transformais, que s'ouvraient mes yeux à la vision habituelle du monde. Je vis la prison comme peut la voir n'importe quel voyou, c'est un cachot où j'enrage d'être enfermé, mais aujourd'hui, sur le mur du mitard, au lieu de lire : « Jean le Tatoué », une malformation des lettres gravées dans le plâtre me fait déchiffrer : « Jean le Torturé. » (C'est pour Harcamone que je suis au mitard depuis un mois, et non pour Bulkaen.) Je passais trop souvent devant la cellule où était enfermé l'assassin et, un jour, j'ai été fait. Voici quelques précisions : les ateliers des filets de camouflage, des lits de fer, la menuiserie, occupent dans une cour la partie nord de l'ancienne abbaye, des bâtiments sans étage, alors que les dortoirs sont au premier et au second étage de l'aile gauche appuyés à la muraille de l'ancienne salle capitulaire. L'infirmerie est au rez-de-chaussée. Pour y aller, je devais passer par la sixième ou la septième division où se trouvent les cellules des condamnés à mort, et c'est toujours par la septième que je passais. La cellule d'Harcamone était à droite, un gâfe assis sur un escabeau regardait à l'intérieur, parlait avec lui, ou lisait un journal, ou mangeait un repas froid. Je ne regardais rien. J'allais tout droit.

On s'étonnera que j'aille ainsi, tout seul à travers la prison. C'est que je m'étais mis d'accord, avec Rocky d'abord, qui était infirmier, puis avec son successeur quand il eut quitté la Centrale. Au travail, je prétextais n'importe quel malaise, et l'infirmier me faisait appeler pour des soins quelconques à me donner. Le gâfe de l'atelier se contentait de prévenir de mon arrivée, par téléphone, son collègue.

L'exacte vision qui faisait de moi un homme, c'est-à-dire un être vivant uniquement sur terre, correspondait avec ceci que semblait cesser ma féminité ou l'ambiguïté et le flou de mes désirs mâles. En effet, si le merveilleux, cette allégresse qui me suspendait à des rinceaux d'air pur, en prison naissait surtout de ce que je m'identifiais avec les beaux voyous qui la hantent, dès que j'acquis une virilité totale — ou, pour être plus exact, dès que je devins mâle — les voyous perdirent leur prestige. Et si la rencontre de Bulkaen redonne vie à des charmes sommeillants, je garderai le bénéfice de cette marche vers l'homme, car la beauté de Bulkaen est, d'abord, délicate. Je ne désirais plus ressembler aux voyous. J'avais le sentiment d'avoir réalisé la plénitude de moi-même. Peut-être moins aujourd'hui, après l'aventure que j'écris, mais je me suis senti fort, sans dépendance, libre, délié. Aucun modèle prestigieux ne se présentait plus à moi. Je m'avançais crânement dans la force avec une lourdeur, une sûreté et un regard droit qui sont eux-mêmes une preuve de force. Les voyous ne me séduisirent plus. C'étaient des pairs. Devrais-je penser que la séduction n'est possible que lorsqu'on n'est pas tout à fait soi ? Durant ces années de mollesse, que ma personnalité prenait toutes sortes de formes, n'importe quel mâle pouvait de ses parois serrer mes flancs, me contenir. Ma substance morale (et physique qui en est la forme visible avec ma peau blanche, mes os faibles, mes muscles mous, la lenteur de mes gestes et leur indécision) était sans netteté, sans contour. J'aspirais alors — au point que j'imaginai souvent mon corps s'entortillant autour du corps solide et vigoureux d'un mâle — à me laisser étreindre par la splendide et paisible stature d'un homme de pierre aux angles nets. Et je n'avais tout à fait le repos que si je pouvais tout à fait prendre sa place, prendre ses qualités, ses vertus ; lorsque je m'imaginais être lui, que je faisais ses gestes, prononçais ses mots : lorsque j'étais lui. On disait que je voyais double, alors que je voyais le double des choses. Je voulus être moi-même, et je fus moi-même quand je me révélai casseur. Tous les cambrioleurs comprendront la dignité dont je fus paré quand je tins dans la main la pince-monseigneur, la « plume ». De son poids, de sa matière, de son calibre, enfin de sa fonction, émanait une autorité qui me fit homme. J'avais, depuis toujours, besoin de cette verge d'acier pour me libérer complètement de mes bourbeuses dispositions, de mes humbles attitudes et pour atteindre à la claire simplicité de la virilité. Je ne m'étonne plus des arrogantes façons des gosses qui se servirent de la plume, fût-ce une seule fois. Vous pouvez hausser les épaules et grommeler qu'ils sont des merdeux, rien n'empêchera qu'en eux-mêmes la vertu de la pince ne demeure, donnant en toute occasion une dureté parfois bouleversante à leur douceur d'adolescent. Ceux qui s'en servirent sont marqués. Bulkaen avait connu la pince, je le vis du premier coup. Ces gosses sont des casseurs, donc des hommes, autant par l'espèce d'intronisation que leur accorde la plume, que par les dangers parfois très grands qu'ils risquèrent. Ce n'est pas qu'il faille un courage particulier — à sa place je mettrai l'insouciance, qui est plus exacte. Ils sont nobles. Un casseur ne peut avoir des sentiments vils (je veux, dès ce chapitre, généraliser. On connaîtra plus loin la bassesse des truands), car il vit avec son corps une vie dangereuse. Car le corps seul du casseur est en péril, il ne craint rien pour son âme. Vous avez le souci de votre honneur, de votre réputation, vous calculez pour les sauver. Le casseur, dans son métier, ne fait pas ces calculs. Ses ruses sont des ruses de guerrier et non d'aigrefin. Il est remarquable que les vrais cambrioleurs, durant cette guerre de 1940, n'essayèrent pas de vivre selon le monde qui devint courant parmi les bourgeois et les ouvriers, selon ce qu'on appela alors le « marché noir ». Ils ne comprenaient rien au commerce et, quand elles s'emplirent d'honnêtes gens que la faim avait chassés des bois, les prisons perdirent leur belle allure seigneuriale, mais les casseurs en restèrent une aristocratie méprisante. Le grand méfait de cette guerre aura été de dissoudre la dureté de nos prisons. Elle y aura tant enfermé d'innocents qu'elles ne sont plus qu'un lieu de lamentations. Rien n'est plus répugnant qu'un innocent en prison. Il n'a rien fait pour mériter la tôle (ce sont ses propres termes). La Fatalité s'est trompée.

Je ne reçus pas ma première pince des mains d'un dur, je l'achetai chez un quincaillier. Elle était courte et solide et je lui portai, dès mon premier casse, toute la tendresse qu'un guerrier porte à ses armes, avec une mystérieuse vénération, comme lorsque ce guerrier est un sauvage et son arme un fusil. Les deux cales, auprès de la pince, dans un coin de ma chambre — et ce coin devint vite attirant, hypnotique — les deux cales l'allégeaient et lui donnaient cette allure de bite ailée par quoi je fus hanté. Je dormais auprès d'elle car le guerrier dort armé.

Pour accomplir mon premier cambriolage, je choisis à Auteuil quelques maisons dont je relevai le nom des locataires dans le Bottin. J'avais décidé d'opérer au flanc. Selon qu'il y aurait du monde ou non je casserais. Je passai tranquillement devant la loge de la concierge du premier immeuble choisi. Dans mon pantalon, contre ma cuisse, j'avais ma plume, et mes cales. Je voulus commencer par le cinquième étage afin d'être moins dérangé. Je sonnai une fois, personne ne répondit. Je sonnai deux fois, enfin je provoquai un carillon de deux minutes afin d'être sûr que l'appartement était vide.

Si j'écrivais un roman, j'aurais quelque intérêt à m'étendre sur mes gestes d'alors, mais je n'ai voulu par ce livre que montrer l'expérience menée de ma libération d'un état de pénible torpeur, de vie honteuse et basse, occupée par la prostitution, la mendicité et soumise aux prestiges, subjuguée par les charmes du monde criminel. Je me libérais par et pour une attitude plus fière.

Je m'étais entraîné à faire péter d'autres portes, dans des endroits de tout repos, la propre porte de ma chambre et celle de mes amis. Je fis donc ici l'opération dans un temps très bref : trois minutes peut-être. Le temps de forcer avec mon pied contre le bas de la porte, placer une cale, forcer en haut avec la pince et mettre la deuxième cale entre la porte et le chambranle, remonter la première cale, descendre encore la seconde, coincer la plume près de la serrure, pousser... Le bruit que fit la serrure en claquant me parut résonner dans tout l'immeuble. Je poussai la porte et j'entrai. Le bruit de la serrure qui cède, le silence qui suit, la solitude qui m'assaille toujours présideront à mes entrées criminelles. Ce sont des rites d'autant plus importants qu'ils sont obligés, n'étant pas de simples ornements d'une action dont l'essence me demeure encore mystérieuse. J'entrai. Je fus le jeune souverain qui prend possession d'un royaume nouveau, où tout est neuf pour lui, mais qui doit receler des dangers d'attentats, de conjurations, dissimulés sur la route qu'il suit, derrière chaque rocher, chaque arbre, sous les tapis, dans les fleurs qu'on lance, dans les cadeaux qu'offre un peuple invisible à force d'être nombreux. Le vestibule était grand et m'annonçait l'intérieur le plus somptueux que j'eusse vu. Je m'étonnai qu'il n'y eût pas de domestiques. J'ouvris une porte, et je me trouvai dans le grand salon. Les objets m'attendaient. Ils étaient disposés pour le vol, et mon goût pour le pillage et les butins s'exalta. Pour bien parler de mon émotion, il faudra que j'emploie les mots mêmes dont je me suis servi pour dire mon émerveillement en face de ce trésor nouveau : mon amour pour Bulkaen, et pour dire ma crainte en face de ce trésor possible : son amour pour moi. Il me faudrait évoquer les tremblants espoirs de la vierge, de la promise du village qui attend d'être choisie, puis ajouter que tout cet instant léger est sous la menace de l'œil unique, noir et impitoyable d'un revolver. Durant deux jours, je restai devant l'image de Bulkaen avec la craintive pudeur de celui qui porte son premier bouquet blanc dans sa collerette de dentelle en papier. Dirait-il oui ? Dirait-il non ? J'implorai les araignées qui avaient tissé de si précieuses circonstances. Que leur fil ne se rompe pas !

J'ouvris une vitrine et raflai tous les ivoires et les jades. Premier peut-être d'entre les casseurs, je sortis sans m'être préoccupé du liquide et ce n'est qu'à mon troisième coup que je connus le sentiment de puissance et de liberté que donne la découverte d'un tas de billets qu'on empoche en désordre. Je redescendis en tirant derrière moi la porte. J'étais sauvé du servage et des basses dispositions, car je venais d'accomplir un acte d'audace physique. Déjà, dans l'escalier, en descendant, mon buste se redressa. Je sentais dans mon pantalon, contre ma cuisse, la pince glacée. Je désirai gentiment que paraisse une locataire afin d'employer cette force qui me durcissait. Ma main droite empoignait la pince :

— S'il vient une femme, je l'allonge d'un coup de pendule.

Dans la rue, je marchai avec franchise. Mais toujours cette idée angoissante m'accompagnait : la crainte que les honnêtes gens ne soient des voleurs qui ont choisi le plus habile et le plus prudent moyen de voler. Cette peur troublait mes pensées dans ma solitude. Je chassai cette idée par des trouvailles que je dirai.

Maintenant, j'étais un homme, un affranchi. Les gosses et les macs carrés, les enfants du malheur à la bouche amère et aux yeux terribles, ils ne me furent plus d'aucune utilité. Je fus seul. Tout fut absent des prisons, même la solitude. Ainsi diminue mon intérêt pour les romans d'aventures dans la mesure où je n'arrive plus à m'imaginer sérieusement être le héros lui-même ou dans ses situations. Je cessai de me précipiter dans ces complications où le moindre fait, criminel ou non, pouvait être copié, refait dans la vie, repris à mon compte et m'emmener à la fortune et à la gloire. Aussi, grande fut la difficulté à me replonger dans mes histoires rêvées, fabriquées par ce jeu désolant de la solitude, mais je trouvai — et je trouve encore malgré ma plongée nouvelle — davantage de bien-être dans les souvenirs vrais de mon ancienne vie. Mon enfance étant morte, en parlant d'elle, je parlerai d'une morte, mais ce sera parler du monde de la mort, du Royaume des Ténèbres ou de la Transparence. On a gravé sur le mur : « Comme une porte de prison me garde, mon cœur garde ton souvenir… » Je ne laisserai pas mon enfance s'échapper. Mon ciel s'était donc dépeuplé. Le temps que je devienne qui je suis était peut-être arrivé. Et je serai ce que je ne prévois pas, ne le désirant pas, mais je ne serai pas un marin, ni un explorateur, ni un gangster, ni un danseur, ni un boxeur, car d'eux le plus splendide représentant n'a plus de prise sur moi. Je ne désirai plus, et plus jamais ne le désirerai, parcourir les canyons du Chili parce qu'il n'a plus d'attrait pour moi le Roi du Rifle, habile et costaud, qui en escaladait les rochers dans les pages illustrées de mon enfance. Les transports furent finis. Les choses, je commençai à les connaître par leurs qualités pratiques. Les objets d'ici, usés par mes yeux, sont restés d'une pâleur débile. Ils ne m'indiquent plus la prison, puisque la prison est en moi-même, composée des cellules de mes tissus. Ce n'est que longtemps après mon retour ici que mes mains et mes yeux connaissant trop les qualités pratiques des objets, finissent par ne plus reconnaître ces qualités, et en découvrent d'autres, ayant un autre sens. Tout me fut sans mystère et ce dénuement n'est pourtant pas sans beauté, parce que j'établis la différence entre mon ancienne vision et l'actuelle, et ce décalement me séduit. Voici une image toute simple. J'eus l'impression de sortir d'une caverne peuplée d'êtres merveilleux, que l'on devine plutôt (anges, par exemple, aux visages bariolés), pour entrer dans un espace lumineux où chaque chose n'est que ce qu'elle est, sans prolongement, sans aura. Ce qu'elle est : utile. Ce monde, qui m'est nouveau, est désolé, sans espoir, sans griserie. Dévêtue de ses ornements sacrés, je vois nue la prison, et sa nudité est cruelle. Les détenus ne sont que de pauvres gars aux dents rongées par le scorbut, courbés par la maladie, crachant, crachotant, toussant. Ils vont du dortoir à l'atelier dans d'énormes sabots lourds et sonores, ils se traînent sur des chaussons de drap, percés et rigides d'une crasse que la poussière a composée avec la sueur. Ils puent. Ils sont lâches en face des gâfes aussi lâches qu'eux. Ils ne sont plus que l'outrageante caricature des beaux criminels que j'y voyais quand j'avais vingt ans et, de ce qu'ils sont devenus, je ne dévoilerai jamais assez les tares, les laideurs, afin de me venger du mal qu'ils m'ont fait, de l'ennui que m'a causé le voisinage de leur inégalable bêtise.

Et ce nouveau visage du monde et de la prison, j'eus le chagrin de le découvrir quand je m'aperçus que la prison était décidément l'endroit fermé, l'univers restreint, mesuré, où je devrais définitivement vivre. C'est celui pour lequel je suis fait. Il est fait pour moi. C'est celui où je dois vivre car j'ai les organes qu'il faut pour y vivre, où me ramène toujours la fatalité qui m'a montré la courbe de mon destin dans les lettres gravées sur le mur : « M. A. V. » Et j'ai cette impression (à ce point désolante qu'après l'avoir dite à Rasseneur, il s'écria : « Oh ! Jean ! » d'un ton de tristesse si poignante que je sentis son amitié à l'instant exprimée) j'ai cette impression à la visite ou à la promenade quand je rencontre des amis, de nouveaux amis et d'anciens, de ceux pour qui je suis « Jeannot les Belles Cravates », ceux que j'ai connus à la Souricière, dans les couloirs de la Santé, de Fresnes, dehors même. Ils forment si naturellement la population de la prison et, avec eux, je me découvre de si exacts liens, rapports qui sont d'intérêt, d'amitié ou de haine, que, me sentant de si près participer à ce monde, j'ai l'horreur de me savoir exclu de l'autre, le vôtre, au moment même que je conquérais les qualités grâce auxquelles on peut y vivre. Je suis donc mort. Je suis un mort qui voit son squelette dans un miroir, ou un personnage de rêve qui sait qu'il ne vit que dans la région la plus obscure d'un être dont il ignorera le visage, éveillé. Je n'agis plus et je ne pense plus qu'en fonction de la prison, mon activité se limite à son cadre. Je ne suis qu'un homme puni. Aux misères habituelles de la prison, la faim s'est ajoutée, et non pas une faim d'enfants — car la faim que nous avions à Mettray était la gloutonnerie naturelle à l'enfance jamais rassasiée, même par l'abondance. Ici, c'est une faim d'hommes. Elle mord de toutes parts le corps (et leur esprit en est rongé) des costauds les moins sensibles. Derrière les murailles, la guerre, mystérieuse pour nous, a diminué la boule, la pitance et le plus juste sujet d'orgueil des marles, leurs muscles, est touché. En un Grand Nord, où des troupeaux de loups hurlent la nuit, la faim a transformé la Centrale. Nous vivons aux confins du cercle polaire arctique. Nos maigreurs se battent entre elles et chacune en elle-même contre la faim. Or, cette faim, qui d'abord aida au désenchantement de la prison, voici qu'elle devient si grande qu'elle est un élément tragique qui achève de couronner la Centrale d'un motif baroque et sauvage, d'un chant sonore plus fou que les autres, qui risque de me faire prendre de vertige et retomber aux mains des puissances que Bulkaen appelle. Malgré cette désolation — car si je prends un aplomb d'homme, je sais bien que je quitte un monde larvaire d'une prodigieuse richesse et violence, je veux tenter de revivre mes instants de Mettray. L'atmosphère de la Centrale m'a vite imposé de reprendre, en reprenant Mettray, les habitudes d'autrefois, et je ne vis pas un seul instant sur terre qu'en même temps je ne le vive dans mon domaine secret pareil probablement à celui qu'habitent les punis qui tournent, la tête baissée ou les yeux fixés devant soi, à la salle de discipline. Et la fureur qui m'emporta un jour contre Charlot ne m'a pas encore vidé de la haine que, malgré mon visage indifférent, je lui vouai lorsque à l'atelier, parce que je répondis mal, ou peut-être pas du tout à une de ses blagues, il me dit en me secouant par l'épaule : « Alors, t'en sors un moment de tes jardins ? » Je lui portai à l'instant même la haine que l'on peut porter à celui qui viole nos secrets les plus chers, ceux de nos vices.

Parfois, chacun de nous est le lieu d'un drame amené par plusieurs éléments : ses amours réelles, une bataille, sa jalousie, une évasion projetée, mêlés à des aventures rêvées, plus brutales que les vraies, et les mecs qui sont alors tordus par le drame s'agitent soudain, mais en silence, font des gestes raides ; ils sont brusques, crispés, butés. Ils frappent comme s'ils combattaient un soldat invisible. Tout à coup, ils retombent dans leur torpeur, leur physionomie même sombre au fond d'une vase de rêves. Si le directeur peut dire que nous sommes abrutis, les gardiens plus subtils savent que nous sommes au fond de ces jardins et, pas plus qu'un Chinois ne dérange le fumeur d'opium, ils ne dérangent sans motif le détenu englouti.

Charlot n'était pas un dur absolu, il ne pouvait donc se permettre de me pénétrer. Et encore qu'il eût peu après buté un mec qui le chambrait, sur lui pesait l'infamie d'avoir confectionné lui-même, alors qu'il était raide, une robe de satin noir afin que sa femme pût aller faire la retape sur le trottoir. Je le haïssais à cause de ce tal et de sa clairvoyance. En effet, mes nerfs ne supportaient pas les agaceries, même légères, d'une cloche ou d'un faible. Je cognais pour un rien. Mais je n'aurais pas eu à cogner sur un dur, et ce n'est pas seulement par crainte, mais parce que, par lui, je ne suis même pas énervé. De ceux que j'appelle des durs, se dégage une puissance dominatrice encore, qui m'apaise. A Mettray, je battis jusqu'au sang un petit con qui passait sa main sur les vitres en les faisant crisser. Quelques jours après, Divers faisait la même opération, et il tirait ainsi à soi tous mes nerfs qui s'entortillaient autour de lui, grimpaient autour de son corps avec amour. Si mes souvenirs de la Colonie me sont surtout suscités par Bulkaen, par sa présence, par son action sur moi, le danger sera double car mon amour pour lui risquait déjà de me livrer aux anciennes puissances de la Prison. Et qu'à ce danger, l'on ajoute celui du langage que j'emploierai pour parler de Mettray et de Fontevrault. Car c'est du plus profond de moi que j'arrache mes mots, d'une région où l'ironie n'a pas accès et ces mots, chargés de tous les désirs que je porte enfouis, les exprimant, au fur et à mesure que je les écrirai, sur le papier, referont le monde détestable et adoré dont j'ai voulu m'affranchir. Au surplus, la lucidité que j'avais atteinte des choses banales, me permettant les jeux et les finesses du cœur, je me retrouve le cœur pris dans un voile incapable de réagir devant les roueries de l'amant. Les charmes me dominent et me garrottent. Mais je suis heureux d'avoir donné les plus beaux noms, les plus beaux titres (archange, enfant-soleil, ma nuit d'Espagne...) à tant de gosses qu'il ne me reste plus rien pour magnifier Bulkaen. Peut-être pourrai-je le voir tel qu'il est, un voyou pâle et vif, si les mots ne s'en mêlent pas trop, à moins que de rester solitaire, avec lui-même, innommable, innommé, le charge d'un pouvoir encore plus dangereux.

Les visages verts de tous les pestiférés du monde, le monde des lépreux, le bruit nocturne des crécelles, la voix contre le vent, un air de tombe, des coups au plafond, n'écartent pas, ne reculent pas dans l'horreur autant que les quelques détails qui font du prisonnier, du bagnard ou du colon un réprouvé. Mais à l'intérieur de la prison, à son cœur même, existent le mitard et la salle de discipline d'où l'on remonte purifié.

Il est impossible que les grands courants sociaux aient leur origine — leurs racines — dans la bonté et qu'ils prennent prétexte dans des raisons avouables au grand jour. Les religions, la royauté franque et française, les franc-maçonneries, le Saint-Empire, l'Église, le national-socialisme, où l'on meurt encore par la hache, où le bourreau doit être un gars musclé, ont étalé sur le globe des rameaux dont l'ampleur ne pouvait être nourrie que dans les profondeurs. Il faut rêver longtemps pour agir avec grandeur, et le rêve se cultive dans les ténèbres. Quelques hommes se complaisent dans des songes dont les délices célestes ne forment pas le fond. Il s'agit de joies moins radieuses, ayant le mal pour essence. Car ces rêveries sont noyades et enfouissements et l'on ne peut s'enfouir que dans le mal, ou, pour être plus exact, dans le péché. Et ce que nous voyons à la surface de la terre d'institutions probes et honnêtes, n'est que la projection de ces délectations solitaires et secrètes nécessairement transfigurées. Les prisons sont des lieux où se forment des rêveries comparables. Les prisons et leurs hôtes ont une existence trop réelle pour n'avoir pas une action profonde sur les gens demeurés libres. Pour eux, elles sont un pôle et, dans la prison, le cachot. Je dirai donc pourquoi j'ai cherché à entraîner au mitard Bulkaen que j'aimais depuis si peu.

Mais voici ce qui me conduisit d'abord en cellule de punition où j'ai commencé la rédaction de ce récit.

Comme lorsqu'on marche aux côtés de quelqu'un, il arrive que son coude et son épaule, malgré votre volonté d'aller droit, vous déporte soit vers la gauche, soit vers la droite, au risque de vous faire buter contre les murs, une force malgré moi me déportait dans la direction de la cellule d'Harcamone. Si bien que je me trouvai plusieurs fois dans son voisinage, donc assez loin de mon dortoir et de mon atelier. Or, j'étais bien parti dans un but défini, encore que clandestinement, soit pour porter du pain à un pote, soit pour chercher un mégot vers un autre atelier que le mien, ou pour toute autre raison d'ordre pratique, et la plupart du temps très loin de la septième division où est la cellule des condamnés à mort, mais toujours cette force dont j'ai parlé m'obligeait à me détourner de mon chemin, ou à l'allonger, et je remarquai encore qu'en approchant de ce but secret, caché sous le masque d'une décision raisonnable, mon pas se faisait plus lent, ma démarche plus souple, plus légère. De plus en plus, j'hésitais à m'avancer. J'étais poussé et retenu. Enfin, je perdais si bien le contrôle de mes nerfs qu'à l'arrivée d'un gâfe je n'avais pas le bond soudain qui m'eût dissimulé et, s'il m'interrogeait, je n'avais pas non plus une explication qui pût justifier ma présence à la septième division. Si bien qu'à force de m'y rencontrer seul, les gâfes s'imaginèrent je ne sais quoi et l'un d'eux, Brulard, un jour, m'alpagua :

— Qu'est-ce que vous faites là ?

— Vous voyez bien, je passe.

— Vous passez ? Où vous passez ?... Et puis, dites donc, vous en prenez un ton pour parler. Sortez les mains de votre ceinture...

J'étais à cheval.

Alors même que je suis très calme, je me sens emporté par une tempête qui est due, peut-être, au rythme rapide de ma pensée butant contre chaque accident, à mes désirs qui sont violents parce que presque toujours réprimés et, lorsque je vis mes scènes intérieures, j'ai l'ivresse de les vivre toujours à cheval, sur un cheval allant au galop et qui se cabre. Je suis cavalier. C'est depuis que je connais Bulkaen que je vis à cheval, et j'entre à cheval dans la vie des autres comme un grand d'Espagne dans la cathédrale de Séville. Mes cuisses serrent des flancs, j'éperonne une monture, ma main se crispe sur des rênes.

Non que cela se passe tout à fait ainsi, c'est-à-dire que je me sache vraiment à cheval, mais plutôt je fais les gestes et j'ai l'âme d'un homme qui est à cheval : ma main se crispe, ma tête se relève, ma voix est arrogante... et ce sentiment de chevaucher une bête hennissante et noble, débordant sur ma vie quotidienne, me donnait cet aspect que l'on dit cavalier, et le ton et l'allure que je croyais victorieux.

Le gâfe fit un rapport, et je comparus au prétoire, devant le Directeur. Il me regarda à peine. Il lut le motif. Sur ses binocles, il posa une paire de lunettes noires et prononça :

— Vingt jours de cachot.

Je sortis du prétoire et, sans lâcher mon poignet qu'il avait tenu pendant toute la séance, un gardien me conduisit au mitard.

Quand il est en prison, un gars qui s'acharne à perdre ses amis restés libres, s'il les fait tomber, on dira qu'il est méchant, alors il faut s'apercevoir qu'ici la méchanceté est faite d'amour, car c'est afin de sanctifier la prison par leur présence qu'on y attire ses amis. Je cherchai à faire punir Bulkaen, à le faire condamner à la Salle de Discipline, non pour être près de lui, mais parce qu'il fallait qu'il devienne un réprouvé à la seconde puissance, dans le temps même que je l'étais, car on ne peut s'aimer que sur un même plan moral. C'est donc un des mécanismes habituels de l'amour qui fit de moi un salaud.

Bulkaen ne descendit jamais à la Salle de Discipline, il mourut avant, fusillé. Je vais reparler encore de l'ardeur de mon amour pour ce casseur de vingt ans, de qui toute la Centrale était amoureuse. Mettray, où il passa sa jeunesse, nous enivrait l'un et l'autre, et nous réunissait, nous confondait dans les mêmes vapeurs du souvenir d'heures monstrueusement exquises. Sans nous concerter, nous avions repris l'un envers l'autre les habitudes du bagne d'enfants, les gestes qu'y firent tous les colons, le langage même et, autour de nous, à Fontevrault, déjà se formait un groupe de marles qui furent à Mettray nos amis ou non, mais des gars à la coule, qu'unissaient les mêmes goûts et les mêmes dégoûts. Tout pour lui était jeu, et même les choses les plus graves. Dans l'escalier, il me murmura un jour :

— Des fois on organisait des évasions. Pour un rien, avec un autre petit mec, Régis... On avait envie d'aller manger des pommes, allez, on foutait le camp ! C'était l'époque du raisin : on allait au raisin. Des fois, c'était pour faire l'amour, des fois pour rien du tout, puis des fois on en préparait des vraies, des évasions, des qui devaient durer tout le temps. C'est celles-là qu'on s'arrangeait pour que ça loupe. Au fond, on se trouvait bien.

Le règlement général des prisons dit que tout détenu qui commet un délit ou un crime subira sa peine dans l'établissement où il le commit. Quand j'arrivai à la Centrale de Fontevrault, depuis dix jours Harcamone était aux fers. Il mourait, et cette mort était plus belle que sa vie. L'agonie de certains monuments est plus significative encore que leur période de gloire. Ils fulgurent avant de s'éteindre. Il était aux fers. Je vous rappelle qu'à l'intérieur des prisons, il existe des moyens de répression : le plus simple est la privation de cantine, puis le pain sec, le cachot, et la Salle de Discipline pour les Centrales. La Salle est une sorte de grand hangar dont le parquet est admirablement ciré — et je ne sais s'il le fut avec des brosses et encaustiques ou par les chaussons de drap des générations de punis qui tournent l'un derrière l'autre, espacés de façon à garnir tout le périmètre de cette salle, sans qu'on puisse distinguer un premier d'un dernier, et tournant ainsi de la même manière que les colons punis, à Mettray, tournaient dans la cour du quartier (avec cette seule différence, mais troublante, qu'elle s'était compliquée. Ici, nous marchons à une cadence plus rapide qu'à Mettray, et nous devons passer entre les bornes qui garnissent le tour de la salle, faisant notre marche sinueuse ressembler à un jeu puéril et difficile), à tel point qu'à Fontevrault, il me semble avoir grandi sans m'arrêter dans ma ronde. Autour de moi, les murs du quartier de Mettray sont tombés, ceux-ci ont poussé où je découvre, de place en place, les mots d'amour qu'y gravèrent les punis et, écrits par Bulkaen, les phrases, les appels les plus singuliers que je reconnais aux coups saccadés du crayon, chaque mot étant comme l'objet d'une décision solennelle. Un plafond en dix ans a couvert le ciel tourangeau, bref le décor s'est transformé sans que je m'en aperçoive, pendant que je vieillissais en tournant. Il me semble encore que chaque pas que fait un détenu n'est que le pas, compliqué et prolongé jusqu'à dix ou quinze ans plus tard, qu'un jeune colon fit à Mettray ; enfin, je veux dire que Mettray, maintenant détruit, se continue, se prolonge dans le temps, et il me semble encore que Fontevrault a ses racines dans le monde végétal de notre bagne d'enfants.

Le long des murs, espacés du mur de deux mètres, de place en place, sont dressés des billots de maçonnerie dont le sommet est arrondi comme la bitte des bateaux et des quais, où le puni s'assied cinq minutes d'heure en heure. Un prévôt, qui est un détenu puni mais costaud, surveille et commande la ronde. Dans un coin, derrière une petite cage de treillage, un gâfe lit son journal. Au centre du cercle, il y a la tinette, où l'on va chier. C'est un récipient haut d'un mètre, en forme de cône tronqué. Ses flancs sont munis de deux oreilles sur lesquelles on pose les pieds après s'être assis sur le sommet, où un très court dossier, pareil à celui d'une selle arabe, donne à celui qui débourre la majesté d'un roi barbare sur un trône de métal. Les détenus qui ont envie lèvent la main, sans rien dire, le prévôt fait un signe et le puni sort du rang en déboutonnant son pantalon qui tient sans ceinture. Assis au sommet du cône, ses pieds posés sur les oreilles, sous lui ses couilles pendent. Sans peut-être l'apercevoir, les punis continuent leur ronde silencieuse, et l'on entend la merde tomber dans l'urine qui gicle jusqu'à ses fesses nues. Il pisse et descend. L'odeur monte. Quand j'entrai dans la salle, je fus surtout frappé par le silence des trente gars et, tout de suite, par la tinette, solitaire, impériale, centre du cercle mobile.

S'il avait été au repos pendant qu'il commandait la manœuvre je n'aurais pas reconnu le visage du prévôt, mais assis sur le trône, son front était plissé par l'effort, il était comme soucieux, tendu par une pensée difficile, et il retrouvait l'air méchant de sa jeunesse — ramassant les traits — quand ses sourcils crispés par les rognes ou une mise en boule se rejoignaient presque, et je reconnus Divers. Peut-être que moins amoureux de Bulkaen j'aurais été peiné, même après quinze ans, de retrouver dans cette posture celui qu'à Mettray j'aimais d'un tel amour. Et peut-être non, car il lui était difficile, sinon impossible, de paraître humilié, tant, dans ses moindres mouvements, apparaissait la noblesse. Il descendit sans s'être torché. L'odeur — son odeur — monta, vaste et sereine, au milieu de la salle et il reprit, après s'être boutonné, l'immobilité rigide du commandement.

— Un... deux ! Un... deux !

C'est toujours la même voix gutturale de marle, venue d'une gorge encombrée de molards qu'il sait encore projeter avec violence dans la gueule d'une cloche, c'est le cri et la voix qu'il avait à Mettray. Je l'entends encore, de ma cellule, hurler. Le rythme de la marche restera de cent vingt pas à la minute.

J'arrivais le matin, venant d'une cellule de punition où, pour jouir par les mots du souvenir de Bulkaen resté là-haut, pour le caresser en caressant les mots qui doivent le rappeler à lui en le rappelant à moi, j'avais commencé la rédaction de ce livre sur les feuilles blanches qu'on me remettait pour la confection de sacs en papier. Mes yeux étaient effarouchés par la lumière du jour, et tout endolori par le rêve de la nuit, un rêve où l'on ouvrait une porte à Harcamone. J'étais dans ce rêve derrière la porte, et je fis signe à Harcamone de passer, mais il hésita, et je m'étonnai de cette hésitation. Réveillé par le gâfe au moment de cet épisode, pour aller du mitard à la salle, j'étais encore sous l'influence — douloureuse, je ne sais pourquoi — du rêve quand j'entrai vers huit heures prendre ma place dans la ronde.

Après la punition de la Salle de Discipline, plus sévère qu'elle, il y a la mise aux fers, qui ne peut plus être ordonnée que par le Ministre de l'Intérieur sur la proposition du Directeur. Elle consiste en ceci : le puni a les pieds liés par une chaîne très lourde qui maintient chaque cheville prise dans un anneau qu'un gardien a rivé. Les poignets sont attachés par une chaîne plus légère, à peine plus longue. C'est la punition la plus dure. Elle précède la peine de mort. Elle en est du reste l'attitude avant-courrière puisque les condamnés à mort, du jour où la sentence est prononcée jusqu'à l'exécution, ont les fers aux pieds jour et nuit, et aux poignets et aux pieds la nuit et à chaque sortie de la cellule.

Avant que de vous parler de Bulkaen trop longtemps, et de Divers, qui furent le prétexte de mon livre, je veux annoncer Harcamone qui en reste, malgré tout, la fin sublime. J'ai éprouvé comme lui le choc et le son funèbre de la formule « instruction de la Relégation perpétuelle ». Quand on est arrivé à son quatrième sapement pour vol, avec peines dans la loi, c'est-à-dire au-dessus de trois mois de prison, on est condamné à « la relègue ». C'est tout le reste de la vie qu'il faudra passer en Centrale maintenant que la déportation est abolie. Harcamone fut condamné à la relègue. Et je vais parler de sa condamnation à mort. Plus loin, j'expliquerai le prodige qui me fit assister, certaines heures, à toute sa vie secrète, profonde et spectaculaire ; mais, dès à présent, j'en remercie ce Dieu que nous servons et qui nous récompense par ces attentions que Dieu réserve à ses saints. C'est aussi la sainteté que je retourne chercher dans le déroulement de cette aventure. Il faut bien que j'aille à la recherche d'un Dieu qui est le mien puisqu'en regardant des images du bagne, j'eus soudain le cœur voilé par la nostalgie d'un pays que j'ai connu ailleurs qu'à la Guyane, ailleurs que sur les cartes et les livres, mais que j'ai découvert en moi. Et l'image qui montrait l'exécution capitale d'un bagnard à Cayenne me fit dire : « Il a volé ma mort. » J'ai le souvenir du ton que prit ma voix : il était tragique, c'est-à-dire que l'exclamation s'adressait aux amis avec qui j'étais — je voulais qu'ils me crussent — mais le ton était aussi un peu sourd parce que j'exprimais un profond soupir qui remontait de loin, qui montrait que mon regret venait de loin.

Reparler de sainteté à propos de relégation fera crisser vos dents inhabituées aux nourritures acides. Pourtant la vie que je mène requiert ces conditions d'abandon des choses terrestres qu'exige de ses saints l'Église et toutes les Églises. Puis elle ouvre, elle force une porte qui donne sur le merveilleux. Et la sainteté se reconnaît encore à ceci, c'est qu'elle conduit au Ciel par la voie du péché.

Ces condamnés à mort pour toute leur vie — les relégués — savent qu'il n'est pour échapper à l'horreur que l'amitié. Ils oublient le monde, le vôtre, en s'abandonnant à elle. Ils l'élèvent à un point si haut qu'elle est purifiée et qu'elle demeure seule, isolée des êtres, dont le contact la fit naître, et l'amitié, à ce point idéale, à l'état pur, car il la faut telle, pour que chaque relégué ne soit pas emporté par le désespoir, comme on doit être emporté — avec toute l'horreur que cela comporte — par la phtisie galopante, l'amitié n'est plus que la forme singulière et très subtile de l'immense sentiment d'amour que tout homme prédestiné, dans ses cachettes à lui, découvre pour sa gloire intérieure. Enfin, vivant dans un univers si restreint, ils avaient l'audace d'y vivre avec toute la fougue qu'ils avaient mise à vivre dans votre monde de liberté, et d'être contenue dans un cadre plus étroit, leur vie devenait si intense, si dure, que son éclat aveuglait quiconque, journalistes, directeur, inspecteurs, y jetait un coup d'œil. Les plus puissants macs s'y taillent — mot exact — une célébrité éblouissante, et d'oser, à l'intérieur de ce monde, sans issue que la mort, quand on sent, derrière le mur plus fragile que le passé et aussi infranchissable que lui, le voisinage de votre monde — paradis perdu — après avoir assisté à la scène aussi terriblement fabuleuse que la menace coléreuse de Dieu au couple puni, oser vivre et vivre de toutes ses forces, a la beauté des grandes malédictions, car c'est digne de ce que fit dans le cours de tous les âges l'Humanité mise à la porte du Ciel. Et c'est proprement la sainteté, qui est de vivre selon le Ciel, malgré Dieu.

C'est par Harcamone que j'y suis amené, transporté par-delà ces apparences que j'avais atteintes au moment de cette mue dont j'ai parlé. Ma foi en Harcamone, la dévotion que je lui porte et le respect profond que je porte à son œuvre, étayant mon audace de vouloir pénétrer les mystères en accomplissant moi-même les rites du crime, c'était sans doute mon horreur de l'infini qui me les accordait. Libres — disponibles — sans foi, nos aspirations s'échappent de nous, comme la lumière d'un soleil et, comme la lumière, peuvent fuir jusqu'à l'infini, car le ciel physique ou métaphysique n'est pas un plafond. Le ciel des religions est un plafond. Il finit le monde. Il est plafond et écran puisque en s'échappant de mon cœur les aspirations ne se perdent pas, elles se révèlent contre le ciel, et moi, croyant m'être perdu, je me retrouve en elles ou dans l'image d'elles projetée au plafond. Par horreur de l'infini, les religions nous emprisonnent dans un univers aussi limité que l'univers de la prison — mais aussi illimité, car notre désir en elle éclaire des perspectives aussi soudaines, découvre des jardins aussi frais, des personnages aussi monstrueux, des déserts, des fontaines, et notre amour plus ardent, tirant du cœur plus de richesse, les projette sur les épaisses murailles et quelquefois ce cœur est si minutieusement exploré qu'une chambre secrète se déchire, laisse un rayon passer, sur la porte d'une cellule se poser et montrer Dieu. Les crimes d'Harcamone — celui de la fillette autrefois, et plus près de nous le meurtre du gardien — apparaîtront des actes idiots. Certains lapsus, tout à coup, dans la phrase nous éclairent sur nous-mêmes, remplaçant un mot par l'autre, et ce mot malencontreux est un moyen par quoi la poésie s'échappe et parfume la phrase. Ces mots sont un danger pour la compréhension pratique du discours. Ainsi dans la vie certains actes. Les fautes parfois — qui sont des faits — font surgir la poésie. Beaux, ces faits n'en sont pas moins un danger. Il me serait difficile — et impoli — d'exposer ici l'examen mental d'Harcamone. Je suis poète en face de ses crimes et je ne puis dire qu'une chose, c'est que ces crimes libérèrent de tels effluves de roses qu'il en restera parfumé, et son souvenir et le souvenir de son séjour ici, jusqu'aux plus reculés de nos jours.

Quand donc il eut tué le gardien, Harcamone fut conduit dans une cellule de punition où il resta jusqu'au jour des Assises, et ce n'est que le soir, après le verdict de mort, qu'on l'installa, pour ces quarante-cinq jours que dure le pourvoi en cassation, dans la cellule des condamnés à mort. C'est du fond de cette cellule, où je l'imagine pareil à un Dalaï-Lama invisible, puissant et présent, qu'il émettait sur toute la Centrale ces ondes de tristesse et de joie mêlées. C'était un acteur qui soutenait sur ses épaules le fardeau d'un tel chef-d'œuvre qu'on entendait des craquements. Des fibres se déchiraient. Mon extase était parcourue d'un léger tremblement, d'une sorte de fréquence ondulatoire qui était ma crainte et mon admiration alternées et simultanées.

Tous les jours, il allait à la promenade une heure, dans un préau spécial. Il était enchaîné. Le préau n'était pas très loin de la cellule de punition où j'écris. Et ce que j'ai pris souvent pour le bruit de ma plume contre l'encrier, c'était, derrière le mur, le bruit, en effet très léger, on pourrait dire très délicat, comme l'est tout bruit funèbre, des chaînes du condamné à mort. Il fallait une oreille attentive ou prédisposée, ou pieuse, pour le recueillir. Ce bruit était intermittent car je pressentais qu'Harcamone n'osait trop marcher afin de ne pas signaler sa présence dans la cour. Il faisait un pas au soleil d'hiver et s'arrêtait. Il cachait ses mains dans les manches de sa veste de bure.

Il n'est pas nécessaire qu'on invente des histoires dont il serait le héros. La sienne lui suffit et, chose vraiment exceptionnelle en prison, sa vérité lui sied mieux que le mensonge. Car on ment. Les prisons sont pleines de bouches qui mentent. Chacun raconte de fausses aventures où il a le rôle du héros, mais ces histoires ne se continuent jamais jusqu'au bout dans la splendeur. Parfois le héros se coupe, car il a besoin de sincérité quand il parle à soi-même, et on sait que l'imagination, quand elle est si forte, risque de faire perdre de vue les dangers de la vie réelle de la situation du détenu. Elle lui masque la réalité, et je ne sais s'il a peur de tomber au fond de l'imagination jusqu'à devenir soi-même un être imaginaire, ou s'il craint de se choquer au réel. Mais quand il sent l'imagination le gagner trop, l'envahir, il passe en revue les périls vrais qu'il court et, pour se rassurer, il les énonce à haute voix. Bulkaen mentait, c'est-à-dire que des mille aventures qu'il inventait et qui lui composaient un organisme et un squelette de dentelle, légers et fantastiques, en sortait un pan par sa bouche et par ses yeux. Bulkaen ne mentait pas utilement. Il n'était pas calculateur et, quand il voulait l'être, il se trompait dans ses calculs.

Si mon amour pour Divers et l'adoration que j'ai vouée à Harcamone me troublent encore, malgré cette légèreté que j'ai découverte en lui, Bulkaen était la chose présente. Il était celui qui est. Je ne l'imaginais pas, je le voyais, je le touchais et, grâce à lui, je pouvais vivre sur la terre, avec mon corps, avec mes muscles. Peu de temps après que je l'eus vu en face du pédé, je le rencontrai dans l'escalier. L'escalier qui va des étages où sont les ateliers et les réfectoires, au rez-de-chaussée où sont les bureaux, le prétoire, la salle de visite médicale et les parloirs, est le lieu principal des rendez-vous. Il est taillé dans le bloc de la muraille et il se dévide dans l'ombre. C'est presque toujours là que je vis Bulkaen. C'est l'endroit de tous les rendez-vous d'amour et surtout des nôtres. Il vibre encore du bruit des baisers qu'y échangèrent tous les couples d'amis. Bulkaen descendait quatre à quatre. Sa chemise était sale, sanglante par endroits, ouverte dans le dos d'une plaie faite par un couteau. Au tournant de l'escalier, il s'arrêta net. Il se retourna. M'avait-il vu ou deviné ? Il n'avait pas de chemise, son torse était nu sous la veste. C'est un autre détenu — un nouveau — qui m'avait dépassé, avait dans un vol silencieux sur ses chaussons dépassé

Bulkaen, s'était l'espace d'un clin d'œil interposé entre le gosse et moi et, lors d'un temps aussi bref, avait causé une fois de plus cette émotion de surprendre Bulkaen dans la conclusion théâtrale que je lui voulais. Il se tourna et sourit.

Pour deux raisons, je feignis de ne pas le reconnaître. D'abord afin qu'il ne voie pas dans mon empressement le signe de mon amour — ce qui m'eût mis en place d'infériorité à son égard. Mais ici je perdais mon temps puisqu'il m'avoua plus tard avoir tout lu dans mes yeux, dès la première rencontre. « Moi je l'vois tout de suite. J'l'ai vu que tu bichais d'être à côté d'moi... », ensuite parce que je l'avais aperçu jusqu'alors dans la compagnie de marles, surtout des macs qui ne pouvaient déjà m'admettre dans leur clan puisque j'étais nouveau, et je ne voulais pas avoir l'air de les rechercher en fréquentant trop ostensiblement un des leurs que je n'avais pas le droit de considérer autrement qu'eux-mêmes. D'autre part, je croyais pressentir que les casseurs en voulaient aux macs... C'est lui qui vint à moi et me tendit la main.

— Salut, Jeannot !

Je ne sais pas encore comment il connut mon nom.

— Salut, dis-je d'une voix indifférente et sur un ton très bas, négligemment — mais je m'arrêtai :

— Alors ?

Sa bouche resta un peu entrouverte après avoir chuchoté ce mot. Il interrogeait on ne sait sur quoi et son corps était à peine posé car tout son corps interrogeait. « Alors » voulait dire : « Ça va », ou « Quoi de neuf à part ça ? », ou « Ça vient, la classe ? », ou toutes ces choses ensemble. Je ne répondis rien.

— Dis donc, t'as bonne mine, toi! J'sais pas comment que tu te démerdes, mais t'es toujours d'attaque!

Je haussai un peu les épaules. Un détenu qui ne nous connaissait pas s'arrêta dans sa descente, sur notre marche. Bulkaen le regarda dans les yeux d'une telle façon que l'autre n'osa pas nous dire un mot, il s'enfuit. Ce regard m'enchanta par sa dureté. Je devinais ce que serait mon sort si un tel regard me transperçait un jour et ce qui s'ensuivit m'épouvanta encore car, pour se poser sur moi, les yeux de Bulkaen s'adoucirent jusqu'à n'être qu'un rayon de lune frissonnant de feuilles et sa bouche sourit. Les murailles s'effritaient, le temps tombait en poudre, Bulkaen et moi demeurions debout sur une colonne qui nous élevait toujours plus haut. Je crois que je ne bandais même pas. Les détenus continuaient à descendre en silence un à un, espacés, invisibles à notre rencontre solitaire. Il y eut un grand mouvement de feuilles et Bulkaen me hurla :

— Comment que tu te démerdes? Tu dois bien becqueter?

Je ne répondis encore rien. Il continua son chuchotement, très bas, sans cesser de sourire, car nous devinions derrière le coude de l'escalier les gâfes comptant les détenus qui descendaient à la promenade ; derrière les murs, l'économat, les bureaux. Il fallait parler très bas. Derrière encore, le Directeur, la campagne, les gens libres, les villes, le monde, les mers, les étoiles, tout était près de nous si nous étions loin d'eux. Ils étaient aux aguets, ils pouvaient nous surprendre. Son sourire voulait donner le change. Bulkaen murmura en vitesse :

— T'as tout le temps du tabac, toi...

Enfin, il arrivait à dire ce qui l'obsédait. Il lâchait sa pensée...

— Ça me file le bourdon d'avoir pas de tabac. Je suis scié de partout. Pas de mégots, pus rien, pus rien...

En arrivant à ces derniers mots, son sourire, progressivement, s'effaçait. Il devait parler vite et doucement, nous étions pressés, presque toute la division était descendue. Un gâfe pouvait monter, nous trouver là. Soumise à cette double rigueur, sa voix et ce qu'elle disait me semblaient dévider un drame, un récit criminel.

— J'vais claquer, si ça continue...

Mon attitude ne l'encourageait pas. Je restais sec. Parfois je ne comprenais plus son chuchotement. Je prêtais l'oreille, j'étais attentif. Derrière les murs, je sentais la présence de notre vie passée, de nos jours de prison, notre enfance de malheur. Il dit :

— T'as pas un petit clop, Jeannot ?

Sans laisser paraître un sentiment sur mon visage bien que je fusse dépité, je mis simplement ma main dans la poche de ma veste et la retirai pleine de mégots que je lui tendis. Il ne parut pas croire que tout cela fût pour lui, mais sa figure rayonna. Et je descendis, toujours sans un mot, en haussant, d'un mouvement désinvolte, les épaules. J'étais déjà en bas, dehors, quand il arriva enfin. Nous fûmes enfermés dans la même petite cour. Il vint droit à moi et me remercia, puis aussitôt, pour justifier son pilonnage, il m'apprit que depuis l'âge de douze ans il était en prison. Et il précisa : « De douze à dix-huit ans, j'étais en correction... »

Je dis : « Où ? »

— A Mettray.

Je conservai assez de calme pour demander :

— Quelle famille ? Jeanne d'Arc ?

Il me répondit oui et nous évoquâmes Mettray. Il accompagnait chacune de ses phrases importantes mais rares d'un geste de la main gauche ouverte, large, à plat, qui semblait se plaquer soudain sur les cinq cordes d'une guitare. Geste de mâle dont le guitariste étouffe les vibrations des cordes, mais c'est un calme geste de possession, et qui fait taire. Je laissai aller ma nature emportée. L'amour que j'endiguais depuis quelques jours rompit sa réserve et s'écoula sous la forme d'un grand plaisir à retrouver dans ma division un colon de Mettray. Le mot plaisir ne colle pas. Joie non plus, ni les autres synonymes, ni contentement, ni même félicité ou délices. C'était un extraordinaire état puisqu'il était la réalisation de ce que je souhaitais (mais d'un vague souhait, demeuré obscur à moi-même jusqu'au jour de ma rencontre) depuis vingt ans : retrouver en un autre qu'en moi le souvenir de Mettray, autant peut-être pour rejoindre Mettray que pour le continuer dans ma vie d'homme en aimant selon les mœurs d'alors. Mais à cet état de bonheur s'ajoutait la crainte qu'un léger vent, qu'un léger choc ne dénouât le résultat de cette rencontre. Si souvent j'avais vu se défaire en poudre les rêves les plus chers que jamais je n'avais osé rêver de Bulkaen, rêver d'un garçon jeune et frais, beau, avec un cœur loyal et un regard dur, et qui m'aimerait. Un adolescent qui aimerait assez le vol pour chérir les voleurs, méprisant assez les femmes pour aimer un voyou, enfin assez honnête pour se souvenir que Mettray était un paradis. Et, tout d'un coup, en même temps qu'elle me montrait que, malgré mes talents et mon entraînement de rêveur, je n'avais jamais osé le plus beau rêve (je m'en approchai quelquefois !), la vie des prisons me mettait en face de la réalisation vivante de ce rêve.

Bulkaen venait du fond de Mettray, envoyé par elle, né on ne sait comment, grandi parmi le monde lointain et dangereux des hautes fougères, instruit du mal. Il m'apportait les plus secrets parfums de la Colonie, où nous retrouvions nos propres odeurs.

Mais en même temps que je travaillerai au tissu de notre amour, je saurai qu'une invisible main en défait les mailles. Dans ma cellule, je tissais ; la main du destin détruisait. Rocky détruisait. Si lors de ces deux premières rencontres, je ne savais pas qu'il avait aimé, je savais qu'il avait été aimé. Je le devinais. Il ne me fallut pas longtemps pour apprendre dans sa vie l'existence de Rocky. La première fois que je voulus demander à un mec de son atelier si Bulkaen était descendu, ignorant son nom, je voulus le décrire, et le gars me dit :

— Ah, oui, le petit casseur qui dégueule su'l'fric ! la fille à Rocky, quoi. Bulkaen si t'aimes mieux...

La « fille » à Rocky... Le casseur qui dégueule su'l'fric ! Le détenu m'apprit ainsi une des particularités les plus bouleversantes de Bulkaen : lors de ses casses, quand il découvrait le pèze, chaque fois, une espèce de nausée le faisait vomir sur les billets. Toute la Centrale connaissait cela et personne ne songeait à s'en moquer. C'était aussi étrange que la claudication

66

d'Harcamone, ou les crises épileptiques de Botchako, que la calvitie de César, que la peur de Turenne, et cette étrangeté aggravait sa beauté. Hersir détruisait. Et la présence de Divers. J'inventais à notre amour les plus curieux dessins, mais je sentais sous le métier la main fatale qui dénoue les boucles. Bulkaen ne m'appartiendrait jamais et, sur le point de départ que peut être une unique rencontre, toute une nuit d'amour même, je ne pouvais pas tisser solidement. Voici l'emploi de l'expression : « C'était trop beau pour être vrai. » Je pressentais qu'à peine elle nous avait réunis, la vie allait nous séparer pour ma honte et mon chagrin. Et la vie poussera la cruauté jusqu'à faire disparaître Bulkaen au moment même où je tendais les bras vers son apparition. Mais, pour l'instant je jouissais en tremblant du bonheur précaire qui m'était accordé.

Je pouvais donc le voir comme je voulais, aller à lui, lui serrer la main, lui donner ce que j'avais. Pour l'approcher, je possédais le plus avouable des prétextes : ma camaraderie pour un ancien colon et ma fidélité à Mettray. Le soir même, de sa travée, il m'appela :

— Oh ! Oh ! Jean !

Je le devinais souriant dans la nuit. A ses sourires chacun se sentait ployer le genou.

J'étais couché. Je n'eus pas le courage de quitter mon lit pour bondir à la porte et je criai :

— Oui. Qu'est-ce tu veux ?

— Rien. Ça va ?

— Ça va. Et toi ?

— Ça va.

Une voix dure dit nettement, dans le silence :

— T'occupe pas, i'se pogne en pensant à ta petite gueule.

Bulkaen ne parut pas avoir entendu la réflexion.

Il me dit : « Bonsoir, Jeannot. » Quand il eut fini, une sorte de chant prolongea sa voix. C'était ce cri, lancé par une autre fenêtre :

— Les potes, c'est Roland qui cause. J'suis passé ! C'est les Durs à perpet', salut les potes ! J'taille demain pour Melun ! Salut !

Sur le dernier mot, le silence se referma. Toute la beauté du soir et du cri de Bulkaen sera contenue dans ce noble adieu d'un enfant à sa vie. Les fenêtres refermées, les ondes qu'il ébranle transmettront jusqu'au fond de notre sommeil sa tristesse paisible. Il est le commentaire du salut que m'a porté Bulkaen... « Salut les potes, j'taille demain... » Le plus simple — et l'on sait ce que veut dire simple, sous ma plume — le plus simple d'entre nous prie. C'est une oraison cet état qui vous fait pardonner, puisqu'il vous laisse sans force en face d'eux, les plus grands crimes, c'est-à-dire les jugements des hommes, car c'est pour cela qu'il nous a été donné d'entendre ce soir la voix même de l'amour atteint. J'eus alors besoin d'aller pisser. Tout le souvenir d'une journée aussi chargée afflua tout à coup, et je dus prendre à deux mains ma queue trop lourde à porter seul. Bulkaen ! Bulkaen ! Si je ne connaissais pas encore son prénom, ce nom m'enchantait. M'aimera-t-il ? Je revis son regard méchant et son regard si doux, et qu'il sache, à propos de moi, passer si bien de l'un à l'autre, me fit si peur que mon corps, pour échapper à cette peur, ne trouva rien de mieux que sombrer dans le sommeil.

Harcamone avait été condamné à la relègue pour son quatrième vol.

Je ne saurais dire avec précision comment l'idée de mort vint à son esprit. Je ne peux que l'inventer mais je connaissais Harcamone si bien qu'il y a des chances pour que je tombe juste, enfin j'ai moi-même éprouvé cet immense désespoir de la condamnation perpétuelle et, pire encore ce matin même, puisque ce fut le sentiment de ma damnation perpétuelle.

Sur le mur de la cellule de punition, je viens de lire les graffiti amoureux, presque tous adressés à des femmes et, pour la première fois, je les comprends, je comprends ceux qui les gravèrent car je voudrais écrire mon amour pour Bulkaen sur tous les murs et, si je lis ou si on les lit à haute voix, j'entends le mur me dire mon amour pour lui. Les pierres me parlent. Et c'est au milieu des cœurs et des pensées que l'inscription « M. A. V. » m'a remis tout à coup dans ma cellule de la Petite-Roquette, où je vis ces initiales mystérieuses à quinze ans. Il y avait long-temps, dès que je fus au courant de leur sens exact, que je n'étais plus touché par le prestige ténébreux des lettres gravées : « M. A. V. », « B. A. A. D. M. », « V. L. F. ». En les lisant, je ne lis plus que « Mort aux vaches », « Bonjour aux amis du malheur », et voici que, tout à coup, un choc, une perte soudaine de la mémoire me fait m'inquiéter en face de « M. A. V. ». Je ne vois plus ces lettres que comme un objet étrange, une inscription de temple antique, enfin j'éprouve la même impression de mystère qu'autrefois et, quand j'en ai conscience, il s'y ajoute celle d'être replongé dans le malheur, dans la désolation qui fit le fond de mon enfance et ce sentiment est plus douloureux encore que celui que j'éprouvai à la Salle en entrant dans une ronde qui paraissait être éternelle, car c'est en moi que je constate que rien n'a changé, que mon malheur n'obéit pas à des lois extérieures, mais qu'il est en moi, installé à demeure, immobile et fidèle à sa fonction. Il me semble donc que s'ouvre une ère nouvelle de malheurs et cela au cœur même du bonheur que me cause mon amour, exalté par sa mort, pour Bulkaen, mais ce sentiment de malheur avec la découverte des signes qui l'accompagnent, fut peut-être provoqué par ma passion amoureuse, parce qu'elle avait la forme extérieure que prirent mes passions à Mettray. Elle s'entourait des mêmes complications puériles et tragiques. J'allais donc vivre sur le mode malheureux de mon enfance. Je suis pris dans le mécanisme d'un cycle : c'est une période de malheur — et non malheurs — qui s'ouvre quand une autre allait finir, et à laquelle rien ne me prouve qu'une troisième ne succédera — et ainsi durant l'éternité.

Condamné à la relègue, la mort est au fond d'une vie prisonnière, et la prison est le pire malheur qui puisse arriver à des natures encore enivrées par le goût de la liberté — j'ai dit prison et non pas solitude. Harcamone voulut d'abord échapper à la prison. Comme nous autres, dès son arrivée, il voulut faire un calendrier valable pour toute sa détention, mais ne connaissant pas la date de sa mort, il ignorait ainsi la date de sa libération. J'ai fait, moi aussi, un calendrier. Un cahier de dix pages d'abord, à raison de deux pages par an, où chaque jour était marqué. Pour le parcourir, il fallait le feuilleter et cela demande du temps. Pour embrasser d'un coup leurs vingt années de réclusion, les durs détachent toutes les pages et les collent au mur. J'ai fait comme eux. Dans un seul regard, je peux saisir ma peine, la posséder. Sur ces vingt ans, ils se livrent à des mathématiques d'une effrayante complication. Ils multiplient, divisent, enchevêtrent les nombres de mois, de jours, de semaines, d'heures, de minutes. Ils veulent tirer de ces vingt ans tous les possibles arrangements, et il semble que les vingt ans vont s'extraire des nombres, plus purs. Leurs calculs ne finiront que la veille de leur libération, si bien que ces vingt ans paraîtront avoir été nécessaires pour connaître ce que vingt ans comportaient de combinaisons et l'emprisonnement aura pour but et raison d'être, ces calculs qui, posés à plat sur le mur, ont l'air en même temps de s'enfoncer lentement dans la nuit du futur et du passé, et de briller d'un éclat présent si insoutenable que cet éclat est sa propre négation.

Harcamone ne pouvait avoir de calendrier. Sa vie morte suivait son cours jusqu'à l'infini. Il voulut fuir. Il fit très vite le tour de tous les moyens, y compris l'évasion. Il fallait, pour s'évader, outre les complicités de l'extérieur qu'Harcamone n'avait jamais su se ménager parce qu'il était aussi terne dans la vie libre qu'éblouissant dans les pénitenciers (à propos de cet éclat, qu'on me permette un mot. Je veux comparer les durs à des acteurs, et même aux personnages qu'ils incarnent et qui ont besoin, pour mener le jeu jusqu'aux sommets les plus hauts, de la liberté que procurent la scène et son éclairage fabuleux, ou la situation hors du monde physique des princes de

Racine. Cet éclat vient de l'expression de leurs sentiments purs. Ils ont le temps d'être tragiques et « les cent mille francs de rente » qu'il faut), il fallait montrer de l'audace, une volonté constante d'avoir de sournoises précautions et que l'étincellement dont j'ai parlé rendait difficile, impossible. L'habileté, la ruse, la comédie, tout homme ayant une puissante personnalité en est incapable.

Harcamone en vint donc à la mort comme au seul moyen d'abréger sa captivité. Il y songea d'abord d'une façon peut-être littéraire, c'est-à-dire en en parlant, en entendant d'autres mecs lui dire : « Vaut mieux crever ! » et sa nature hautaine, ennemie du sordide, s'emparant de cette idée l'ennoblit, et de la seule façon efficace, en la rendant familière, en faisant d'elle une nécessité absolue, par quoi elle échappait au contrôle moral. Avec cette idée de mort, il conversa sur un ton intime, pratique, jamais romantique. Mais envisager sa mort étant un acte grave, il le faisait avec gravité et, quand il en parlait, c'était sans emphase, mais on distinguait sa voix prendre pourtant des attitudes cérémonieuses.

Des moyens de se donner la mort, il fallait écarter le revolver et le poison. Il pouvait se jeter du haut d'une des galeries supérieures... Un jour, il s'approcha de la balustrade et l'escalada. Accroupi un instant au bord du vide, il recula un peu, ébloui par l'horreur. De ses bras légèrement en arrière, il battit un peu l'air et, lors d'un temps très bref, il eut ainsi le mouvement d'un aigle qui s'envole de son roc. Enfin, vainqueur du vertige, il se détourna, écœuré sans doute par la vue sur le sol de ses membres fracassés. Il ne vit pas Rasseneur qui me rapporta la scène.

Rasseneur était seul avec lui sur la galerie mais il s'était reculé, s'enfonçant assez dans le mur pour laisser à Harcamone l'impression de sa solitude.

Harcamone choisit de commettre un acte assez banal pour lui et qui, par la conduite d'un mécanisme fatal plus fort que sa volonté, le ferait mourir. Il assassina dans un mouvement presque calme le gâfe insolent de douceur et de beauté qui l'avait, durant deux ans, fait le moins chier à Fontevrault. On sait qu'Harcamone mourut noblement pendant les quatre mois qui suivirent cet assassinat. Il fallut qu'il élevât son destin comme on élève une tour, qu'il donnât à ce destin une importance énorme, une importance de tour, unique, solitaire et que de toutes ses minutes il le construisît. Construire sa vie minute par minute en assistant à sa construction, qui est aussi destruction à mesure, il vous paraît impossible que je l'ose prêter à un voleur sans envergure. On ne voit capable de cela qu'un esprit sévèrement entraîné. Mais Harcamone était un ancien colon de Mettray, qui avait là-bas bâti sa vie, minute par minute, on peut dire pierre par pierre, comme chacun avait fait la sienne, pour réussir la forteresse la plus insensible aux coups des hommes. Il s'approcha de Bois de Rose (j'appris à partir de ce moment l'histoire du meurtre) qui ne soupçonnait rien, et surtout pas qu'on pût le tuer, ni surtout l'égorger quand l'égorgeur serait Harcamone. Peut-être ne pouvait-il admettre qu'un geôlier devînt victime c'est-à-dire héros déjà idéalisé puisque mort et réduit à l'état de prétexte à l'un de ces poèmes brefs que sont les faits divers. Je ne puis savoir comment Harcamone se trouva sur le passage du gâfe, mais on dit qu'il se précipita derrière lui, le saisit par l'épaule, comme s'il eût voulu, par-derrière, l'embrasser. J'ai pris de la sorte plus d'une fois mes amis pour poser un baiser sur leur nuque enfantine. (A la main droite, il tenait un tranchet volé à la cordonnerie.) Il donna un coup. Bois de Rose s'enfuit. Harcamone courut après lui. Il le rattrapa, le ressaisit à l'épaule et cette fois, lui trancha la carotide. Le sang gicla sur sa main droite qu'il n'avait pas retirée à temps. Il était en sueur. Malgré sa volonté d'être calme, Harcamone devait souffrir à l'extrême d'être d'un seul coup porté au sommet de son destin et reporté aux heures du meurtre de la fillette. Encore qu'il eût eu, pour le sauvegarder d'un trop grand malheur, la chance de pouvoir accomplir son dernier meurtre avec d'autres gestes que ceux qu'il fit lors du premier. Puisqu'il évitait la répétition, il se sentait moins s'enliser dans le malheur, car on oublie trop la souffrance de l'assassin qui tue toujours de la même façon (Weidmann et sa balle dans la nuque, etc.) tant il est douloureux d'inventer un nouveau geste difficile.

Il voulut essuyer son visage mouillé et c'est de sang que sa main l'en badigeonna. Il y avait, présents à la scène, des détenus que je n'ai pas connus, ils laissèrent le meurtre s'accomplir et maîtrisèrent Harcamone quand ils furent bien certains que Bois de Rose était mort. Enfin, Harcamone songea à faire quelque chose de très difficile, de plus difficile que ce meurtre : il s'évanouit.

Construite avec des gars qui montent leur vie pierre à pierre, taillée dans le roc, embellie par mille cruautés, la Colonie de Mettray scintille au milieu pourtant des brumes d'un automne presque continuel, qui baignaient cette existence, et c'est l'automne encore qui baigne le nôtre où tout a des teintes de feuilles mortes. Nous-mêmes, dans notre bure de la maison, sommes des feuilles mortes et c'est tristement que l'on passe parmi nous. Nous tombons en silence. Une légère mélancolie — légère non parce qu'elle est peu nombreuse mais parce qu'elle pèse peu — flotte autour de nous. Notre temps est gris, même lorsqu'il fait soleil, mais cet automne en nous est artificiel, et terrible, parce qu'il est constant, parce qu'il n'est pas un passage, la fin d'un beau jour, mais un état fini, monstrueusement immobilisé dans la brume des murailles, des bures, des odeurs, des voix feutrées, des regards indirects. A travers la même tristesse, Mettray scintillait. Je ne puis trouver les mots qui vous la présenteraient soulevée du sol, portée par des nuages, comme les villes fortifiées des tableaux d'autrefois, suspendue entre ciel et terre et commençant une assomption éternelle. Mettray grouillait d'enfants aux visages, aux corps et aux âmes séduisants. J'ai vécu parmi ce petit monde cruel : au sommet d'une montée un couple (ou une couple ?) de colons, qui se détache dans le ciel ; une cuisse qui gonfle un pantalon de treillis, les durs et leur braguette entrouverte d'où s'échappent par bouffées qui vous soulèvent le cœur le parfum des roses thé et des glycines s'oubliant vers le soir ; un simple enfant qui pose un genou en terre comme s'il allait viser, pour voir passer une fille entre les arbres ; un autre gosse qui veut parler de son béret mais songe à sa casquette et dit : « ma deffe, ma bâche, ma gribelle » ; Harcamone enfant, emmailloté dans une gêne princière ; le clairon ouvrant dans son sommeil les portes de l'aurore, les cours sans jeu (même l'hiver la neige n'y sert à aucune bataille), mais les ténébreuses machinations, les murs du réfectoire peints jusqu'à hauteur d'enfant de goudron (quel esprit infernal, quel directeur aux manières douces inventa de les peindre et, délicatement, de peindre tout en noir les murs intérieurs des cachots du quartier ? Qui songea encore à peindre mi-partie blanc et noir les murs des cellules de la Petite-Roquette où nous passions presque tous avant de venir à Mettray ?) ; au quartier, un chant corse, funèbre, qui se répercute de cellule en cellule ; un pantalon déchiré montrant un genou d'une beauté déchirante... enfin, parmi les fleurs, dans le Grand-Carré, les vestiges de ce bateau à voiles où la tristesse d'être ici, enfermé, me fait la nuit chercher refuge. Autrefois, il était mâté, gréé, avec des voiles et du vent, au milieu des roses et des colons (qui, tous, à leur sortie de Mettray, s'engageaient dans la flotte) y apprenaient, sous les ordres d'un ancien de la Marine, les manœuvres de bord. Quelques heures par jour, ils étaient transformés en mousses. Et, à travers la Colonie, restent les mots de gabier, bordée, second, frégate (ce mot désignant un vautour, un giron) ; le langage et les habitudes conservèrent longtemps l'empreinte de cette pratique et qui traversait en courant la Colonie, pouvait croire qu'elle était née, ainsi qu'Amphitrite, de la mer. Ce langage, et ce qu'il restait des coutumes, nous créait déjà une origine fantastique, car il s'agit d'un langage très vieux et non de celui qu'inventaient les générations de colons. Extraordinaire était le pouvoir qu'avaient eu ces enfants de créer aussi des mots. Non pas des mots extravagants, pour désigner les choses, ceux que les enfants se répètent, inventant toute une langue ; inventés dans un but pratique, les mots des colons avaient un sens précis ; « une déclanche », c'était une excuse. On disait : « Pas mal, comme déclanche. » « Renauder » voulait dire rouspéter. Les autres m'échappent, je les signalerai plus loin, mais je veux affirmer que ces mots ne sont pas de l'argot. C'est Mettray qui les inventa et en usa, car on ne les retrouve dans aucun des vocabulaires des pénitenciers d'enfants, des Centrales ou du Bagne. Ces mots, relativement nouveaux, en se mêlant aux autres dont la noblesse authentique était d'ancienneté, nous isolaient encore du monde. Nous étions une terre épargnée lors d'un engloutissement très ancien, une sorte d'Atlantide, qui avait conservé une langue enseignée par les dieux eux-mêmes, car j'appellerai dieux ces puissances prestigieuses, informes, comme le monde des marins, le monde des prisons, le monde de l'Aventure, par quoi toute notre vie était commandée, d'où notre vie tirait même sa nourriture, sa vie. Il n'est pas jusqu'au mot de gui, terme de la marine, qui n'achève en moi la confusion. Y penser me délivrerait, mais effleurer cette idée me trouble que Guy vienne d'aussi loin. Ma poitrine...

Sur les planches, il paraît bien que les tragédiens, atteignant les sommets les plus hauts de la tragédie, ont la poitrine soulevée par une respiration rapide, ils doivent vivre sur un rythme accéléré, leur élocution semble se précipiter même lorsqu'elle se ralentit, même lorsqu'ils se lamentent doucement, et le spectateur victime de cet art sort en lui des mouvements semblables et, quand il ne les éprouve pas spontanément, il croit jouir mieux de la tragédie en les provoquant, sa bouche s'entrouvre, il respire vite, l'émotion le gagne... ainsi quand je songe, à travers Guy, aux instants les plus tendres de Bulkaen, à sa mort véritable, à ses morts imaginées dans le secret de mes nuits, à ses désespoirs, à ses chutes, donc à sa beauté culminante puisque j'ai dit qu'elle était provoquée par le désordre méchant de sa figure, tout en restant immobile sur mon lit, ma poitrine se gonfle, je respire plus vite, ma bouche reste entrouverte, mon buste croit se tendre vers la tragédie que vit le gosse, enfin mon rythme circulatoire s'accélère, je vis plus vite. C'est-à-dire que tout cela me paraît être, mais je crois bien que je n'ai pas bougé, et plutôt que c'est la représentation de moi, une de mes images que *je vois*, en face de l'image de Bulkaen dans sa plus haute attitude.

Bulkaen avait donc pris de plus en plus possession de moi. Il s'était engouffré en moi, car j'avais laissé s'échapper l'aveu d'un amour qu'il avait compris depuis longtemps, autant peut-être par le chant de mes yeux que par les cadeaux que je lui faisais. Il paraissait si indépendant du monde qui nous environnait, qu'il me semblait ignorer non seulement l'étrangeté de la situation d'Harcamone, mais sa présence ici, son existence parmi nous. Il ne paraissait pas être touché par cette influence et, peut-être, personne que moi — et Divers pour d'autres raisons — n'en était touché. Botchako, que je voyais quelquefois en passant devant l'atelier surchauffé des tailleurs où il restait le torse nu comme un bourreau chinois, était beaucoup plus prestigieux. C'est que le sang purifie, à des hauteurs peu communes élève celui qui l'a versé. Par ses meurtres, Harcamone avait atteint à une sorte de pureté. L'autorité des marles est crapuleuse. Ce sont des mecs qui peuvent encore bander, dont les muscles sont de chair. Le sexe et la chair des assassins sont de lumière. Je parlai de lui à Bulkaen :

— Tu l'as jamais vu, Harcamone ?

— Non. — Il eut l'air indifférent et il ajouta sans paraître attacher d'importance à la question :

— Et toi ?

La lumière éclata dont il apparut soudain comme la plus pure essence.

Dès quatre heures du soir, la nuit étant tombée, on allumait, et la Centrale paraissait livrée à une activité ayant des fins extra-terrestres. Il suffisait d'un tour de commutateur : avant, la pénombre où les êtres étaient des choses, où les choses étaient sourdes et aveugles. Après, la lumière où les choses et les gens étaient leur propre intelligence allant au-devant de la question et l'ayant résolue avant qu'elle fût posée.

L'escalier changea d'aspect. C'était plutôt un puits qu'un escalier. Il comptait exactement quatorze marches pour chacun des étages (il y en avait trois), et ces marches de pierre blanche étaient usées au milieu, si bien que les gardiens, glissant par le fait de leurs souliers cloutés, ne pouvaient le descendre que très lentement, en frôlant le mur. Le mur était plus exactement une paroi. Elle était peinte en ocre et ornée de graffiti, de cœurs, de phallus, de flèches, etc., vite gravés par un ongle plutôt négligent que fervent et vite effacés par un auxiliaire commandé par un gâfe. A la hauteur du coude et des épaules, l'ocre était effacé. Dans le bas, il s'écaillait. Au milieu de chaque palier, il y avait une ampoule électrique.

Dans la lumière, je répondis :

— Moi ? Oui. On était potes, à Mettray.

C'était faux et la lumière fit rendre à ma voix un son faux. A Mettray, nous n'avions jamais été copains. Harcamone, déjà en possession de ce genre de gloire qu'il devait développer jusqu'à l'apothéose, gardait un silence qui paraissait dédaigneux. La vérité, je crois, c'est qu'il ne savait penser ni parler, mais qu'importent les raisons qui correspondent à une attitude composant un poème ? Bulkaen remonta son froc avec une main et posa l'autre à sa hanche :

— Sans blague. Il était de Mettray aussi ?

— Oui.

Puis il partit sans montrer davantage de curiosité. Et j'eus la honte d'éprouver pour la première fois que je me détachais de ma divinité d'élection. Ce fut le lendemain que Bulkaen m'envoya son premier biffeton. Presque toutes ses lettres débutaient par ceci : « Jeune voyou. » S'il avait deviné que j'étais sensible au charme de l'expression, il avait deviné juste, mais pour l'avoir compris, il fallait qu'il eût repéré sur moi, sur mon visage ou dans mes gestes, certains signes, ou tics, qui montraient mon contentement, or il n'en était rien puisqu'il n'était jamais présent quand je lisais ses lettres et je n'eusse jamais été assez fou pour le lui dire. La première fois que j'eus à lui parler, sans d'abord connaître son nom, je me souvins qu'il tombait pour une affaire de bijoux, et je l'appelai ainsi : « Eh... Eh... les Bijoux ! Eh, Bijoux. » Il se retourna, son visage s'illumina, je dis :

« Excuse-moi, j'sais pas ton nom... » mais il me dit très vite et assez bas : « T'as raison, appelle-moi Bijoux, ça va comme ça. » Et puis, presque aussitôt, afin que je ne soupçonne pas son plaisir de s'entendre appeler Bijoux, il ajouta : « Comme ça on pourra se causer et les gâfes y sauront pas qui qu'c'est. »

Je connus son nom de Bulkaen un peu plus tard quand je l'entendis rappeler à l'ordre par un gâfe parce qu'il marchait trop lentement et c'est au dos d'une photo que je vis son prénom « Robert ». Un autre que moi aurait pu s'étonner qu'il se fasse alors appeler « Pierrot » et plus tard « Bijou ». Je n'en fus ni surpris ni agacé. Les voyous aiment changer de nom ou déformer jusqu'à le rendre méconnaissable celui qu'ils portent. Maintenant Louis devient Loulou mais, il y a dix ans, il se transformait en P'tit Louis qui, à son tour, devenait « Tioui ».

J'ai déjà parlé de la vertu du nom : une coutume maorie veut que deux chefs de tribus qui s'estiment et s'honorent changent mutuellement de nom. C'est peut-être un phénomène analogue qui fit Bulkaen troquer Robert contre Pierrot — mais qui était Pierre ? Était-ce Hersir dont il me parlait malgré lui ? — ou bien, comme il est d'usage que les voyous ne se nomment que par diminutif de leur nom, Robert n'en offrant pas un à sa convenance, Bulkaen avait choisi celui de Pierrot. Mais encore une fois pourquoi justement Pierrot ?

Sa joie naïve était fraîche, à cause de sa jeunesse mais, même si je l'éprouvais en me sentant appeler « jeune voyou », je ne devais pas montrer la même joie. Il fallait donc que lui-même eût éprouvé la légère ivresse que procurent ces mots quand on les prononce amicalement : « Jeune voyou », comparable pour moi à la caresse d'une main large sur une nuque de garçon.

Nous étions encore dans le virage de l'escalier, dans l'ombre.

Je ne chanterai jamais assez l'escalier plissé, et son ombre. Les mecs se réunissaient là. Les durs — ceux que les juges appellent récidivistes — les cravates-noires (parce que tous ou presque tous ont passé devant les Assises, et portèrent, pour la séance, le petit nœud d'étoffe noire que vend la cantine, car les Assises sont une cérémonie plus grave que la Correctionnelle) et, à l'abri pour quelques secondes des gâfes qui les pourchassent, et des cloches qui peuvent moucharder — encore que la délation soit plus à redouter d'un dur que d'un clodo — ils élaborent quelques évasions. Pour leur vie passée et les coups qui l'ont marquée, ils se réservent d'en parler au lit, de cellule à cellule, de cage à poule à cage à poule (le dortoir est une immense salle où courent, se faisant face, deux rangées de cellules étroites ne contenant qu'un lit, séparées par une cloison de brique mais couvertes d'un treillage métallique et fermées d'une grille. On les appelle les cages à poules). Le premier soir, la ronde passée, j'y entendis une invocation étrange, formulée par une voix d'une étonnante élégance : « Ô ma Solide ! Ô ma Féroce ! Ô ma Brûlante ! Ô mes Abeilles, veillez sur nous ! »

Un chœur de voix graves, ferventes et émues jusqu'au fond de l'âme qu'ont les voix, répondit :

— Amen.

La voix qui s'était élevée solitaire, c'était celle du bandit Botchako, l'invocation il l'avait adressée à sa pince, à la plume et à ses cales, et tous les casseurs du dortoir avaient répondu. Sans doute, cette invocation était une parodie, qu'elle voulait être, car, au milieu de la gerbe de voix, quelques autres canailles chargeaient davantage la bouffonnerie (l'une d'elles dit même : « amène ton pèze » et une autre : « amène tes miches ») mais malgré elle-même cette bouffonnerie restait *profondément* grave. Et tout mon être, corps et âme, se tourna vers ma pince, immobile et pourtant vibrante dans ma chambre à Paris. Il me semble encore que ces vibrations rendaient ce soin de ma chambre un peu imprécis, voilé, comme si elles eussent développé une sorte de buée dorée qui serait l'auréole de la pince — l'imagerie montre ainsi les sceptres et les bâtons de commandement. Elle vibre enfin comme ma verge indignée et coléreuse.

Bulkaen me demanda si j'avais reçu son petit mot.

— Non, je n'ai rien reçu.

Il parut embêté car il l'avait remis à un auxiliaire qui devait me le passer. Je demandai ce que disait ce mot.

— T'as besoin de quelque chose ?

— Non, non, dit-il.

— Non ? Alors, qu'est-ce que c'était ton biffeton ?

— Oh, rien. — Il eut l'air gêné. Je compris sa gêne, peut-être simulée pour que j'insiste, le questionne encore ou pour que je devine sans poser d'autres questions. Mais j'insistai. Nous éprouvions l'un en face de l'autre une timidité profonde cachée alors sous des gestes brusques, mais elle était l'essence même du moment puisque c'est elle qui demeure dans mon souvenir quand elle s'est décapée de mes gestes. J'insistai :

— Alors, pourquoi tu m'écris si t'as besoin de rien ? Ça ne s'explique pas, ton mot.

— Je te disais mon amitié, à ma façon... — Je pressentis que mon amour était découvert. Je me vis en danger. Bulkaen se moquait de moi. J'étais joué. Cette attitude qui est le fond de ma nature avec la méchanceté me permettra de dire un mot de cette méchanceté. Pauvre, j'étais méchant parce qu'envieux de la richesse des autres et ce sentiment sans douceur me détruisait, me consumait. Je voulus devenir riche pour être bon, afin d'éprouver cette douceur, ce repos qu'accorde la bonté (riche et bon, non pour donner, mais pour que ma nature, étant bonne, fût pacifiée). J'ai volé pour être bon.

Je tentai un dernier effort pour refermer sur moi une porte qui montrerait le secret de mon cœur, et qui risquait de laisser Bulkaen entrer en moi comme en pays conquis, monté, botté, éperonné, cravaché et l'insulte à la bouche, car il n'est jamais tendre le sentiment que porte un gamin à un homme qui l'adore. Je répondis donc durement :

— Ton amitié ? J'en ai rien à foutre, moi, de ton amitié !

Il fut décontenancé soudain et son regard perdit sa dure fixité, sa pénétration de lame. Il dit péniblement, mot à mot, il vacilla : « Je te remercie, Jean, tu es gentil... » J'eus immédiatement honte de ce que je prenais pour de la dureté en moi, et qui était méchanceté, vengeance à l'égard d'un gosse qui venait « de m'avoir ». D'être arrivé la nuit en Centrale au milieu des lumières, je garderai durant l'action de ce récit une espèce de recueillement, et l'étonnement de vivre même le jour, la nuit d'un

Noël monstrueux. Bulkaen serait le Rédempteur gracieux et vivant, familier. J'étais inquiet que tout ne s'arrête et culbute. Je voulus racheter ma phrase épaisse et je dis, en plaçant une main sur son épaule (ce fut mon premier geste amical, je touchai Bulkaen pour la première fois) :

— Mon petit Pierrot, tu te fais des idées. Si je suis chic avec toi, c'est qu'on a été tous les deux à Mettray. Je suis obligé d'être chic à cause de Mettray. Tu peux avoir les copains que tu veux, avoir pour eux l'amitié... — mais ce que j'allais prononcer m'était trop pénible — puisqu'il me serait encore pénible de l'écrire — cela touchait trop à mon amour, le mettait en danger en permettant à Bulkaen de l'ignorer et d'aimer qui il voudrait — et c'est tout à coup que se produisit en moi l'une de ces trop nombreuses déchirures qui me mettent l'âme à nu. Je dis :

— Si j'ai le béguin pour toi, ne t'en occupe pas.

Il prit mes deux mains et me dit :

— Si, Jean, je m'en occupe. Ça me regarde.

— Non. — Je tremblais. La messe pouvait finir, les orgues se taire. Mais un chœur de jeunes voix poursuivit ses cantiques. Il dit :

— Si, Jeannot. T'apprendras à me connaître.

Cette phrase me remplit d'espoir. Nous fûmes copains et c'est moi qui lui demandai de me faire passer un autre mot. Je capitulais. C'est alors que commença cet échange de billets amoureux, où nous parlions de nous, de projets de casse, de coups mirobolants et, surtout, de Mettray. Par prudence, il signa son premier billet : « Illisible », et je répondis en commençant ainsi : « Mon Illisible. » Pierre Bulkaen restera pour moi l'indéchiffrable. C'est toujours dans l'escalier où il m'attendait, que nous nous passions les papiers. Si nous n'étions pas le seul couple agissant ainsi, nous étions, sans doute, le plus douloureusement agité. Fontevrault était donc plein de ces échanges furtifs qui gonflaient la Centrale comme de soupirs rarement exprimés. A Fontevrault revivaient sous forme de macs et de casseurs les nonnes amoureuses et les filles de Dieu. Il y aurait à dire sur les destins, mais remarquons l'étrangeté de celui des monastères ou abbayes (que les détenus appellent : l'abeille) : des prisons et de préférence des Centrales ! Fontevrault, Clairvaux, Poissy !... Il était voulu par Dieu que ces lieux n'abritassent que des communautés d'un seul sexe. Après que les moines, dans leur bure aussi, y ciselèrent la pierre, les détenus modèlent l'air de leurs contorsions, leurs gestes, leurs appels, leurs cris ou modulations, leur chant de lamentin, les mouvements silencieux de leur bouche ; ils le torturent et sculptent la douleur. Tous ces monastères appartenaient à un Seigneur — ou Sire — qui possédait la vraie richesse : les hommes avec leur âme, et les hommes lui donnaient le meilleur d'eux-mêmes. Ils gravaient le bois, peignaient les vitraux, taillaient la pierre. Jamais un seigneur n'eût osé collectionner dans une chambre de son château les stalles ou le jubé, ou n'importe quelle statue de bois polychrome. Aujourd'hui, Fontevrault est dévasté de ses joyaux de pierre et de bois. Des gens sans noblesse, incapables de conquérir des âmes, les ont achetés pour leurs appartements, mais une autre et plus splendide débauche emplit la Centrale, c'est la danse dans les ténèbres de deux mille détenus qui appellent, chantent, bandent, souf-

86

frent, meurent, écument, crachent, rêvent et s'aiment. Et parmi eux Divers. J'avais lu son nom dans la liste des punis à la Salle de discipline. Ainsi j'ai retrouvé ici celui qui, si longtemps, car son absence elle-même était indiscrète, obséda le petit colon de Mettray. Je le reconnus sur la tinette, comme je l'ai dit, et spontanément j'associai sa présence à la condamnation à mort d'Harcamone. Pourtant, jamais je n'échangeai avec Divers un mot au sujet de l'assassin. Pas un seul, car dès que je pus lui parler librement, j'avais déjà été prévenu qu'il existait entre eux un pénible rapport, dont personne ne connaissait le détail mais dont le malaise se ressentait sur toute la Centrale. Et ce silence fut observé de part et d'autre. Aussi absolu, il était inquiétant car il se passait à la Centrale un événement d'une importance exceptionnelle dont tout le monde parlait, auquel tout le monde pensait, mais sur quoi nous nous taisions, Divers et moi, alors qu'il était peut-être ce qui nous resserrait le plus l'un à l'autre. Ce silence était comparable à ceux que les gens bien élevés observent quand ils sentent soudain, dans un salon, l'odeur d'un pet silencieux.

Divers, à Mettray, lors de son retour, me fut présenté en grande pompe, avec tout le déploiement de circonstances, tout le concours de foule, le cérémonial auquel ne sait résister le destin lorsqu'il veut frapper un de ses grands coups. Quand je fus conduit à la maison de correction de Mettray, j'avais quinze ans et dix-sept jours, et je venais de la Petite-Roquette. Aujourd'hui, les mômes qui sont à Fontevrault viennent de la rue des Lis (c'est ainsi que nous appelons le couloir de la neuvième et celui de la douzième division de la Santé, où sont les cellules des minos — les mineurs). Peu d'instants après mon arrivée, un soir d'énervement, ou peut-être pour prouver que j'étais très audacieux, à la tête du chef de famille (je dirai quelques mots de la division en « Familles » de la Colonie) au réfectoire, je lançai une assiette de soupe. Pour ce geste, je fus sans doute admiré par les marles plus forts que moi, mais déjà je me signalais par un courage seulement moral, sachant bien que je ne serais pas frappé pour un tel geste, mais puni selon la loi, alors que je n'eusse pas osé me battre avec un autre colon, tant je craignais les coups. Au surplus, l'étonnement d'être nouveau dans un milieu de jeunes gens que l'on sent hostiles paralyse. Bulkaen lui-même me l'avoua. Il reçut une correction le premier jour de son arrivée et ce n'est qu'un mois après qu'il osa rendre les coups et, me dit-il :

— Je m'suis aperçu tout d'un coup que j'savais me battre. Tu parles si ça m'a suffoqué. J'étais joyeux. Je r'vivais ! Y fallait seulement que j'commence pour que je m'connaisse.

C'est l'impossibilité de tuer mon adversaire, ou tout au moins de le mutiler assez odieusement qui, dans les débuts de mon arrivée, me retint de me battre ; le battre pour lui faire du mal me paraissant ridicule. L'humilier m'eût convenu, mais si j'avais eu la loi sur lui, il n'en eût éprouvé aucune honte car peu de gloire auréolait le vainqueur. C'est le fait seul de se battre qui était noble. Il ne s'agissait pas de savoir mourir, mais combattre, ce qui est plus beau. Aujourd'hui le soldat sait seulement mourir, et l'outrecuidant conserve la tenue virile du combattant, tout le fatras de son harnachement. C'est moins par ce courage moral qu'il fallait que je m'impose à Bulkaen, il ne l'eût pas compris. Je le devinais au sens de ses lettres. La première fut d'une étonnante gentillesse. Il me parla de Mettray, du père Guépin, et j'appris qu'il avait presque toujours travaillé dans les champs. Voici la seconde que j'ai pu conserver :

Mon petit Jeannot,

Merci de ton petit mot qui m'a fait plaisir, mais excuse-moi si, de mon côté, je ne peux te faire des lettres dans le genre de la tienne, il me manque l'instruction pour cela car ce n'est pas à Mettray que j'ai pu apprendre avec le père Guépin. Tu en sais quelque chose, vu que toi-même tu y es allé, donc excuse-moi mais crois que j'ai vraiment de la sympathie pour toi et, si cela est possible, je voudrais partir avec un garçon de ton genre, un vagabond qui a les idées larges, très larges...

Crois bien qu'il est fort possible que je partage tes sentiments, la question d'âge n'a rien à voir, mais je n'aime pas les gosses. J'ai vingt-deux ans, mais j'ai vécu assez depuis l'âge de douze ans pour connaître la vie... J'ai tout vendu ce que j'avais pour manger et fumer car, à mon âge, il est difficile de vivre avec la gamelle...

Ne crois jamais, mon petit Jean, que je rirai de toi, ce n'est pas mon genre, je suis franc et quand j'ai quelque chose à dire, je ne me gêne devant personne, ensuite j'ai trop souffert moi-même pour me moquer de ton amitié qui, je suis sûr, est sincère.

Quelques mots, qu'il voulait souligner, étaient mis entre parenthèses, ou entre guillemets. Mon premier mouvement fut de le prévenir qu'il était ridicule de mettre entre guillemets les mots et les expressions d'argot car ainsi on empêche qu'ils entrent dans la langue. Mais je renonçai à prévenir Bulkaen. Quand je recevais ses lettres, ses parenthèses me causaient un petit frisson. Dans les débuts, c'était un frisson de honte légère, désagréable. Après, et aujourd'hui que je les relis, le frisson est le même mais je sais, par je ne pourrais dire quel imperceptible changement, que c'est un frisson d'amour — il est en même temps délicieux et poignant à cause du souvenir peut-être du mot honte qui l'accompagnait au début. Ces parenthèses, ces guillemets, sont la marque au défaut de la hanche, le grain de beauté sur la cuisse par quoi mon ami montrait qu'il était lui-même, l'irremplaçable, et qu'il était blessé.

Une autre marque, c'était le mot baiser qui terminait la lettre. Il était griffonné plutôt qu'écrit, les caractères s'embrouillaient et le rendaient presque indéchiffrable. Je sentais le cheval qui se cabre devant l'ombre.

Il me dit aussi quelques mots de ses casses, de son travail dehors, de l'amour qu'il lui portait et il montra beaucoup d'habileté pour me faire comprendre qu'il avait faim. Nous avons tous faim à cause de la guerre dont nous recevons des nouvelles si lointaines qu'il nous semble s'agir d'une histoire qui se serait passée autrefois, les rations sont diminuées de moitié, et c'est à un trafic d'une extraordinaire âpreté que chacun se livre. La guerre ? La campagne rase — une rase campagne sous un soir rose de septembre. Les géns chuchotent, des chauves-souris passent. Très loin, *sur les frontières*, les soldats râlent et voient passer le rêve. Or, je brillais, c'était visible. Grâce à mes habitudes de la prison, je savais me débrouiller pour toucher une double ration de cantine ; avec des timbres, à quelques gâfes j'achetais du pain et du tabac, et Bulkaen, sans savoir comment je m'y prenais, voyait sur moi le reflet de ma richesse. Sans me le demander, il espérait du pain. Déjà, sollicitant les mégots dans l'escalier, il avait ouvert sur son torse nu sa veste de bure et, en passant sa main sur ses flancs, il m'avait montré sa maigreur, mais je fus alors tellement frappé en constatant que le tatouage, que j'avais pris pour un aigle ciselé en ronde bosse, était une tête de catin dont les cheveux s'épandaient à droite et à gauche comme deux ailes, que mon dépit ne m'apparut pas. Je fus donc encore déçu quand je compris le sens à peine caché de sa lettre. Je fis un effort très grand pour surmonter mon dépit sensible cette fois, en songeant que la faim était générale, qu'elle torturait les plus durs, les plus sévères des macs, et qu'il m'était donné d'assister à l'un des moments les plus douloureux de la Centrale puisque l'habituel climat était haussé à un paroxysme tragique par la souffrance physique qui apportait son élément grotesque ; je songeai encore que l'amitié pouvait n'être pas absente d'une relation où l'intérêt avait aussi sa place et, au lieu d'avoir un geste brutal à son égard, je me dis que Pierrot était jeune, et que sa jeunesse elle-même, et elle seule en lui, réclamait du pain. Je lui donnai une boule le lendemain matin avec un mot où je disais mon amitié. Je voulais sourire en lui tendant le pain, je sentais qu'il eût été délicat de ne pas parler, d'abandonner légèrement mon offrande, je m'efforçais vers la gracieuse nonchalance, mais tant d'amour m'alourdissait que je restai grave. L'amour me faisait accorder à chaque geste une importance infinie et même à ceux-là auxquels je n'en eusse pas voulu accorder. Mes traits se tirèrent et j'accomplis malgré moi une grimace solennelle avec un geste solennel.

Un peu plus tard, il voulut mon béret :

— Je bande pour ton béret, me dit-il. Et je l'échangeai contre le sien. Le lendemain, ce fut mon pantalon.

— Je gode pour ton froc, me dit-il avec une œillade contre laquelle je ne pus résister. Et, dans l'escalier, vite, l'un et l'autre nous enlevâmes notre pantalon et l'échangeâmes, sans que les copains qui passaient s'étonnassent de nous voir dans l'ombre les cuisses nues. En semblant ainsi mépriser les ornements, en me dépouillant des miens, je m'acheminais vers l'état de cloche qui tient presque tout dans les apparences. Je venais de commettre une nouvelle gaffe. L'échange des biffetons devint une habitude. Chaque jour je lui en remettais un quand il me passait le sien. Il m'y parlait avec admiration des bagarres et des bagarreurs. Et cela après la métamorphose de l'aigle en femme me le fit craindre plus viril qu'il ne le paraissait à son visage. Il fallait que j'évite les actes de courage moral qui pouvaient me faire perdre de vue le courage physique. Je reviens à Divers.

A Mettray, après le coup de la soupe, je fus puni de quinze jours de pain sec (quatre jours de diète et un jour avec une soupe et un morceau de pain) mais le plus grave fut prononcé quand les chefs et les autres colons, après cet acte, me dirent que je ressemblais à Divers. Physiquement, paraît-il. La Colonie avait encore la tête pleine de cette fête, son séjour parmi nous. Et, quand je voulus savoir qui était Divers, tous reconnurent qu'il s'agissait d'un mauvais gars, d'un voyou, d'un marle enfin de dix-huit ans, et aussitôt, sans le connaître davantage, je le chéris. Qu'il s'appelle Divers lui conférait un caractère de rêve terrestre et nocturne suffisant pour m'enchanter. Car on ne s'appelle pas Georges Divers, ni Jules, ni Joseph Divers, et cette unicité nominale le plaçait sur un trône comme si, dès le bagne d'enfants, la gloire l'eût reconnu. Ce nom, c'était presque un sobriquet, royal, bref, hautain, une convention. Ainsi en coup de vent, il prit possession du monde, c'est-à-dire de moi. Et il m'habita. Dès lors, j'en jouis comme d'une grossesse. Carletti me dit, un jour que nous étions seuls en cellule, avoir éprouvé quelque chose qui était comme la contrepartie de cela. En prison, un matin (au réveil sa personnalité consciente était encore mêlée à la nuit) en se glissant dans le pantalon bleu, trop large pour lui d'un matelot balèse qui était dans sa cellule et dont les vêtements (qu'on laisse à la porte pour la nuit), par un gardien d'une maladresse concertée par les dieux, avaient été mêlés aux siens.

— J'étais son môme, me dit-il.

Et moi, n'ayant comme aspérité visible et préhensible par où l'invisible se laisse empoisonner, que ce nom de Divers, je le déformai pour le faire entrer dans le mien, mêlant les lettres de l'un et de l'autre. La prison, et la Centrale surtout, est un endroit qui allège et alourdit à la fois. Tout ce qui touche à elle, les gens et les choses, a le poids du plomb et l'écœurante légèreté du liège. Tout est pesant parce que tout semble s'enfoncer dans un élément opaque, aux mouvements très lents. On est « tombé », parce que trop lourds. L'horreur d'être retranché des vivants nous précipite — mot qui appelle précipice (à remarquer la quantité de mots relatifs à la prison, évoquant la chute, chute lui-même, etc.). Un seul mot qu'il prononce transforme et déforme le détenu sous nos yeux mêmes. Quand je le revis à la salle, Divers allait à un costaud et lui disait :

— Faut pas jouer les gros bras.

A quoi le mec répondit, nonchalant :

— Moi, mes bras y font 6-35.

Cela suffit à transformer sous nos yeux, et vite, le mec en un justicier, à faire de Divers une victime promise. Quand on me parla de lui, à mon arrivée à Mettray, il était en prison à Orléans. Lors d'une évasion, les gendarmes l'avaient repris à Beaugency. Il était rare qu'un colon pût aller plus loin en direction de Paris, puis un beau jour, de but en blanc, il revint à la Colonie et, après un séjour assez bref au quartier de punition, il sortit, affecté à la famille B, la mienne. Le soir même, je pus sentir dans sa bouche la saveur des mégots ramassés dans les lauriers, aussi désespérante que le jour que je la connus pour la première fois de ma vie. J'avais dix ans. Sur le trottoir, je marchais la tête au ciel, quand je heurtai un passant, un jeune homme. Il allait à ma rencontre, tenant entre ses doigts, à hauteur de sa poitrine, donc de ma bouche, une cigarette allumée, et ma bouche se colla contre elle quand je butai dans ses jambes. Cet homme était le cœur d'une étoile. Convergeant à sa braguette, les plis que forme jusque sur les cuisses le pantalon lorsqu'on s'assied, demeuraient, pareils aux rayons très aigus d'un soleil d'ombre. En levant les yeux, je vis le regard brutal, agacé, du jeune voyou. J'avais éteint sa cigarette entre mes dents. Je ne saurais dire la douleur qui supplanta l'autre : la brûlure aux lèvres ou au cœur. Ce n'est que cinq ou dix minutes plus loin que je distinguai la saveur du tabac et qu'en léchant mes lèvres, ma langue rencontra quelques grains de cendre et de gris. Je reconnus cette saveur dans l'haleine chaude que la bouche de Divers me soufflait, alors que je savais les difficultés de trouver du tabac qu'avaient, plus encore que ceux des « familles », les colons punis au quartier. Rares étaient les marles à qui ce luxe était accordé. De quelle race plus souveraine était Divers ? Je lui appartins dès le premier jour, mais il me fallut attendre que Villeroy, mon caïd d'alors, partît à Toulon engagé dans la flotte, pour qu'avec lui je célèbre mes noces. Ce fut par une nuit claire et glacée, étincelante. Du dedans, on entrebâilla la porte de la chapelle, un gamin passa sa boule rasée, regarda dans la cour, inspecta le clair de lune et, moins d'une minute après, le cortège sortait. Description du cortège : douze couples de colombes ou colons, de quinze à dix-huit ans. Tous beaux, même le plus laid. Leur crâne était rasé. C'étaient vingt-quatre césars imberbes. En tête courent le marié, Divers, et moi, la mariée. Je n'avais sur la tête ni voile ni fleurs ni couronne, mais flottaient autour de moi, dans l'air froid, tous les idéals attributs des noces. On venait de nous marier secrètement en face de toute la famille B réunie, moins les cloches, ou clodos, bien entendu. Le colon qui, d'habitude, servait l'aumônier avait volé la clé de la chapelle et, vers minuit, nous y étions entrés pour accomplir le simulacre des noces dont les rites furent parodiés mais les vraies prières murmurées du fond du cœur. Et le plus beau jour de ma vie fut cette nuit. Silencieusement, parce qu'il était pieds nus dans des chaussons de drap beige et qu'il avait trop froid et trop peur pour parler, le cortège gagna l'escalier de la famille B, escalier extérieur, en bois, qui conduit au dortoir. Plus nous allions vite et plus l'instant s'allégeait, plus notre cœur battait, plus nos veines se gonflaient d'hydrogène. La surexcitation suscite la féerie. Nous étions légers, la nuit. Le jour, nous nous mouvions dans une torpeur qui alourdissait nos mouvements, torpeur causée par le fait que nos actions étaient accomplies à contrecœur. Les jours étaient de la Colonie. Ils appartenaient à cet indéfini des rêves qui fait les soleils, les aurores, la rosée, la brise, une fleur, choses indifférentes parce qu'elles sont ornements de l'autre monde et, par eux, nous sentions l'existence de votre monde et son éloignement. Le temps s'y multipliait par lui-même.

• A peine quelques grincements du bois signalèrent-ils à la nuit indifférente qu'il se passait quelque chose d'insolite. Au dortoir, chaque couple s'enroula sur son hamac, se réchauffa, fit et défit l'amour. Je connus donc le grand bonheur d'être solennellement, mais en secret, lié jusqu'à la mort, jusqu'à ce que nous appelions la mort, au plus beau des colons de la Colonie pénitentiaire de Mettray. Ce bonheur était une sorte de vapeur légère qui me portait un peu au-dessus du plancher, adoucissait ce qui était dur : les angles, les clous, les pierres, les regards et les poings des colons. Il était, si l'on peut lui prêter une couleur, gris pâle, et comme l'exhalaison, parfumée d'envie, de tous les colons qui reconnaissaient que j'avais le droit d'être celui que j'étais. Il était fait de la connaissance que j'avais de ma puissance sur Divers, de sa puissance sur moi. Il était fait de notre amour. Encore qu'il ne fût jamais question d' « amour » à Mettray. Le sentiment qu'on éprouvait n'était pas nommé et l'on n'y connaissait que l'expression brutale du désir physique.

D'avoir prononcé une fois, avec Bulkaen, le mot amour, nous vieillit. Il me fit voir que nous n'étions plus à Mettray, et que nous ne jouions plus. Mais à Mettray, nous avions évidemment plus de fraîcheur car, à ne pas nommer par pudeur et par ignorance nos sentiments, nous permettait de nous laisser dominer par eux. Nous les subissions entièrement. Mais quand nous en sûmes les noms, il nous fut facile de parler de sentiments que nous pouvions croire éprouver quand nous les avions nommés. C'est Bulkaen qui, le premier, prononça le mot amour. Je ne lui avais jamais parlé que d'amitié (il est à remarquer qu'au moment que je lâchai mon aveu dans l'escalier, je le fis sous une forme qui m'engageait à peine) :

— ... Si j'ai le béguin... car je n'étais pas encore sûr de l'attitude qu'il prendrait. Je me tenais sur mes gardes en face du tatouage et, d'autre part, s'il m'acceptait pour ami, qui laissait-il ? Ou qui l'avait laissé ? Parmi les durs, quelle était la hiérarchie de Rocky, qu'il avait connu à Clairvaux et pour qui il se bagarra ? Et, surtout, qui était Hersir et comment l'avait-il aimé ? Ce n'est que plus tard qu'il m'apprit qu'Hersir avait été quelque temps avant lui le mino de Rocky.

— Tu l'aimais ?

— Non. C'est lui qui m'aimait.

— Rocky qui aimait l'autre ?

— Oui.

— Alors, qu'est-ce que ça peut te foutre ? Qu'est-ce que t'as à tout le temps me causer de ton Hersir ?

Il eut un geste du coude, puis de l'épaule. Il dit, avec sa moue habituelle :

— Oh, rien, rien.

La première fois que je voulus l'embrasser, son visage tout près du mien prit un air si méchant que je compris qu'il existait entre lui et moi un mur qui ne serait jamais abattu. Mon front se cognait à son recul et lui-même se heurtait, je l'ai bien vu, à sa répugnance pour moi, qui était peut-être sa répugnance physique de l'homme. Il est vrai que j'imagine, avec beaucoup de vraisemblance, Bulkaen ayant une fille à son bras, et je suis sûr que seule sa beauté fit de lui, au début, un vautour, et, par la suite, après elle, son enthousiasme pour la force, sa fidélité à l'amitié, la bonne qualité de son cœur. Il recula donc un peu et garda son air méchant. Je dis :

— Laisse-moi t'embrasser.

— Non, Jean, pas ici... Je t'assure, dehors, tu verras. — Il expliquait son refus par la crainte d'être surpris par un gâfe (nous étions encore dans l'escalier), mais il savait bien qu'il y avait à cela peu de chances. Il fit le geste de partir et, peut-être pour me consoler de rester si peu de temps auprès de moi, il me dit :

— Jeannot, tu verras, dans huit jours, je vais te faire une surprise. Il le dit avec la gentillesse dont il était coutumier, la gentillesse qui émanait de chacun de ses gestes, de ses moues, de ses mots, à l'instant même qu'il ne pensait pas à vous. Chose remarquable encore, sa gentillesse semblait sortir de sa dureté ou, plutôt, être de même origine. Elle était étincelante.

Je fis mine de n'être pas trop dépité et ne voulus pas avoir la cruauté de lui dire ce qu'il était à Fontevrault, le rôle qu'il jouait parmi les marles, ni ce qu'il avait été à Clairvaux, comme je l'appris par hasard d'un autre détenu (de Rasseneur lui-même) :

— « Il passait pour ce qu'il est, mais on peut pas dire qui se faisait pas respecter. »

Je me forçai à sourire comme si le refus de Bulkaen avait peu d'importance, et haussai un peu l'épaule à propos de la surprise qu'il me promettait, mais mon sourire, aussi simple et désinvolte qu'il voulût paraître, ne put le rester longtemps. J'étais agité de trop de peine. Je sentais en moi s'accélérer la montée tragique, car je me sentais courir à ma ruine, et quand je dis :

— Sale petite gueule, va, tu me fais marcher... j'étais déjà à mi-côte de cette altitude vers quoi me portait le dépit. Peut-être mes paroles furent-elles vives, le ton de ma voix — que je voulais gouailleur — troublé par mon émotion, frémissant, il se méprit sur le sens de mes paroles — à moins qu'à cause de cette voix troublée, il n'en ait vraiment discerné le véritable sens que je voulais me cacher — il me dit :

— Tu peux arrêter de me donner du pain et de la fume si tu crois que c'est par intérêt que je suis copain avec toi. Je prendrai plus rien.

— Ne te fatigue pas, va, Pierrot. Tu peux toujours me le faire à l'amitié. T'auras ton pain.

— Non, non, j'en veux pas, garde-le. — Je ricanais :

— Tu sais bien que c'est pas ça qui va m'arrêter. Tu peux te foutre de moi, je te donnerai toujours ce dont tu auras besoin. Et c'est pas parce que j'ai le béguin, c'est parce que je dois le faire. C'est par fidélité à Mettray.

J'allais reprendre le ton un peu littéraire qui m'écarterait de lui, couperait le contact trop immédiat car il ne pourrait pas me suivre. Or, je devais, au contraire, me disputer avec lui d'une façon sordide, lui reprocher ce que je lui donnais, et que je n'entendais pas qu'il me fît marcher. Ma hauteur, ma magnanimité — feinte — l'exaspéraient. J'ajoutai :

— Ta beauté, que je rencontre en passant, me paye assez.

Je sais depuis que cette phrase exprimait clairement la passion que je voulais dissimuler. Il fit alors sur le mot de beauté un geste énervé, brutal, qui le montrait ce qu'il était à mon égard, un geste qui m'envoya chier. Il dit :

— Mais quoi... quoi... ma beauté, ma beauté, qu'est-ce qu'elle a ? Tu ne parles que de ça ! — Sa voix était mauvaise, crapuleuse et sourde comme toujours, éteinte par prudence. J'allais répondre, un gâfe montait l'escalier. Nous nous quittâmes précipitamment, sans dire un mot de plus, sans nous regarder. D'être coupée là, la situation m'en parut plus lourde. Je ressentis mon abandon, ma solitude, quand le dialogue échangé avec lui ne me soutint plus à trois mètres du sol. S'il ne se fût agi que d'une tante, j'aurais su tout de suite quel personnage me composer : je l'eusse fait « à la brutale », mais Pierrot était un casseur preste, un gamin peut-être profondément désolé — et lâche comme le sont les mâles. A ma brutalité, il eût peut-être opposé la sienne, alors qu'il pouvait encore se laisser prendre au piège d'une tendresse inhabituelle. Sa méchanceté, ses roueries, ses retours violents, sa droiture, c'étaient ses angles. Ils faisaient son éclat. Ils fascinaient. Ils accrochaient mon amour. Bulkaen ne pouvant être sans sa méchanceté, ne pouvant être ce démon sans elle, il fallut que je bénisse la méchanceté.

Je restai longtemps bouleversé, moins par l'indifférence qu'il montrait à l'égard de ce que je lui donnais et moins encore par ce baiser refusé, preuve de son peu d'amitié pour moi, qu'à découvrir dans sa beauté au repos un élément dur, granitique — alors que je le croyais de dentelle — et qui m'apparaissait souvent et faisait de son visage un paysage de rocs blancs sous un ciel dévoré par un soleil d'Afrique. Les arêtes vives peuvent tuer. Bulkaen, sans le voir ou le voyant, allait à la mort et m'y conduisait. Et en m'abandonnant au sien je quittais un peu plus l'ordre d'Harcamone. Le sentiment que j'avais commencé à éprouver plutôt que décider — lors d'une conversation avec Pierrot — se poursuivait d'une façon qu'on pourrait dire normale. J'appartenais, semble-t-il, à Pierrot.

Alors que j'écris cette nuit, l'air étincelle. La plus

douloureuse tête de femme à la chevelure du blond le plus tendre que j'aie vue, la femme la plus triste du monde penche un peu la tête. La Centrale est dans sa cervelle, sous la calotte crânienne, comme un abcès. Elle provoque à cette femme ce qu'elle appelle « ses vapeurs ». Que la Centrale sorte par le front, ou l'oreille, ou la bouche, et la femme sera guérie, et la prison elle-même respirera un air plus pur. Nous voyons le givre des fenêtres et cette splendeur est dérisoire puisqu'il nous est permis de n'admirer qu'elle, sans qu'il nous soit possible de goûter aux joies douillettes qui l'accompagnent d'habitude. Nous n'avons pas de Noël, pas de lustres dans nos salons, pas de thé, pas de peaux d'ours. D'avoir tant pensé à Bulkaen m'a éreinté. En me couchant, j'éprouve une fatigue dans tout mon corps et surtout dans mes bras, vers les épaules et, tout à coup, arrive à mon esprit cette expression : « les bras las de t'étreindre et de ne pouvoir t'étreindre. » Enfin, je suis tellement obsédé par le désir, que tous les mots, et chaque syllabe dans les mots évoquent l'amour. « Repousser l'agresseur... » me met en face de : « repousser la merde » s'aggravant d'une idée de graisse... Je souffre de n'avoir jamais possédé Bulkaen. Et la mort empêche aujourd'hui tout espoir. Il se refusait, dans l'escalier, mais je l'invente plus docile. Ses yeux, ses paupières tremblent. Tout son visage s'abandonne. Il consent ? Mais quel interdit pèse sur lui ? Alors qu'une volonté sévère écarte de ma pensée les images qui ne sont pas la sienne, je tiens mon esprit avidement tendu vers la vision des plus attrayants détails de son corps. Je suis obligé d'inventer les attitudes amoureuses qu'il aurait. Il m'y faut un grand courage car je sais qu'il est mort et que ce soir je viole un mort (sans doute est-ce un « viol suivi de violences sans défloraison », comme le dit parfois le Président de quelque fillette culbutée, mais il reste que la mort épouvante et impose sa morale, et que l'image de Bulkaen que j'évoque a son double réel chez les dieux infernaux). J'ai besoin de toute ma virilité — qui est surtout une attitude de l'esprit plutôt qu'un courage et une apparence physiques. Mais au moment qu'en pensée je vais le pénétrer, ma verge s'amollit, mon corps débande, mon esprit flotte... Je vis dans un univers si bien clos, dont l'atmosphère est épaisse, vu par mes souvenirs des bagnes, par mes rêves de galères, et par la présence des détenus : assassins, cambrioleurs, bandits, que je n'ai pas de communications avec le monde habituel ou, quand je l'aperçois, ce que j'en vois est déformé par l'épaisseur de cette ouate où je me déplace avec peine. Chaque objet de votre monde a pour moi un autre sens que pour vous. Je rapporte tout à mon système où les choses ont une signification infernale et, même lorsque je lis un roman, sans se déformer, les faits perdent le sens que leur donna l'auteur et qu'ils ont pour vous, se chargent d'un autre, afin d'entrer sans heurts dans cet univers d'au-delà où je vis.

L'air étincelle. Ma vitre est givrée et c'est une joie déjà de voir ce givre. Du dortoir, nous ne voyons jamais un ciel nocturne. Les fenêtres nous sont interdites puisque nous occupons la nuit de petites cellules qui, sur deux rangs, se regardent, dans une grande salle. Et, quelquefois, nous nous faisons punir pour descendre au mitard afin d'apercevoir la nuit, par la lucarne souvent démasquée, grand comme un œil de bœuf de ciel étoilé et, plus rarement encore, un morceau de lune. L'air étincelle. Mettray prend soudain la place — non de la prison que j'habite — mais de moi-même, et je m'embarque, comme autrefois au fond de mon hamac, sur les vestiges de la barque démâtée presque détruite, parmi les fleurs du Grand Carré, à Mettray. Mon désir de fuite et d'amour la camoufle en une galère en révolte évadée d'un bagne. C'est l' « Offensive ». Sur elle, j'ai parcouru les mers du Sud, à travers les branches, les feuilles, les fleurs et les oiseaux de Touraine. A mon ordre, la galère foutait le camp. Elle avançait sous un ciel de lilas dont chaque grappe était plus lourde et plus chargée d'angoisse que le mot « sang » en haut d'une page. L'équipage, composé maintenant de tous les marles d'ici, mais autrefois des caïds de Mettray, s'agitait avec lenteur, avec peine et douleurs. Peut-être voulait-il se réveiller, car lui pesait l'autorité princière du capitaine qui veillait au fond de ce poste qu'on nommait, sur les galères, le Tabernacle. Comme à moi vous resteront mystérieuses les origines du capitaine. Quels crimes le conduisirent au bagne maritime et quelle foi lui permit de soulever la galère ? Je mets tout sur le compte de sa beauté, sur ses boucles blondes, sur ses yeux cruels, sur ses dents, sur sa gorge nue, sur sa poitrine offerte, sur la plus précieuse partie de lui-même enfin. Mais tout ce que je viens de dire l'est par des mots, plats ou lumineux. On dira que je chante ? Je chante. Je chante Mettray, nos prisons et mes voyous à qui je donne en cachette le joli nom de tyranneaux. Votre chant est sans objet. Vous chantez le vide. Des mots évoqueront peut-être pour vous le pirate dont je veux parler. A moi, il reste invisible. De celui qui commandait la galère de mon enfance, le visage m'est à jamais perdu et, pour vous en parler avec précision, j'ai le droit, pour modèle, de me servir d'un beau soldat allemand, celui-là même je le désire, qui troua d'une balle de revolver la nuque charmante d'un gamin de quinze ans et qui revint à sa caserne aussi net, aussi pur, héroïsé encore par ce meurtre inutile. Il reste pâle dans son uniforme funèbre, et si fier en voyant son buste émerger de son char d'assaut, je crus voir le capitaine à son poste. Il me servira pour décrire cette figure de proue dont le visage et le corps se sont effacés, mais alors si je me sers déjà de ce subterfuge pour faire revivre ma galère, suis-je bien sûr que tout Mettray ne sera pas décrit selon des modèles bien différents de la réalité et choisis au hasard de mes amours ? Qu'importe ! Si je reconstitue, bribe par bribe, un pareil bagne, c'est que je le portais, épars, en moi-même. C'est qu'il est contenu dans mes amours ou bien je n'ai d'amours que celles qui savent le susciter.

Les matelots, les pirates de la galère avaient la même allure que le capitaine sans toutefois ce couronnement des ténèbres. Nous allions sur une mer légère que l'on n'eût pas été surpris de voir s'ouvrir d'émotion à porter un pareil fardeau, et l'engloutir. Ce n'étaient que torses bosselés, cuisses brutales, cous qui, en se tournant, faisaient saillir un tendon de chêne ciré, chevelures ; enfin, devinés dans les pantalons audacieux, les sexes les plus beaux de la Marine Royale, et qui me furent rappelés en Centrale par la verge aussi lourde de Divers plus sombre et pourtant plus rayonnant que jamais, si bien que je me demande si ce n'était pas le voisinage d'Harcamone, allant chaque jour à la mort, qui lui donnait cet éclat. Je ne sus jamais rien de précis sur les rapports de Divers avec Harcamone. Si toute la Centrale était ombrée d'une espèce de tristesse quand elle associait ces deux noms, personne n'en pouvait dire la cause. Nous sentions qu'un lien était entre eux, et nous le soupçonnions criminel puisqu'il restait secret. Les anciens étaient d'accord pour se souvenir qu'Harcamone continuant à vivre dans son monde — de plus haut lignage que le nôtre — humiliait autrefois les prévôts. Non qu'il refusât d'obéir, mais par ses gestes non emphatiques, car sa gesticulation était très sobre, il prenait en face d'eux, sans y prendre garde, des poses d'une autorité insolente, qui le faisaient dominer les gâfes et les punis. Divers savait son autorité (à Mettray, le chef de famille chargea un nouveau, un peu malingre, de lire au nouvel an le compliment de la famille au Directeur, et c'est à cette occasion que Divers prononça ce mot célèbre : « C'est pas juste ! »). Sans aucun doute, il songeait au pouvoir, à la supériorité que devait lui accorder sa beauté sur toute autre vertu. Jaloux, il voulut peut-être dérober à Harcamone ses gestes de commandement sournois et, pour les rendre plus efficaces sur son troupeau, supprimer le vrai seigneur, provoquer la bagarre qui aboutit à la mort du gâfe. Vous, vous savez maintenant que nous nous trompions.

Je m'étais lié de particulière amitié avec le pilote (mais voyez comme je parle de cette galère où, pouvant être le maître, je ne m'accordais que le poste le plus infime : celui du mousse et je quêtais les amitiés de mes gars. Vous direz que j'avais voulu être mousse afin de me permettre l'amour avec tout l'équipage, mais vous demandez pourquoi, en inventant quelque autre histoire, de rapt ou d'abordage, je n'avais pas choisi d'être une belle captive ?). Peut-être avais-je voué cette amitié au pilote à cause de la mélancolie, de la solitude encore qui, ne le quittant jamais, me faisaient le croire plus doux, plus tendre, plus caressant que les autres matelots. Car tous les forbans étaient des brutes et je le voulais ainsi. Je continuais sur la galère la vie que j'avais à la Colonie, mais avec plus de cruauté encore, avec une cruauté telle que, grâce à elle, je pouvais projeter ma vie réelle et en apercevoir le « double » trop souvent invisible. D'autres mousses que moi, il n'y en avait pas à bord. Le soir, mes mains blessées d'avoir lové les cordages rigides (ceux précisément qui servent à fabriquer, dans nos ateliers de Fontevrault, ces filets de camouflage qui seront le tulle énorme voilant, pendant qu'elle crache, la verge des canons hitlériens), les mollets écorchés, je venais m'accroupir auprès du pilote, si le capitaine ne permettait pas que je m'allonge sur mon lit. Je restais la nuit, assez tard. La Subtile fonçait dans un brouillard d'étoiles. Je désignais de l'orteil la Grande Ourse puis, cognant du front dans les voiles, butant contre les cabestans et les ancres, je rentrais dans mon hamac. Dans le dortoir, à Mettray, mon hamac était près de la fenêtre. Je voyais la chapelle, sous la lune et les étoiles, le Grand Carré, et les petites maisonnettes des dix familles. Cinq forment l'un des côtés du carré en face des cinq autres formant l'autre côté, la chapelle en marque le troisième et, devant elle, s'écoule, jusqu'à la route de Tours, l'allée des marronniers.

Ma tête roule, un vertige me culbute. Je viens d'écrire le mot marronniers. La cour de la Colonie en était plantée. Ils fleurissaient au printemps. Les fleurs couvraient le sol, nous marchions sur elles, nous tombions sur elles, elles tombaient sur nous, sur notre calot, sur nos épaules. Ces fleurs d'avril étaient nuptiales et des fleurs de marronniers viennent d'éclore dans mes yeux. Et tous les souvenirs qui se pressent à ma mémoire sont obscurément choisis de telle sorte que mon séjour à Mettray ne paraît avoir été qu'une longue noce coupée de drames sanglants où j'ai vu des colons se cogner, faire d'eux des tas de chair saignante, rouge ou pâle, et chaude, dans une fureur sauvage, antique et grecque, à laquelle Bulkaen, plus que tout autre, devait sa beauté. Sa fureur était en effet constante. Et si sa jeunesse me paraissait trop jeune, trop faible et fraîche, je songe que les vieux casseurs, forts et habiles, furent jeunes et que, pour être devenus ce qu'ils sont, il fallait qu'ils eussent à son âge, sa dureté. Il vivait sur les pointes. Il était la flèche qui vibre toujours et ne sera saisie par l'immobilité qu'à la fin de sa course, qui sera la mort de quelqu'un et la sienne. Si je ne sus jamais rien, précisément, de son habileté de casseur, je la devine à sa souplesse et à ses roueries — encore que les habiletés nécessaires dehors soient différentes de celles qui servent ici; il était sans doute le casseur furtif qui jette un regard rapide, et dont le geste l'est comme le regard. Il avait une marche nonchalante, puis, qu'un corridor, un pan de muraille s'offrissent, un saut brusque, vif, le projetait à droite ou à gauche, et le dissimulait. Ces mouvements tout à coup qui éclataient dans sa nonchalance souple la brisaient, étaient des éclairs accrochés à ses coudes, à son buste cassé, à ses genoux, à ses semelles. Je suis d'une autre espèce de casseur. Aucun de mes mouvements n'est plus rapide que l'autre. Je fais toutes choses sans soudaine brusquerie. Mon allure est plus lente et plus calme, plus reposée et plus posée, plus certaine. Mais, comme moi, Pierrot aimait les casses. La joie du casseur est une joie physique. Tout le corps y participe. Pierrot devait haïr l'escroquerie s'il admirait naïvement les grands escrocs, comme il admirait les livres et leurs auteurs, sans les aimer. Quand il cambriolait, il jouissait de l'orteil aux cheveux. « Il mouillait. »

— Pierrot, ce bonheur que tu éprouvais pendant les casses avec ton ami, avec Rocky...

Il éclata de rire en silence :

— Oh, dis, Jean, lâche-moi, tu m'déchires !

— Quoi...

— Mais même tout seul... (sa voix est un murmure, il parle à peine, je dois prêter l'oreille, m'approcher. La nuit tombe, l'escalier est sombre).

— ... mes casses, Jeannot, c'est solo que je les ai surtout faits, pasque les associés, tu comprends...

Je comprends et j'enregistre son geste déçu !

— C'est solo !

Cet enfant m'apprenait que le vrai fond de l'argot parisien, c'est la tendresse attristée. Je lui dis, comme chaque fois que je le quittais :

— T'as à fumer ? — Ce n'est pas à la question qu'il

répondit. Il sourit un peu plus et chuchota en tendant sa main ouverte :

— Allez, vas-y de ton clop! Aboule perlot! Éclaire l'horizon! — Puis il s'enfuit, en faisant un ironique salut militaire.

Dès le lendemain même des épousailles mystérieuses que j'ai rapportées, je quittai la Colonie pour toujours sans avoir pu dormir une seule nuit avec Divers, dont je n'ai pas encore dit comment il m'apparut. Un soir de mai, dans la fatigue d'une journée pavoisée en l'honneur de sainte Jeanne d'Arc, les oriflammes s'affalant sous le poids d'une cérémonie enfin achevée, le ciel virant déjà comme le maquillage d'une dame à la fin d'un bal, alors qu'on n'attendait plus rien, il parut.

Les premiers directeurs avaient dû comprendre la magnificence d'un tel jardin qu'était la Cour de la Colonie quand on la pavoisait aux couleurs nationales car, depuis très longtemps, l'on prenait prétexte de n'importe quelle fête pour clouer des drapeaux dans les arbres, contre les murs, dans les rosiers et les glycines. L'andrinople, l'étamine enflammait les marronniers ; aux verts éclatants des premières branches se mêlaient du rouge, du bleu et surtout du blanc, car la Colonie n'oubliait pas que ses fondateurs étaient des nobles et que les membres bienfaiteurs, dont les noms sont encore inscrits sur les murs de la chapelle, étaient : S. M. le Roi, S. M. la Reine, LL. A. R. les Princes de France, la Cour Royale de Rouen, la Cour Royale de Nancy, la Cour Royale d'Agen, toutes les cours royales de France, la comtesse de La Rochejaquelein, le comte de La Fayette, le prince de Polignac, enfin une liste de cinq ou six cents noms fleurdelisés, écrits en toutes lettres, accompagnés des titres, comme on le voit encore sur la plus belle tombe du petit cimetière, entre le pauvre tertre de Taillé (onze ans) et celui de Roche (vingt ans) : « Marie-Mathilde, Julie, Herminie de Saint-Crico, vicomtesse Droyen de Lhuys, dame des ordres de Marie-Louise d'Espagne, de Thérèse de Bavière et d'Isabelle de Portugal. » Aux drapeaux tricolores, on mêlait des oriflammes blanches et bleu pâle, à fleurs de lis d'or. On les disposait généralement en faisceau de trois, celle du milieu était blanc et bleu. Pour la fête de Jeanne d'Arc, dans la nouveauté du printemps, dans le vert frais, cette étoffe mettait une joie légère, purifiait l'air. Sur les arbres du Grand Carré, sans paraître se soucier d'une apothéose parmi les branches, un peuple de jeunes et beaux bandeurs aux corps violents, aux yeux féroces, aux amours de haine, faisant gicler entre leurs dents blanches des injures abominables, avaient l'âme mouillée par une tendre rosée. Mais le jour de l'Assomption, au contraire, ces mêmes étoffes, dans le soleil, la poussière, les fleurs mortes, devenaient des draperies affolées. Elles présidaient avec une hautaine lassitude à quelque cérémonie royale dont nous n'apercevions que les préparatifs ou, si l'on veut, les décors, les personnages étant trop sublimes, et trop graves leurs drames, pour être vus de nous.

C'est au milieu de cette sorte d'immense reposoir sans usage, qu'apparaissaient quelquefois les nouveaux colons. Vers les cinq heures du soir (car c'est aussi à ce moment-là qu'étaient libérés les punis graciés dans la journée), je remarquai immédiatement un colon, plus noble que les autres. Il avait les deux mains dans ses poches, ce qui relevait par-devant sa blouse bleue assez courte déjà, montrant au soir stupéfait une braguette où manquait un bouton qui dut sauter sous la charge à bloc du regard d'un de ces girons de qui l'on dit :

— T'as des yeux à faire sauter les boutons de braguette !

Je remarquai cela et la crasse qui bordait l'ouverture de cette braguette. Je fus pris ensuite par la dureté de son regard. J'ai le souvenir aussi de son... et je n'ose pas, fût-ce mentalement, sans une douleur atroce à la poitrine, terminer le mot sourire. Je vais fondre en larmes si je prononce en entier les mots indiquant un seul de ses charmes, car je vois bien qu'en les énumérant, c'est le portrait de Pierrot que je vais obtenir. Mais il avait ce que Pierrot n'a pas : ses pommettes, son menton, toutes les parties saillantes de son visage étaient, par le fait peut-être des vaisseaux sanguins très serrés, plus brunes que le reste. Il semblait qu'il eût sur le visage une voilette de tulle noir ou, seulement posée, l'ombre de cette voilette. Voilà le premier accessoire du deuil qui parera Divers. Et ce visage était humain mais, pour être exact, je dois dire qu'il se continuait en mouvements qui ne l'étaient plus et qui le changeaient en griffon, et même en plante. Il est resté dans mon âme pareil aux visages d'anges gravés dans le verre, peints sur les vitraux et qui, par la chevelure ou le cou, se terminent en feuille d'acanthe. En Divers enfin, il y avait cette fêlure, qui était voulue par l'architecte, comme fut voulue la brèche pathétique du Colisée qui fait qu'un éclair éternel fulgure sur sa masse. Je découvris plus tard le sens de cette fêlure, deuxième signe de deuil, et de celle, plus théâtrale encore, qui sillonne Bulkaen, qui sillonne tous les marles, de Botchako à Charlot — à Charlot que ma haine ne lâchait pas, ne lâche pas encore, que je sentais en moi, sûr qu'un jour viendrait un prétexte pour qu'elle se déchargeât violemment.

Nous entrâmes au réfectoire. Un petit marle me dit :

— Tu l'as vue ? Y'en a une de revenue !

— Qui ? Qui c'est qu'est revenue ?

— Une biche.

Vous comprenez maintenant le sens de l'expression : « se bicher ». Celui qui s'enfuit, celui qui s'évade, c'est une biche. Naturellement, et sans que personne osât faire un geste ni dire un mot, Divers alla s'asseoir à la table des marles, la première. Les tables étant disposées comme celles des écoliers dans une classe, avec quatre colons d'un seul côté, tournés vers le pupitre du chef de famille, je regardais le dos de cette merveille qui daignait manger et montrer même de délicates répugnances en sortant du mitard. En effet, il poussait sur le bord de son assiette en fer quelques tronçons de légumes mal cuits, alors que tout le monde mangeait tout. Quand nous sortîmes dans la cour pour la récréation du soir, qui ne dure que quelques minutes, il se mêla au groupe des Durs qui, chose extrêmement rare, lui serrèrent la main. Il n'était pas d'usage, à la Colonie, entre colons, de se serrer la main ouvertement. Je crois qu'il faut voir là, de la part des colons, une secrète entente pour écarter tout ce qui rappelle la vie civile, et la ferait peut-être regretter, il faut y voir encore une certaine pudeur qu'éprouve un « dur » qui veut devenir un

« homme », à montrer son amitié, enfin les colons avaient peut-être quelque honte à accomplir entre eux seuls un geste habituel aux gâfes, mais d'où les gâfes les excluaient. Dès qu'il s'approcha du groupe, le « sortant » vit toutes les mains se tendre vers lui. Il rompait les usages par sa seule présence, alors que lui-même y était encore attaché, car il se trouva un peu décontenancé en face des mains ouvertes, ignorant presque qu'elles se tendissent pour lui. Nous aurons l'occasion de remarquer que les sortants du quartier de punition à Mettray, ou de la salle de discipline ici, prennent spontanément l'attitude suffisante, arrogante, d'un dur, comme lors de la guerre n'importe quel soldat français prenait l'air prétentieux d'un mort au champ d'honneur. Je considérais le nouveau colon du haut de la marche qui sert de pas de porte au réfectoire et j'avais le dos appuyé au chambranle mais cette attitude un peu renversée, et cet appui, et ce socle me donnaient trop d'importance, je les quittai et marchai quelques pas, la tête baissée. Je n'osais demander qui il était, de crainte de paraître niais — car si je n'étais pas un marle, ma situation de vautour du « frère aîné » faisait pourtant de moi quelque très haute dame, bien protégée et, pour conserver aux yeux des cloches mon prestige, il était important que je parusse n'ignorer rien de ce que tous les marles savaient (durs ou marles sont les deux mots qui servaient, et servent ici, à désigner les maîtres, les caïds). Le clairon sonna l'extinction des feux. Pour gagner le dortoir, au premier étage, nous nous mettions sur deux rangs, au bas de cet escalier extérieur dont j'ai parlé, et nous le montions au pas. Le nouveau vint se placer à côté de moi. En s'approchant, il mouilla ses lèvres, et je crus qu'il allait parler, mais il ne dit rien. Ce geste n'était qu'un tic. Je ne savais pas encore qu'il me ressemblait car je ne connaissais pas mon visage. Nous montâmes l'escalier de bois. Je n'eus pas l'audace, en face de lui, de mettre mes deux mains dans mes poches (crainte de paraître trop marle et trop son égal), je les laissai pendre, c'était plus humble. Comme il butait contre le fer d'une marche, je lui dis en tremblant un peu : « Fais gaffe, le frère aîné va te repérer, surtout si tu sors du mitard. » Il tourna la tête vers moi et répondit en souriant : « Pour ça, faudrait qu'y tâche d'être un peu mieux bousculé. » Puis il ajouta : « C'est ton marle ? Dis-lui qu'il aille se faire gonfler les genoux. » Je ne répondis rien mais je baissai la tête et j'aimerais que la cause en fût un obscur sentiment de honte d'avoir un autre marle que ce dur insolent. Il prononça encore, entre ses dents, les mots de « Maldonne » et « la Caille », expressions inemployées dans les familles, et il me sembla revenir de loin, d'une aventure dangereuse, car ces paroles étaient dans sa bouche comme l'algue de velours noir qu'un plongeur ramène autour de sa cheville. On pressent qu'il s'est livré à des jeux ou à des luttes qui tiennent de la passe amoureuse et du Véglione. C'était proprement un résidu des bas-fonds. Le quartier avait donc une vie plus secrète encore que la nôtre, et à laquelle le reste de la Colonie paraissait imperméable. Il me parut moins méchant parce que plus trouble. La dureté et la limpidité du regard de Bulkaen ne seraient-elles causées par la claire sottise, par un manque de profondeur ! L'intelligence a des flottements qui font

115

bouger le fond des yeux, les voilent, ce voile passe pour de la douceur, et peut-être l'est-il ? La douceur, une hésitation ?

Un hamac était libre à côté du mien, c'est là que le Chef de Famille lui-même plaça le nouveau. Ce soir même, je lui fis un émouvant cadeau. Pendant la manœuvre au dortoir, rite du coucher, tout bruit, sinon le choc rythmé de nos talons sur le plancher, était interdit. Le frère aîné commandant la manoeuvre était à l'autre extrémité du dortoir, près du Chef de Famille. En sortant de son encoche la poutrelle à laquelle on accroche les hamacs, Divers la cogna contre le mur. Le Chef de Famille maugréa :

— Peut pas faire attention, çui là ?

— Qui c'est qu'a fait ça ? hurla le frère aîné.

Il y eut au dortoir un silence plus intense pendant quelques secondes. Je ne regardais pas Divers.

— I va pas le dire, çui là, y a pas de danger !

Alors, je me retournai légèrement, et je levai la main.

— Ben, lequel des deux ?

Étonné, je regardai Divers. Il avait aussi levé le bras, mais à regret et, déjà, il le rabaissait.

— C'est moi, dis-je.

— Faut le dire. Tu feras la vaisselle demain.

Divers avait au coin de la bouche un sourire narquois et dans l'œil l'éclat du conquérant.

Un instant, le même geste nous avait fait complices d'une légère imposture et, maintenant, je restais seul, les mains vides de mon offrande, bête. Après la manœuvre, une fois couchés, nous bavardâmes un moment. Il me fit une cour légère pendant que Villeroy, frère aîné de la famille et mon marle à moi,

116

rendait compte au Chef de Famille, dans sa chambre, des événements de la journée (peut-être mouchardait-il). Je répondis à peine car j'avais peur de laisser voir ma préoccupation : « Parle-moi du quartier où est toujours Divers. » J'attendais que le mâle captif me parlât de lui, et d'abord du quartier, encore mystérieux pour moi. Je n'osais pas le regarder mais je devinais sa petite tête, levée hors du hamac. Je dis, dans un souffle :

— Y avait longtemps que t'étais là ?

— Où ça, là ? fit-il durement. Je me troublai.

— Où ? Au quartier... qu't'étais...

J'attendis la réponse, anxieux, dans un silence qui commençait à bruire doucement.

— Au quartier ? Y a un mois.

Un mois. Je n'osais pas lui dire qu'il y avait plus d'un mois que j'étais à la colonie et qu'avant je ne l'y avais jamais vu. Je craignais de l'agacer et qu'il se tût. On chuchotait autour de nous. La vie commençait. On avait sonné nocturne. Malgré moi, je dis simplement :

— Mais...

— Ben, j'suis revenu. Avec les pinces, les menottes, quoi. Y m'les ont mis, les vaches ! Mais j'ai pas manqué d'toc, moi, faut pas confondre. J'laissais exprès la chaîne pendre devant moi, comme un bijou de luxe. Ça tirait l'œil, tu te rends compte, depuis Beaugency.

Si dans vingt ans je rencontrais au bord de la mer un promeneur couvert d'un grand manteau, et que je lui parle de l'Allemagne et d'Hitler, il me regarderait sans répondre et, brusquement, saisi de panique je soulèverais les pans du manteau et je verrais à sa

boutonnière la croix gammée. Je bégaierais :
« Alors, Hitler, c'est vous ? » Ainsi m'apparut
Divers, aussi grand, aussi évident, aussi pur que
l'injustice divine. Enfin j'étais mis en même temps en
présence de l'inquiétant mystère de Divers, et du
quartier. Ce sont des petits mecs pareils à lui que
j'entendis marquer dans la cour, le jour de mon
arrivée, alors qu'on me conduisait devant le directeur,
au prétoire. Il était assis derrière la table au tapis
vert, sous le crucifix. On entendait le bruit des petits,
mais lourds sabots, mus par les petits pieds des
colons. Le directeur fit un signe et le gâfe poussa la
fenêtre. Le directeur eut sur le visage un tic d'agace-
ment. Ses bajoues tremblèrent et le gâfe ferma la
fenêtre complètement : on entendait encore le bruit
des petits sabots. Je voyais la mine du directeur de
plus en plus fâchée, ses bajoues grises remuer de plus
en plus et de plus en plus vite. Je n'avais pas envie de
sourire parce qu'au fond je n'étais pas sûr qu'il ne
m'eût fait appeler pour me punir déjà.

— Vous êtes là...

Sa voix voulut couvrir le bruit des sabots.

— ... Vous ne serez pas mal. Vos camarades... La
Colonie de Mettray n'est pas un pénitencier, c'est
une grande famille.

Il parlait de plus en plus fort et je me sentis soudain
rougir pour lui. Je me chargeai de sa honte et de sa
peine. C'était ce même malaise que j'éprouvais en
entendant à la radio les essais pour brouiller une
émission (allemande au début de la guerre, anglaise à
la fin), ces tentatives désespérées pour détruire un
message dangereux, pour empêcher qu'il soit reçu,

mais qui passe quand même, qui réussit à dire son appel.

Durant tout notre séjour commun à Mettray, Divers ne devait pas se servir de tous ses trucs pour me surprendre. Le soir même que je l'eus revu, dans la Salle après quinze ans, au sommet de la tinette, j'allais rentrer dans ma cellule quand un mec, sans me toucher, me dit tout bas :

— Y a « Riton-la-Noïe » qui te demande. — La « noïe », c'est la nuit. Je répondis aussi bas que lui :

— Riton-la-Noïe ? Connais pas ça, moi.

— C'est le prévôt. Y vient derrière. — Je me retournai. C'était Divers. Il était adossé au mur et me regardait. Sa main droite pendait à hauteur de sa cuisse, dans la position même qu'il avait coutume de saisir autrefois sa queue : cette main retournée.

En nous cachant des gâfes, nous fîmes quelques mouvements invisibles pour nous rapprocher. J'allais à lui franchement, droit, en ami, en camarade. Malgré ce geste et cette attitude qui rappelaient trop le caïd d'autrefois, mon amour pour Bulkaen ne me permettait plus que l'amitié. Sans doute, quand je l'eus revu, Bulkaen étant encore vivant au-dessus de ma tête, travaillant à l'atelier, dormant au dortoir, à ma camaraderie pour Divers ne se mêla pas quelque tendresse, mais une légère tendresse semblait sourdre ou disparaître loin au fond de moi.

Mettray s'épanouissait donc curieusement dans l'ombre lourde de la Centrale de Fontevrault. La Colonie était à vingt ou vingt-cinq kilomètres de la prison peuplée de costauds méchants. Elle exerçait sur nous un prestige dangereux. Le prestige des armoires à poison, des poudrières, des antichambres d'ambassade. Bulkaen négligeait l'évocation de la Colonie pour me parler de l'avenir. A une lettre où je lui disais mon goût pour les départs, les voyages au loin, il me répondit par des projets de fuite, d'évasion, de vie libre, où j'étais mêlé. Puis il me parla des femmes et me confia qu'il avait envie de leur casser le bidet sur la tête après avoir fait l'amour avec elles, mais tous ces passages de la lettre étaient effacés par celui-ci qui avouait son désarroi : « ... Le boulot fini, après les casses, mes copains allaient voir les femmes et moi je partais tout seul, de mon côté. » Comment lui, si charmant, pouvait-il m'écrire cela ? Cela même pût-il être et que personne ne soupçonnât la détresse de cet enfant ? Dans une autre lettre, il ajoutera : « Tu sais, Jeannot, j'étais pas une cloche. Y a bien des casseurs qui étaient fiers de sortir avec moi, au flanc. » Le prestige qu'il exerçait ne lui échappait pas. Il avait l'expérience de Mettray.

Nous vivions sous le regard sévère de la Centrale, comme un village aux pieds du château féodal habité de chevaliers bardés de fer, et nous voulions être dignes d'eux. Pour leur ressembler, nous observions les ordres qui nous parvenaient secrètement du château. Par qui ? Je dois dire que tout était de connivence avec les enfants que nous étions : les fleurs parlaient, les hirondelles et même les gardiens étaient, le voulant ou non, nos complices. Comme Mettray, la Centrale était surveillée par tout un peuple de vieux gâfes à qui l'infamie est naturelle. Nous sommes pour eux des pourris. Ils haïssaient ouvertement les détenus, et ils les chérissaient en secret. De plus, ils étaient — ils sont — les gardiens jaloux d'habitudes, de coutumes répugnantes. Leurs allées et venues tissaient les limites d'un domaine inhumain, ou plutôt les rets d'un piège où l'abjection était prise. Quelques-uns vivent, depuis un quart de siècle, et souvent davantage, au milieu des voyous qu'en même temps ils contiennent. Tout nouveau détenu était immédiatement moins bousculé par des gestes brutaux qu'il n'était noyé de moqueries et de mots hargneux, commandant toutes les mesures infâmes, depuis la tonte des cheveux jusqu'au port de la cagoule, et l'on sent que les gâfes sont en relations intimes avec les voyous, non parce qu'il y a intimité au sens habituel du mot, entre les uns et les autres, mais parce que des voyous sourd cette horreur où les gâfes sont saisis, où ils se fondent. Un air de famille les confond comme il confond les maîtres et les vieux domestiques qui sont l'envers des maîtres, leur contraire et, en quelque sorte, leurs exhalaisons malsaines et, plus encore que le règlement, les habitudes des détenus et leur personnalité, la maniaque ponctualité des gardiens malades du mal des marles, avec l'immobilité croupissante, ou, si l'on veut, cette agitation en rond dans un domaine si bien clos, entretenaient la maladie dont ils étaient inoculés.

Nous obéissions aux hommes du château et, même, nous allions beaucoup plus loin qu'eux dans l'audace. S'il n'eût pas, de par une sorte de prédisposition lointaine, aimé la Centrale, chaque garçon eût été emporté, porté vers elle, par le flot amoureux qui montait de la Colonie jusqu'à elle. A tout instant, un colon lui eût montré par où elle était adorable. Il n'eût pas mis longtemps à distinguer qu'elle était l'expression parfaite de sa vérité. La Légende embellissant tout embellissait la Centrale et ses marles et tout ce qui en dépendait, même et surtout leurs crimes. Un mot suffisait pour cela, qu'il fût prononcé par un Dur de la Famille, sur un tel ton...

Si nous étions mus par des esprits tragiques, la tragédie était atteinte d'une extraordinaire maladie d'amour. Notre héroïsme était taché de bassesses, de lâchetés fascinantes. Il n'était pas rare de voir les Durs les plus féroces pactiser avec les gâfes pour le motif dégueulasse d'être par les gâfes considérés. Les donneurs se rencontrent souvent parmi les durs. Ils sont tellement certains de leur puissance qu'ils savent qu'une trahison ne les touchera pas, mais les autres petits mecs ne peuvent se relâcher en aucun instant dans leur volonté d'être réguliers. La moindre faute leur serait mortelle. Ils se cramponnent à la loyauté comme d'autres à la virilité. A midi, sur un canasson large de croupe, lourd et velu aux pattes, couvert encore de son harnais de cuivre et de cuir, assis en amazone, ses jambes pendant à gauche, Harcamone, revenant d'un labour ou d'un charroi, traversa le Grand Carré, au coin de son calot posé de travers ayant eu le toupet d'accrocher, près de l'oreille et lui couvrant presque l'œil gauche d'une taie mauve et tremblante, deux énormes grappes de lilas. Il fallait qu'il fût bien sûr de son intégrité. Seul à la Colonie, il pouvait se parer si coquettement de fleurs. C'était un vrai mâle. La rectitude apparente de Bulkaen était peut-être causée par sa faiblesse profonde. Je sais qu'il ne pactisa jamais avec l'adversaire. Sa haine des donneurs, il me l'a souvent dite, mais je ne la vis jamais si bien que le jour qu'il me parla des « tantes », des « petites lopes » de Pigalle et de Blanche.

Nous étions dans l'escalier et, continuant à voix basse une conversation commencée à la visite médicale, il me dit :

— Ne va pas dans ces boîtes-là, Jeannot. Les mecs qui y vont, c'est pas des mecs pour toi. C'est des mecs qui se vendent, et c'est tous des donneuses.

Il se trompait en prenant les lopettes pour des donneuses, mais il voulait me montrer sa haine pour le mouchard et me montrer encore qu'il ne voulait pas que je le confondisse avec les lopes. Si le souvenir de ces mots m'est si bien resté, c'est qu'ils furent suivis de quelques autres plus troublants encore. Il me dit :

— On part, Jeannot ! Aussitôt qu'on est sortis de cabane, on fout le camp en Espagne.

Librement, il laissa s'échapper ses rêves. Il s'assit sur une marche de l'escalier et resta la tête dans une main, les yeux fermés.

— Jean, écoute, suppose qu'on soit à Cannes, en pédalo sur la mer... y fait soleil... On sera heureux.

Plusieurs fois, dans les phrases qui suivirent, il prononça le mot bonheur. Il dit encore : « Là-bas, on serait tranquilles comme des Baptistes. » Je résistai au désir de prendre entre mes mains chaudes sa tête rasée et, parce que j'étais sur une marche inférieure, l'appuyer contre mon genou posé sur la suivante. J'éprouvai la même désolation que souvent à Mettray, en face de mon impuissance. Je ne pouvais rien pour lui, que le caresser, et j'avais l'impression que mes caresses mêmes aggravaient sa tristesse comme autrefois, lors de ses accès de cafard, mes caresses attristaient Villeroy. Il me dit, à peine inquiet mais plutôt émerveillé : « Tes potes de gourbi, tu crois qu'ils savent que nous... ? »

Villeroy était à Mettray parce qu'il avait tué son père, un charcutier. Villeroy, c'était mon homme. Frère aîné de la Famille B (chaque famille, contenue tout entière dans une des dix maisonnettes du Grand Carré couvert de gazon et planté de marronniers, se dénommait Famille A, B, C, D, E, F, G, H, J, L. Chacune abritait environ trente enfants commandés par un colon plus costaud et plus vicieux que les autres, choisi par le chef de famille, et qu'on appelait « frère aîné ». Le frère aîné était surveillé par ce chef de famille qui était habituellement quelque fonctionnaire retraité, un sous-officier, un ancien garde disciplinaire) il avait auprès de lui un gosse qui était quelque chose comme son écuyer, ou page, ou suivante, ou dame, et qui travaillait à l'atelier des tailleurs.

Mettray, maintenant que j'écris, s'est vidée de ses démons féroces et charmants. Et pour qui Fontevrault bande-t-elle ? Notre ciel s'est dépeuplé. Si nous grimpons à notre vasistas, nos yeux avides n'ont plus la chance de croire distinguer dans la campagne tourangelle le clocher autour duquel doivent jouer les colons. Mais si elle est sans espoir extérieur, notre vie tourne ses désirs à l'intérieur d'elle-même. Je ne puis croire que la Centrale ne soit une communauté mystique car la cellule du condamné à mort éclairée la nuit et le jour est bien la chapelle vers qui vont nos prières muettes. Il est vrai que les plus voyous feignent de nier la grandeur d'Harcamone, car la pureté gagnée par le sang — on dit le baptême du sang — les offense, mais dans les conversations, plus

124

d'une fois j'ai remarqué un indice qui montrait que le moins disposé au respect éprouvait quelque pudeur à prononcer des mots brutaux à propos de l'assassin. Un jour même, à la visite médicale, devant la porte de l'infirmerie, Lou-du-Point-du-Jour, Botchako, d'autres et Bulkaen, parlaient de la mort de Bois-de-Rose, et de l'acte de tuer. Chacun discutait sur le mérite d'Harcamone. Moi-même, je m'étais, me paraissait-il, complètement libéré de son empire. Mais je n'en parlais pas. Or, un seul mot de Bulkaen fut la réponse qui coupa la dispute.

— Çui-là, c'était hun homme !

Il le dit doucement, bien qu'il ait aspiré, pour rendre l'expression comique, le… *hun* homme. Aussitôt, l'ancienne puissance fondit sur moi. Issues de mon amour pour Bulkaen, des vagues de soumission à Harcamone déferlèrent sur ma tête. Je fis un peu — à peine — le geste de me courber, de plier les reins. Personne ne releva le mot du gamin. Si Harcamone était un homme, il nous parut que seul le plus jeune et le plus beau d'entre nous pouvait en décider. C'était à lui de lui tendre la palme — la palme du diacre Étienne — car cette palme, en nous-mêmes, était décernée par ce que nous avions de plus jeune. Bulkaen était la forme visible de cette qualité qui nous faisait nous soumettre devant l'acte d'Harcamone.

— Çui-là, c'était un homme, dit-il. Et, après un silence, il ajouta :

— Et lui, au moins, y se tape la cloche. Qu'est-ce qu'y s'envoie comme brutal et pitance !

Puis il resta là, un peu bêta, les pattes trop écartées, comme un jeune poulain ou un petit veau.

Harcamone, en effet, recevait une double et même une triple ration de pain et de soupe. On l'engraissait dans sa cellule comme autrefois on engraissait le roi de l'île de Nemi, élu pour un an, puis immolé. Et Pierrot, le ventre dévoré par la faim, en songeant à Harcamone, devait être frappé d'abord par son air de prospérité. Harcamone était gras. On l'élevait. Aux douceurs désespérantes d'être hors du monde avant la mort, s'ajoutait dans l'esprit de Pierrot le bonheur de l'engourdissement un peu tiède qui endort un corps repu.

La présence ici de Divers, autant et plus que celle de Bulkaen, pour un temps me replonge dans ma vie ancienne. Instinctivement, dans ma cellule, qui devient ainsi, comme la perle, orientée, je me tourne à l'est, du côté de la salle de discipline. Le climat des prisons, cette espèce de torpeur qui envoie en enfer et fait notre vie sordide comme celle des monstres, a ceci de commun avec le sommeil, c'est qu'à la libération, quand on passe la porte, les souvenirs qui reviennent tout à coup sont ceux des moments qui précédèrent l'arrestation. On « enchaîne » avec ces instants comme au réveil après un rêve angoissant on enchaîne avec le matin. Et, dans le cours de la détention, pareils à des semi-éveils qui explosent parfois à la surface d'un lourd sommeil, il arrive qu'on se raccroche aux mouvements, aux événements qui s'amorçaient quand on perdit pied. On se débat un peu, mollement, et l'on sombre. On se rendort. La mort fait son œuvre, elle referme sa lourde sur vous. Je tremblais à l'idée de Bulkaen venant à la Salle. Et s'il restait là-haut, m'oublierait-il ? Ne m'oublierait-il pas ? Avec qui parlait-il de

126

moi ? Et, s'il en parle, que dit-il ? Qui suis-je pour ses camarades ? Maintenant que j'y avais retrouvé Divers qui voulait encore, malgré moi, se souvenir de nos amours de Mettray, j'avais peur de voir Pierrot venir. Non que je craignisse grand-chose des indiscrétions de Divers, je redoutais plutôt que ses attraits encore puissants n'agissent sur le gosse. Et je redoutais aussi l'épreuve de la tinette. Je savais que je pouvais l'y voir sans que mon amour en souffrît, mais je n'étais pas sûr d'avoir l'assurance physique, l'autorité du corps pour qu'en face de lui, j'y monte moi-même sans mettre en danger mon prestige. En désirant aller à la Salle afin d'être plus profondément enfoui dans l'abject — on a l'impression de descendre quand on y va, car mon amour pour Bulkaen m'obligeait à nous rechercher les situations les plus nauséeuses, peut-être afin d'y être plus isolés l'un et l'autre du reste du monde, comme je l'imaginais amoureusement se plonger sous mes couvertures, y lâcher ses mauvaises odeurs, m'obliger à en faire autant, afin que nous nous mêlions dans le plus intime de nous-mêmes — en désirant aller à la Salle, j'espérais y entraîner Pierrot. Or, Pierrot resta là-haut, malgré moi, et peut-être, je l'espère encore, malgré lui, mais j'acceptai assez vite de pourrir ici pour qu'il germât, pour que ses branches nouvelles fleurissent le ciel. Et c'était Divers, oublié un moment, que j'y retrouvais, et mon amour pour Pierrot allait se compliquer du souvenir de mes amours passées.

Comme Harcamone, Divers avait grandi. C'était un mec de trente ans, aux épaules larges, mais au corps d'une étonnante souplesse, élégant malgré les vêtements lourds de bure bistre. Il glissait et ne marchait pas. Les jambes étaient longues et si sûres de leurs pas que j'eusse désiré qu'il m'enjambât souvent pour être, allongé dans les prés, le sillon qu'enjambent le soldat et le chasseur guêtrés. Il est resté un casseur, et jamais n'a fait gourbi avec les macs, car les gourbis des macs se distinguent de ceux des casseurs.

Pour les macs, les casseurs sont des caves, des pauvres mecs, qui vont se mouiller. Aux macs, le succès auprès des femmes donne une allure victo-rieuse, méprisante, distante aussi qu'ils conservent ici, et qui leur est enviée des casseurs restés des gamins. Divers est un gamin triste. Maintenant que Bulkaen a été fusillé et Harcamone décapité, il ne me reste plus qu'à me soumettre, moins à un amour actuel qu'au souvenir de l'amour que j'eus pour Divers.

Dans les débuts de notre rencontre, Bulkaen m'avait brouillé l'image d'Harcamone. Divers retrouvé n'était plus qu'un ami. Bulkaen mort, mon amour pour Harcamone, altéré par le souvenir de Bulkaen, à nouveau remontait du cachot où Bulkaen l'enferma. Enfin, Harcamone mort, et trop de cha-grins m'attendrissant, et ma solitude avec, en revoyant Divers, mon corps se pencha un peu, je mis, sans m'en rendre compte d'abord, plus de douceur dans mes gestes. Je m'inclinai vers lui comme une femme. Je l'aimai avec ma violence habituelle. On fait d'abord l'amour par jeu, en camarade, pour jouir, puis vient la passion avec ses vices, avec ses cultes. Dans ce désordre, je devais entraîner Divers éperdu, perdu par l'ombre que j'apportais (c'est le sort des femmes que de faire de l'ombre). A la Salle, il souffre encore de ce mal qui l'embellit : la syphilis. Je ne sais rien sur cette maladie, sinon qu'elle colore en vert la chair des marles. Il m'a été impossible d'apprendre qui la lui colla. Il ne dut pas connaître beaucoup la vie civile en quinze ans. Il totalise, m'a-t-il dit, dans les huit ans de tôle et près de trois tirés à la Centrale de Fontevrault où il fut toujours prévôt.

Je déteste et j'adore les prévôts. Ce sont des brutes choisies par le directeur ou par le surveillant-chef. Partout où j'ai été sous la surveillance d'un prévôt, celui qui détenait le sceptre était précisément celui-là même que j'eusse choisi, et non à cause de sa force physique, ni de sa brutalité, mais de par une préférence secrète comme on choisit un favori. C'était presque toujours le plus beau. On dit que les chevaux sauvages qui s'élisent un roi choisissent le plus harmonieux d'entre eux. Ainsi choisissent les surveillants-chefs et les directeurs leurs prévôts — et quelle gueule feraient-ils si on le leur disait ! — et ainsi choisissait à Mettray le chef de famille son « frère aîné ». A la famille B, les règles de l'honneur (cet honneur particulier en honneur là-bas, un honneur primitif selon les tragiques grecs où le meurtre est d'un conflit la fin la plus morale que l'on puisse proposer), les règles de l'honneur étaient strictement observées, le frère aîné autant aimé que craint, et j'y ai vu se mordre, se déchirer, sous l'œil impassible des gardiens, les colons qui combattaient pour des raisons de préséance, pour un rang refusé à leur frère aîné. J'ai vu à Mettray le sang couler de torses d'enfants. J'en ai vu expirer, tués. Les gardiens n'osaient bouger. Quelque chose comme les vapeurs du sang enveloppent l'assassin et le portent. Ainsi soulevé, élevé, tout droit, il accède au banc des accusés, en face d'une Cour extraordinaire, vêtue d'écarlate qui est le sang versé, en personne, réclamant sa vengeance et l'obtenant. C'est peut-être ce don de produire un miracle par un simple coup de couteau, qui surprend la foule, l'alarme, l'excite, et la rend jalouse d'une pareille gloire. L'assassin fait parler le sang. Il discute avec lui, veut transiger avec le miracle. L'assassin crée la Cour d'assises et son appareil. En face de cela, on pense à la naissance, du sang de Méduse, de Chrysaors et de Pégase.

De ne pas bouger devant les bagarres mortelles, vous penserez que les gardiens sont des brutes et vous aurez raison. J'aime à croire qu'ils étaient médusés par un spectacle en colère dont la grandeur les dépassait. Et qu'était leur pauvre vie auprès de la vie rayonnante des enfants ? Car les colons étaient tous nobles, même les cloches puisqu'elles étaient de la race, sinon de la caste, sacrée. Des maisonnettes entouraient la Colonie. Elles abritaient les familles des gâfes, des familles paysannes et nombreuses, ridiculement indigentes à côté des colons luxueux, riches de ne rien posséder que leur jeunesse, leur grâce, leurs gestes façonnant dans l'air des joyaux, et leur puissance sur un peuple qui les torturait sans savoir que la torture magnifie celui qu'on enrage d'adorer ainsi. Ce sont des brutes ignobles, nécessaires à la beauté de ma vie engloutie. Sans eux ni les gosses tortionnaires, moins somptueuse serait cette morte qui veille au fond de moi. Ma vie enfantine fut cruelle et sanglante, et cette cruauté qui fleurissait brutale à Mettray, parmi les gosses, était inspirée par celle, moins savante, qui parait les hommes de Fontevrault.

A la gloire du prévôt :

« En face de la ronde qu'il commande, il veille au fond d'un habitacle secret, d'une guérite intime, quelque chose comme le " Tabernacle " où se tient, sur la galère, le Capitaine.

« Pendant que tournent les punis, il chante à l'intérieur de lui : je suis forban, que m'importe la gloire !

« Il a dans les yeux des stries d'or qui sont aussi aux fleurs de narcisse, ces fleurs de narcisse ciselées sur les boutons de l'uniforme des Joyeux. Qu'y font-elles ?

« Quand il s'égoutte, après pisser, il devient un arbre géant, un sapin du Nord que le vent fait bouger.

« Ses genoux se modèlent tendrement dans ma main comme certaines énormes boules de neige. Ses genoux ! Merveilleuse, étourdissante invocation d'Hector : " par ta vie, par tes parents, par tes genoux... " Par tes genoux ! (Avec quelle moue de mépris Divers me dit de Villeroy : " Qu'il aille se faire gonfler les genoux ! ")

« De ses fesses rondes et peu mobiles, entre eux et sournois, quand ils le voient marcher devant, les punis disent : " ça cause ".

« Enfin, ce dernier coup, ce coup de grâce, son cou. »

Mais écrit, ce poème l'est avec moins de ferveur dès lors que je connus Bulkaen, à qui j'ai porté autant de tendresse que d'amour, et de qui j'en espérais autant. Débarrassé un instant de Divers par

131

ce poème, dans ma petite cellule où l'on m'enferme pour la nuit, je puis m'imaginer couché avec Pierrot, dans un grand lit et, vers le matin, je me coule légèrement contre lui. J'essaye encore, comme hier, une caresse. Je le réveille. Dans la ouate du matin, il s'allonge et s'étire, colle son corps défait contre le mien rassemblé, il passe un bras autour de ma poitrine, lève sa tête et pose doucement, profondément sa bouche sur la mienne. Et je ne puis croire, après lui avoir supposé un tel geste de tendresse, qu'il ait pu rester de pierre à mon égard, car si j'ai imaginé ce geste, c'est qu'en Pierrot quelque chose a suggéré cette image, quelque chose en lui m'a dit qu'il en était capable (il s'agit peut-être d'un tic, un mouvement, une moue, je ne sais quoi que je n'ai pas retenu mais qui m'a retenu assez pour qu'en partant de cela je le continue jusqu'à ce baiser du matin). Tout à coup, je crois que c'est la dureté glacée de son regard qui m'a fait croire à sa tendresse, peut-être à cause de cette idée que la glace de ses yeux ne résisterait pas à ma chaleur. Et quand je songe à mon abandon par ce gosse, ma main se serre sur ma plume, mon bras invente un geste poignant. S'il savait le mal que j'ai, il quitterait la mort pour venir, car sa cruauté était bonne.

A notre salle de discipline, correspondait à Mettray le quartier. Quand j'arrivai à la Colonie, un soir très doux de septembre, le premier choc me fut causé, sur la route, au milieu des champs et des vignes au moment du soleil couchant, par un chant de clairon. Il sonnait dans un bois dont je n'apercevais que le faîte doré. J'arrivais de la prison de La Roquette et j'étais enchaîné au gardien qui me conduisait. Je n'étais pas revenu de l'horreur, qu'arrêté j'éprouvai, d'être soudain personnage de film, emporté dans un drame dont on ne sait pas la suite affolante puisqu'elle peut aller jusqu'à la coupure de la pellicule, ou son incendie, qui me feront disparaître dans le noir ou dans le feu, mort avant ma mort.

Nous montions la route. Les arbres devinrent plus touffus, la nature plus mystérieuse, et je voudrais parler d'elle comme on parle quelquefois des îles peuplées de pirates et de tribus barbares, au fond de certains romans d'aventures. Le voyageur aborde à une terre où la végétation garde des captifs précieux. Voici des cèdres, des catalpas, des ifs, des glycines enfin, et tous les arbres qui sont communs aux parcs des châteaux Renaissance, et c'est le décor civilisé qu'il fallait à la vigueur de Bulkaen. Au bout de la côte, mon gardien et moi, nous croisâmes une religieuse qui causait avec un homme jeune et fort, botté de cuir fauve. C'était un autre gâfe. Mais la religieuse — sœur sainte Espadrille ? — était vieille et laide, et le second gardien que nous vîmes était aussi laid. Il avait une moustache noire, épaisse, retroussée, une culotte de coutil gris, bouffante, sortant d'une paire de guêtres dont le bord inférieur, sur le cou de pied, était retroussé de la même courbe que la moustache, alors que le mollet avait le galbe qu'ont les guêtres des gravures dans les catalogues de chasse de 1910. Ainsi je comprenais qu'aux plus beaux voyous de France s'opposerait (moins exceptions rares et fort troublantes, des gâfes plus beaux que des punis, d'une prestance qui nous obligeait à leur lécher les bottes) la plus ridicule et la plus méchante espèce humaine. Enfin j'arrivai à une place, comme une place de village, avec une chapelle et des maisonnettes. Je sentis que nous étions à Mettray et j'eus la stupeur et l'épouvante de constater que nous y étions sans avoir franchi de murs, de barbelés, de ronces, de ponts-levis. J'arrivai donc un soir très doux de septembre. Un automne magnifique ouvrait la porte à l'éternelle saison grise où je suis pris, mais l'automne dont j'ai la nostalgie, c'est cette saison des bois mouillés, des mousses pourrissantes, des feuilles rousses, mortes. C'est un automne savoureux, gras, qu'on reconnaît à mille signes, même lorsqu'on reste dans une chambre, en ville, et ces automnes, leurs fastes, leurs douceurs nous sont refusés. Nous ne connaissons que l'impossible et ingrate grisaille qui est en nous et c'est la mine des gâfes et la morne sévérité des objets, plus ingrate quand un rayon de soleil la traverse. Mais si douce — car alors je puis faire la nique au monde des gâfes et des juges, à votre monde même — quand au fond de ses brumes je vis à nouveau luire l'image radieuse d'Harcamone. Par le seul mot qu'il avait dit à son propos, Bulkaen m'avait fait me retourner vers l'idole dont son amour m'avait détourné. J'apercevais l'assassin plus éclatant, ce qui prouve la délicatesse du sentiment que je portais à Bulkaen. Cet amour ne m'attirait vers aucune région inférieure, mais au contraire me haussait et illuminait mes alentours. J'emploie le langage même des mystiques de toutes les religions pour parler de leurs dieux et de leurs mystères. Ils arrivent, selon les mots, dans le soleil et la foudre. C'est ainsi qu'apparaissait à mon regard intérieur — la vision étant commandée par mon amour pour Bulkaen — le condamné à mort.

Arrivé à Mettray, c'est au quartier d'abord que l'on me conduisit pour m'y dépouiller de tous mes vêtements qui étaient de ma vie passée. Peu après, j'étais seul en cellule un petit pauvre entortillé dans une couverture, accroupi dans un coin, lisant cette inscription taillée au couteau dans une lame de parquet : « Pietro, le maître des vampires, c'est ma gueule » ; je distinguais, à travers les murs, le martèlement du sol par les lourds sabots que meuvent quarante ou soixante petits pieds, nus et écorchés. Les journalistes et les écrivains ont parlé de la promenade en rond réservée aux colons les plus audacieux. De l'amour que se portaient les colons, l'amour qui les portait, qui les jetait l'un contre l'autre, la furie était peut-être augmentée par le désespoir d'être privé de toute autre tendresse, de l'affection d'une famille. La dureté pouvait briller entre leurs paupières et leurs lèvres, ils ne pouvaient se défaire d'être des enfants perdus. Les tribunaux de province condamnant aussi à la Colonie, convergeaient donc ici beaucoup de jeunes crapules de France. La Roquette est aujourd'hui une prison de femmes. Autrefois, c'était un couvent. En attendant le jour de comparaître devant le Tribunal pour enfants, nous y étions gardés, un par un dans d'étroites cellules, qu'une heure par jour nous quittions pour aller à la promenade. Dans la cour de la division, nous marchions en cercle, comme au quartier à Mettray, comme ici à la Salle, sans parler. Un gardien veillait, pareil à ceux d'ici qui, tous, ont un tic particulier : Brulard rase les murs comme un cheval galeux ; Bouboule frise toujours, en parlant, sa moustache ; la Panthère parle très doucement, mais il crie, d'une

voix de chantre de village, une fois par jour, ce cri :
« Envoyez... prétoire ! » Pour rentrer en cellule,
chaque détenu ne quittait le cercle qu'après que le
précédent gamin était bouclé dans la sienne et,
malgré ces précautions, nous élisions de tendres
amis. De fenêtre à fenêtre, pendus à des ficelles, de
porte en porte glissés par un auxiliaire, couraient les
billets d'amour. Nous nous connaissions tous. En
arrivant à Mettray, le nouveau avertissait : « Un tel,
il passe dans deux mois. » Nous l'attendions. Tandis
qu'à La Roquette, nous allions tous à la messe parce
que, de l'autel, l'aumônier nous lisait innocemment
des lettres d'anciens détenus, mes camarades, qui
étaient partis pour Mettray, Eysses ou Belle-Île et,
par lui, nous savions où étaient Bébert le Dafeur, Jim
le Noir, Laurent, Martinelle, Bako, Dédé de Javel...
des petits poisses, dont quelques-uns avaient une
femme sur le turf. C'étaient des petits harengs mais
peu de temps passé à la Colonie les transformait et
faisait d'eux des casseurs. Ils perdaient vite leur
allure traînante de jolie gouape. Il fallait qu'ils
deviennent des « durs », et cette dureté ne les
quittait plus.

C'est plus tard seulement que la vie fléchit la
rigidité des colons, et les casseurs qu'ils sont devenus
n'ont plus cette intransigeance rigoureuse de l'enfance. Ils ont des gentillesses dont nous étions
incapables. Lou-du-Point-du-Jour, ce matin même,
demandait à un casseur — et l'un des plus cotés du
gourbi — Velours :

— T'as pas un bout de brutal ? (du pain). (Je note
la gêne dans la voix et dans le geste du mac, dont
l'attitude extrêmement digne est troublée par l'humi-

liation que contient toute demande. Le mac a voulu n'être ni glacial ni humble, et sa voix s'est déchirée un peu.)

Velours cherche dans son sac et en tire un morceau !

— Tiens, prends ce qui te faut.

— Qu'est-ce que tu veux, en échange ?

— Oh, rien du tout, garde-le. — Et il s'écarte avec un sourire.

Mais les harengs, les macs entraînés se connaissent en affaires et, chez eux, tout se paye. Ce sont vraiment des hommes, capables d'être des hommes d'affaires.

Mettray nous a formé une âme dure mais généreuse.

Ici, nous attendons aussi nos amis, mais ceux-là, nous les connûmes dans le civil et, avant cela, à Mettray, à Aniane, à Eysses, à Saint-Maurice... Ainsi Harcamone connut Divers à Mettray et le reconnut à Montmartre où ils furent associés pour plusieurs vols. Et voici enfin l'explication des rapports soupçonnés de Divers et d'Harcamone. Harcamone avait été condamné déjà trois fois pour vol. Il était relégable quand il fut donné par Divers et condamné une quatrième fois. Le tribunal le relégua. C'est donc à cause de Divers qu'Harcamone attendait d'avoir le cou coupé. Quand j'appris cela, j'eus l'étonnement de m'apercevoir que je n'éprouvais aucun dégoût pour Divers. Je voulus partager son secret afin de me sentir son complice et jouir avec lui d'être cause d'un des plus grands malheurs du monde. Je connus une joie d'une qualité très rare parce qu'abolissant une angoisse trouble et très ancienne. Avec Divers, j'étais heureux, je suis encore heureux d'un bonheur noir, lourd de gaz carbonique. Fou de n'avoir pu posséder Bulkaen, je me livre désespérément à mes anciennes amours, me laissant conduire par elles dans les régions les plus défendues. Car si Pierrot m'embrasse, je puis croire à son amour. Dans l'escalier encore, et dans le même tournant, qui avait fini par être à nous, il me jeta très vite un baiser sur la bouche et voulut s'esquiver, mais j'eus le temps de le saisir par la taille, de le pencher en arrière et, lui renversant la tête, ivre d'amour, de l'embrasser. C'était le sixième jour de notre rencontre. C'est ce baiser que je rappelle souvent la nuit.

Pour connaître le plaisir dans la solitude de mes nuits, il m'arrivait encore de m'inventer un visage et un corps très beau et très jeune, afin de jouir plus facilement des caresses du capitaine de la galère, puis il m'arrivait encore de m'imaginer dans d'autres situations, de courir, en pensée, d'autres aventures, oubliant de me débarrasser de ce corps et de ce visage de jeunesse, si bien qu'un jour je me vis emporté dans une histoire où je me vendais à un vieillard très riche. Or, j'avais encore sur moi ce visage très beau et j'eus l'étonnement de constater que la beauté m'était une sorte de cuirasse qui protégeait ma pureté. Je compris alors pourquoi les adolescents les plus beaux se donnent sans apparent dégoût aux vieillards les plus sordides ! Rien ne peut les souiller, leur beauté les garde. Si le plus répugnant des monstres l'eût voulu, à cet instant, je me laissais prendre par lui. Il me vint alors à l'esprit que, grâce à sa beauté protectrice, Bulkaen oserait se donner à moi

Au lieu d'appuyer fermement ma bouche contre la sienne, je donnai à mes lèvres un très léger tremblement, si bien qu'elles ne collaient pas aux siennes, elles n'adhéraient pas. Nos baisers n'étaient pas fondus en un seul. Ce léger tremblement qui faisait ma bouche s'ouvrir sur la sienne et se retirer à chacun des frissons (car ce baiser était d'ordre nerveux, spasmodique) était provoqué peut-être par mon désir de ne pas perdre tout à fait conscience pour ne pas sombrer dans l'ivresse, mais rester présent, attentif à savourer la jouissance. En effet, un contact continu de nos bouches de plus en plus « férocement » écrasées m'eût fait perdre le souffle, mais ce mouvement des lèvres qui tremblaient comme dans un murmure passionné me hissait de plus en plus dans la conscience de mon plaisir. Cette espèce de frisson exaltait aussi mon bonheur car il faisait que notre baiser ainsi tremblé semblait décoller, s'idéaliser. Pierrot se laissa serrer étroitement, mais sur un léger bruit de pas, il se dégagea avec une vivacité telle que je compris qu'il n'avait cessé d'être en éveil et que, durant l'étreinte, il n'avait pas été ému, car, au bruit, malgré ses rapides réflexes, il eût éprouvé une légère peine à se dépêtrer de l'émoi, et moi, qui étais collé à lui, j'eus décelé ce mal léger, cette décollation d'une glu subtile. De mes bras, il s'échappait, si vif que je compris qu'il ne s'y était jamais blotti. Ce signe, maintenant rappelé à moi, avec d'autres, m'obligeait à chercher refuge dans mes vieilles amours. Avec Divers, l'aidant à porter l'ignominie de la mort d'Harcamone, j'ai vécu trois mois d'une vie sans soleil, passée d'un bout à l'autre par notre pensée tendue jusqu'au chant, dans la cellule sans lumière et

139

sans air d'un condamné à mort. Divers vivait dans la joie d'avoir osé frapper en plein front une beauté plus belle que lui. Je partageais sa joie et sa douleur. Et si je ressentais, en face de son acte, quelque indignation, c'était la nuit, quand je songeais à Pierrot. Nous vécûmes ainsi avec gravité, l'un près de l'autre, sûrs qu'au fond d'un cachot Harcamone mourait lentement. Je rêvais encore d'un meurtre que j'eusse commis avec Divers, en faisant à notre place condamner quelque marlou, d'une rigueur morale et d'une beauté physique sans égales. Ce désir me libérait d'un tourment, très léger, venant de très loin — en moi ou dans le passé — que j'éprouvais en pensant à Divers. Il me semble que ce rêve volontaire détruisait un geste maladroit et mauvais. Peut-être voulais-je racheter Divers en prenant à mon compte son crime (était-ce celui-ci ?). Je donnais mon âme et ma douleur d'amoureux.

En plus de ses dix familles, la Colonie en contenait une autre, un peu à l'écart, à droite de la chapelle, près du cimetière et qu'on appelait : « la famille Jeanne d'Arc ». J'y fus une fois, accompagné d'un gâfe, porter des balais pour le réfectoire. Sortis de la cour de la ferme, qui est à droite de la chapelle, nous nous engageâmes dans une allée bordée de deux haies d'aubépines, de roses, de jasmin et, sans doute, de beaucoup d'autres fleurs somptueuses. Nous croisâmes de jeunes colons qui venaient à la Colonie. Mon trouble augmentait de plus en plus en approchant de la famille que nous appelions « La Jeanne d'Arc », qui avait son fanion à elle, blanc et bleu, et qui n'était composée que de vautours, vautours des marles des autres familles. J'avançais toujours entre les mêmes fleurs, entre les mêmes visages, mais je devinais, grâce à une sorte de malaise qui s'emparait de moi, qu'il se passait quelque chose. Les parfums et les couleurs des fleurs ne se transformaient pas, cependant, il me sembla qu'ils devinssent plus essentiellement eux-mêmes. Je veux dire qu'ils commençaient à exister pour moi de leur existence propre, avec de moins en moins le secours d'un support : les fleurs. La beauté aussi se détachait des visages. Chaque enfant qui passait essayait bien de la retenir, mais elle s'enfuyait. Enfin, elle resta seule, les visages et les fleurs avaient disparu. J'avançais, très en avant du gâfe, portant mes deux balais et je serrais les fesses comme lorsqu'on a peur la nuit ; toutefois, je m'efforçais de faire le moins de gestes possible par où cet Enfer vers quoi je descendais — étrange enfer où même le très particulier parfum de l'Enfer se manifestait sous les apparences ahurissantes d'un rosier chargé de roses soufre — par où cet Enfer, dis-je, eût passé un doigt et, finalement, se laissant happer par tout mon engrenage, m'eût envahi. Je ne retrouvai ma paix qu'au retour : moins de beauté terrible me calma.

Parce que Pierrot débuta, à Mettray, par la famille « Jeanne d'Arc », je ne puis me rendre compte qui, de Pierrot ou de « la » Jeanne d'Arc, profite de l'éclairage de l'autre. Comme dans les illustrés d'autrefois, une chaumière en palais et la servante en fée, ma cellule est changée d'un coup dont je vois encore la baguette qui va disparaître, en une chambre de parade éclairée de cent flambeaux, et ma paillasse, suivant cette transformation, est devenue un lit paré de rideaux attachés par des guirlandes de perles fines. Tout chancelle sous les rubis, les émeraudes ; tout est d'or, de nacre et de soie et, dans mes bras, je tiens un chevalier dévêtu, qui n'est pas Bulkaen.

De Bulkaen, je reçus encore un mot en échange du mien. Il était écrit de cette écriture appliquée dont il se servit pour envoyer ce recours en grâce où son ignorance le faisait s'empêtrer dans des phrases barbares, des mots aigus ; avant d'écrire, dans des mouvements de main pareils à des ronds de jambe, la gaucherie de son imagination cherchait à se dissimuler derrière l'agilité et l'élégance de la main. Il me demandait d'écrire quelques vers sur un sujet qu'il me donnait : « Jean, veux-tu me faire des vers là-dessus : deux amis qui se sont beaucoup aimés en prison, il y en a un qui s'en va. Celui qui reste lui écrit pour lui dire qu'il l'aimera toujours et qu'il attend d'aller le rejoindre même au bagne où ils seront heureux. » Et il ajoutait : « Crois bien que c'est à cela que pense et que désire plus d'un homme en prison. »

Ces lignes entre mes doigts ! Depuis elles, je ne puis m'empêcher de voir en Bulkaen le bagnard qu'il devait être (car si l'on me vola ma mort, sa mort vola son destin, c'est Bulkaen que j'avais prévu au milieu des fougères, quand j'écrivis le « Condamné à mort »). Pierrot ne désirait même pas devenir bagnard — et pour retrouver Rocky — il voulait chanter son désir. Quand j'appris que Rocky était désigné pour partir à Saint-Martin-de-Ré, en voyant revenir Pierrot de la sixième division, je compris qu'il venait de dire adieu à son ancien amant. Il ne me vit pas mais, moi, je vis son regard : c'était le regard de des Grieux à Manon dans la caravane des filles sur la route du Havre de Grâce.

Il était, à Mettray, difficile d'aller d'une famille à l'autre, si étroite était la discipline, m'étonnant encore qu'on eût trouvé des hommes sûrs qui la pussent appliquer sérieusement. En y regardant de près, ce sérieux était du tragique. Le directeur, le sous-directeur, les gâfes, à force d'inhumanité, étaient de faux directeur, faux sous-directeur, faux gâfes, des sortes d'enfants vieillis dans l'enfance et ses mystères. Ils écrivaient mon histoire. Ils étaient mes personnages. Ils ne comprenaient rien à Mettray. Ils étaient idiots. S'il est vrai que, seuls, les gens intelligents sont capables de comprendre le mal — et sont donc seuls capables de le commettre —, les gâfes ne nous comprirent jamais. Chaque famille vivait dans l'ignorance des autres familles et, plus que les autres, la famille Jeanne d'Arc nous était défendue étant composée, non des plus jeunes (émerveillons-nous encore de ce qui provoquait l'indignation d'un Albert Londres, d'un Alexis Danan, les colons de chaque famille étaient assemblés non par l'âge mais par la taille), mais des plus petits qui, tous ou à peu près, étaient les vautours des marles des autres familles, qu'ils rencontraient dans les ateliers, car l'atelier détruisait la sélection des familles.

Il ne me sera guère aisé de faire les portraits de ce livre. Tous ces enfants se ressemblent, heureusement chacun d'eux se faisait annoncer par des particularités plus ou moins étranges, comme chaque toréador est précédé dans l'arène de sa musique, de ses archers, de ses rubans. Pierrot, plus que les autres, risque de voir son portrait se confondre avec ceux de tous les colons. Vulgaire, il l'est, mais d'une vulgarité hautaine, dure, soutenue par un travail constant. Sa vulgarité bande.

Est-il possible que des jeunes gens au visage aussi pur, aussi débarrassé des marques de la souffrance et du vice fassent l'amour comme tout le monde ? Les anges, pour éprouver la volupté de la possession procèdent autrement : l'amant se métamorphose en aimé. Il me suffit aujourd'hui d'évoquer mes amours d'enfant pour que je redescende au fond du temps dans ses plus ténébreuses demeures, dans une région solitaire, où je ne retrouve plus que la Colonie, formidable et seule. Elle me tire à elle de tous ses membres musclés, avec ce geste des matelots qui lèvent de l'eau un filin, une main se portant devant l'autre au fur et à mesure que la corde s'entasse sur le pont et je retrouve, auprès du Divers regagné, une enfance nauséeuse et magnifiée par l'horreur, que je n'eusse jamais voulu quitter. De la cellule de punition, où j'étais pour quinze jours, je m'arrangeai pour qu'un infirmier me passe en douce, contre quelques mégots, un peu de gardénal. Ce siècle est décidément le siècle soumis aux poisons, où Hitler est une princesse de la Renaissance, pour nous une Catherine de Médicis muette et profonde, et mon goût pour les poisons, l'attrait qu'ils exercent sur moi, me fait parfois me confondre avec l'une ou avec l'autre. Puis le gardénal me conduisit à l'infirmerie en grand apparat, pâle et, de la mort, ayant l'apparence. J'espérais, l'infirmerie étant proche de la salle de discipline, communiquer avec Divers que j'y savais être le prévôt, mais les médecins m'ayant administré un vomitif, puis analysé mon vomissement, découvrirent le gardénal et je fus condamné à un mois de salle de discipline pour avoir fait entrer en fraude dans la prison un médicament dangereux. Ainsi plus rapidement, je rejoignis Divers. Quand j'entrai dans la salle de discipline, il ne me reconnut pas tout de suite. Je baissai la tête en face de la tinette où il trônait. Quand il descendit, il me commanda d'un ton méchant — car il était d'abord méchant : « Viens te mettre là, allez, fais vite », et m'indiqua une place entre les punis. Puis il regarda mon visage et le vit. Alors il eut cette espèce de sourire triste et mauvais que nous avons tous en nous reconnaissant en prison. Le sourire veut dire : « Toi aussi, tu devais y venir. Tu ne pouvais vivre qu'ici » — à noter que j'éprouvai une légère honte quand je dis à Bulkaen que j'étais allé aussi à Mettray. Je n'avais pas su éviter le destin habituel — je détournai les yeux dans la honte de n'avoir pu, moi, éviter d'en passer par là, mais fort déjà, victorieux car elle serait très belle l'aventure qui me vaut trois ans de Centrale. Quand je vis qu'il m'avait reconnu, je voulus lui parler, mais le gâfe nous surveillait. Ce n'est que vers le soir que nous nous dîmes quelques mots et, trois jours après, quand nous eûmes réinstallé entre nous notre ancienne intimité, que je lui expliquai pourquoi j'étais au quartier. Il crut enfin à mon amour pour lui. Après quinze ans d'attente, de recherche — car depuis son départ de Mettray, je le comprends maintenant, toute ma vie n'a été qu'un long tâtonnement pour le retrouver —, j'avais risqué la mort pour le revoir. Et la récompense obtenue méritait un si grand péril. J'ai là, à deux lits de moi, son même petit visage crispé par je ne sais quel mystérieux drame qui se déroule, qui se joue, si vous voulez, sur un écran secret ; ses dents imparfaites d'une denture parfaite, son regard sournois et méchant, son front buté, jamais content et, sous la chemise blanche et rigide, ce corps que ni les coups ni les jeûnes n'ont pu faner, aussi noble et impérieux que les rares baignades de l'été me le révélèrent, avec son torse lourd, la poitrine comme cet outil qu'on appelle une masse, au bout d'un manche flexible : sa taille ; sa poitrine, que j'ose encore comparer à une rose à la tête trop lourde sur une tige qui toujours ploie. Je lui dis que je n'avais plus pour lui qu'une amitié très fraîche, très bonne, une camaraderie fidèle. Mais ce n'est pas un tel sentiment qui m'eût fait braver la mort et la vaincre.

A Mettray, on faisait exactement huit fois par jour la prière. Voici la manœuvre du dortoir : quand tous les colons de la famille sont montés, le chef de famille ferme la porte à clé et la séance commence. Chaque colon, le dos au mur, se tient à sa place, sur chacun des grands côtés du dortoir. Le frère aîné crie « Silence » et les enfants s'immobilisent. « Enlevez les sabots », ils quittent leurs sabots et les placent sur une ligne très droite, à deux mètres en face d'eux. « A genoux », crie le frère aîné. Les colons s'age-nouillent devant les sabots vides de pieds, mais qui fument. « Prière. » Un jeune dit la prière du soir et tous répondent : « ... soit-il » mais en transformant ce « ... soit-il » en « ça se tire ». « Debout ! » Ils se dressent. « Demi-tour, droite » et ils font un demi-tour à droite. « Trois pas en avant, marche ! » Ils font les trois pas en avant et se trouvent alors le nez au mur. « Enlevez les tringles. » Ils soulèvent les

146

grosses poutrelles accrochées au mur et, au commandement, ils viendront en placer le bout dans des encoches taillées dans des poutres verticales disposées là à cet effet. Et à chaque mouvement nous cognons nos talons au plancher qui sonne, de façon à bien marquer les temps. Ensuite, on se dévêtait et continuait la manœuvre en chemise. On « déploie les hamacs », on « fait son lit », « plie ses effets », et le pan des chemises vole au vent, malicieusement relevé par les voisins qui veulent voir ce petit cul qui les fait bander. J'aimais ces rites compliqués du coucher. Comme nous étions dans la crainte toujours d'en louper une figure et de recevoir un coup de la galoche dont le frère aîné ne s'était pas encore déchaussé, nous l'accomplissions avec une gravité sournoisement traversée de sourires incrédules et vite effacés. Cette crainte était sacrée, puisque, dans la toute-puissance de sa beauté et de sa férocité, le frère aîné nous était un dieu. Nous nous couchions après avoir revêtu le caleçon en zinc dont parlaient les marles, et nous rêvions.

J'ai moins rêvé à Mettray de vols et de casses, que de prostitution. Sans doute qu'avoir un amant qui sût cambrioler m'eût enchanté. Il n'est pas douteux que je l'eusse aimé mais en étant moi-même courtisane. Plus tard, je serai mendiant plutôt que voleur, et lorsque j'eus à combiner un plan d'évasion pour sortir de la prison de Brest et faire fuir Pilorge de celle de Rennes, ayant à détruire des barreaux de fer, c'est d'abord aux acides que je pensai, plutôt qu'à la lime et à la scie à métaux. Je choisissais la ruse, la lenteur sournoise à la manière virile. Et ce n'est que longtemps après, après tous ces stades, que je décidai d'être voleur, de vivre du vol simple d'abord, du vol à l'étalage et, enfin, de cambriolages. Cela se fit lentement. Je suis allé vers le vol comme vers une libération, vers la lumière. Je me désenlisais de la prostitution et de la mendicité dont l'abjection m'apparaît à mesure que m'attire la gloire du vol. Je vis à trente ans ma jeunesse, mais ma jeunesse est vieille.

Il n'est pas impossible que Bulkaen ne fût à ses propres yeux qu'une constellation — ou, si l'on veut, la cristallisation des bijoux qu'il avait dérobés. Mais cette force qu'il possédait n'était que la force de mon amour. Sa dureté granitique, c'était la rigidité qui résultait de la crispation de toutes ses fibres en face de mon amour — et surtout de mon désir. Plus je faiblissais, plus il se durcissait, apparemment, pour moi seul et par contraste. Il bandait de tout mon amour et ces bijoux sertis dans sa masse faisaient de lui un sceptre, une main de justice. Il ne risquait pas de s'attendrir en face de moi. Il était comparable, en ce sens, à la Colonie dont la dureté scintillante était obtenue par ce fait qu'aucun colon ne pleura. La Colonie ne s'attendrit jamais. Elle avait de la tenue. Les héros, et certains capitaines se sont parés de leurs victoires en accolant à leurs noms celui des places forcées et rendues. On obtient ainsi Davout d'Auerstædt, Scipion l'Africain... Les casseurs s'ornaient de leurs pillages, de leurs butins. Bulkaen étincelait de ses diams. Un jour, je l'appelai, toujours en douce :

— Pierrot ?

Il tourna la tête, les sourcils crispés, les yeux durs. Entre les dents, et de façon à n'être pas entendu des marles, il me dit dans un chuchotement haineux :

— J'tai dit de m'appeler Bijoux ! Tu comprends,

c'est à cause des gâfes. I' savent tous que j'm'appelle Pierrot.

Je haussai les épaules.

— Si tu veux. Moi, j'm'en fous, seulement ça fait un peu catin...

— Quoi, quoi, catin...

Son regard devint mauvais comme lorsque je voulus l'embrasser.

— Ben, alors. Tu trouves que c'est rien, toi, l'môme Bijoux.

— T'es marteau. C'est pas à cause de ça. C'est à cause...

— De ton casse, des bijoux, oui, je sais.

J'ajoutai d'un ton ironique : « Enfin, j'vais t'en coller autant que tu voudras, des bijoux. » Il me dit de parler plus bas. Je pensai : « Avec ma douleur, j'aurais l'impression de prier. »

Dans son esprit, il s'entendait appeler Bijoux avec l'x ennoblissant. Or, en le prononçant, personne ne savait ou non, s'il y avait cet x. On l'eût appelé Bijou en pensant : le môme Bijou. Lui-même acceptait — dans une certaine mesure, désirait — que l'on connût l'origine de ce surnom, mais il voulait paraître le porter depuis longtemps, afin de ne paraître pas l'avoir provoqué. Il cherchait une noblesse de droit.

Au début de ce livre, j'ai parlé d'une espèce de désenchantement de la prison. Il s'opérait à mesure que j'examinais les délinquants et les criminels avec le seul regard de la raison pratique. De ce point de vue, tous les actes criminels peuvent paraître sots car le bénéfice est faible comparé à la peine encourue si l'on échoue, aux dangers courus, et les prisons me semblèrent, ce qu'elles sont aussi, un ramassis de pauvres bougres. Mais si je vais plus loin, si mes lumières éclairent l'intérieur des marles, je les comprends mieux, j'éprouve mon ancienne émotion en face d'eux et de leur travail. La compréhension fut complète quand j'entendis un jour Bulkaen me dire : « Moi, quand je casse, quand je rentre dans un appartement, je bande, je mouille. » On acceptera donc que je présente Bulkaen comme un libérateur. Il m'en coûterait de dire que les hommes sont mes frères. Ce mot m'écœure parce qu'il me rattache aux hommes par un cordon ombilical, il me replonge à l'intérieur d'un ventre. C'est par la mère que le mot nous lie. C'est à la terre qu'il appartient. J'ai horreur de la fraternité qui établit des contacts de peau à peau, mais je veux dire « mes frères » en pensant aux colons. Il fallait que j'aime ma Colonie pour que jusqu'à présent son influence me nimbe encore. J'entends — et du plus loin de ma mémoire, qu'elle est un *espace précis du temps* mais qu'elle irradie — que ce *passé présent* rayonne une buée sombre, faite surtout, je le crois, de notre souffrance, qui est mon auréole et vers laquelle je me tourne, dans la ouate de qui souvent j'oublie le présent.

Mon enfance me remonte aux dents. Dans mon souvenir, ce monde particulier des pénitenciers a les propriétés du monde des prisons, des théâtres et du rêve : angoisses, chutes, fièvres, apparitions, bruits inexplicables, chants, présences soupçonnées. Mais j'ai le toupet d'être de cet avis, que les prisons et les bagnes d'enfants ne s'éloignent pas assez de l'inhabituel. Leurs murs sont trop minces et trop peu étanches. Mettray seul bénéficiait de cette prodigieuse réussite : il n'y avait pas de murs, mais des lauriers et des bordures de fleurs ; or personne, à ma connaissance, ne réussit à s'évader de la Colonie même, tant cette facilité nous paraissait louche, protégée d'esprits vigilants. Nous étions victimes d'un feuillage en apparence inoffensif mais qui, en face du moins osé de nos gestes, pouvait devenir un feuillage électrisé, élevé à une tension telle qu'il eût électrocuté jusqu'à notre âme. Nous avons tous pensé qu'en cette flore de luxe existaient les périls du sommeil avec ses immobilités lourdes de tous les possibles du monde ; afin de mieux nous épier veillait un pouvoir démoniaque spécialement dirigé contre l'enfance. Je voulus une fois, lors d'une récréation, détruire le charme. Je me tenait tout au bord de la limite la plus étroite de la Colonie, près des lauriers taillés et d'un grand if sombre. Il y avait des fleurs à mes pieds, et de l'herbe si délicate, si familière que je crus deviner soudain qu'entre elle et moi, il existait une relation sympathique, et je me sentis en confiance. Je fis le mouvement de retirer mes pieds et mes sabots trop lourds pour la course. Je voulus fuir. Déjà je filais. Les colons derrière moi hurlaient leurs habituelles insultes. Je devinais leurs trafics, leurs murmures équivoques... j'étais en face d'une décision terrible puisqu'il s'agissait de rompre le barrage des fleurs, d'entrer dans le fabuleux en le combattant.

J'avais, je crois, les mains dans les poches et je me donnais l'air le plus naturel au bord de ce massif afin que le gâfe ni les fleurs ne devinassent rien de mon projet.

Mon esprit s'agitait. Il allait m'emporter, m'enlever, et je restais immobile en face des fleurs. Le clairon sonna la fin de la récréation.

L'une des bafouilles de Bulkaen se terminait ainsi : « Tu te rappelles, quand on allait jusqu'à Bel Air pour les clops ? » Sans doute, quelques gosses sortaient des limites sacrées du domaine, mais ce sont les gosses eux-mêmes qui transportaient avec eux ces propriétés néfastes et en chargeaient les fourrés les plus éloignés. Peut-être certains enfants échappèrent-ils à ces sortilèges car, par ces mots, j'ai compris combien à Mettray la vie de Bulkaen avait été différente de la mienne. « Bel Air » était un sanatorium, à trois kilomètres de la Colonie, et seuls les colons qui travaillaient aux champs pouvaient y aller, conduits par un chef d'atelier. Quand ils rentraient à midi et le soir, ils parlaient de « Bel Air », et nous, qui travaillions aux ateliers sédentaires, restions à la porte de leurs histoires, ce qui ne nous touchait guère car presque tous les colons des champs étaient des cloches et, s'il resta surtout aux champs, Pierrot, c'est donc qu'il était une cloche à moins qu'il n'ait créé et rendu possible le personnage d'un marle ou d'un vautour aux mains gercées, à la blouse salie et aux galoches boueuses. Il n'est pas impossible qu'il ait accompli ce miracle, il en a accompli d'autres en prison où je trouve que les fenêtres sont trop claires, pas assez feutrés les pas qui marchent, trop durs les gardiens (ou pas assez. Je les voudrais d'une douceur écœurante), trop de ficelles enfin nous retiennent à votre vie. Je crois savoir que mon amour pour la prison est peut-être le subtil bien-être à me plonger dans une vie au milieu d'hommes que mon imagination et mon désir veulent d'une rare beauté morale. A peine ce bien-être s'atténue-t-il du fait que les prisons perdent leur éclatante dureté à mesure que les macs s'embourgeoisent et que les gens honnêtes fréquentent les prisons. En prison à ces instants où le soleil qui pénétrait par la fenêtre dispersait la cellule, chacun de nous devenait de plus en plus, vivait de sa propre vie, et la vivait d'une façon si aiguë que nous en avions mal, étant isolés, et conscients de notre emprisonnement par les éclats de cette fête qui éblouissait le reste du monde, mais les jours de pluie, au contraire, la cellule n'était plus qu'une masse informe d'avant la naissance, avec une âme unique où la conscience individuelle se perdait. C'était une grande douceur quand les hommes qui la composaient s'aimaient.

La nuit, souvent je reste éveillé. Je suis la sentinelle debout à la porte du sommeil des autres, dont je suis le maître. Je suis l'esprit qui flotte au-dessus de la masse informe du rêve. Le temps que j'y passe relève de ce temps qui s'écoule dans les yeux des chiens ou dans les mouvements de n'importe quel insecte. Nous ne sommes presque plus au monde. Et si pour tout achever la pluie tombe, tout sombre, englouti dans l'horreur où ne flotte plus, au-dessus de ces vagues trop lourdes, que ma galère. Les nuits qu'il pleuvait, dans la tempête, la galère affolée roulait bord sur bord. Par les grains trop forts, le désarroi bouleversait gravement les mâles que rien n'effraye. Ils ne se livraient à aucune extravagance que la peur fait commettre, mais leurs traits et leurs gestes, une soudaine acuité les allégeait. D'être enfin si près de Dieu les purifiait des crimes passés. Par plus légers, j'entends que les gestes et le visage des galériens appartenaient moins au sol. Le danger ami enlevait tout ennui, toute trace de ce qui n'était pas de l'instant immédiat, les décapait, ne laissant subsister que l'essentiel nécessaire à la manœuvre. Nous allions sous la pluie noire et chaude, d'un bord à l'autre. Nos torses nus luisaient. Parfois, en passant dans la nuit, sans se reconnaître, des hommes s'étreignaient puis se précipitaient à la manœuvre, les muscles exaltés et, en même temps, amollis par cette seule caresse. Dans les agrès, se balançaient les pirates les plus agiles, mais je portais le fanal dans le nœud le plus embrouillé de la manœuvre, et c'était quelquefois un nœud d'amours brutales. La mer hurlait. J'étais sûr que rien ne pouvait arriver puisque j'étais avec eux qui m'aimaient. Ils étaient sûrs que rien ne pourrait contre eux puisque le capitaine était là. Et dans mon hamac, je m'endormais dans ses bras et j'y continuais des amours dans la fatigue de celles auxquelles je venais de me livrer. Ma vie sur la galère prolongeait ses franges dans ma vie quotidienne. Un jour, je m'entendis penser cette expression : « La colère gonfle nos voiles. » Enfin il suffisait qu'on appelle mutins les colons révoltés pour que la confusion s'établît de la nuit sur mes jours.

Nos amours de Mettray ! Les couples d'enfants où le mâle avait seize ans ! J'avais seize ans, l'âge des jeunes filles. Quinze ans sont grêles et dix-sept ans trop durs. Mais seize ans a un son d'une délicate féminité. J'aimais Villeroy qui m'aimait. Parce qu'enfant lui-même (il avait dix-huit ans) il était plus près de moi que personne (à l'exception de Pilorge) ne le fut jamais. Qu'il fît avec moi l'amour le premier soir, je fus surtout amusé, croyant à un jeu malgré son étroit visage de brute contracté par la passion. Il se contenta de ce simulacre mais, plus tard, quand par une nuit profonde, j'enfonçai sa verge en moi, il faillit, et moi, tourner de l'œil de reconnaissance et d'amour. Une boucle blonde, mouillée par la sueur, se mêlait à mes cheveux dans une image de nous projetée au ciel. Son visage était bouleversé par la recherche active du bonheur. Il ne souriait plus. Et, dans mes bras, je regardai ce visage penché sur moi, phosphorescent. Nous étions des enfants cherchant notre volupté, lui avec sa maladresse et moi avec trop de science. Je le dessalai. Je dépucelai mon mac. Mais il trouvait tout naturellement les caresses les plus douces. Cette brute pour m'aimer se faisait craintive. Elle m'appelait Sapotille. Un soir même, il appela sa verge : « Ma brutale », et la mienne « ta banette ». Ces noms leur restèrent. Je sais à présent que, sans les prononcer, nous échangions les plus belles répliques amoureuses dans le style enchanté de Roméo et Juliette. Notre amour chantait dans cette désespérante demeure. Les couvertures qui pendaient de mon hamac et du sien jusqu'au plancher où nous restions enlacés nous isolaient. Les colons savaient bien nos amours, que derrière nos rideaux de laine brune nous n'enfilions pas des perles, mais qui eût osé dire un mot ? Le père Guépin lui-même comprit une fois ce qu'il en coûte de toucher au vautour, à la frégate d'un des malabars de la famille B. Il ne savait pas encore qui j'étais quand il osa me donner un coup de poing, dans l'épaule, par-derrière, un dimanche, à la gymnastique, parce que j'avais raté un mouvement. Je basculai et tombai en avant. Villeroy s'approcha du vieux, les dents serrées, la cuisse déjà vibrante du frisson qui précède le coup. Il dit : « Salope », en regardant Guépin. Peut-être celui-ci voulut-il paraître croire que l'insulte me visait, car il répondit : « C'est ton copain ? »

— Oui, après ? grogna Villeroy.

— Alors, il faut lui apprendre les mouvements, c'est ton rôle.

Il répliqua cela sur un ton plus doux. Mais, en tombant je m'étais écorché la main à un caillou de silex. Je saignais. Le coup, puis l'insulte de Guépin, avaient blessé Villeroy surtout, je crois, dans son orgueil. Mais on connaît le mécanisme des senti-ments : emporté par la colère (la colère vous portant) il suffit que passe à proximité n'importe qui — un enfant qui souffre — pour que votre être, exaspéré déjà, s'ouvre à la pitié, qui est l'amour. La colère avait mis au bord de la paupière de mon méchant des larmes que la pitié fit couler jusqu'à sa bouche. Il saisit ma main et la baisa. Je fus atterré par ce qu'il faisait. Lui-même comprit-il que son geste le mettait en danger de ridicule en face des autres ? Un filet de bave rose pendit à son menton et ce fut soudain une écharpe de pourpre qui s'enroula autour de son cou. L'enfant sous cet attirail devin d'une férocité noire. Son visage se tordit. Et moi, mon angoisse, pour ne pas m'étouffer, ne pouvait qu'exploser en une sorte de sanglot de joie qui me fit voir la pourpre n'en pouvant plus, sur les bras de ce bel athlète, tomber d'émotion, de honte. Villeroy fut, l'espace d'une seconde, agité d'un tocsin d'alarme. Enfin, il y eut une éclaircie. Il essuya d'un revers de manche le sang mêlé aux larmes, à la morve et à l'écume de sa bouche, et il fonça, la tête en avant, dans le père

156

Guépin. « Il lui vola dans les plumes. » Il l'esquinta comme emporté par la fougueuse allure de cette expression. Ainsi j'esquintai Charlot à la visite dix jours après que je connus Bulkaen.

J'ai dit qu'il me fallait un acte d'éclat, mais moins pour m'imposer à Bulkaen qu'afin d'être haussé jusqu'à son niveau tragique. J'avais épié les moindres circonstances : un mot mal prononcé, un geste vif, le frôlement que m'eût fait un mec, un coup d'œil, pour les faire se continuer en une bagarre menée jusqu'à la prière de l'autre ou jusqu'à ma mort. Ce fut au moment de la visite médicale que je rencontrai le môme La Guêpe. Il ne se rangea pas assez vite dans l'escalier que je dévalais à toutes pompes et je le bousculai. Il me le fit remarquer gentiment, mais « je montais ».

— Boucle ça, dis-je.

— Qu'est-ce que t'as, Jeannot... c'est toi...

— Boucle ça, que je te dis, ou tu vas voir ta petite gueule si elle va faire étincelle.

Je m'étais à peine arrêté, coincé par le coude de l'escalier. Je le poussai violemment contre le mur et je descendis jusqu'au rez-de-chaussée dans le couloir où les détenus attendaient en rang, pour passer devant le médecin. Emporté par mon élan et par ma vitesse intérieure, je me trouvai en face de Charlot. Bulkaen était près de lui. Un rayon de soleil tombait par la verrière du toit et faisait courir des ombres dans le couloir. L'autorité de Charlot tenait à la sécheresse de ses gestes et au confort de sa voix. Quand j'arrivai, il passait, par la droite, derrière Bulkaen, et j'eus la stupeur de voir sur la hanche gauche, et la pressant, du gosse, la main brutale et douce, aux doigts un peu écartés, de Charlot. J'eus un mal affreux. La rage en moi monta en vrille. J'étais à dix pas immobile. Cette main bougea. Elle fit sur l'étoffe comme une légère caresse, puis s'effaça. Enfin ma poitrine s'élargit. Je respirai plus librement. J'eus un peu honte de m'être trompé et peut-être mes yeux s'embuèrent-ils de savoir que le Ciel poussait la sollicitude jusqu'à me gratifier de faux prodiges — d'illusion du mal et de la connaissance que ce mal est illusion — en comprenant que c'était l'ombre d'une autre main, aux doigts écartés, qui jouait sur la hanche de mon ami. Mais à peine cette ombre se fut-elle effacée de là que j'entendis Charlot dire à ses potes attentifs :

— ... et moi, alors, qu'est-ce que je peux servir comme femmes. Quatre fois par jour, ça me fait pas peur.

Je ricanai, car je m'étais avancé jusqu'à leurs bords et je dis :

— Tu charries doucement. Il se retourna.

— C'est moi qui te le dis, Jeannot. De ce côté-là, j'suis surnaturel.

Je haïssais Charlot depuis que je lui croyais assez de perspicacité pour avoir découvert le sujet de mes rêveries mais, aujourd'hui, cette haine s'aggravait de le croire assez cruel pour qu'il ait placé l'idée de Bulkaen derrière la conversation, et j'enrageais de haine rentrée ; d'autre part, je craignais de paraître terne aux yeux de Bulkaen en ne plaisantant jamais, et il m'était défendu de plaisanter car alors, en riant, je perdais le contrôle de moi-même et je risquais de laisser apparaître le côté maniéré de ma nature. Je me forçais à une extraordinaire sévérité d'allures qui me faisait passer pour un ours, quand n'importe quel marle pouvait chahuter sans danger pour son prestige. Je répondis :

— T'es surnaturel ? Ah, je saisis, tu te fais aider par les anges.

Je gardai mes mains dans mes poches. Il voyait que je cherchais à le démonter. Il coupa mon ironie qui voulait une réponse immédiate et qui clouait tout :

— Puisque je te le dis ! Dis que je suis un menteur !

— Oui, t'es un menteur.

Mais dès le début de la phrase : « ... De ce côté-là, j'suis surnaturel... » je me répétais : « J'vais lui voler dans les plumes ! P'tit con ! J'vais lui voler dans les plumes ! » Je me répétai encore la phrase mentalement, deux fois. Enivré par elle qui me soulevait, je n'attendis pas qu'il cognât le premier, je bondis. Et nous nous battîmes avec rage, sous les yeux de Bulkaen peut-être amusé. Aux instants que j'allais flancher, le souvenir et l'âme de Villeroy me gardèrent. J'eus la loi parce que Charlot se battit à la loyale et moi en vache, comme à Mettray. Dans ma fureur, je l'eusse tué. J'avais l'âge, les muscles de Villeroy, non de Divers. J'empruntais, je volais la beauté de ses attitudes. Prise on ne sait où, une mèche de cheveux blonds tombait jusqu'à mes yeux. J'étais d'une vitesse folle. Je devais vaincre Charlot car Villeroy l'eût vaincu, c'est avec ses armes luisantes et ses défauts que je combattais. Les gâfes m'arrachèrent, on emporta Charlot.

Les surveillants accoururent pour relever Guépin. Personne n'osa amener de force Villeroy au quartier. On le pria de s'y rendre lui-même. Il y fut seul, après m'avoir serré la main. Je compris que l'on attendait quelque chose de moi et, mettant à profit les enseignements de mon marle, par-derrière, je portai un coup à Guépin qui chancela. Il eut le temps de se retourner et nous nous empoignâmes : la honte peut-être d'être rossé par un vieux encore très agile. J'étais une pauvre chose quand j'entrai au quartier, mais j'étais aussi droit que Villeroy à deux mètres devant moi.

Nous y passâmes un mois, lui en cellule et moi dans la ronde du peloton. Quand il sortit du quartier, il retrouva intacte sa place de frère aîné à la famille B. On le craignait. Parmi les autres gosses, Villeroy avait le don des actes d'éclat ; ses proclamations, et la moindre d'elles, prenaient l'allure effrontée des proclamations à la Grande Armée. Un jour qu'on lui demandait son avis sur une bagarre entre Deloffre et Rey, et comment il avait trouvé la manière dont Deloffre s'était battu, très froid, il répondit : « Je peux rien dire. D'un côté j'ai pas le droit de dire du mal d'un mec qui se bigorne comme un lion, et de l'autre côté, le gonze, je le blaire pas, ça me ferait mal au cœur d'en dire du bien. J'aime autant boucler ma gueule. »

Les quatre ou cinq marles de la famille avaient aussi leur vautour que tout le monde respectait, sauf quelquefois un enfant solitaire, irrévérencieux, insensible, droit, qui ne craignait pas de me dire : « Si tu crânes tant, c'est à cause de ton mec. »

Dans mon livre, c'est Harcamone.

Sur les quais des ports, une couronne de cordages qui penche, mal posée, coiffe de travers une bitte d'une tresse lourde, d'une bâche ou gâpette : ainsi

Harcamone, inaffectueux toujours, étranger, était, le dimanche, coiffé d'un béret plat.

Mon mac de sa langue trouait ma bouche serrée. Je léchais sa boule rasée qui eût dû être hirsute ; je me sentais battre la figure par les mèches bouclées, nerveuses et blondes qu'il aurait dû avoir, et je m'endormais pour quelques minutes, de songes traversé plus douloureux que ceux de l'artilleur endormi, allongé sur le membre bourré de sa pièce. Plus tard, mais sans trop attendre, nous nous aimâmes avec plus de science. Avant de partir pour l'atelier — il était aux sabots et moi aux brosses — on se serrait la main avec chacun un sourire qui, je le sais maintenant, était plus tendre et confiant que complice, comme je le croyais. Durant les récréations, ses fonctions de frère aîné et sa dignité de marle l'obligeaient à tenir une cour, et quand parfois je m'approchais du cercle des hommes, il mettait une main sur mon épaule. Les durs s'habituaient à ma présence. Pour n'être pas indigne d'un tel homme, j'exagérais les attitudes viriles. Je fus plusieurs fois servi par mon irritation que je sus transformer en colère généreuse, génératrice de courage. Un jour, dans la cour, devant la famille B, un petit voyou se moqua, mais gentiment, de la couleur de ma blouse. Il dit, je me souviens : « Elle est comme les yeux de Villeroy. » Je ris, mais mon rire fut un peu trop aigu, je m'en rendis compte, on s'en rendit compte, tous les regards furent sur moi. Je perdais contenance. Je sentais mon énervement grandir. Mon cœur battit très vite et très fort. J'avais chaud et froid en même temps. Enfin, je tremblais et je craignais même que mon tremblement ne fût visible des macs. Ils le virent. Mon trouble grandit encore. Je ne me possédais plus. Et Divers était là, que j'aimais déjà secrètement, témoin de mon agitation qui n'avait pour cause que la mauvaise qualité de mon système nerveux. Je compris soudain qu'il fallait faire servir cette agitation, la mettre sur le compte de la colère. Avec un léger décalement tous les signes de mon trouble pouvaient devenir les signes d'une colère magnifique. Il suffisait de transposer. Je serrai les dents et je fis bouger mes zygomatiques. Ma gueule dut prendre une expression féroce. Je partis. Mon tremblement devint le tremblement de la colère qui bénéficiait de toute mon agitation maladive. Je savais que je pouvais risquer n'importe quel geste, il aurait une ampleur extraordinaire, mais cette ampleur ne serait plus ridicule car elle serait provoquée et soutenue par la colère elle-même. Je me mis en quarante et bondis sur le gosse qui riait encore de ma blouse, de moi, et peut-être de mon trouble.

Quand s'avançait vers moi, en guerre, un marle, la peur des coups, la peur physique me faisait me reculer et me plier en deux. C'était un geste si naturel que je ne pus jamais l'éviter, mais ma volonté m'en fit changer la signification. En peu de temps fut prise l'habitude, quand je me courbais en reculant, de poser mes deux mains sur mes cuisses ou mes genoux fléchis, dans la position de l'homme qui va bondir, position dont, aussitôt que prise, je ressentais la vertu. J'eus la vigueur qu'il fallait et mon visage devint méchant. Ce n'était plus par un geste de frousse que j'avais été plié, mais par une manœuvre tactique. Je pissais avec l'aide de ma seule main droite, tandis que la gauche restait dans la poche.

Quand j'étais debout immobile, je gardais les jambes écartées. Je sifflais avec mes doigts d'abord, et ma langue et mes doigts ensuite. Tous ces gestes devinrent bientôt naturels et c'est par eux que j'accédai, à la mort de Villeroy (à son départ pour Toulon), paisiblement parmi les durs. Bulkaen, au contraire, était un petit homme que Mettray avait fait fille à l'usage des marles, et tous ses gestes étaient le signe de la nostalgie de sa virilité pillée, détruite. Je ne puis mieux me comparer qu'à l'enfant que je rêvais d'être ; quelque gosse abandonné, à l'origine lointaine, rabouine, gypsie, et que des machinations compliquées de vols de documents, des meurtres manigancés avec l'aide d'un aventurier sans faiblesse, permettraient d'entrer dans une noble maison protégée par sa tradition et ses armes. Je devenais le centre, la clé de voûte d'un système familial sévère. Sur mes épaules de seize ans reposerait tout l'enchantement des généalogies dont je serais l'aboutissement et la fin provisoire. Je serais marle entre les marles et l'on ne saurait plus que je n'étais qu'un vautour. Il fallait à tout prix que je dissimule ma faiblesse profonde, car tout de même on doit quelquefois le faire à « l'influence » et à « la bagarre ». Je n'acceptai non plus jamais rien qui m'était donné par gentillesse. Mais ici j'étais aidé par ma nature orgueilleuse, qui refusait tous les dons. Encore qu'on puisse vivre confortablement quand on s'est débarrassé de l'orgueil, et même qu'il existe une volupté à savoir que l'on tire bénéfice d'un cave à qui l'on accorde un merci ironique, mais avec cette douceur d'être libéré du sévère orgueil, s'insinuait en moi, peu à peu, précise, cette troublante idée que j'avais

163

fait le premier pas qui conduit à la mendicité, aux attitudes flasques — qu'un dur très viril, très fort, peut accepter d'avoir car il sait qu'il reprendra vite sa rigueur — et dès que j'eus accepté de faire la moindre simagrée pour obtenir ou recevoir, l'âme d'un mendiant m'était née et elle devait se nourrir et grossir d'une foule de menues capitulations. J'avais ouvert la porte à une vie nouvelle. Je devais me barricader.

Le soir... Nous désirions dormir toute une nuit ensemble, enroulés, entortillés l'un dans l'autre jusqu'au matin, mais la chose étant impossible, nous inventions des nuits d'une heure tandis qu'au-dessus de nous, sur le dortoir tissé d'agrès attachant les hamacs, la veilleuse allumée comme un falot, la houle des sommeils, le battant d'acier du briquet frappant le silex (on disait : « écoute le tocsin »), le chuchotement d'un gars, la plainte d'une cloche que les marles appelaient « un pauv' martyr », les exhalaisons de la nuit, nous faisaient naufragés d'un rêve. Puis nous décollions nos bouches : c'était le réveil de la brève nuit d'amour. Chacun s'étirait, remontait dans son hamac et s'endormait tête-bêche, comme sont disposés les hamacs. Quand je fus seul, Villeroy parti, sous mes couvertures je l'évoquai quelquefois, mais la tristesse de son départ perdit bien vite son sens primitif pour devenir une espèce de mélancolie chronique, pareille à un automne embrumé, et cet automne est la saison de base de ma vie car il réapparaît souvent, maintenant encore. Après les coups de soleil, pour que mon cœur, blessé par tant d'éclats, se repose, je me recroqueville en moi-même afin de retrouver les bois mouillés, les feuilles mortes, les brumes, et je rentre dans un manoir où flambe un feu de bois dans une haute cheminée. Le vent que j'écoute est plus berceur que celui qui geint dans les vrais sapins d'un vrai parc. Il me repose du vent qui fait vibrer les agrès de la galère. Cet automne est plus intense et plus insidieux que l'automne vrai, l'automne extérieur car, pour en jouir, je dois à chaque seconde inventer un détail, un signe, et m'attarder sur lui. Je le crée à chaque instant. Je reste des minutes sur l'idée de la pluie, sur l'idée d'une grille rouillée, ou de la mousse pourrie, des champignons, d'une cape gonflée par le vent. Tout sentiment qui va naître en moi à l'époque que m'embue une pareille saison, au lieu de s'élever furieusement, au contraire s'incline et c'est pourquoi ma jalousie fut sans violence à l'égard de Bulkaen. Lorsque je lui écrivais, je voulais que mes lettres fussent enjouées, banales, indifférentes. Malgré moi, j'y mettais mon amour. J'aurais voulu le montrer puissant, sûr de lui et sûr de moi, mais j'y mettais toute mon inquiétude malgré moi. Je pouvais recommencer ma lettre, mais la flemme me retenait. J'appelle flemme une sorte de sentiment qui me dit : ne recommence pas, c'est inutile. C'est quelque chose en moi qui sait très bien qu'il serait vain de me donner du mal pour paraître fort et maître de moi, car ma folle nature apparaîtra toujours par mille fissures. Non, j'ai perdu d'avance. Je crierai donc mon amour. Je ne compte plus que sur la beauté de mon chant. Qui Bulkaen aimait-il ? Il paraissait se souvenir avec trop de précisions de Rocky. Mais Rocky allait bientôt disparaître de notre univers et je ne suis pas sûr d'avoir été mécontent de connaître qu'ils s'aimaient. Il m'était difficile de savoir s'il avait quelque intimité avec d'autres marles, car les gestes d'un giron en face de son homme ne sont jamais équivoques. La rencontre en public de deux amis ne donne lieu à aucun geste qui choque : ils se serrent la main et se parlent sans gêne. Je ne pouvais donc distinguer s'il y avait entre Bulkaen et les hommes une entente d'où je fusse écarté. Je crois bien que l'heure de mon amour était arrivée quand il dit, dans un groupe de marles :

— Le point du jour, qu'est-ce que c'est ?

Je dis :

— C'est l'aurore.

Quelqu'un reprit :

— C'est l'heure fatale.

— Oh, je me fais pas d'illuses, dit Lou en souriant. J'sais que j'y passerai.

Il l'avait dit si simplement que sa grandeur d'être prédestiné se double de cette simplicité. Il me dépassa et, s'il me l'avait demandé, sur l'heure je lui eusse abandonné le môme. Quand je revis Bulkaen, il ne parut pas se souvenir que je m'étais battu. Il n'y fit aucune allusion, et moi-même, je n'essayai pas de tirer quelque fierté de ma victoire, alors que j'en eusse eu envie. Il me semblait pourtant que cette seule démonstration de ma force avait suffi, et je n'osais me risquer à le frapper. J'avais l'avantage d'être plus vigoureux, étant mieux nourri, mais je n'étais pas sûr que, même battu, il acceptât de se soumettre. En effet, il s'agissait, pour arriver à mes fins, d'user de force, de puissance, et non de violence, et le frapper eût bien été la preuve de ma violence et l'aveu de ma faiblesse. D'autre part,

Bulkaen habitué à la violence des gars de Fontevrault et de Mettray, ne m'aimerait-il pas davantage si j'usais de douceur ? Sans doute, il m'avait envoyé un biffeton où il me disait gentiment que j'avais été violent, mais peut-être me le disait-il pour me faire plaisir, sachant lui-même que les marles aiment qu'on les croie brutaux. Je songeai un instant à lui rappeler la bagarre, mais comme il se trouvait de deux marches au-dessus de moi, il me dominait, et lui parlant en levant les yeux, au premier mot : « Quand... » ma voix prit une intonation d'adresse à une vivante statue, et j'essayai de monter de trois marches, en passant entre le mur de l'escalier et lui. Je fis donc un mouvement très vif, mais il crut peut-être que je voulais l'embrasser et, montant lui-même quelques marches en souplesse, il s'esquiva en riant, me jetant dans son rire : « Et Hersir, qu'est-ce que t'en fais ? » Je le retrouvai au palier supérieur où nous nous heurtâmes à un gâfe qui descendait :

— Encore ensemble, ces deux-là, grogna-t-il. Foutez le camp à vos ateliers, ou je vous signale.

Nous ne tentâmes aucune réplique et disparûmes, Bulkaen à droite et moi à gauche. Je sentais très bien que mon amour n'était pas mis en danger par Rocky mais par Hersir. Il y avait huit jours que je connaissais Pierrot Bulkaen, vingt-cinq jours que j'étais à Fontevrault et trente-cinq qu'attendait Harcamone d'être exécuté.

Mettray. Je ne sais pas grand-chose sur le Mal, mais il fallait bien que nous fussions des anges pour nous tenir élevés au-dessus de nos propres crimes. L'insulte la plus grave parmi les durs — elle se punit de mort très souvent — c'est le mot « enculé », et

Bulkaen avait choisi d'être cela justement qui est désigné par le mot le plus infâme. Il avait même décidé que le plus particulier, le plus précieux de sa vie serait cela, puisqu'en Centrale il était d'abord, avant toute chose, avant que d'être un casseur, un camarade, un « gars régul » — et bien qu'il fût tout cela — il était d'abord « un mec qui s'fait taper dans la lune ». Quand on le voyait jeter, avec son habituelle moue de dégoût, à une cloche le mot : « espèce de lope », personne n'eût pensé qu'il était lui-même un vautour. Il existe donc des gars qui, volontairement, et par leur choix, sont, dans le plus intime d'eux-mêmes, ce qui est exprimé par l'insulte la plus outrageante dont ils se servent pour humilier leur adversaire. Bulkaen était un ange pour arriver à se tenir si élégamment en équilibre au-dessus de sa propre abjection.

L'enfance qui a été mise très tôt au courant des choses de l'amour est grave, ses traits sont durs, sa bouche gonflée par un chagrin rentré qui la fait délicatement palpiter, ses yeux sont de glace. Je l'ai remarqué chez les mineurs de Fresnes, que je rencontrais à la promenade et qui, tous, nous passèrent entre les cuisses, et les gosses qui fréquentent les bars et les cafés de Montmartre où l'amitié dans toute sa force et sa fragilité me fut révélée par mille gestes. Mais pour voir avec plus de précision ces enfants, appelez à votre secours les rêves suscités par vos lectures de romans populaires. Michel Zévaco, Xavier de Montépin, Ponson du Terrail, Pierre Decourcelle, ont fait passer furtivement dans leurs textes les silhouettes flexibles et légères des pages mystérieux qui semaient la mort et l'amour. Ces pages maniaient des dagues et des poisons avec un sourire délicieux, avec la nonchalance de la fatalité. Aperçus pendant quelques lignes, un rideau, une tenture, une porte de muraille les a trop tôt dérobés. Ils apparaîtront plus loin. Et vous, pour les retrouver plus vite, mais sans vous l'avouer, vous avez sauté les pages en vous désolant que les livres ne soient pas faits de cette seule matière : les aventures d'adolescents au pourpoint délacé sur un cou robuste et souple, avec le haut-de-chausses, à l'entrejambe gonflé par les couilles, et la verge comprimée afin qu'elle ne saille lorsque passe la soubrette ou la princesse qu'ils ne baiseront que le soir. Les romanciers populaires ont sans doute secrètement rêvé ces aventures et ils ont écrit leurs livres afin de les y sous-entendre, inscrire en filigrane, et ils seraient fort étonnés si on leur disait que les Pardaillans, l'Éborgnade, furent le prétexte à manier dans leurs doigts ces démons rapides, prestes comme des truites. Je vous demande d'évoquer leurs corps et leurs visages, car ce sont eux qui reviennent, une rose aux doigts, un sifflet aux lèvres, dans la culotte et la blouse des colons. Ils seront ceux dont on dit : « Ça ne serait pas une grande perte si... » Ils seront Bulkaen lui-même, et lui plus que les autres. Les moindres questions, pour être traitées, exigeaient une bouche sévère et des yeux froids, les mains attentives au fond des poches, des attitudes roides, soudain rompues par une souplesse de tigre. Sur Divers, tous ces ornements que mon verbe exalte et quelquefois suscite : son sexe, ses yeux, ses gestes, ses mains, le voile de sa voix, tous ces ornements s'assombrissent. Divers s'éteint quand Bulkaen reste lumineux. Il ne semble pas qu'il soit étourdi par la présence et l'agonie étourdissantes d'Harcamone. Ses gestes sont aussi légers, son rire aussi joyeux, il n'a sur le visage ni sur les bras aucune de cette tristesse que je croyais voir chez les autres détenus.

L'affaire des bandes molletières durait depuis longtemps. Pendant son séjour à Mettray, chaque colon s'ingéniait à se composer un trésor. Il était fait de confiscation, de fraudes, de vols, d'héritages, de transactions. Si chacun à son arrivée recevait le même, selon qu'il était habile ou sans audace, son fourniment était vite transformé. Ou bien le gosse gardait ses sabots aussi lourds, sa blouse aussi neuve, sa cravate aussi coupante : c'était une cloche ; sinon il troquait tout cela contre des effets moins caves. En peu de jours, il avait appointé ses sabots avec du verre, déformé son béret, ouvert dans le côté gauche de son froc une deuxième poche que les surveillants appelaient une fausse poche. Les autres marles l'aidaient. Il avait sa boîte, son amadou fait d'un mouchoir brûlé, son silex, et le battant d'acier. Car le signe distinctif du marle, c'était ce petit morceau d'acier avec quoi il frappait le silex pour allumer en cachette les mégots. Au fur et à mesure qu'ils avançaient dans l'autorité et l'ancienneté, les Durs s'enrichissaient de dons et de vols, de confiscations, d'échanges. Quand ils quittaient la Colonie, les marles dispersaient leur trésor entre leurs amis, et nous pouvions voir ainsi des anciens avec des pantalons blancs comme la neige, légers et souples à force de lavages, des galoches et des sabots d'une extraordinaire finesse qui, très souvent, s'étaient fendus dans les bagarres mais que l'on conservait, comme un vase précieux de porcelaine de Chine, en maintenant les fêlures avec des agrafes ou du fil de laiton. Certaines paires avaient dix ans d'âge. Elles n'avaient chaussé que des marles. Elles étaient célèbres, portaient un nom. Pour les ferrer — car les galoches étaient ferrées — on prenait des précautions infinies. Il y avait aussi les blouses. Neuves, elles étaient rigides et d'un bleu dur. Les marles se distinguaient par la souplesse des leurs et par la douceur des bleus pâlis. Enfin, les bandes molletières étaient l'objet de bien des disputes, car on les reprenait au printemps et redistribuait chaque hiver.

Les marles s'arrangeaient avec le frère aîné pour être servis les premiers. C'est entre les marles qu'éclataient les querelles. Les bandes molletières devaient mouler un mollet solide, puissant, rendu plus imposant encore par le pantalon retroussé sous la bande.

. . . .

— Riton, marche au pas.
— J'marche au pas.
— Non, mon pote, t'es pas au pas.
— Viens m'y mette !

Pour reprendre le pas, Riton eût été obligé de faire un petit saut en marchant, pareil à un pas de danse. Il répugnait à sautiller, il ajouta donc encore :

— C'est pas l'heure de la gambille.

Divers s'approcha. Riton retira les mains qu'il avait, comme j'ai dit que les ont les marles, à plat sur le ventre, entre le froc et la chemise. Divers ne lui laissa pas finir le mouvement. Soudain plié, il se détendit, son pied gauche cogna la poitrine de Riton et son poing droit sous le menton. A peine Riton fut-il affaissé que Divers le frappait encore à terre, des pieds et des poings, selon la méthode inexorable de Mettray.

La marche des punis s'était faite plus molle. Il y eut dans la ronde un léger flottement. D'un coup d'œil, Divers s'en aperçut. Il fit trois tours sur lui-même, comme un mouvement de valse, qui le portèrent à quatre mètres du vaincu et, surmontant l'essoufflement, la voix un peu trop haute parce qu'il avait dû respirer plus fort pour prendre son haleine, il dit :

— Et vous autres, faut y mettre un peu de nerfs ! Un... deux !... Un... deux !... Un... deux !... Hon... don !... Hon... don !...

Sans s'en rendre compte, il reprenait le cri de guerre de Mettray. Je souris. Il dut voir mon sourire et le comprendre mais il n'y répondit pas. Et dans l'angle de la salle, il resta immobile, dans son Tabernacle, la voix et les yeux seuls vivants.

Étonnons-nous qu'un jeune homme soit beau, des pieds à la tête, que les cils aient la courbe aussi gracieuse que les ongles des orteils, que le poids du jarret soit en rapport avec le poids de la mâchoire... L'intention est sensible. De toute évidence, on a voulu faire une belle chose avec un nombre déterminé de choses belles. Divers avait cette beauté absolue. Sa voix était grave, mais je veux le dire dans le sens de gravité d'abord. Ensuite, elle était ferme, solide, capable de permettre qu'il s'y taille, à coups de hache, un discours très long — au contraire de la mienne qu'un rien fait se briser — et sa voix n'est pas, comme il se trouve parfois, surajoutée à lui, mais elle est de la même dure matière que son corps et le dessin de ses gestes auxquels je la sentais si bien assimilée qu'il m'est encore impossible de les dissocier. Sa voix composait ses cellules elles-mêmes. Elle avait l'exact ton sévère de sa chair et de sa volonté. Il y a quelques jours Divers chantait. La voix est restée ample et enrouée. Quand la chanson fut finie, on s'aperçut qu'une autre, plus lointaine, était chantée durant la première qui empêchait de l'entendre, puis la deuxième cessa pour permettre à une autre, encore plus lointaine, de se faire entendre. Chacune était différente de l'autre et apparaissait lorsque la précédente et plus rapprochée se taisait, un peu comme un voile qu'on tire laisse apercevoir un autre dessous qui existait, invisible lorsque le premier était tendu, puis un troisième, et ainsi de suite jusqu'à l'infini, voiles de plus en plus légers, ainsi une chanson tue laissait voir qu'une autre existait sous elle, puis une autre sous celle-là, et ainsi jusqu'à l'infini courbe de la prison. Ce n'est que trois chansons déjà tirées qu'Harcamone entendit peut-être, très loin, *Ramona* et reconnut la voix un peu tremblée. Cette voix douloureuse, voilà encore une faille par où s'échappe de sa dureté sa tendresse profonde. Il chante des airs idiots. Je souffris d'abord d'entendre sa voix transporter sur la cour de la prison des chansons laides mais, peu à peu, la beauté même de la voix dut se communiquer aux airs, et ces airs me troublent quand je les fredonne. Harcamone, lui, ne chante jamais. Enfin Divers joignait à tout cela d'avoir, à Mettray, été tambour et chef de clique, c'est-à-dire que les dimanches pour le défilé, il marchait au premier rang des tambours, mais à droite. Remarquez qu'il n'était pas seul devant. Il était à droite. Il était dans le rang et il n'y était plus. Pour dire l'émoi que cela me causait, je ne puis que le comparer à une chanteuse qui, dans un cabaret, ne chante pas sur le plateau mais, sans se lever, de la table où elle causait. Il et elle sont celui qui tout à coup est désigné. Celui qui sort. Il maniait les baguettes avec une fermeté autoritaire qui faisait sortir de sa marche et de son jeu un chant. Parfois, pendant le défilé devant le directeur, le dimanche, il se portait légèrement de côté, mais c'était plutôt une intention qu'il avait et qui l'y mettait car il ne dérangeait jamais l'alignement. Quand la clique passait devant nous pour aller se placer en tête, vers la chapelle, du bout du monde je le voyais s'avancer, impassible, solennel, portant devant lui son tambour qui tonnait et chantait. Cette musique joyeuse accompagnait ses actes, approuvait les plus fous, les plus noirs. La musique est l'approbation de l'action. Elle est joyeuse, ivre, quand elle approuve le drame. Son tambour l'applaudissait. Il avait sur sa tête rase le béret bleu du dimanche, large et plat comme une crêpe, alourdi de la houppette jaune des musiciens (on croit que ce jaune va les poudrer de son pollen), et si mou, flasque, qu'il retombait presque sur ses yeux et son oreille droite avec une élégance ambiguë. Les cuisses heurtaient le tambour, et ses jambes aux mollets fermes, parfaitement dessinés par les bandes molletières kaki, disposées en écailles, le portaient. Il est clair qu'il aimait ce jeu d'enfant qui mène des cortèges à l'on ne sait quelle fête joyeuse ou terrible qu'il semble conduire encore. Même prévôt, il arrive qu'il joue à vide, en retrouvant la grâce de son adolescence. Je ne puis pas ne pas noter encore ces moments de la promenade où, au lieu de remonter tout droit à la salle, il se blottissait dans une encoignure d'ombre, dans l'escalier où, en passant devant lui qui riait, chaque colon et moi-même avions la soudaine brève révélation du mystère de l'attrait des prisons, et Bulkaen se planquait dans le mur de la même façon. Ah! malgré ce que tu m'aimes, trop bel enfant, qui ta beauté aime-t-elle en secret? Je veux savoir quelle autre beauté, la tienne, parmi les autres, a distinguée, reconnue? Quelle autre beauté, peut-être inaccessible à la tienne que je vois légèrement embrumée de tristesse, mais peut-être touchée par la tienne sans que toi ni personne — que moi si je veux me donner la peine de chercher — le puisse savoir. Il n'est pas impossible que Lou, ou Divers, ou Harcamone, ou de plus dangereux pour moi parce que moins puissants, n'aient été blessés en plein visage par les éclats de son rire.

Divers aimait son tambour avec ses accessoires, les parements et les buffleteries (je ne puis sans émotion entendre l'appel du tambour et mon corps vibre encore d'un écho assourdi, quand je me redis ce que Divers me murmura un soir, sa bouche posée sur les plis de mon oreille :

— J'voudrais t'en jeter un coup dans les baguettes !)

Toutes ces blessures que ces voyous naissants me causèrent se sont cicatrisées, mais ce seul mot dit bien qu'il y eut du sang.

A la salle de discipline, je peux très souvent causer avec Divers. Sa fonction de prévôt lui permet de s'approcher de moi. Tourné contre le mur, je lui parle. Quand je le vis le premier jour de mon arrivée à la salle, il fut d'abord stupéfait d'apprendre que j'avais risqué la mort pour le voir. C'est quelques jours après, alors qu'il m'en parlait, que je lui dis :

— Après quinze ans, je pensais encore à toi. C'est pour te voir que j'ai avalé le gardénal.

Ce cri d'amour le toucha car il était resté avec moi aussi simple et doux qu'autrefois. Je profitai encore de la présence d'un des meilleurs surveillants pour lui rappeler rapidement l'amour que j'avais autrefois pour lui. Il me crut :

— Mais, à présent, dis-je, c'est pure amitié.

Le manque de place dans les prisons a fait tripler, voire quadrupler les détenus par cellule. A la discipline, chaque cellule, pour la nuit, contenait deux punis. Le soir même que je lui eus ainsi parlé, Divers s'arrangea pour prendre la place du détenu qui partageait la nuit ma cellule. Une fois enfermés, nous bavardâmes en copains. Je racontai ma vie et lui la sienne, et qu'il avait passé six mois à Calvi avec Villeroy :

— Il t'avait drôlement à la bonne, tu sais. On parlait de toi souvent, il t'estimait bien.

« Avoir à la bonne » était l'expression que l'on employait à Mettray pour désigner une amitié de marle à vautour. « Il l'a à la bonne » signifiait : il se l'envoie. Et voici qu'après quinze ans, Divers me la redit en parlant de Villeroy. Il me raconte Calvi et le bonheur que j'y aurais connu d'aimer librement des matelots mutinés. Il me parla longtemps encore de Villeroy, mais il se passait ceci d'étonnant, c'est qu'à mesure qu'il m'en parlait, l'image que je gardais de mon marle, au lieu de se préciser, s'atténuait. Divers le parait de qualités que je ne connaissais pas. A plusieurs reprises, il me parla de ses bras costauds.

Or, Villeroy avait des bras très ordinaires. Enfin il insista sur sa façon de se vêtir, puis sur son sexe qui, me dit-il, avait dû être beau puisqu'il m'avait conquis et gardé. Peu à peu l'image ancienne de Villeroy fit place à une autre, stylisée. Je crus d'abord que le colon s'était transformé, mais je compris, par un mot, que Divers parlait surtout de Villeroy de Mettray. Il ne raillait pas. Je n'osais croire qu'il en fût amoureux. Enfin, fatigué par une journée de marche entre les bornes, je voulus l'embrasser sur les joues et m'aller coucher seul, mais il me saisit dans ses bras et me serra contre lui. Je me dégageai :

— On est copains, dis-je.

— Mais ça n'empêche pas.

— Je crois que si.

— Viens.

Il me serra plus fort.

— Tu es fou. On va pas faire les cons, ici surtout. Si on est pris, on est bon pour la salle, pour un mois de plus.

— Rien que ce soir.

— Non, non, ne viens pas. Restons potes.

— Mais ça n'empêche pas, que je te dis. Au contraire.

Il ne cessait de sourire en me parlant, sa bouche presque collée à mon visage et, m'ayant lâché, il me pressait d'accepter avec la même chaleur qu'autrefois, alors qu'il me savait le môme de Villeroy. Et, dans cette chaleur, dans cette fougue, j'avais le malaise, assez léger, de pressentir comme un désespoir très profond, qui affleurait à la surface de lui-même, un désespoir qui le rendait très simple et incertain. Le Sèvres dont était fait ce garçon avait une fêlure quelque part, je ne sais où. Dans sa voix et ses gestes, et malgré son sourire, je distinguais un appel. Nous nous aimâmes toute la nuit. Nos deux têtes rasées roulant l'une sur l'autre, nos joues rugueuses se frottant, et j'eusse retrouvé pour lui des caresses que je n'avais accordées qu'à Villeroy, si mon amour pour Bulkaen, dans sa plus intense période, ne m'eût retenu dans l'expression d'une totale volupté, mais néanmoins cette nuit fit croire à Divers en mon grand amour pour lui car je cherchais à y perdre le chagrin que m'avait causé le soir même la voix de Bulkaen parlant, de sa fenêtre, avec Botchako enfermé un peu plus loin. De la salle, où tout était silence, nous entendîmes tous un appel de ramier, fait avec sa bouche, auquel répondit le même signal et, au-dessus de nos têtes, dans la nuit commencée, sans que je pusse m'interposer ni m'en mêler, la conversation, confuse pour moi, s'engagea. On sait ce que sont les douleurs de la jalousie. Je fus jaloux, et c'est le paroxysme de cette inquiétude qui me fit accepter la proposition de Divers, et le désespoir, avec la furie qu'il suscite, lui fit croire à la passion de ses ardeurs. Pour la première fois depuis que je connaissais Bulkaen, j'arrivais à jouir, et peut-être le fut-ce parce qu'il semblait que je ne faisais que réaliser un acte qui devait s'accomplir — et peut-être s'était accompli en désir — à Mettray. Mon amour pour lui me comblait, ce qui prouve que ma recherche du plaisir ne fut jamais que la recherche de l'amour. Je souffris de savoir Bulkaen parler dans la nuit avec Botchako, mais j'espérais que leur discours était une illusion qu'un peu de réflexion détruirait, car à Mettray une scène où le jeu des voix établit quelques confusions, fut abolie assez vite. D'ailleurs, qu'avais-je à craindre de ce qu'il pouvait exister d'amitié entre Bulkaen et quelques truands, et d'amitié entre lui et Rocky? Avant qu'il me demande d'écrire des vers sur les amours de deux truands, j'avais déjà soupçonné que son amitié pour moi correspondait à une brouille d'une liaison plus ancienne, alors je compris qu'il s'agissait d'une séparation dramatique : on lui arrachait son homme, mais cette liaison était déjà minée depuis longtemps par une foule de petits faits sournois que je pressentis en entendant Bulkaen me dire « qu'il en avait assez des truands, qu'il avait toujours été roulé, que leur mentalité lui répugnait... » Rocky ne me paraissait pas un grand danger.

J'aimais Villeroy avec tranquillité. Mon amour était d'autant plus fort — c'est-à-dire forte ma confiance en Villeroy — que je redoutais d'être livré, abandonné à l'état de giron. J'aimais un homme au point d'entrer dans sa peau, ses manières, et je devins très apte à découvrir chez les autres ces tics que l'on vole à celui qu'on aime. L'enfer a ses degrés, l'amour aussi, et j'atteignis son dernier cercle et ses sommets quand, au quartier où je faisais huit jours de peloton pour avoir insulté le surveillant de la brosserie, par une lucarne, j'entendis la voix de Villeroy qui recommandait à un autre puni, à la veille de sortir du quartier, de dire à Rival, un costaud de la famille A, qu'il pensait toujours à lui. La jalousie encore affola mon cœur, sécha ma bouche. J'aimais mon homme ! Mes entrailles durent hurler cela. A l'instant, je devenais ce qu'est n'importe quel giron sans son marle : un temple de détresse. Puis je compris vite que Villeroy n'était pas puni et que ce ne pouvait être sa voix qui sortait du mur. Cette voix était douce et, si l'on peut dire, superficiellement douce et mouvante, mais gonflée d'une virile sérénité. Elle me faisait penser à la soie légère et flottante de l'entre-jambe des pantalons de certains musiciens russes ou nègres qui la font bouger avec une main jouant au fond de la poche. Délicate, et de vagues légères agitée, elle cache le plus lourd appareil viril qui la bosselle et peut crever quelquefois pour apparaître dans l'orgueil de sa nudité. Je peux dire d'elle encore qu'elle était un battement de tambour derrière une toile. Villeroy n'étant pas puni, ma boule d'angoisse fondit. Mais bien vite, à nouveau, elle emplit ma gorge. Ses proportions devinrent immenses. La voix entendue était celle de Stokley. Il imitait Villeroy. Avec une étonnante rapidité, je me souvins d'avoir imité les gestes et malgré moi la voix d'un voyou que j'aimais. Stokley était un mec marle de la famille A, il ne pouvait être question d'un collage, même caché, entre Villeroy et lui, mais je compris combien il fallait qu'il l'aimât secrètement pour avoir dérobé sa voix. Et je l'imaginai soumis à mon homme. La trahison me tuait. Enfin, je me calmai. La voix de Villeroy ne pouvait être imitée et, s'il me paraissait que Stokley l'eût fait, je me trompais. Sa voix, en réalité, était très rude, rauque, car il était, à la ferme de la Colonie, charretier et commandait aux chevaux mais l'écho de la cellule l'adoucissait en la gonflant, l'épaisseur des murs la filtrait et la faisait un peu trembler. Je compris cela lentement et même je l'inventai un peu pour me soulager.

Durant les manœuvres, les hommes crachaient au

hasard, quelquefois sur un camarade qui passait. Ils s'apostrophaient avec des jurons inouïs de dureté et de beauté, mais je savais qu'en ces brutes à la nuque ensoleillée se doit cacher quelque part, peut-être entre les omoplates, une faille de tendresse, car j'avais remarqué la délicatesse des expressions qui se rapportent à la vie des marins les plus encrassés. Ces malabars osent dire, la galère quittant le port : « on lève la galère », puis encore : « tremper les voiles », encore « appareiller », encore : « la manœuvre dormante », encore ce bijou : « appareiller » et appeler l'intérieur du bordage : « la fourrure ». Et les plus violents ont entre les dents ces fragiles poèmes comme entre les doigts parfois des brindilles et les fils qui seront les mâts et les cordages d'une goélette prisonnière du cristal d'un flacon. Enfin la tristesse de la mer, brisant notre paix retrouvée, nous donnait à tous des yeux pathétiques. Le vent cognait les voiles. Les jurons s'accrochaient aux cordages. Des hommes en tombaient, sur le pont, et la vision la plus extraordinaire que j'en garde, c'était celle d'une tête bouclée de matelot, tremblante à cause du vent, de la brume et des mouvements du bateau, encadrée par une bouée entortillée elle-même d'un cordage, et c'est cette même tête de marin, à l'intérieur d'une bouée semblable, qui fut tatouée sur son épaule gauche, la surprise que Pierre Bulkaen m'avait promise, et qu'il me découvrit un jour dans l'escalier en ouvrant tout d'un coup sa veste et sa liquette : « Tiens, Jeannot, vise ton p'tit mec. »

Je ne vous ai encore rien dit du vêtement des pirates. Ce n'était qu'une sorte de caleçon long mais relevé jusqu'au-dessus des genoux. Le torse était nu.

Si les captures dans les mers du Sud étaient parfois fastueuses, le destin ne permit jamais qu'ils s'enrichissent assez pour se vêtir. Souvent, quand ils étaient tous blottis dans la cale, l'un contre l'autre, c'était si beau qu'en voulant les photographier, l'objectif, sur la plaque, n'eût enregistré qu'une rose. Par cette fuite à travers le ciel, j'échappe à la mort. Un déclic ouvre une trappe par où je tombe dans un monde imaginaire vengeur.

Comme nous-mêmes, ici, dans Fontevrault retrouvé, la nuit nous laissons sangloter nos cœurs et nos queues, où nos macs autrefois se désolaient. Mais nous ne nous doutions pas que la Centrale avait ses coquins et ses girons. Pouvait-elle penser à nous ? Au surplus, dans le petit village de Fontevrault, un village d'ardoises de mille âmes (si l'on peut dire quand on sait que deux cents gâfes avec leurs femmes l'habitent, ces femmes qui osent dire de nous, entre elles : « C'est que d'la sale graine »), la Centrale occupe la place et en garde l'importance de l'ancienne abbaye, et chaque détenu, en lui-même, quand il aperçoit, l'été, par-dessus les murs de ronde, l'extrême pointe verte des arbres des coteaux entourant la source de Fontevrault, se reconnaît, dans son humilité même, l'âme orgueilleuse d'un moine d'autrefois. Les hommes se racontaient des histoires de leur vie sur terre, qui fut aussi une vie nocturne où ils partaient pour des expéditions le cœur battant. Ils disaient : « J'ai pris la plume et les cales », c'est-à-dire la pince et les coins qui servirent à forcer les portes. D'une femme remontant à l'improviste dans l'appartement qu'il visite, parce qu'il l'a frappée jusqu'à ce qu'elle tombât, un casseur dit : « J'l'ai

répandue. » Puis un mac à quelque rival méprisable :
« Assieds-toi sur ma bite et causons d'affaires » ; un
autre, un nouveau parmi eux, employait improprement une expression qui signifiait « bouffer de la
chatte », un matin, pour dire qu'il s'était cogné un
rassi, disait : « J'm'ai fait un retour de paupière à la
volée. »

Tous les truands ont d'abord appris le français.
C'est en entendant plus tard les mots d'argot qu'ils
les ont répétés. Ils étaient jeunes, et sur eux, la
séduction de ces mots fut la même que sur moi. Mais
alors que je mis longtemps à me laisser pénétrer par
ce charme, puis à l'exploiter en parlant l'argot, eux-
mêmes, tout jeunes et instinctivement décelèrent ce
charme puisqu'ils abandonnaient le français. Ils le
comprirent et se livrèrent entièrement à sa grâce. J'ai
été long à me découvrir, long à entrer dans ma nature
que je n'ai trouvée avec application que très tard, et
je vis vers trente ans ce que les truands vivaient à
vingt.

J'entendis même parler des « périodes d'amour »
sur un tel ton que je compris que l'expression était
prise dans au moins deux des sens qu'elle peut avoir,
et je me demande encore, en entendant ces mots qui
veulent dire trois ou quatre choses différentes et
quelquefois opposées, quels mondes s'enchevêtrent à
ce monde habituel qu'on a cru nommer, alors qu'on
ne le nommait pas plus qu'un autre et, quelquefois,
un troisième. En nous, qui s'adresse à cet univers et
le cite ? Nous sentions d'ici que des paroles semblables et plus belles encore sortaient de la bouche de la
Voix d'Or, avec la précipitation de la fumée qui sort
en roulant d'une large poitrine de fumeur, et j'étais

183

jusqu'au fond de moi ébranlé par l'émotion qui doit remuer les jeunes gens dont la voix est lourde, lorsqu'ils sentent cette voix ronde et tiède sortir en roulant de leur gorge, par la bouche ouverte ou entrouverte. Ces voix graves (non quant au timbre, mais grâce à un bourdonnement sourd qui les fait doucement vibrer, rouler, même un peu gronder), elles sont souvent portées par les durs. Elles trahissent des richesses enfouies qu'envierait cette dame qui voulait orner son vocabulaire de diamants et de perles. Ces profondes richesses sont le signe naturel des macs. Je les accepte, avec ce qu'elles indiquent mais, s'il est vrai qu'on reconnaît un mac au col roulé de son chandail, à son chapeau, à ses chaussures, à sa casquette, autrefois à ses anneaux d'oreilles, on se demande pourquoi tels détails de toilette, nés d'une mode générale et frivole, furent reconnus d'intérêt par eux, adoptés et conservés jusqu'à devenir chacun d'eux, fût-il isolé, le symbole du mac, le plus brutal des hommes, celui que les gosses, et eux-mêmes, admirent surtout : l'homme qui ne s'est pas laissé prendre à l'amour. Le chevalier plus fort que l'amour. Mais quel mac est ce chevalier sans défaut ? Je rappellerai Rey. Ce petit marle était joli mais crâne, rien ne permettait de dire qu'il ne fût pas homme car ses gestes, sa voix, ses attitudes étaient durs : seuls les mots qu'il prononçait, sans y parvenir, voulaient être tendres, et nous verrons encore là un signe viril. C'était un homme. Mais en lui qui, quoi, lui donna le goût de choisir cette blouse-chemise en velours côtelé feuille morte, inhabituel aux macs, de forme fantaisiste et qu'il portait à son arrivée à Fontevrault ? Ainsi en Centrale, rares sont les hommes qui ne laissent voir, par quelque côté, la délicatesse qu'ils recèlent, mais la question de costume des truands n'est pas épuisée. J'aimerais savoir pourquoi le pantalon à pattes d'éléphant est depuis si longtemps en vogue parmi nous, alors que sa base a l'ampleur d'une robe de bal, au point que plus d'un mec l'élargit encore avec un poignard d'étoffe qui fait le pantalon recouvrir la chaussure. Pourquoi nous cintrons si bien nos tailles. Il n'est pas suffisant peut-être d'en faire remonter l'origine jusqu'à la Marine, en expliquant que les marins d'abord furent des macs, dans les ports, mais cette explication est pourtant troublante car, si les matelots libérés et devenus harengs et macs ont eu la nostalgie de leur costume et ont voulu le retrouver — et retrouver avec eux la poésie des mouvements des marins — en retaillant les frocs et les vestes, il faut remarquer que le costume des macs, traversant le costume des matafs, rejoint celui des anciens de la voile, des galériens, des chevaliers de la Guirlande. Comme nous, le soir, les hommes de Fontevrault entrouvraient leur lucarne et ils avaient l'étonnement, l'émerveillement de voir les mille lucarnes de la division d'en face et de connaître le bonheur de se voir derrière ses murs puisqu'ils étaient ceux qui les voient et ceux qui sont derrière eux. Ils restaient une seconde saisis par l'horizon brusquement reculé, et ils se disaient bonsoir, de fenêtre à fenêtre. Ils connaissaient les diminutifs de leurs prénoms : « Jeannot, Jo, Ricou, Dédé, Polo » ou encore ces surnoms parfumés, légers et prêts à reprendre leur vol, posés sur les épaules des macs et qu'il me plaît de croire être des mots d'amour dont nous n'avions pas encore le secret à Mettray où chacun s'interpellait d'ami à ami, cruellement et maladroitement par son nom, des déclarations passionnées qu'ils se disent s'ils ne les crient la nuit. Ils ne connaissaient que ces noms et le son de leur voix. Les fenêtres entrebâillées dans le noir jetaient des titres de romans à échanger. Alors flottait sous les étoiles, de la Centrale à Mettray : *Princesse Milliard, la Corde au Cou, Sous la Dague, les Tarots de la Bohémienne, la Sultane blonde.* Tout cela volait, porté par le vent de leur bouche ouverte, comme autant de banderoles à un hauban de deuil sur un vaisseau funèbre. Ils ne connaissaient que leurs voix et peut-être des béguins naissaient-ils ainsi ? Car des voix en aiment d'autres. Nos dieux verrouillés, la tête passée dans les vasistas ouverts, s'adoraient de même. Quelquefois, un plus jeune, un môme de vingt berges, comme avant qu'on le tue, Bulkaen le plus souvent, un môme chante une chanson d'apaches. Dans les *Nocturnes,* ce mot même rime avec « funèbres urnes » qui sont, dans la chanson, les cœurs de voyous. Nous l'écoutons, qui ferait éclater les murailles. Nous l'écoutons avec ferveur. S'il loupe une note trop haute, quelqu'un crie : « Va donc, effleuré. » Il ne veut pas dire qu'il lui suppose une églantine tatouée sur la cuisse, ni sur l'épaule une fleur de lis gravée au fer rouge, mais il dit qu'il souhaite à l'enfant d'être pénétré. Les voix enfermées la nuit dans chaque cellule de Fontevrault devaient être aussi lourdes et sourdes que celle qui, ce soir, chante : « Pars sans te retourner. » Plus qu'une autre, cette chanson me trouble, parce que, jeune colon, je l'apportai avec moi du dehors, de la Petite-Roquette sans doute où un enfant l'avait fait pénétrer. En arrivant, les anciens me tâtèrent et ils virent tout de suite que je « tomberais ». Pour le soir même de mon arrivée, ils me laissèrent, empaqueté dans mes vêtements rigides de toile neuve, à condition que je chante.

— Qu'est-ce que tu sais comme goualante ?

Leur argot était très mal au point. Si, parmi eux, il y avait quelques voyous des quartiers populaires de Paris, d'autres venaient de la province, en passant par Paris. Pourtant, j'ai observé à Mettray une expression que l'on ne trouve pas dans les prisons, mais seulement au bagne. C'est « défendre son froc ». Est-ce l'analogie des situations qui l'a créée ici et là-bas ? Peut-être un bagnard évadé ou libéré revint-il à Mettray, derrière les haies, rencontrer son vautour et lui conseiller de défendre son froc, ou bien l'expression fut-elle exportée de la Guyane dans son balluchon par un colon assassin ?

Je leur chantai : *Pars*, au milieu de la cour, le soir même, *Pars*, que chantaient Yvonne Georges et Nini Buffet. Les colons m'écoutaient. Chaque bleu devait indiquer les chansons nouvelles qu'il savait, puis il les chantait. Il réglait ainsi un gracieux tribut d'entrée. Pour les anciens, c'était une odeur de tabac blond, un goût de femme qu'il apportait avec lui. Nous apprîmes *Mon Paris*, *J'ai deux Amours*, *Place Blanche*, *les Fraises et les Framboises*, *Halleluia*. Mais les plus goûtées, c'étaient les chansons sentimentales et violentes qui parlent d'amour, de départ et d'ivresse. Je chantai pour tout le monde au milieu de la cour de la famille B et ma voix plut tant au frère aîné qu'il me choisit pour être son vautour. Si elle était claire et pure, ma voix ne possédait pas ce subtil tremblement, cette sorte de frisson qu'ont les voix italiennes et qui fait trembler le cou du chanteur comme on imagine que tremble la gorge de la colombe qui roucoule. Toscano avait cette voix et devait me dérober un mâle. Mais Mettray ne fit naître aucune de ces complaintes singulières où les colons exhalent leur tristesse.

La dernière fois que je rencontrai Botchako, il fredonnait.

Je m'arrêtai pour l'écouter, avec un autre groupe de marles. Il sourit.

— Où que t'étais, avec Guy, là, à Mettray, on chantait pas ?

— Si, on chantait. Les chansons de tout le monde. Pourquoi ?

— Pourquoi ? A Eysses...

— T'étais à Eysses, toi ?

— J'te le dis. On inventait des chansons. Y a des mecs qu'en ont fait. Pis y en a qu'on apportait des autres corrections : d'Aniane, de Saint-Maurice, de Belle-Ile... Mais jamais de Mettray. Voici quelques refrains de Fontevrault :

> *Le bagne a changé de place*
> *Son nom a disparu*
> *Mais on l'a remplacé par une prison immense*
> *Son nom est Fontevrault*
> *Ce qui veut dire tombeau...*

Un autre :

> *Dans une triste prison aux murailles noircies*
> *Deux jeunes prisonniers lentement tournent en rond*

Ils ont la tête basse sous l'habit d'infamie
Numéro sur le bras comme de vrais forçats

Moi-même je me demande ce qu'ils ont bien pu faire
Est-ce des assassins, des bandits, des vauriens
Des gens qui ne reculent pas à la manière
De tuer pour voler d'honnêtes ouvriers...

Les complaintes dont parlait Botchako n'y pouvaient naître, parce que la colonie n'était pas entourée de murs. Notre nostalgie était profonde, mais la mélancolie qui s'y formait n'était pas assez intense, elle ne s'accumulait pas, elle ne se heurtait pas aux murs, montant comme le gaz carbonique dans une grotte. Elle s'échappait lors de nos promenades, ou quand nous allions travailler dans les champs. Les autres pénitenciers d'enfants : Aniane, Eysses, les prisons, la Santé, les Centrales, sont entourés de murs. La souffrance et la tristesse ne peuvent s'enfuir, elles se réfléchissent contre les murailles et ce sont les complaintes que voulait entendre et que chantait Botchako.

Enfin, grâce à mon chant du premier soir me furent d'abord épargnées les hontes de la prostitution. Au lieu d'aller de hamac en hamac, ou de voir tous les mâles ramper la nuit pour venir dans le mien, mon pote, mon marle, mon social me faisait respecter. Avant même que j'eusse posé mon balluchon — une couverture contenant mon fourniment — sur le banc, près de la fenêtre du réfectoire, on me sondait. Rio fit basculer le banc et mes affaires tombèrent sur le sol. On sourit autour de moi. Je ramassai mon barda. Rio le fit encore tomber. Je le regardai dans les yeux.

— Tu le fais exprès ?

— Tu le vois pas, eh tranche ?

Cette réponse fit rire tous les gosses. Alors il se passa en moi un phénomène qui ne devait plus se reproduire jamais. J'eus le sentiment que tout le reste de ma vie dépendait de mon attitude en cet instant. Je fus doué soudain d'un sens politique très profond, car je compris que celui de ces enfants était d'une acuité extraordinaire. Selon une méthode très sûre, ils me tâtaient et, selon ma réaction, je serais classé parmi les marles, les cloches ou les lopes. Une peur immense me paralysa trois secondes et, d'un coup, les dents serrées par la rage de me sentir plus faible que Rio, je dis en faisant claquer le « c » :

— Sale con !

Il était déjà sur moi. Je n'esquivai pas la lutte. J'étais sauvé. Mais quelle étonnante habileté montraient les enfants pour choisir leurs copains et cela spontanément, sans s'être concertés. Sans hésiter éliminaient le faible. Généralement, leur flair suffisait et, sinon, ils savaient nous sonder, obtenir les réactions qui affirmaient l' « homme » ou le niaient. Je me défendis et Villeroy me prit sous sa garde. Rare était la tendresse entre nous. De ce point de vue, on peut dire que nous étions Romains. Pas de tendresse avec lui, mais parfois, valant mieux qu'elle, des gestes d'une grâce animale. Autour de son cou, il portait une chaînette de métal où était accrochée une médaille d'argent du Sacré-Cœur de Jésus. Quand nous faisions l'amour, quand il était las d'embrasser mes yeux, ma bouche se traînait sur son cou, sur sa poitrine, pour glisser lentement jusqu'au ventre. Quand j'arrivais à hauteur de sa gorge, il se tournait un peu, et cette médaille qui pendait à la chaînette, il la laissait tomber dans ma bouche ouverte. Je l'y gardais un instant enfermée, puis il la retirait. En passant sur sa gorge, il m'y replongeait la médaille d'argent. Son prestige exigeait que je fusse le mieux fringué des mouflets, des minos ; le lendemain de mon arrivée, j'avais déjà pour le dimanche un béret large et cassé selon la mode des colons, et pour la semaine un fringant bonnet de police, et des galoches légères appointées avec l'aide d'un morceau de verre, si bien rabotées que le bois en était aussi fragile qu'un parchemin. C'est chaque colon qui, en cachette de ses chefs, fabriquait son briquet, cuisait un mouchoir pour faire de l'amadou, volait un morceau d'acier. Il retaillait la nuit le pantalon pour que, porté avec les molletières, il collât aux cuisses. C'est chaque colon, marle ou vautour de marle, qui s'ingéniait à monter son propre fourniment. Parce qu'ils disaient ironiquement, les marles, en parlant des girons qui se font dorer : « Ils ont raison, ils soulagent l'humanité souffrante », je ne pouvais pas ne pas rétablir de rapprochement entre cette expression et cette phrase de l'Église : « ...l'humanité de la Bonne Souffrance » et, dans le besoin que j'avais de faire jouir les marles — transformé aujourd'hui en désir de faire jouir les minos — je voyais le signe d'une charité si puissante qu'elle filtrait jusque dans mon vice, et je ne suis pas sûr que peu à peu je ne découvre, lentement, avec le secours d'un hasard heureux, la Charité enfouie en moi. A force d'en écrire, peut-être sortira-t-elle, pure et ruisselante de lumière, comme certains enfants sortent, éblouissants, de mes poèmes parce que je les y ai obscurément cherchés, avec une longue patience, au milieu d'un désordre de mots, qu'il m'arrive quelquefois de retrouver, abandonnés, les innombrables brouillons où, à force de dire « tu » à personne de précis, peu à peu cette prière secrète devient plus belle et crée celui à qui je l'adresse. La recherche de la sainteté étant pénible, dans toute religion, chacune, pour récompenser le chercheur lui accorde la gloire d'être nez à nez avec Dieu selon l'idée qu'elle impose de Lui. Il m'avait été accordé de voir Harcamone, d'assister de ma cellule, en esprit, avec une précision plus grande que si mon corps eût été près du sien, au déroulement merveilleux de sa plus haute vie, celle qu'il atteint en sautant par-dessus lui-même : sa vie dura de sa condamnation à mort jusqu'à sa mort. Et ce sont ces scènes de ravissement qui me sont le prétexte, peut-être, de ce livre aussi traître que les systèmes de miroirs qui renvoient de vous l'image que vous n'aviez pas composée.

J'ai eu l'idée d'appeler mon livre : *les Enfants des anges.* Un verset de la Genèse nous dit que : « Les enfants de Dieu, voyant que les filles des hommes étaient belles, prirent pour femmes celles qui leur avaient plu. » Et le livre d'Enoch : « Les anges se choisirent chacun une femme, et ils s'en approchèrent. Et ces femmes conçurent. Et elles enfantèrent des géants dont la taille... Ils dévoraient tout ce que les hommes pouvaient produire. Les anges aux enfants enseignaient la magie, l'art de faire des épées et des couteaux, des boucliers, des cuirasses et des miroirs, la fabrication des ornements et des bracelets, l'usage de la peinture, l'art de se peindre les sourcils, d'employer des pierres précieuses, et toutes sortes de teintures, de sorte que le monde fut corrompu, l'impiété s'accentua et la fornication se multiplia. »

Ces textes m'étant tombés sous les yeux, il me parut que l'on ne pouvait peindre ou dépeindre mieux le domaine secret des colons. Je m'élance, pris de vertige, sur cette idée, que nous sommes la descendance juvénile et nativement docte des Anges et des femmes, nous livrant avec une science très sûre à la fabrication secrète du feu, des vêtements, des ornements et des pratiques qui frôlent la magie et déclenchent les guerres avec leur gloire et leurs morts. Avec quelle haute indifférence agissent-ils ? Que l'on ne croie pas, par exemple, que l'Ordre des Tatouages siégeait solennellement. Il ne donnait lieu à aucune des cérémonies qu'inventent les gens qui jouent, qu'ils jouent à la guerre ou à l'apache. Les colons ne se livraient à aucune comédie, répugnaient à toutes les simagrées. Ces choses des tatouages, les décisions, les interdits allaient de soi. Un maître ne siégeait pas en costume étrange : un petit mec aux yeux durs décidait sèchement :

— Faudrait plus que ça que le mec se fasse un dessin de marles. Si se fait tatouer autre chose qu'une pensée, c'est moi qui y cherche des crosses.

Ainsi se conservait pur cet Ordre, et d'autant plus pur que n'étant pas établi officiellement, on ne pouvait rechercher comme un honneur d'y accéder. Il n'existait pas en principe. Il résultait tout naturellement de la hardiesse semblable de quelques gars, qui finissaient par se signifier, par se révéler par le signe de l'Aigle, ou de la Frégate, ou de quelque autre.

Dans les débuts de mon arrivée, Beauvais était encore là. A Villeroy, il dit simplement : « Oh, dis ! » mais les mots ont le sens qu'on leur donne et, à vrai dire, tout notre langage était chiffré, car les exclamations les plus simples signifiaient quelquefois des insultes compliquées. Ce : « Oh, dis ! » ici voulait dire : « Tu n'es pas tout, à toi seul. Moi aussi, je compte. » Villeroy bondit. Ils « se donnèrent ça » avec une ivresse toujours grandissante que, selon les romanciers, la vue et l'odeur peut-être du sang coulant des gencives, des narines, des arcades sourcilières augmentait. Personne n'eût osé intervenir car il s'agissait d'un combat sacré. Villeroy refusait à Beauvais l'autorisation de l'Aigle. Le mois passé, il lui avait accordé la Frégate. Pour l'Aigle, qu'il attende, mais Beauvais voulut passer outre. Il en mourut. On comprend mon émotion quand je crus voir l'Aigle sur la poitrine de Bulkaen.

Je ne sais pas si les autres (casseurs ou truands de toute espèce) dans l'escalier, au moment de la promenade, avaient remarqué sa beauté et l'avaient reconnue ; tous, à son approche, s'affolaient. J'entends dire que les hommes perdaient le nord le temps d'un rien, mais un rien sensible à mon observation. Ils devenaient tout à coup flottants, sans raison. Près de l'angle de la muraille où, généralement, il m'attendait, les hommes hésitaient un moment à monter, en se tournant imperceptiblement vers lui. De tous ces émois, l'escalier en conservera une marque éternelle. Il vibre encore du premier baiser que Pierrot m'y donna, et de sa fuite rapide et un peu raide comme celle d'un chamois. Qu'il se fût enfui si précipitamment me laissa songeur. Je crus que c'était pour cacher sa confusion d'avoir osé me donner, de lui-même, un baiser que je n'attendais plus, car ses allures brusques cachaient peut-être une fort grande délicatesse. Mais pouvait-il m'aimer? La vie m'avait marqué malgré le soin que je prenais de mon corps et de mon visage; je veux parler des nombreuses douleurs et des maux éprouvés durant ma vie libre, car la prison conserve jeune. Les casseurs vieillis en Centrales ont un visage calme, reposé, frais comme une rose, des muscles souples. Il en existe encore et, malgré la faim qui nous ravage, ceux-là sont les maîtres des amours d'ici. Rocky avait des combines avec ses potes de la comptabilité générale, avec les auxiliaires, avec les boulangers, et je suis encore étonné que Bulkaen n'en ait pas davantage profité. Un jour pourtant, dans l'escalier, de dessous sa veste, il sortit une boule, la cassa en deux sur son genou — et je vis le jeu délicieux du muscle de son avant-bras — et m'en tendit la moitié. Je devais me rappeler ce geste plusieurs fois, sur lui juger Bulkaen. Pour qu'il me dît, dans un mouvement spontané, qu'il avait du pain et qu'il m'en offrît, je pouvais croire que la spontanéité faisait le fond de son caractère, qu'il agissait ainsi d'une façon très fidèle à lui-même, que tous ses actes étaient provoqués par la même soudaine spontanéité, que l'on confond facilement avec la franchise, mais la franchise est la volonté de ne rien celer, alors que la spontanéité est l'impossibilité de rien celer, parce que la réaction succède immédiatement à l'excitation.

Je croyais donc que ses gestes étaient spontanés. Je me trompais. L'ayant vu spontané une fois, je le croyais franc parce que spontané. J'avais donc tendance à le croire, et je le crus quand il me dit plus tard, quand il m'affirma sur un ton brutal et méchant être détaché de Rocky. En réalité, il m'avait offert du pain parce qu'on venait de le lui offrir, le plaisir ouvrait son âme et la vanité lui faisait commettre une imprudence.

Rocky était grand et fort, sans être précisément beau. Je sais aujourd'hui qu'il savait que j'aimais Pierrot, mais il ne me le montra jamais. Peut-être en était-il détaché, soit qu'il ne l'aimât plus, soit qu'il eût compris que leurs destins ne leur permettraient plus de s'aimer. Je ne le vis que de rares fois et j'eusse aimé que l'amitié nous réunît dans notre amour pour Pierrot, cette amitié, et jusqu'à l'amour de deux rivaux n'était pas impossible, puisque l'un et l'autre aimaient les mâles.

J'ai vu des gars tatoués de l'Aigle, de la Frégate, de l'Ancre de Marine, du Serpent, de la Pensée, des Étoiles, de la Lune et du Soleil. Les plus chargés de blasons en avaient jusqu'au cou et plus haut. Ces figures ornaient les torses d'une chevalerie nouvelle.

Une chevalerie, mais encore une sorte de noblesse d'empire avait été créée et ne tenait pas compte des tatouages antérieurs que l'on avait pu se faire graver en prison ou dans d'autres colonies. Pourtant, le prestige des parchemins plus anciens imposait le respect des marles d'ici pour les marles tatoués ailleurs. Au bras, nous portions une petite pensée, mais si les mecs de Fontevrault l'avaient dédiée à leur mère, nous l'avions faite autour d'une petite banderole qui portait l'inscription : « La Voix d'Or. » C'était le signe initial de cet ordre sans but. C'est pour que la fleur et la banderole reposent dans un cadre digne d'elles que nous nous étions fait tatouer d'ornements qui gagnaient tout le corps. Certains l'étaient cruellement, de signes brutaux mordant leur chair comme les initiales d'amants gravées sur les feuilles d'agaves. Je considérais avec angoisse ces hommes dévorés par le dessin autant que les galériens l'étaient par le sel, car les tatouages étaient la marque, stylisée, ornée, fleurie, comme le devient toute marque, qu'elle se charge ou s'allège, des blessures qu'ils auraient plus tard. Tantôt leur cœur et tantôt leur chair, alors qu'autrefois, sur la galère, les pirates se firent sur tout le corps ces atroces ornements afin que, pour eux, toute vie dans la société devînt impossible. Ayant eux-mêmes voulu cette impossibilité, ils souffraient moins de la rigueur du destin. Ils le voulaient, restreignaient leur univers dans son espace et son confort. D'autres tatoués l'étaient comme l'intérieur des guérites de soldats, et je m'enfouissais dans l'ombre de ceux-là.

Quand il était à Mettray, Divers n'avait encore aucun tatouage. Je me rappelle la blancheur de son corps, sa peau, ses dents. Maintenant, à l'épaule gauche, il porte cette tête que j'ai vue. La nuit venue, il s'est glissé jusqu'à mon lit. Je n'ai rien pu dire, les autres détenus nous auraient entendus et je l'ai recueilli sur ma paillasse avec une reconnaissance éperdue. Sa fougue et sa flamme désespérées me sont expliquées par la privation d'amour. Ce furent, durant une heure, des baisers dévorants.

Comme les autres, en quittant Mettray, Divers s'engagea dans la Marine et il n'alla pas qu'à Toulon. Tous les colons, lâchés à travers la France, gamins

197

aux cuisses d'hommes, se sauvent de Mettray comme des guerriers qui rompent les rangs et fuient ; pareils, encore, à des écoliers. Ils ont choisi d'être matelots. Leur semence de crime fertilisera les ports, les mers, les escales. Ils auront des femmes, mais je n'ose croire que ces gosses qui furent si longtemps courtisanes, ou mâles les adorant, puissent ne pas garder au cœur, à l'âme et dans les muscles la meurtrissure de Mettray. Rio, lorsque dans un port il voudra se montrer doux et cruel avec une fille, au lieu de l'appeler Jacqueline, il lui dira, en mettant tout l'accent de tendresse sur le mot : « Mon Jacquot. » Et ce mot le calmait comme il me calme quand j'y pense.

J'ai besoin du calme, du grand calme évocateur du soir où la galère sur une mer chaude et plate, l'équipage m'obligea à grimper à la grande vergue. Les matelots m'avaient mis à poil en enlevant mon froc. Je n'osais même pas me débattre pour me dépêtrer de leurs rires et de leurs insultes. Tout geste n'eût fait que m'entortiller un peu plus dans leurs hurlements. Je restais aussi immobile que possible, mais j'étais déjà sûr que je monterais au mât. J'étais à son pied. Je le vis dressé si pur, net, sur le ciel pâle du crépuscule, plus précis que la croix. Les larmes dans les yeux, je l'entourai de mes bras maigres, puis de mes jambes, en croisant l'un sur l'autre mes pieds. La frénésie des hommes fut à son comble. Leurs cris n'étaient plus des injures mais des râles de cruauté déchirante. Et je montai. C'est sans doute cette plus cuisante explosion des poitrines qui fit sortir le capitaine de sa cabine. Quand il arriva jusqu'au cercle formé par l'équipage, j'étais déjà à mi-hauteur du mât, et les cris s'apaisaient alors qu'une émotion d'un autre ordre s'emparait des forçats. Dans mon ascension, je voyais le capitaine venir. Il resta hors du cercle, le regardant et me regardant tour à tour. Je montais toujours. Je comprenais bien qu'il n'eût pas osé déranger mon supplice. Il ne serait pas resté maître des hommes et j'ai su qu'ils eussent tourné contre lui leur humeur exacerbée. Peut-être le capitaine était-il saisi de la même émotion qui immobilisait de plus en plus l'équipage. Les hommes ne râlaient même plus. Ils haletaient ou, peut-être, de si haut où j'avais atteint, leur râle ne me paraissait qu'un halètement. J'arrivais au sommet. J'allais en toucher le faîte. Je tombai et me réveillai le lendemain matin dans les bras solides du capitaine, couché dans son hamac accroché à cette partie du bateau qu'on appelle : le gui !

Tous les marles de Mettray furent la fiancée mystique de quelque dur, fiancée aux bras noueux et cuisses brutales, et dont le voile de noce sur leur tête insolente ne pouvait être tissé, avec ferveur, que par ces pêcheurs, jeunes ou vieux, qui, sur les môles des ports, tissent avec leurs gros doigts le voile brun ou la robe pour le plus beau de leurs captifs chez les pirates.

Je compris que Divers avait été jaloux de Villeroy et qu'en me parlant de lui, en me le décrivant plus prestigieux qu'il n'était, il embellissait le rival afin de se donner à lui-même l'impression d'avoir triomphé d'un surhomme. Mais il me revint en mémoire un mot de Divers à Mettray, échappé de ses lèvres, échappé de lui enfin, sans qu'il s'en rendît compte. Nous inventions des annonces fantaisistes à mettre dans un journal et je lui demandai ce qu'il réclamerait. Il me répondit, de but en blanc : « Un p'tit homme », c'est d'abord une cravate de feu qui claque au vent d'une valse chaloupée, que je comprends qu'il exprimait son profond désir. Mieux que moi, Divers avait réussi le truc merveilleux de se faire passer pour un dur, alors qu'il avait l'âme d'une lope.

Il se releva pour aller sur sa paillasse. La veilleuse étant allumée, je pus apercevoir, dans la demi-obscurité, un tatouage sur son épaule, et le dessin paraissait être une tête de jeune homme. A part cela, il n'avait aucun tatouage. Mais cette tête, rapportée de là-bas sur son épaule ! Cette tête petite rapportée d'expédition spéciale, comme la tête momifiée, réduite, d'un Jivaro de l'Amazone. Ce mac était tatoué et j'étais bouleversé à l'idée qu'il m'avait demandé de l'emmancher. Il est étrange que je ne l'en ai pas moins aimé, mais on verra là le résultat du lent travail de dépoétisation. Je me rappelle qu'à Mettray, Gaveille était tatoué de l'orteil à la paupière, et qu'il se laissait mettre. Quand je le voyais partir derrière les lauriers avec son marle, mon cœur se serrait en songeant que c'est la forme visible d'un mâle — une fleur mâle — qu'on allait déflorer. On profanait un labarum couvert d'écritures sacrées. Sur le lit, Divers fit un mouvement, et son épaule fut éclairée un peu plus brillamment par la lampe et je vis que le dessin du tatouage, c'était exactement celui dont Bulkaen m'avait fait la surprise : une tête de matelot dans une bouée.

Toute la journée du lendemain, durant le supplice de la marche, Divers m'adressa des signes d'amitié. Il retrouva la furtive promptitude qu'il avait à Mettray.

Mais je répondis mal. Ma jalousie devait prendre sa revanche sur ce que je croyais une trahison de Bulkaen et, toute la journée, pendant la ronde, je mêlai sa vie à la mienne. La nuit ni le lendemain, je ne quittai ma rêverie. Après une vie effrénée mais imaginaire avec lui, pendant des jours, vers les deux heures du matin, j'en arrivai à sa mort. Je ne pouvais concevoir, je l'ai dit, qu'une mort violente à cet enfant qui était la violence, et je l'inventai dans les secrets d'une marche à l'échafaud. Quand, au réveil, on ouvrit ma porte, j'étais fou de la douleur d'avoir perdu mon ami, mais ivre de la grandeur d'avoir été mêlé à la mort d'un tel gars mais, quand je voulus reprendre pied dans la vie habituelle, je rappelai à mon esprit les détails du Bulkaen véritable, et je m'aperçus que toute la jalousie était morte, tuée par sa mort. En voulant songer à la tête du marin, je ne sus plus si elle était imaginaire ou réelle, ni sur une épaule ou sur l'autre.

Lorsqu'ils voulaient faire chier une cloche ou un vautour disponible, ou une bourrique (un mouchard), les marles allaient le trouver. Généralement, il était accoté contre le mur de la famille ; autour de lui les marles formaient un demi-cercle ainsi : à droite de la cloche, du vautour ou de la bourrique, l'un s'appuyait au mur, de son bras tendu, un deuxième s'appuyait à l'épaule du premier, le troisième au deuxième et le dernier, à gauche, était dans la même position que le premier. Le gars était en cage, prisonnier. Et les marles qui s'étaient avancés avec des sourires, les conservant même durant le plaisir que leur causait le sacrifice infligé, lui crachaient à la figure des injures atroces, des glavios. Quand je vis, à mon adresse, les avances amicales, les sourires mêmes des marles, quand ils furent certains que j'étais macqué avec Bulkaen, j'eus peur qu'ils ne se transforment en bêtes féroces, qu'ils ne forment autour de moi le cercle diabolique et m'y enferment et, au lieu de rentrer dans ma coquille, comme je l'eusse fait à Mettray, je pris une attitude un peu dédaigneuse et lointaine. Je me tins écarté de leur groupe.

Bulkaen se faisait des pognes. Depuis plusieurs jours, je lui remarquais des yeux cernés. Le cerne d'ombre marquait son visage, le masquait presque, car il avait le teint pâle et la peau d'une extrême finesse, plus fine encore au-dessus des pommettes, sous les yeux. Au matin, le cerne de ses yeux m'indiquait qu'il s'était offert, durant la nuit, ses véritables joies, ce sont ces joies intimes qui m'inquiètent encore car je me demande qui il aimait dans le secret de ses nuits, dans le secret de son cœur et de son corps. Si j'en juge d'après moi qui n'aime que la beauté, il fallait qu'il aimât un beau garçon ou une belle fille, mais sa féminité apparente, et son séjour à Mettray, m'empêchaient de croire qu'il aimait une fille évoquée la nuit, non plus qu'un garçon délicat (il y en a ici, et il eût pu se les farcir ou montrer qu'il en désirait un. Il les ignorait tous). Il restait donc qu'il eût le béguin pour un marle. J'ai trop vu de couples où le plus beau s'accommode du plus laid pour ne pas croire qu'il y ait là une loi de nature, une loi de compensation qui me console bassement, et je n'avais pas le courage de penser que Pierrot fût amoureux du plus beau des marles (sans doute me dit-il un jour qu'il *avait aimé* Rocky, en ajoutant :

« ...il n'était pas vilain garçon... », moi je connais Rocky, il n'est pas de ceux qu'on suscite la nuit pour un plaisir solitaire) car s'il eût aimé le plus beau, qui était aussi un costaud (je parle de Lou-du-Point-du-Jour) pourquoi n'était-il pas sa femme ? Devais-je penser que Lou était insensible à la beauté de Bulkaen ? Ou fallait-il encore que Bulkaen fût si féminin qu'il n'aimât, la nuit, que se faire aimer du plus fort, mais du plus laid, du bandit Botchako ?

Je ne me souviens pas d'avoir connu d'anciens colons devenus macs. Le métier de souteneur s'apprend peu à peu, au contact d'autres macs arrivés, casés, qui guident dans la vie le plus jeune, l'encouragent. Il y faut débuter de bonne heure, et nous sommes restés en correction jusqu'à dix-huit ou vingt ans. Après, c'est la Flotte... A Mettray, nous n'avons rêvé d'une femme que pour la caresser. Notre tristesse appelait obscurément, désespérément une femme dont la tendresse serait une consolation à notre malheur, enfin nos rêves étaient surtout des rêves d'aventure. Notre pureté était telle que, sans l'ignorer vraiment, nous ne savions pas, par le plus profond de nous-mêmes, par notre chair le désirant, l'espérant, qu'il existait un monde « de la pègre » où les hommes vivent des femmes, pas plus que nous ne savions qu'il existait des menuisiers, des cardeurs de laine, des vendeurs. Nous *savions*, le désirant, les voleurs, les casseurs, les escrocs.

Ce livre m'a coûté beaucoup. J'écris sans plaisir. Avec moins de goût, je plonge, la tête la première, dans les aventures de cette enfance exceptionnelle. Sans doute, je sais encore faire le noir en moi, et sur l'indication d'un souvenir, m'enivrer de mes histoires passées, les refaire ou les compléter selon le mode tragique qui transforme chacune d'elles en poème dont je suis le héros, mais ce n'est plus avec la même fougue. C'est le luxe que je m'accorde. En cellule, les gestes peuvent se faire sur une extrême lenteur. Entre chacun d'eux, on peut s'arrêter. On est maître du temps et de sa pensée. On est fort d'être lent. Chaque geste s'infléchit selon une courbe grave, on hésite, on choisit. Voilà de quoi est fait le luxe de la vie en cellule. Mais cette lenteur dans le geste est une lenteur qui va vite. Elle se précipite. L'éternité afflue dans la courbe d'un geste. On possède toute sa cellule parce qu'on en remplit tout l'espace avec la conscience attentive. Quel luxe d'accomplir chaque geste avec lenteur, même si la gravité ne réside pas en elle. Rien ne pourra déchirer complètement mon désespoir. Il se reformerait à mesure parce qu'il est réglé par une glande à sécrétion interne. Il sourd d'elle, avec lenteur quelquefois, mais sans un instant d'arrêt. Pour parler de Mettray, j'ai tendance à me servir du symbole, à définir les faits et les interpréter plutôt que les montrer. Mettray m'accorda des spectacles aussi grands que celui de Pierrot allongé en désordre, muet, écumant, abattu par le poing d'un costaud, ou lorsque je lui dis un jour :

— Rocky, ton cave...

Il éclata de rire, or il était si prompt que je crus que tous ses gestes étaient l'expression directe de ses sentiments. Je fus désolé. Il éclata de rire, mais la main qui bondit à son cœur m'apprit qu'il était blessé. J'eus encore la cruauté de penser que la blessure demeurerait après que l'éclat de rire aurait quitté son visage, ce rire l'embellissait, je fus donc consterné à l'idée que le mal que j'osais lui faire se traduisait sur son visage par une recrudescence de lumière. Il sentit lui-même que son geste pouvait révéler sa souffrance et, comme sa main en se portant à son cœur s'était crispée, il l'ouvrit, la posa à plat et fit semblant de soutenir sa poitrine agitée par un fou rire qui allait jusqu'à la toux. Je remarque encore que ce rire forcé était d'une comédienne — une grande coquette — c'était un rire stylisé, celui que lancent les femmes élégantes qui veulent crâner, ce rire que leur fils a volé parce que, gracieux, il était toujours auprès d'elles, blotti dans leur traîne de satin et leurs bras nus. Un tel rire Bulkaen n'avait pu l'attraper qu'auprès de sa mère. Je me souviens encore qu'il remonta l'escalier en vitesse, et arrivé au dernier étage, il se pencha. Je vis son visage éclairé par la verrière du toit de la prison. Un sorte de paix m'envahit, c'est-à-dire que je me sentis fort de sa beauté qui pénétrait en moi. J'étais sans doute en état d'adoration. J'ai usé du mot pénétrer. Je tiens à ce mot : sa beauté pénétrait en moi par les pieds, montait dans mes jambes, dans mon corps, dans ma tête, s'épanouissait sur mon visage et je compris que j'avais tort de donner à Bulkaen cette douceur qu'elle mettait en moi, cet abandon de mes forces qui me laissait sans défense en face de l'œuvre trop belle, car cette beauté était en moi et non en lui. Elle était hors de lui puisqu'elle était sur son visage, dans ses traits, sur son corps. Il ne pouvait jouir du charme qu'elle me causait.

Chaque détail particulier : le sourire de la bouche, l'éclat de l'œil, la douceur, la pâleur de la peau, la dureté des dents, l'étoile à l'intersection de quelques traits, me décochaient au cœur une flèche qui, chaque fois, me causait une mort délicieuse. Mais lui, c'était l'archer qui bandait. Il bandait l'arc et tirait. Il ne tirait pas sur lui mais sur moi.

Les personnages officiels ont parfois la chance d'apercevoir par une échancrure, par une faille, un coin du ciel. Il les étonne. Ils n'en ont pas l'habitude, et lui, d'être réprouvé, y gagne. J'ai voulu revoir l'automne à Mettray, et je l'évoque ici, seul dans ma cellule, avec des mots qui m'emportent. J'ai voulu, en pensée, revenir en pèlerinage avec Pierrot, et l'aimer dans une haie de lauriers mouillés par la brume, sur la mousse et les feuilles humides. Nous remontons l'allée des marronniers, du même pas grave qu'avait l'évêque quand il vint nous voir. Nous marchons bien au milieu, aussi lents et solennels qu'il l'était, et je suis sûr que notre couple amoureux passe en revue nos petits camarades d'alors, invisibles et présents. Ils bénissent la consécration d'un mariage qui eut lieu à la chapelle, une nuit, il y a quinze ans.

Quand l'évêque de Tours rendit visite à Mettray, sa voiture arriva par la route, tout au bout de l'allée des marronniers où l'attendaient l'aumônier, le directeur, Dudule, les sœurs, qui lui baisèrent le doigt, et lui, escorté d'un monde d'abbés, dans ses dentelles, à pied, sous un parasol jaune et rouge, il traversa entre deux doubles rangs de colons tordus, toute la Colonie, de la route à la chapelle. On lui avait préparé un trône près de l'autel. Il s'y installa. Puis on célébra le salut et Dudule fit un discours pour accueillir l'évêque qui répondit en s'adressant surtout aux colons qu'il appelait des agneaux égarés. Au début de la guerre, les vieilles dames en cœur bleu pâle s'abordaient en parlant de « nos petits soldats... nos petits pioupious » ! Eux, dans la tranchée à pleines mains boueuses, la nuit, ils chopaient leur membre. Ainsi faisaient dans les bancs, de poche en poche, les petits agneaux de Dieu. Si les marles étaient les premiers partout, à la chapelle, ils avaient soin de se placer dans les derniers bancs, tout au fond, de façon à rester dans l'ombre durant les offices. Ils ne daignaient même ni se lever ni s'agenouiller. Les cloches, par-devant, faisaient ces gestes pour eux, priaient aussi pour eux sans doute. Mais quand vint l'évêque, ils voulurent être au premier rang. On peut dire que les autres dimanches, ils n'allaient même pas à l'église tant leur indifférence ressemblait à une absence et, quand ils furent tous dans le chœur, ils avaient malgré leur importance cette grâce subtile, cette gaucherie qu'ont les gars du village, à l'église, le jour de Pâques. Je veux essayer de me rappeler le ton du discours de réception prononcé par Dudule :

Monseigneur,

Monsieur le Directeur me permettant de m'exprimer en son nom, je souhaite à Votre Hauteur la bienvenue parmi nous. Toute l'œuvre du baron de Courteille (le fondateur de l'établissement) ressent l'honneur insigne de votre visite. L'époque est troublée. L'Église et la Société se sentent menacées par les sournoises attaques du Démon : le diocèse de Tours a le bonheur d'être placé sous la sauvegarde du plus vigilant des pasteurs. Votre Hauteur continue avec une parfaite rectitude les soins que nous prodiguait Monseigneur de Montsanjoye, et *qui sont de tradition, depuis des siècles, dans notre Touraine bénie de Dieu. Nous savons que Votre Hauteur s'est plus d'une fois occupée — avec quelle paternelle bienveillance — de cette œuvre de rééducation, de relèvement religieux et moral, à laquelle nous nous dévouons. L'évêché de Tours a déjà remis des sommes importantes à la Colonie agricole de Mettray et employé toute sa tendre sollicitude à lui choisir des aumôniers dignes de lui, d'elle et de nous. De cela aussi, nous devons vous remercier, Monseigneur. Les colons, ces pécheurs repentants, se sentent fiers de votre venue et veulent aussi s'en montrer dignes. L'annonce de votre arrivée fut accueillie par une allégresse calme et contenue. Il est certain qu'ils reconnaissent l'honneur profond que votre présence parmi eux leur accorde, et il n'est pas de doute qu'à partir de cet instant, ils ne prennent la résolution de vivre saintement. Votre Hauteur me permettra d'ajouter ici mes remerciements et mes hommages personnels aux hommages généraux. J'eus, en effet, l'honneur d'être présenté à l'évêché et l'accueil si délicat que l'on fit au serviteur modeste de la Colonie, s'il en revient à l'intérêt qu'inspire cette grande œuvre de charité, doit néanmoins être signalé aujourd'hui comme un honneur ajouté aux honneurs.*

L'évêque répondit :

Monsieur le Directeur, Monsieur le Sous-Directeur, mes jeunes amis,

Je suis profondément touché par cet accueil qui

indique, en effet, la fidélité aux principes de votre sainte Religion. C'est un réconfort puissant pour moi, venant des villes où l'agitation perverse veut faire oublier Dieu, d'entrer dans cette oasis d'un calme religieux. Nous connaissons l'œuvre magnifique du baron de Courteille, et nous savons ce qu'elle coûte de sacrifices et de dévouements. Monsieur le Directeur et Monsieur le Sous-Directeur, dans un domaine que nous savons différent et pourtant semblable, collaborent avec une même âme intéressée seulement au succès de cette entreprise sacrée : relever l'enfance déchue.

De saintes femmes ont aussi voué leurs efforts à cette œuvre. Nous devons leur exprimer, par notre saint ministère, tout notre encouragement et les assurer de la beauté de leur vie. Nous avons été saisis par le soin avec lequel notre arrivée fut préparée. Les décorations de la chapelle sont d'un goût délicieux et il est certain que cet hommage rendu à Dieu doit être encouragé. M. l'abbé Viale, votre aumônier dont nous connaissons le dévouement, sort d'une longue maladie qu'il a supportée avec une religieuse résignation. Certes, les maux sont quelquefois donnés aux justes par Dieu dont les desseins sont insondables (ici l'évêque eut un sourire à l'adresse de l'aumônier, à qui il dit : Mais ce Dieu, tout de bonté, connaît ses brebis et, si l'une d'elles se déchire aux épines, il la prend dans ses bras et la ramène à la bergerie).

Puis, se tournant vers les colons et élevant la voix afin de bien montrer que toute la suite s'adressait à eux :

*Mes jeunes amis, il n'était pas dans les desseins
du Seigneur de laisser vos âmes éternellement
égarées. Un groupe d'hommes pieux s'est dévoué
pour vous remettre dans la bonne voie. Il vous
épargnera la douleur de connaître cette maison de
force dont le voisinage doit être un continuel, un
quotidien rappel au bien. Encore qu'ils soient
secondés par la pureté de leurs intentions, il est bien
vrai que leur tâche est dure. Ils doivent lutter avec le
démon qui habite, hélas, l'âme de beaucoup d'entre
vous, et la lutte est terrible. Et pourtant, nous avons
l'espérance, la certitude même, qu'ils vaincront.
Notre-Seigneur dit : Laissez venir à moi les tout
petits enfants. A cet appel du divin enfant, qui donc
aurait le cœur assez dur pour ne pas aller et préférer
le sein noir et brûlant du diable ? Ah ! certes, cette
colonie est une pépinière d'hommes gagnés à Dieu.
Aussi persévérez donc dans cette voie que nous
observons avec un intérêt attentif. La sainte Église
romaine ne peut qu'en être heureuse. Nous allons
prier pour notre Saint-Père le Pape, pour les malades, les prisonniers et les trépassés.*

Les colons écoutèrent, mais écoutèrent surtout
quand l'évêque parla de Fontevrault pour nous dire
que grâce à cette maison de Dieu (Mettray) la
Centrale nous serait épargnée. Nous fûmes alors
hissés sur les plus extrêmes sommets de l'attention,
espérant d'un personnage si bien habillé, si escorté, si
savant, si près de Dieu, une révélation saisissante sur
Jo la Voix d'Or et sur toute la Centrale, mais
l'évêque ne devait rien savoir de précis car il ne fit

qu'effleurer. Nous restâmes pantelants et notre attention inutile expira doucement, comme un pet retenu, dans un salon.

Puis l'évêque remit sa crosse à un valet qui la posa près du trône et, dressé au sommet des douze marches qui portent l'autel, soulevant l'ostensoir, il s'apprêta à nous bénir. C'est alors qu'éclata comme une élévation solennelle, le combat de Rigaux et de Rey. C'était la querelle des bandes molletières qui revenait au jour. Restée sourde longtemps, elle explosait enfin. Quelque œillade de Rey au giron de Rigaux, quelques gestes de l'épaule, je ne sus jamais ce qui avait déchaîné cette bagarre, mais ils se battirent magnifiquement pour rien, au pied de l'autel. Ils se battirent férocement jusqu'à ce que sorte le sang (à Mettray, on continue à frapper son adversaire quand il est tombé, quand il râle), jusqu'à ce que sorte la mort, jusqu'à la damnation. Pendant qu'en haut des marches l'évêque hésitait à nous bénir avec l'ostensoir levé, les deux danseurs cognaient sur les crânes et dans les poitrines leurs talons de bois ferré, frappaient du poing, de la tête, se griffaient (les coups de griffes jouent un très grand rôle dans les bagarres de gosses), haletaient mystérieusement. Pour une fois, ils se précipitèrent, les imbéciles chefs de famille, sur les deux héros pour les séparer et les conduire mourants au quartier de punition qu'on appelait tout simplement : le quartier ou le mitard. L'évêque nous bénit enfin, de sa seule main, de sa main de feutre. Il fit un geste qui excusait. Il partit dignement, devant nous découverts. Il ne savait pas que la lutte, cette danse en l'honneur du Saint-Sacrement, allait se continuer à travers toute la

Colonie et pendant près de deux semaines, entre les partisans de Rey et de Rigaux. Les partisans se battirent avec une férocité inaccoutumée. On part soldat par nécessité et l'on s'engage par devoir, mais à la guerre, on se *fait* tuer par amour. Aucune famille ne fut au tableau d'honneur, pendant des semaines, et le drapeau, qui était gardé le dimanche par la famille n'ayant pas été punie dans la semaine, resta dans son étui noir, dans le coin le plus obscur de la salle des fêtes.

Si les durs choisissaient leurs favoris parmi les plus beaux jeunots, tous ceux-ci ne sont pas destinés à rester femmes. Ils s'éveillent à la virilité et les hommes leur font une place à côté d'eux. Il se passait encore ceci qui n'est pas tellement étrange, c'est que leur beauté les introduisait dans les bandes sévères. Les séduisants vautours étaient accueillis, et sur un pied presque d'égalité, si bien qu'à les voir familiers avec les durs, on ne pensait plus qu'ils puissent se faire enfiler, alors qu'au contraire ils étaient les plus transpercés. Mais, forts de leur grâce, ils portaient si haut leur état d'enculés que cet état leur devenait parure et force.

L'auteur d'un beau poème est toujours mort. Les colons de Mettray l'avaient compris et d'Harcamone qui avait tué une fillette de neuf ans, nous ne parlions qu'au passé. Harcamone vivait parmi nous, mais ce qui circulait dans la Colonie n'en était que l'enveloppe magnifique entrée dans l'éternité. Nous ne lui parlions jamais de son crime qu'il devait ignorer encore plus que nous. Ce qui restait là, s'agitait, c'était un camarade. Il était un camarade pour chacun, et il fut peut-être le seul. Il n'eut jamais ni marle ni vautour. Il était poli avec les uns et avec les autres, même avec les cloches. Je suppose qu'il menait une vie très chaste et je croirais assez qu'autant que son crime, cette chasteté le durcissait et lui donnait son éclat. Quand on parlait devant lui « cul », « giron », son visage restait impassible. Interrogé à ce sujet — ce qu'on fait très rarement car on n'eût pas osé, et seuls l'osaient les nouveaux qui ne le respectaient pas encore (je dis ceci pour que l'on croie à la délicatesse de ces enfants) — il haussait les épaules, sans mépris ni dégoût. Une fois, je fus sur le point de lui demander des détails sur la personne et les habitudes d'autres jeunes assassins, tant était forte chez moi cette impression qu'ils appartenaient tous à une famille — les Atrides, par exemple —, qu'ils se connaissaient tous, qu'ils étaient au courant des mœurs l'un de l'autre, même s'ils vivent à cinquante années d'écart, des rapports les unissant qui font qu'ils se connaissent, s'aiment et se haïssent d'un bout de l'Europe à l'autre, tout comme un prince de Bade peut parler avec précision de l'intimité d'un prince de Tolède.

J'imaginais entre eux des rivalités profondes, sur de jeunes têtes des malédictions, parfois, des sentences de mort ou d'exil. Il est à noter que sa voix avait des intonations étrangères, je ne pus jamais savoir de quel pays. Toutefois, il parlait l'argot, mais quelque chose encore le caractérisait : bien que rigide, il avait extrêmement moins de dureté que les autres marles, moins d'aspérités musculaires ou osseuses. Il semblait plutôt gonflé (mais non bouffi) d'un suc très lourd. Les journaux l'avaient enlisé sur les épithètes : « Le tueur », « le monstre »... sa tête levée, sa lèvre supérieure retroussée devait accorder ou recevoir le baiser d'un être transparent accroché au ciel par ses pieds nus.

A la Colonie, Harcamone était plâtrier et maçon. Le plâtre, de la tête aux pieds, le poudrait et son fin et dur visage devenait d'une douceur délicate. Pour mille autres merveilles, la Colonie devait être damnée, mais elle eût pu l'être par le seul charme qu'exerçait ce visage. Harcamone tirait la jambe. On disait, en riant, devant lui, qu'il devait revenir du bagne où il avait traîné le boulet, mais cette plaisanterie lui embrunissait la gueule. Quand je sortais de l'atelier de brosserie une minute pour pisser, je voyais Harcamone traverser le Grand Carré, une échelle sur l'épaule. Et l'échelle achevait de faire de lui un de ces drames intenses à force de brièveté, éclatant par la force de sa réduction dans l'espace en un seul acteur. Sur son épaule, c'était l'échelle de l'évasion, des rapts, des sérénades, du cirque, des bateaux, les gammes, les arpèges, que sais-je? L'échelle le portait. L'échelle, c'était les ailes de cet assassin. Parfois, dans sa marche, il s'arrêtait, une jambe tendue en arrière, le buste cambré, et sa tête, vive, se tournait à droite, à gauche, tendait une oreille, puis l'autre. C'était une biche qui s'arrête pour écouter. Jeanne d'Arc devait être pareille pour entendre ses voix. Il était passé si près de la mort, lors du meurtre de la fillette, peut-être pour arriver jusqu'à nous en traversant des tempêtes, en se tirant de naufrages, qu'à dix-huit ans il considérait la vie qu'il continuait, comme du rab. Sa vie avait été tranchée déjà puisqu'il avait connu la mort. Il était familier avec elle. Il lui appartenait plus qu'à la vie.

214

Voilà donc encore ce qui lui donnait l'air funèbre. Car il était funèbre, malgré sa grâce, et funèbre comme le sont les roses, symbole d'amour et de mort. Il passait dans le Grand Carré et c'était, se promenant, l'élégance au bras du mensonge. J'ai rencontré, depuis Harcamone, des gosses dont le destin sera d'être enfermés dans des Centrales. L'un d'eux mit tant d'élégance hautaine à me raconter comment son meurtre lui valait quinze ans de réclusion que j'aurais rougi de le prendre en pitié, je sentais que ce meurtre lui permettait d'être ce vers quoi tout en lui tendait : un dur parmi les autres. Et s'il devait éprouver, durant quinze ans et après, ces îlots de regret pour ce que vous appelez une jeunesse gâchée, cela ne signifie rien contre son acte ni son désir. Au contraire. Ce goût d'être un marle était assez grand pour qu'il lui sacrifiât sa jeunesse et sa vie — ici nous sommes en face d'un de ces prodiges d'amour qui font que l'adorateur, au risque des plus grands périls de l'âme et du corps, veut s'orner des attributs de son idole. Il faut voir les gosses à qui Dieu ne permit pas ces occasions héroïques, s'approcher, dans les prisons, à la faveur d'une rencontre dans l'escalier, à la visite médicale, à la douche, des macs insolents. Les petits voyous vont d'instinct vers eux, ils les entourent, ils les écoutent, la bouche entrouverte. Le mac les féconde. Et si l'on hausse les épaules à propos d'un idéal qui paraît ridicule, on aura tort car ils obéissent à l'impulsion amoureuse qui les oblige à ressembler à celui qu'ils aiment : un dur, jusqu'au jour où, enfin, ils sont devenus celui qu'ils aimaient. Ils perdent alors, en durcissant, l'émouvante tendresse que leur donnait le mouvement de marche vers leur but, l'inconsistant écoulement de jeunesse désirante à maturité et qui n'est que passage. Alors tout en eux oublie cette marche amoureuse. Ils sont devenus un mac banal, sans davantage se souvenir de l'aventure qu'il leur fallut parcourir pour être ce mac. Ils serviront à leur tour de pôle attractif à d'autres minos, car c'est de ce moyen, peut-être impur, que Dieu se sert pour fabriquer les hommes impassibles des prisons.

Une autre des beautés d'Harcamone : sa main emmaillotée de blanc. Était-ce sa peau ou sa chair trop délicate ? Ou son métier ? Un rien le blessait. Peut-être n'avait-il rien du tout et qu'il simulait des blessures ! Autour de sa main s'enroulaient des mètres de gaze blanche, mais ainsi il nous apparaissait aux heures de la soupe, comme surgissant d'extraordinaires équipées, survivant de bagarres, de rixes, d'abordages. Ces linges le rendaient cruel, lui, le plus doux des anges, mais en face de lui nous donnaient des cœurs d'infirmières.

Au poignet droit, comme beaucoup de mecs durs, il portait aussi un large bracelet de cuir clouté de cuivre et d'acier et comme sa première destination était de soulager, maintenir le poignet lors d'efforts trop grands, on l'appelait « poignet de force » mais il était devenu un ornement : un symbole de virilité. Il se laçait avec un cordon de cuir, à la saignée.

La Colonie, dont Divers, tournait autour de cet axe : Harcamone. Mais elle, dont Harcamone, tournait autour de cet axe : Divers. Puis autour de Villeroy et de beaucoup d'autres. Son *centre était partout*.

Parlerais-je des clodos ? Ils étaient le peuple noir et

laid, chétif et rampant sans quoi le patricien n'existe pas. Ils avaient aussi leur vie d'esclaves.

Larochedieu, cette cloche aux pieds pourris, mangés par le pus, Larochedieu, ce mouchard, la bourrique officielle, son corps osseux à la peau rêche, dut un jour se déshabiller dans la cour pour montrer au chef de famille la marque d'un coup de poing qu'il se plaignait d'avoir reçu sur la route de Bel-Air. Et à la hauteur du sein gauche, tracé à l'encre (une sorte de tatouage superficiel) je lus : « Pietro M.D.V. » Et je me rappelai la lame de parquet gravée : « Pietro le maître des vampires, c'est ma gueule. » Il n'eût pas osé qu'on lui fît ce tatouage, il n'avait pas eu non plus le courage de le faire lui-même. Peut-être craignait-il d'être forcé, par le signe gravé dans sa peau, incité par sa violence, de vivre désormais au péril de la vie ?

Avec quel serrement de gorge ai-je vu parfois se déshabiller des petits corps presque bleus de haut en bas. Je me trouvais en face de l'expression terrible d'un destin qui reculait ces enfants dans la mort, ne leur laissant apercevoir de loin la vie qu'à travers une inviolable, une indéchiffrable résille de dentelle bleue.

Mais ce nom de Bel-Air, que Bulkaen déjà m'avait rappelé, m'oblige à me détacher un moment de tout ce qui m'a fasciné dans mes souvenirs pour voir enfin la douleur vraie, la peine lamentable de ces gosses courbés sur les champs de betteraves. L'hiver et l'été, ils les travaillaient. Ils les parcouraient lentement, leur vivacité retenue au sol par leurs sabots embourbés. Leur jeunesse et tous ses charmes vifs étaient pris dans l'argile comme une nymphe dans l'écorce. Ils avaient froid sous la pluie et sous le regard glacé du chef d'atelier, immobile et droit, au milieu d'eux. C'est par eux que la Colonie souffrait. En y songeant, et songeant que Bulkaen fut des leurs, c'est une bonté dont je me croyais dépourvu qui fait fondre mon cœur. Qu'on me pardonne ce cri d'amour et de pitié. Bulkaen souffrit sans doute beaucoup et sa fierté ne le laissa voir jamais. Par ses lettres encore, je sens qu'il a brillé jusqu'au bout. Je l'exaltais par des réponses brûlantes. Il me parlait d'évasions qui se continuaient jusqu'en Espagne. Écrites par lui, avec ses mots, ses lettres semblaient rapporter, à mots couverts, de secrètes aventures où nous eussions été les chefs de bandits d'une sierra ténébreuse. Bulkaen, c'était une baguette de coudrier qui, d'un coup, transformait le monde émerveillé. Mais je sentais qu'au plus embrouillé et perdu de ses projets avec moi, le souvenir de Rocky ne le quittait pas car un jour il me dit, sans que je le lui demande, que c'était lui, Rocky, qui lui avait demandé, avant de partir, d'écrire les vers sur le bagne. Je compris que sa délicatesse inventait cette explication pour me consoler, or il me la donna, non au moment où j'étais sous le chagrin, mais quand il croyait me causer du chagrin, c'est-à-dire au moment qu'il pensait, tout en parlant d'autre chose, le plus intensément à Rocky. Nous étions dans l'escalier, seuls. Je posai doucement ma main sur son épaule. Il tourna la tête. Son regard sombra dans le mien. Il perdit pied. Tout à trac, il me raconta leurs exploits, d'étages en étages, à travers les appartements luxueux, surchauffés, les portes qui cèdent, les tapis foulés, les lustres éblouis, la désolation, l'émoi des meubles entrouverts, violés, l'argent qui se plaint sous les doigts, le fric.

218

— Qu'est-ce que j'en ai à foutre, qu'on le save. J'te l'dis. On rentrait dans les piaules, on bouzillait. On ne bossait qu'ensemble. On pouvait pas faire autrement... En plein jour on rentrait. La plume, les cales, et crac... on rentrait, on poussait la porte derrière, on était pris tous deux... On... On s'donnait au boulot... On était pris dedans tous deux... une fois... Qu'est-ce que j'en ai à foutre, Jeannot, qu'on save ça. Une fois... Tout sortit à la fois de sa bouche ouverte. Je retirai ma main, je détournai un peu la tête. Il allait tout seul, loin en arrière et en lui-même. Il marchait sans mon secours. Il parlait. Sa voix s'assombrissait. Depuis la peur et le bonheur de la première marche au danger où, serré contre Rocky, incorporé à lui pour plus de sûreté, ils mirent deux minutes à faire sauter une serrure, entrèrent vite, volèrent peu de chose et s'enfuirent. Le deuxième casse où leur émotion fut si grande qu'ils roulèrent sur le lit immense de l'appartement éventré et s'y livrèrent à la plus belle orgie d'amour qu'ils aient connue l'un et l'autre, abandonnant après leur passage des draps tachés. Je l'écoutais, buvant ses paroles dévidées rapidement, mais tout bas. Puis je reposai ma main sur son épaule. Était-il vrai qu'il ait tant aimé ? Nous étions si troublés qu'un détenu passa sans nous voir. Je retins Bulkaen, le serrant contre moi. Il tourna légèrement la tête. La profondeur de ses yeux me fut révélée. Elle évoqua, encore que je ne l'appelle, par sa clarté, la baie d'Along, et à mon bonheur s'ajouta la gloire d'unir à mon amour le paysage le plus capiteux du monde. Sa bouche écrasa sur la mienne la rose dérobée au mystérieux jardin d'Harcamone et dont je gardais la tige entre mes dents. Tous les vrais de la tôle durent frémir, et tous les criminels. Un fil de parenté mystérieux, une délicate affinité unit les criminels du monde entier, et tous sont touchés quand l'un d'eux est atteint. Périodiquement, ils s'émeuvent, pareils aux bambous noirs du Japon qui fleurissent, dit-on, tous les cinquante ans, à quelque endroit du monde qu'ils soient. Les mêmes fleurs éclosent sur les hampes, la même année, à la même saison, à la même heure. Ils font la même réponse.

De ses cris lyriques, articulés d'une voix sourde, amortie encore par sa main posée devant sa bouche, je reconnaissais la même émotion, qui s'entassait au fond de moi lors de mes casses. Elle n'avait pas su trouver ses expressions avec tant de sûreté, elle ne s'était pas délivrée en actes aussi beaux, avec la collaboration d'une âme aussi chaude que la mienne. Elle était restée solitaire au creux de moi, mais aujourd'hui Bulkaen lui donnait la forme parfaite que j'avais rêvée secrètement.

Mes cambriolages, je les accomplis toujours seul, du premier jour jusqu'à celui qui devait m'amener à Fontevrault et, durant cette succession, sans cesse davantage je me purifiais. Je faisais mes casses selon les rites que j'apprenais par des conversations avec les hommes. Je respectais les superstitions, je faisais preuve d'une merveilleuse sentimentalité — la sentimentalité même des cœurs de roche — et j'aurais craint, comme eux, attirer sur moi les foudres du ciel en vidant dans mes vagues la tirelire des gosses, posée sur la cheminée. Mais cette aspiration à la pureté était sans cesse gênée par mon intelligence, hélas, trop retorse. Même aux coups les plus auda-

cieux — et parmi eux le cambriolage du musée de
P... — en engageant le plus ma personne physique, je
ne pouvais m'empêcher au courage classique d'ajouter mes ruses particulières, et cette fois, j'inventai de
m'enfermer dans un meuble historique, une sorte de
bahut, d'y passer la nuit, et de lancer par les fenêtres
les tapisseries décrochées, après m'être promené sur
les talons (on marche plus silencieusement sur les
talons que sur les pointes, sous les lambris dorés,
parmi les souvenirs illustres) et, comprenant enfin
que tout Saint-Just peut voter la mort du tyran et
s'attifer dans les secrets de la nuit ou de la solitude ou
de la rêverie, de la couronne et du manteau fleurde-
lisé d'un roi décapité. Mon esprit m'encombrait
encore, mais enfin mon corps vivait en souplesse et
en force, comme le corps d'un quelconque casseur.
Cette vie me sauvait. Car je craignais que les
procédés trop subtils, à force de subtilité, ne relevas-
sent plus de la magie que de l'intelligence intelligible,
et ne me missent malgré moi — mot à mot : à mon
corps défendant — en rapport avec les sortilèges que
je redoute, avec le monde invisible et méchant des
fées, c'est pourquoi, à toutes les combinaisons
sinueuses de mon esprit, je préférais les moyens
directs des casseurs dont la brutalité est franche,
terrestre, accessible et rassurante. La brutalité envia-
ble du bandit Botchako, sa fureur, étaient semblables
à celles d'un solitaire aux abois et sachant qu'il
ressemble à un solitaire. Lors de ses colères, les gâfes
s'écartaient de lui, ou bien attendaient qu'il se
calmât. Seul Brulard osait l'approcher. Il entrait dans
la cellule, s'enfermait avec lui, et il en ressortait
quand Botchako était calmé. On supposait que la

cellule se tranformait en un antre de la Fable où s'opéraient les yeux de la séduction et de l'exorcisme. Voici au juste ce qui se passait : Brulard entrait, Botchako nous l'a raconté et, pour le calmer, le gâfe lui disait du mal de tous ses collègues, de ses chefs, du directeur. Ils entraient l'un et l'autre dans une sorte d'indignation violente qui, peu à peu, s'atténuait et la brute apaisée s'asseyait sur l'escabeau et posait sa tête entre ses mains.

A Mettray nous allions aux cabinets de cette façon : Les chiottes étaient dans la cour, derrière chaque famille. A midi et à six heures du soir, au retour de l'atelier, le frère aîné nous conduisait, en rang et au pas, en face des quatre pissotières. Quatre par quatre nous quittions le rang pour aller pisser ou faire semblant. A gauche, élevées de quatre ou cinq marches pour que la tinette en soit au niveau du sol, se trouvaient les latrines. Chacun s'y rendait, du rang, suivant que le besoin l'y poussait, laissant pendre sa ceinture sur la porte pour indiquer que la place était prise. Il n'y avait jamais de papier. Pendant trois ans mon index m'a torché, et le mur chaulé mon doigt.

Pour de pareils instants qu'elle me donne, j'aime la Colonie. D'imbéciles vandales, Danan, Helsey, Londres, d'autres, ont écrit qu'il fallait détruire les bagnes d'enfants. Ils ne savent pas que, les détruisît-on, ces bagnes, par les enfants seraient remontés : ces gosses inhumains créeraient des cours de miracles (c'est bien le mot !) pour accomplir leurs cultes secrets et compliqués, à la barbe même des journalistes bien intentionnés. La guerre, autrefois, était belle parce qu'elle faisait éclore avec le sang, la gloire.

Aujourd'hui, elle est encore plus belle parce qu'elle crée de la douleur, des violences, des désespoirs. Elle suscite des veuves qui sanglotent, qui se consolent ou pleurent dans les bras des vainqueurs. J'aime la guerre qui dévora mes plus beaux amis. J'aime Mettray, ce paradis au cœur de la Touraine royale, toute parcourue de petites veuves de quatorze ou seize ans, et de mâles frappés par la foudre aux plus beaux endroits. Morts, Bulkaen et Harcamone sont à présent en moi-même dans des cryptes aussi étranges (à mes yeux) que la salle capitulaire, sombre, sans fenêtres, des abbesses de Fontevrault. Je dirais infernale si l'enfer était humide et triste. Pas de lumière, un air glacé, la hauteur. On dut se livrer à des cérémonies indescriptibles autour des tombeaux des Plantagenet, de Richard Cœur de Lion. Les moines et les nonnes y accomplirent une liturgie oubliée que je continue fidèlement.

Malgré Divers à droite, malgré Bulkaen, c'est le souvenir d'Harcamone qui me visite. Cet assassin de dix-huit ans que la Colonie avait transformé en maçon, un fil à plomb, un niveau d'eau, une truelle à la main, décidait de grimper, mystérieusement, à certains murs. Il était bien le démon de la Colonie qui la hantait, et qui n'a pas fini de me visiter. Je n'oublierai jamais sa dernière apparition où il alla jusqu'à s'incarner, pour ma joie, et faire fleurir des roses. Son impertinence confondit le directeur de Fontevrault lui-même. C'est un monsieur très élégant, décoré, fin, très fin, probablement très intelligent. Il devait avoir eu l'idée de relever moralement les détenus, mais le meurtre d'Harcamone le dérouta. La scène du prétoire, qui précéda les interrogatoires de la Police Judiciaire et du juge, me fut connue grâce à des recoupements traîtres, faits dans la conversation silencieuse des gâfes. Harcamone comparut devant un directeur affolé d'être en face d'un mystère aussi absurde que celui que propose une rose dans tout son éclat. Il voulait savoir ce que signifiait ce meurtre, la chute du gâfe aux pieds blancs de l'assassin, mais il se heurtait à l'ignorance d'Harcamone, et il ne pouvait non plus compter sur une explication mensongère car l'assassin était plus fort, grâce à son destin, que tous les moyens de représailles, le plus efficace en vigueur dans les prisons de France étant la mise aux fers, avec le pain sec, or les condamnés à mort sont déjà aux fers, et un usage plus respecté que le règlement exige qu'on remplisse à chaque repas leur gamelle. Pour punir Harcamone, le directeur eût dû attendre que la mort fût commuée en travaux forcés à vie. Son impuissance le faisait trembler. Il comprenait que battre, ou faire battre l'assassin serait une plaisanterie enfantine. Un peu narquois, entre deux gâfes, les chaînes aux pieds, Harcamone le regardait. Les gâfes étaient absolument perdus. Enfin, il vit une telle détresse dans les yeux du dirlo qu'Harcamone fut sur le point d'avouer qu'il portait à Bois-de-Rose une haine qui ne pouvait s'abolir que dans la mort. Il hésita. Il allait caler, mais déjà il s'entendait dire : « Allez, remmenez-le. Vous êtes un pauvre type. » On le reconduisit à sa cellule.

Je le soupçonne d'avoir eu des affinités avec les membres de l'équipage qui montaient la galère en révolte. La vie à bord n'était pas facile, on ne la peut traiter comme une aventure élégante sur un vaisseau de poésie charmante. J'y devais connaître la faim, la privation de tendresses quand le capitaine, pour en décharger un peu ses hommes, accumulait sur lui l'électricité des nuages. Une journée fut pire que toutes. Nous étions énervés par un orage qui n'éclatait pas. La tension fut même si forte que nous désirâmes que rien n'éclatât car ce n'eût pu être qu'une sorte de miracle terrifiant, la naissance d'un dieu ou d'une étoile, de la peste ou de la guerre. J'étais accroupi au pied du mât de perroquet quand le capitaine passa près de moi. Je savais son amour pour moi. Néanmoins, il me considéra d'un œil méchant où passa tout l'ennui, toute la détresse d'être humain. Il suffisait d'un rien pour qu'il me parlât. Il s'approcha de moi encore un peu, puis recula et dit sans effort son cri : « Oh ! les gars. » Sa voix résonna dans le calme oppressant. Les forbans accoururent. Nous fûmes en un clin d'œil entourés par cent cinquante gaillards dont le corps au soleil luisait de sueur. Oh ! certes, je fus intimidé par tant de robustesse, mais plus encore parce que m'était accordé l'honneur d'avoir sous les yeux un tel spectacle. Les mâles aux muscles mouvants s'accotaient familièrement épaule nue contre épaule nue, quelques-uns se tenaient par le cou, d'autres par la taille. Ils formaient un cercle ininterrompu de chair dure, bosselée, par où passait un courant assez puissant pour foudroyer l'imprudent qui eût osé toucher l'une des bornes de muscles de la pointe de son doigt. Le capitaine ne les voyait pas. Mais on sentait qu'il permettait à ses soldats de vivre sous ses yeux dans la plus nerveuse intimité. Il était toujours devant moi, debout. Ses cuisses bandaient sous la culotte, et si fort même qu'un muscle en fit crever l'étoffe. La déchirure laissa voir la chair d'un ambre si fin que je m'attendis à l'entendre chanter.

Ces sortes de scènes presque muettes me captivaient. Je les tirais de moi et, pourtant, les forbans étaient si réels que je souffrais dans ma chair, dans ma pitié et dans mon amour.

« La colère gonflait nos voiles. » Je redis cette expression souvent. Elle remonte peut-être de cette époque où, blotti dans mon hamac, j'étais une galère bourrée de mâles affolés.

Les galériens, je l'ai dit, ne s'enrichissaient jamais, pas plus qu'aucun de nous, pas plus que moi-même, et si j'éprouve un soulagement profond — malgré la déception qui, sans le masquer, l'accompagne — quand j'ai loupé un coup qui devait d'emblée m'enrichir, c'est peut-être que ce coup m'eût enlevé toute nécessité d'agir, de casser à nouveau (il faut que nos actes soient provoqués par la nécessité) mais aussi une nécessité soudaine m'eût permis de plus vastes opérations, et c'est ce que j'étais heureux d'éviter, car je sens qu'il n'est pas dans mon destin d'être un grand bandit. En le devenant, je fusse sorti de moi-même, c'est-à-dire des régions consolantes où je m'enfouis. J'habite un domaine petit et noir que j'emplis. Et d'être un bandit d'envergure n'est pas dans le destin d'aucun de nous car il exige ces qualités qui ne sont plus celles que formèrent Mettray et que nous cultivons en Centrale. La poésie des grands oiseaux de proie m'échappe. Les gangsters d'envergure n'ont aucune de ces blessures que subit notre enfance et qu'elle-même provoque. Ainsi Harcamone échouait-il, malgré sa hauteur.

226

Il fallait bien que Bulkaen fût le meilleur de moi-même pour que je me prive même de nourriture pour lui. J'eusse donné mes deux yeux pour qu'il m'aimât. Mais comprendra-t-on assez mon émotion quand un soir, m'entraînant dans l'escalier à la cinquième ou sixième marche, il passa un bras autour de mon cou et me dit en plein visage : « Tiens, mon pote... une bise. » Je voulus m'écarter, mais il colla sa bouche contre la mienne. Sous sa manche, je sentis le muscle du bras. A peine m'eut-il embrassé qu'il se rejeta contre le mur en disant : « J'suis marron, Jeannot. » Il avait aperçu, ou cru apercevoir, ou feint, un gâfe passer. Il redescendit les quelques marches en courant, partit à son atelier sans dire un mot, sans me serrer la main, sans se retourner. Je restai sous le choc de ce cri qui rappelait la voix de l'inspecteur Peyre : « Tiens, mon pote ! » Et cet autre pour se dégager : « J'suis marron. » Dans le danger, il n'avait pas songé à moi. Mais le lendemain, je recevais un autre coup. Caché derrière une file de détenus, je n'aurais pu le voir s'il ne se fût trouvé juste en face de la porte vitrée. Je voyais donc son dos mais aussi ses gestes devant lui. Il avait rejoint Rocky et il fit le geste de lui tendre la boule de pain que je venais de lui remettre un peu avant. Puis il parut se raviser. Il jeta autour de lui un rapide coup d'œil et, la tête baissée presque sous le bras, selon la façon sournoise qu'il avait souvent de faire des choses très simples — mais celle-ci ne l'était pas — il mordit dans la boule et sourit à Rocky en lui présentant le côté humide marqué de sa bouche et de ses dents. Rocky sourit au sourire de son ami, il prit le pain en vitesse, fit le même geste sournois, mordit une bouchée à l'endroit de la morsure et planqua la boule sous sa veste. Tous ces événements s'étaient déroulés dans les vitres de la porte. Si j'avais bondi pour corriger Bulkaen ou provoquer Rocky, c'était tout de suite le mitard. C'était perdre Bulkaen. Au côté droit, j'éprouvai comme un grand vide. M'arrangeant pour n'être pas vu des gâfes ni de Pierrot, je reculai dans la file des détenus et, toujours en douce, je regagnai l'atelier. Je compris pour la première fois de ma vie qu'ils ont raison les romanciers qui disent que leur héroïne, après une scène trop tendue, peut à peine se traîner.

Si j'ai rêvé d'une queue, ce fut toujours de celle d'Harcamone, invisible à la Colonie, dans son pantalon de treillis blanc. Or, cette queue, je l'appris plus tard par une de ces indiscrétions dont sont coutumiers les voyous, elle n'existait pas. La queue se confondait avec Harcamone ; ne souriant jamais il était lui-même la verge sévère, d'un mâle d'une force et d'une beauté surnaturelles. Je mis longtemps avant de savoir de qui. La vérité, c'est qu'Harcamone appartenait à un prince-forban qui avait entendu parler de nous. De sa galère, entre ses gueux cuivrés, c'est-à-dire, aussi, couverts d'ornements de cuivre, voguant et bandant loin d'ici, il nous avait envoyé son sexe superbe, aussi mal dissimulé sous les traits d'un jeune maçon que pouvait l'être l'assassin lui-même sous les traits d'une rose. Et voilà pourquoi je restais bouche bée quand il passait près de moi, ou quand le jour je pensais à lui ou elle, et la nuit au dortoir quand on voguait jusqu'à l'aurore, jusqu'à l'appel du clairon qui ouvrait sur nous la fenêtre du matin, annonçant pour tout le monde, sauf pour nous, le plus beau jour de l'été.

Ce que je conserve, inscrit dans mon œil, c'est la danse qu'exécutaient trois cents enfants aux attitudes bouleversantes. L'un soulève la ceinture de son froc avec ses deux mains à plat horizontalement, l'une devant, l'autre derrière. Un autre, les jambes écartées, est planté à la porte du réfectoire, une seule main dans la poche de son pantalon, relève un des côtés de sa petite blouse bleu ciel, ce genre de surplis raide, que les marles portent très court. Car il y a une mode. Cette mode est semblable dans le principe à celle des maquereaux et des casseurs, elle relève des mêmes commandements secrets. Les marles l'ont faite.

Elle n'avait pas été tirée d'une capricieuse et arbitraire décision. Une autorité plus forte que cela l'a faite : l'autorité du marle qui devait imposer son torse et ses cuisses et faisait retailler la vareuse et la culotte, accuser la sévérité du visage en s'enroulant très haut autour du cou une rigide et large cravate bleue. Le calot du dimanche était le béret du matelot et la bâche du marlou. Le pompon en était une rose qui faisait descendre encore cinq siècles à la Colonie jusqu'à l'époque où les marlous portaient rose et chapeau, à qui Villon disait :

> *Beaux enfants, vous perdez la plus*
> *Belle rose de vos chapeaux...*

On le mettait à la casseur, nous le savons. Cette Colonie était, au cœur fleuri de la France, de la plus haute fantaisie. Je parle de fantaisie et non de frivolité. Lorsqu'un enfant, pour la première fois, découvre la dentelle noire, un choc, une petite déchirure : la stupeur d'apprendre que la dentelle, le plus *léger* des *tissus,* peut être parure de deuil. Ainsi, comprenons avec ce pincement au cœur qu'il existe une fantaisie grave, une fantaisie austère, celle précisément qui régit les scènes qui s'écoulent de mes yeux jusqu'à la participation réelle, physique, à ces merveilles.

Tous les gars qui passent par Fontevrault doivent laisser leur signalement anthropométrique aux archives de la Centrale. On me fit donc sortir de la salle vers deux heures pour monter au greffe, afin d'être mesuré (les pieds, les mains, les doigts, le front, le nez) et photographié. Il neigeait un peu. Je traversai les cours et, quand je revins, il faisait presque nuit. En passant par le cloître, dans la porte de l'escalier qui conduit à la deuxième cour, je me cognai presque dans Harcamone qu'un garde conduisait au greffe pour je ne sais quelle formalité. Il avait la tête baissée. Il fit un petit saut à gauche pour éviter de marcher dans la neige, et il disparut.

Je rejoignis la salle.

Cette apparition me causa un choc d'autant plus violent qu'elle fut brève.

Je repris la marche des punis, scandée et glissante à la fois, mais tout en respirant dans le monde plus haut, butant l'air exhalé par la poitrine des assassins, la partie très logique de moi restait présente dans la salle de discipline et, en repassant devant Divers, je lui dis :

— Je l'ai vu.

Je ne pus distinguer la gueule qu'il fit, l'ayant déjà

dépassé, car j'avais été obligé de parler très vite à cause du surveillant.

La sévérité de la vie nous enfonçait en nous-mêmes d'où nous tirions parfois des gestes risibles, étranges aux yeux des gâfes et des dirlos. Enfin, nous y trouvions cette solitude dont la grandeur me fut révélée très tôt, à la faveur d'une accusation injuste.

Les supplices étaient hérissés d'angles douloureux : le « silo » des joyeux, le « tombeau » des sections de discipline, le quartier à Mettray, le « puits » à Belle-Île, la « salle » ici. Nous avons tous été travaillés par eux.

Je m'épuise à rechercher par quel procédé, par quel artifice je pourrais vous rendre le goût très particulier de certains instants de Mettray. Comment rendre sensible, compréhensible la — je dois dire saveur — la saveur des dimanches matin par exemple ? Je peux vous dire que nous descendions un peu plus tard du dortoir. Que ce matin avait été préparé par une veillée active où nous avions lissé, avec le dos d'une brosse, nos cravates, puis, en nous couchant, plus disposés à la fatigue puisque nous nous lèverions à sept heures, nous laissant aller à une sorte d'abandon à cette vie, nous étions moins tendus. Nous nous endormions sur l'espoir du dimanche, du repos, orné, chargé de cérémonies harassantes, familières et solennelles et, au lendemain, nous arrivions après avoir traversé, portés par des bras plus forts, plus sûrs, un sommeil confiant. C'était enfin une légère liberté après la semaine méthodique. Nous quittions le dortoir un peu comme nous voulions, suivant notre humeur ou nos amours. Je vous dirai encore que ce matin-là, le chef de famille remettait à Deloffre le rasoir et, sur un banc, dans le réfectoire, avant l'heure de la messe, Deloffre rasait les plus duveteux. Les autres, disponibles et stupéfaits de cette disponibilité, chaque semaine pourtant renouvelée, se promenaient dans la cour.

Cependant je suis sûr de n'avoir pas rendu le très particulier sentiment que j'éprouvais ce matin-là. Les cloches sonnaient, annonçant la messe. Un marle me rasait les joues et les caressait. J'avais seize ans, j'étais seul au monde, la Colonie était mon univers. Non, elle était l'Univers. La famille B était ma famille. Je descendais dans la vie. Je descendais ma vie avec, à côté de moi, sur la table, un morceau de journal couronné de la mousse du rasoir. Tout ce que je vous dis ne vous renseigne pas. J'en attends l'expression poétique. Ce sentiment était peut-être fait de mon abandon, de ma détresse et, en même temps, de mon bonheur d'être là. C'est surtout les dimanches matin que je ressens tout cela à la fois. Il arrive que maintenant un fait quelconque me remette sur sa trace, la nuit, par exemple, et si je me force à revivre Mettray, à revoir le détail des visages ou les particularités des colons, ou encore la vue de la mousse de savon à barbe sur un journal. Mais ce sentiment — ou son reflet — fulgure en moi. Je ne sais le faire demeurer. Qu'un jour j'y arrive, *saurez-vous* ce qu'était Mettray ? Mais je crois aussi difficile de le traduire que de vous donner en vous ce qu'est, pour moi, l'odeur de ma bouche. Toutefois vous dirai-je que les bannières blanches, les cèdres, la statue de la Sainte Vierge dans le mur de la famille E, tout cela n'était pas choses banales, comme on en peut rencontrer partout. C'étaient des signes.

Dans un poème, les mots habituels sont déplacés et replacés de telle sorte qu'à leur sens courant s'en ajoute un autre : la signification poétique. Chacune des choses, chacun des objets qui me reviennent à l'esprit, composaient un poème. A Mettray chaque objet était un signe qui voulait dire douleur.

Nous ne savions pas que les journées de prison étaient de pauvres journées, que les macs enfermés avaient des pâleurs maladives, qu'ils étaient boursouflés et malsains et que le plus jeune et le moins costaud des gâfes se faisait un jeu de les battre jusqu'à ce qu'ils demandassent grâce avec une humilité de chien affamé. Les prisons sont peuplées d'ombres qui vont de long en large dans la cellule, de la porte à la fenêtre, silencieuses, glissant plutôt que marchant, sur des chaussons de drap. Cet entassement de chambres hantées était comparable à des collections de journaux policiers. Aussi profondément que je feuillette sous les pages, c'est, comme en surimpression, une autre photo de criminel. Cela rappelle ces voix qui s'emboîtaient un soir, et dont j'ai parlé déjà. J'ai descendu, comme on dit, toutes les couches de l'abjection. Ici, de cellule en cellule, c'est pareil. Sans doute, il existe les surveillants, les avocats, les flics, mais ils sont là pour donner plus de signification à notre honte (et à sa splendeur) en lui opposant leur vie aimable et digne. J'ai tenu entre mes mains ces masses de papier, et mes doigts se crispaient sur elles. Je n'écris pas une phrase littéraire : mes doigts faisaient ce mouvement. C'était peut-être par désespoir que je les froissais, pour les réunir, pour n'en faire qu'un tas confus que j'aurais plus facilement avalé : pour l'abolir ou m'en communiquer les vertus. Bulkaen me parlant un jour de Clairvaux me dit : « Tu te rends compte, Jeannot, toute la journée on restait les bras croisés. Fallait pas dire un mot. Si t'avais le malheur de bouger la tête, le gâfe t'envoyait au prévôt. Le prévôt y te cassait les reins, c'était recta. Y a des mecs qui restent comme ça sans bouger, des années. Ceux-là, le gâfe y risque pas de les mitarder, tu les toucherais, y te répondraient pas. J'pense, Rocky y faisait la même chose que les autres, pauvre mec, y pensait... » Je comprenais qu'à travers les souvenirs de gestes ou de faits ou de paroles de Rocky, Bulkaen était parti, loin d'ici, à la recherche d'Hersir. Rares sont les marles qui ne se résignent pas. L'usure a raison des plus acharnés. A Fontevrault, il ne demeure plus en suspens qu'une amitié, une masse d'amitié, qui nous unit tous malgré nos haines particulières se signalant tout à coup par des cris ou des coups de tête. Comme elles, l'amitié la plus sourde se manifeste souvent par ces cris soudains qui ont la violence d'un sanglot.

Parlerai-je des soirs de Mettray pour vous en faire connaître la douceur monstrueuse ; à défaut d'autre chose, sachez qu'il y avait contre le mur de l'économat une glycine et un rosier qui mêlaient leurs fleurs et leurs odeurs. Vers cinq heures du soir, en été, un inceste végétal envoyait ses parfums sur une bande de gaillards de quinze à vingt ans qui, une main dans leur poche percée, se caressaient. Après souper, pour quelques minutes, nous sortions dans la cour, devant la famille, l'été. Et cette douceur dont je parle était causée peut-être par la brièveté du répit que l'on nous accordait. Nous avions trop peu de temps pour organiser un jeu (mais du reste ai-je jamais dit que

234

nous jouions ?). On ne jouait jamais. Toute notre activité avait des buts pratiques : confection d'un cirage plus brillant pour nos sabots, recherche dans la cour d'un silex pour le briquet. Nous déterrions alors le caillou d'un coup de talon. M. Guépin, s'il nous avait vus nous baisser et mettre quelque chose dans notre poche, accourait et, sans dire un mot, nous fouillait. Je pleurerais d'émotion au souvenir de ces cinquante grandes personnes qui nous gardaient, nous regardaient, ne nous comprenant jamais car elles jouaient avec foi leur rôle de tortionnaire. Et les trois cents gosses qui les roulaient ! Nous échangions des clops, tenions des conciliabules rapides en vue d'une évasion, et le tout s'accomplissait selon un mode grave. Ce jeu secret se déroulait tout au long de mon existence durant n'importe quelle occupation officielle, durant les travaux à l'atelier, au réfectoire, à la messe, durant la vie paisible et avouable et comme la doublant d'un envers satanique. Il se continuait encore à la pause de midi, où les gâfes et les personnages du Conseil d'administration et les visiteurs de marque croyaient que nous nous amusions à nous reposer. Mais que dire de la myopie des gâfes ? Le plus fin d'entre eux, c'était Gabillé, notre chef de famille. L'expression « faire un doigté » signifiait se laisser, par un marle, d'abord caresser les fesses, puis enfoncer le doigt (l'index) dans le derrière. Ce geste était un geste galant. Chez nous, il remplaçait le baiser au coin de la bouche des filles légères. A la longue, l'expression se transforma un peu. Et quand je dis à la longue, je ne sais à quel passé lointain je me réfère puisque la Colonie n'a que cent ans. Nous savions de naissance qu'un gars qui rayonne, c'est un gars qui reluit, qui jouit, et je vois encore là une preuve de l'origine fabuleuse et commune de ces enfants. Toutefois je m'étonne que notre jargon n'ait pas eu sa trame plus serrée. Peut-être était-ce parce que nous le tirions de nous un peu chaque jour. Mais ce que nous disions et pensions, je le sens maintenant, ne pourra jamais être traduit par la langue française. Voici l'expression transformée par un marle : « J'ai pris un doigté », c'était comme on dit : « Je lui dérobai un baiser. » Le doigté se prenait à table, dans la cour, sur les rangs, à la chapelle, partout enfin où, très rapidement, il pouvait être volé sans que le soupçonnassent les gâfes. Ils entendirent l'expression, elle volait de lèvre en lèvre. Et M. Gabillé l'entendit avant les autres gâfes, parce qu'il était plus agile. Or, un jour, au réfectoire, voulant se moquer gentiment de Villeroy qui avait les yeux cernés et les joues creuses, il lui dit en souriant :

— Tu t'es encore fait un doigté la nuit passée.

Il voulait dire que Villeroy s'était branlé. Le gosse comprit le sens habituel. Il bondit de sa table, écumant. Il fonça jusqu'à la chaise de Gabillé stupéfait et, l'ayant renversé, il lui martela les côtes, les reins, les dents, le front du talon ferré de ses galoches. On releva Gabillé et Villeroy, l'un mourant, et l'autre ivre mort. Voilà comment je perdis mon homme, car on l'emmena au quartier. A sa sortie, il changea de famille.

Je disais, quand j'ai entrepris cette digression, que pendant la pause de midi, nous continuions notre activité secrète et, comme nous étions, en principe, oisifs, cette activité se faisait plus sourde et brodait sur la cour un entrelacs très atténué, poli, de figures mystérieuses, et par des enfants chargés d'histoires.

Chacune de leurs histoires (celle de la main de Deloffre, celle du cœur de Villeroy) ne nous était pas connue avec une exacte précision mais, soit parce que son auteur en avait parlé à mots couverts, soit que lui-même arrivât, escorté et précédé d'une réputation qui s'était accumulée à la Petite Roquette, ces histoires avaient fini par se savoir, mais dans une forme assez vague, imprécise, car, je l'ai déjà dit, seule la gloire qu'il se créait ici était valable pour le colon, et comptaient pour peu les faits d'armes, les exploits même glorieux, surhumains, qui l'amenaient à la Colonie. J'excepte, bien entendu, Harcamone. Donc chaque histoire était connue sous une forme légendaire, avec des touches plus ou moins vives. On sentait qu'il y avait quelque chose autour de quelques enfants, confondus dans une aventure où une main couverte de bagues étreignait un cœur éperdu d'horreur.

Le soir, le temps nous manquait pour rien entreprendre, et nous goûtions sa douceur. On dit que les bateaux sont pris dans la glace ; nous étions pris dans une soudaine vacance. Le voisinage de la nuit dont nous étions cousins, les parfums, la profondeur de l'air peut-être agissaient-ils sur nous qui ne le savions pas. Nos gestes s'adoucissaient et nos voix. Nous étions déjà endormis du sommeil des hommes quand le clairon sonnait. Nous montions en rangs, et au pas, l'escalier conduisant au dortoir où, après quelques formalités encore accordées aux humains, notre vie de colon s'organisait. Colon était un de ces mots infâmes pour nous, que nous avions fait nôtre. Sinon inscrit en lettres d'or dans le marbre, nous l'avions vu graver sur les torses ou les bras de nos hommes, mais il restait tout de même infâme, nous le savions et nous nous trempions dans cette infamie distinguée. A la Colonie, pas plus qu'à la Centrale, le mot de malfaiteur n'a de sens. Qui l'y prononcerait se rendrait ridicule.

Fontevrault est plein de gestes de grâce. C'est le geste de Carletti qui casse des cigarettes et en glisse les bouts sous la porte du cachot pour un autre mac puni. Est pleine la Centrale, pour accomplir ces gestes, de durs faméliques, au visage trop blanc, idéalisé par la maigreur et la cagoule de toile blanche qu'ils doivent rabattre sur la figure, pour la promenade, et qu'ils portent sur leur tête rasée. On y entend ces arrogantes réponses :

Le garde : « Enlevez votre calot. »

Le mec carré, immobile : « Peux pas, chef.

— Pourquoi vous ne pouvez pas ?

— J'ai les mains dans les vagues. »

Sa voix, la méchanceté, l'arrogance, la dureté l'ont affinée. Comme la sévérité et l'ascétisme sèchent et font plus nerveux le corps et l'esprit, la mauvaise humeur a donné à la voix des durs une élégance de fouet. Elle cingle.

La Centrale contient d'autres gestes.

D'un jeune et de cent autres ce geste encore, qu'ils font derrière le dos des gâfes, et dont j'ai vu au cours des années la transformation s'accomplir, pareille à l'évolution de certains vocables d'argot. La main à plat frappe la cuisse, remontant à la braguette en faisant le mouvement de saisir la verge, comme pour pisser, geste qui devient celui-ci : la main, après avoir frappé la cuisse, remonte jusqu'à la bouche, toujours à plat, et fait le signe qui veut dire : « Jusque-là. »

Le geste méchant d'un gars qui sous la porte d'un rival détesté, mais trop costaud, très vite, glisse quelques poux et des punaises, ramassés sur lui-même la veille ou le matin, et qu'il pousse dans la cellule ennemie, en soufflant, rapidement accroupi.

Je me demande si tout cela est réel, tant c'est réel, et si la Centrale n'est pas une maison d'illusion.

Bulkaen excelle à ces jeux discrets.

Attiré vers les hommes (ceux qui disent : « Nous, les hommes, vous, les caves ») il se plaît à leurs façons. J'ai attendu chez lui les signes d'une évidente féminité grâce à quoi je l'eusse entièrement dominé. A la dérobée, je regardais son mouchoir, espérant bêtement le découvrir taché de sang par une hémorragie nasale, et mensuelle, dont sont atteints, dit-on, certains invertis. Ce sont leurs périodes. Or, plus j'examinais ce gosse, plus je lui trouvais un air brutal et parfois menaçant malgré son sourire. Générale-ment, à cause de son audace, de son allure décidée, de son joli visage, les macs lui portaient une amitié indulgente. Malgré son peu de poids, ils lui passaient la touche. Il se mêlait à leur groupe d'où ils ne le repoussaient pas. L'un d'eux aurait pu le prendre sous son autorité et le faire travailler à ses casses, avec des bénéfices intéressants, pour lui donner son amitié, mais je lui dis :

— De toute façon, l'amitié qu'il aura pour toi, s'il s'y mêle de la tendresse, elle ne contrebalancera pas son amour pour une femme. Un jour ou l'autre, il te sacrifiera. Et toi, tu ne seras jamais comblé dans ton amour pour lui.

239

Il comprenait cela, mais il le comprenait à la réflexion, en y pensant. Il savait que je disais juste et que mon amour à moi serait plus dévoué, mais il m'abandonnait déjà, oubliant mon amour qui ne le comblerait pas et, transporté par son admiration pour eux, il courait vers les hommes. Je n'osais lui en faire de reproches. D'autre part, j'étais troublé par son attitude avec les durs et, plus encore, par son attitude avec Rocky. Alors qu'ils étaient encore amis, jamais ils ne se touchaient. Il n'était pas d'attitude plus digne. Ce n'était pas hypocrisie car on distinguait qu'ils étaient amis à des signes comme ceux-ci : ils se servaient du même linge, du même couteau, ils buvaient au même quart, l'un disait à l'autre quelquefois : « T'as qu'à lui écrire, toi ! » Et l'on devinait qu'ils avaient le même ami ou la même femme. Mais jamais ils ne livrèrent leur amour autrement qu'en livrant leur amitié.

Je vis Bulkaen un matin dans le coin d'un couloir. Il était, comme toujours, dans un groupe de marles entourant les anciens bagnards. Je m'approchai. J'allais discrètement lui toucher l'épaule et lui faire signe de venir quand je fus frappé par le sens de la conversation, en même temps que je remarquai qu'il laissait Botchako s'appuyer à son épaule. L'un des forçats était évadé du bagne et, après qu'on l'eut repris, il attendait à Fontevrault d'être emmené à Saint-Martin-de-Ré, l'autre était de passage aussi. Ce dernier s'était accusé d'une nouvelle affaire en France afin d'être ramené pour le jugement et c'est lui qui donnait au premier des nouvelles du bagne. J'entendis prononcer familièrement les noms de : Mestorino, Barataud, Guy Davin... d'autres. Je demeurai saisi. Ces deux hommes parlaient sans emphase, comme de camarades tantôt aimés, tantôt haïs, de tous les princes du crime à qui les journaux firent un nom immense. Ils parlaient d'eux simplement et je fus émerveillé comme on devait l'être lorsqu'on pouvait entendre Murat tutoyer Napoléon. Les deux forçats employaient, avec un naturel horrible, un langage qui nous paraissait aussi étrange que la végétation de la brousse, né d'elle peut-être. On sentait que ces mots remontaient d'une région lointaine, comme les renvois d'un estomac. Ils parlaient un argot de l'argot, et ils ne paraissaient pas s'émouvoir de la présence d'Harcamone. Le bagne avait sans doute un assassin mille fois plus puissant. Je restai à les écouter. Je pris une attitude détachée, mes mains dans mes poches afin qu'en se retournant Bulkaen ne devinât rien de mon trouble. Mais quand on signala l'approche d'un gâfe et que le groupe se défit, Bulkaen était sous un tel charme qu'il ne parut même pas sentir que Botchako se détachait de son épaule, le libérait et il fallut que je le touchasse. Il remonta tout d'un coup de l'autre monde. Son regard trembla en me voyant et il me dit :

— Oh, Jean, tu étais là. Je ne t'avais pas vu.

— Tu le vois bien. Y a une heure que je te zieute.

Il partit, à peine alourdi par mon reproche, vers les jeux et les gestes des durs.

Je ne savais avec netteté que penser des avances que me faisaient les marles, amis de Pierrot. Toutefois je redoutais un guet-apens, que lui-même peutêtre désirait pour ma confusion. Je résolus de répondre à leurs sourires par une impertinence. Voici ce qu'elle fut. Botchako se trouvait avec quelques autres marles au sommet de l'escalier. J'arrivais du dortoir et je m'apprêtais à descendre quand il vint à moi la main ouverte, dissimulant dans sa coquille renversée un mégot allumé.

— Tiens, mon pote, prends la touche, dit-il.

Et il me tendit le clop avec son sourire. Visiblement il m'accordait le privilège de passer avant les autres marles qui attendaient leur tour de tirer. Visiblement encore, il me faisait une avance polie pour laquelle la politesse seule déjà m'obligeait à montrer quelque égard, mais je pris un air indifférent à l'honneur qu'on me faisait, toutefois, je tendis la main et je dis :

— Si tu veux.

Je me vis sur le point d'être obligé de prendre le mégot et de tirer mais je reconnus tout à coup, à deux pas, un mec, un mac rencontré autrefois à Fresnes. Je retirai ma main portée dans la direction de Botchako, et je la tendis au mac, en même temps que je m'étonnais bruyamment et montrais mon plaisir de le revoir. Comme il était en marche pour descendre, je descendis tout naturellement avec lui, feignant d'oublier l'hommage de la touche, puis, songeant que mon geste pouvait paraître une insolence trop préméditée et perdrait ainsi l'essentiel du mépris que j'y voulais mettre, à la troisième marche je pris l'air de celui qui, soudain, vient de commettre un oubli ; je me retournai, esquissai le mouvement de remonter. Les macs me regardaient. Voyant que Botchako se trouvait de profil par rapport à moi, je devinai son visage enténébré par la honte. Je pressentis que la gentillesse de cette brute était torturée, et qu'elle s'embrouillait dans une histoire confuse où je paraissais, disparaissais, aussi dédaigneux qu'une actrice. Il était blessé encore parce que j'étais un casseur, un mec qui s'opposait aux macs ; j'aurais dû être avec lui, et je descendais en riant avec un jeune maquereau. Je fis la moue et, de la main, le geste vague que l'on fait en renonçant à une chose négligeable, et je descendis. Ainsi mon geste ne parut pas calculé, et mon mépris pour ces avances par d'autres recherchées quelquefois bassement, troublèrent fort Botchako. J'entendis encore sa voix dire, au gars le plus proche de lui, tremblante et douce :

— Tire, Milou.

L'instant fut pour moi triomphal et je descendis, emporté par une soudaine amitié pour ce mac redouté à Fresnes et que le destin prévoyant avait fait s'avancer pour donner à ma sortie la grâce et l'éclat.

Au réveil, le clairon de service ouvrait la fenêtre, et, encore en chemise et les yeux éblouis, un pied sur le rebord, d'un tragique hurlement, il remettait en marche le soleil. Il relevait les murs écroulés d'une cité méchante. Mais tout m'est doux, Colonie, qui me vient de toi, et qui me permet une phrase évoquant la poitrine de Bulkaen s'ouvrant à deux battants pour m'y faire voir au soleil les rouages délicats d'un mécanisme mortel. Des souvenirs que j'ai, les plus tristes sont joyeux. Les enterrements furent des fêtes, et je n'en sais pas de plus belles que les funérailles que nous accordâmes à Rigaux et à Rey. Aux deux plus grands ennemis, il devait être donné d'avoir des honneurs funèbres le même jour, d'être confondus dans une unique cérémonie. Cette double cérémonie m'indique qu'il est peut-être temps que j'évoque le mystère du double.

Il y avait deux frères aînés à la famille C. Voici donc que se représente à moi l'étrangeté de l'exception prestigieuse. Seule, la famille C avait des frères aînés, et cette double souveraineté fraternelle est aussi troublante pour moi que l'empire russe gouverné par deux tsars enfants, aussi troublante enfin que la double mort de Rigaux et de Rey et la cérémonie qui, tenant plus du mariage que de l'enterrement, les unit pour le ciel.

Je pressentais à l'intérieur de la famille des luttes, des tragédies de palais, entre les deux enfants couronnés, des rivalités qui eussent pu aller, elles aussi, jusqu'à la mort. Il s'agissait de deux très beaux garçons. Les deux frégates — ou emmâtés, car les frères aînés des familles C et D étaient toujours giron d'un marle des familles A ou B — commandaient au petit peuple de minos, lui distribuant des gnons, des gifles, des coups de pied, des insultes, des crachats et, parfois, d'inattendues gentillesses. Ils ne gouvernaient pas à tour de rôle, ni sur une moitié déterminée du domaine. Leur gouvernement s'entremêlait, se complétait, l'un détruisant souvent ce que l'autre ordonnait, mais malgré leur opposition, il est impossible que, mêlés l'un à l'autre par leur lutte même, ils ne se soient finalement rencontrés dans une région absurde, par-delà les accords et les désaccords, pour s'y aimer. Ces deux cœurs dormants régnaient endormis et s'adoraient derrière le mur épais de leur sommeil. Ainsi s'aiment les guerriers morts qui s'entre-tuèrent.

Pour l'enterrement, il pleuvait. La boue du petit cimetière salit nos galoches noires. Notre monde tire un parti souvent de l'impolitesse brutale. Il était courant, à Mettray, qu'une bouche d'enfant prononçât : « Va te faire dorer par les Grecs » et, le soir, à Fontevrault, j'ai dit comment se terminent souvent les quelques minutes où nous ouvrons nos fenêtres. Sur un mot, quelqu'un part :

— Et moi, j't'encule !

— T'encules les fesses de mon nœud, salope !

— Ton nœud n'a jamais eu de fesses. C'est tes fesses qu'ont un nœud.

Et le dernier interpellé peut se taire, un pote répondra pour lui :

— Va te faire ramoner la turbine à chocolat.

Et puis :

— Va te faire mettre un doigt dans l'œil de Gabès.

Je ne cherche, en les citant, à orner mon livre de pittoresque, mais ces jurons, on les hurle avec d'autres et, dans la nuit, ils sont pour moi l'appel ardent mais violent des détenus insatisfaits, et qui s'enlisent, en les prononçant, de plus en plus dans des régions qui ne sont pas infernales (car le mot n'a de sens que s'il est outré, non pris avec exactitude), mais encore soumises aux lois physiques et morales du début du monde. Chacun a choisi (non délibérément, mais d'une façon obscure) une phrase qui revient dans sa bouche avec plus d'insistance, et cette phrase, ou formule, lui tient lieu de devise. Elle joue le rôle des tatouages sur la peau des marles de Mettray et d'ici.

Il ne semble pas que les noblesses romaine, hindoue ou franque d'avant environ l'an mille aient bénéficié d'un prestige religieux, plus et autre que religieux, pareil à celui dont bénéficie la noblesse écroulée, et j'en vois la raison dans l'établissement des armoiries. Ce n'est pas à moi d'étudier l'origine des emblèmes, animaux, plantes, objets, mais je sens que les seigneurs qui étaient d'abord des chefs militaires, disparurent sous l'écu qui était un signe, un symbole. L'élite qu'ils formaient fut tout à coup projetée dans une région sublime, contre un ciel abstrait où elle s'écrivit. Elle devint, d'être signifiée, écrite, la noblesse. Et plus les signes qui l'écrivaient étaient mystérieux, plus elle inquiétait, obligeant le manant — et le noble dépassé par elle — à lui chercher une signification lointaine. Ainsi les tatouages sacrèrent les marles. Quand un signe, même simple, fut gravé sur leurs bras, en même temps, ils se hissèrent sur un socle et s'enfoncèrent dans une nuit lointaine, dangereuse, comme l'est toute nuit. Quand le seigneur réapparut, humain fragile, derrière l'écu alourdi d'un symbole, il était chargé du sens obscur du symbole et dangereux comme le sont tous les habitants de la nuit, les habitants des rêves. Les rêves sont peuplés de personnages, d'animaux, de plantes, d'objets, qui sont des symboles. Chacun est puissant et, quand celui qui l'a suscité se substitue au symbole, il profite de cette puissance mystérieuse. La puissance du signe, c'est la puissance du rêve, et c'est dans le rêve aussi que le national-socialisme a été rechercher, par la grâce d'un explorateur des ténèbres, la croix gammée.

D'autres faits, en nous singularisant, nous isolaient encore.

Nous avions notre petit cimetière à nous, familier, secret, où dormaient nos anciens. Avant qu'on ne les y conduisît, les cercueils des deux enfants furent disposés dans un catafalque très simple, dépouillé, et

246

ce dépouillement, qui était celui des corbillards des grands hommes orgueilleux, conférait aux petits morts la noblesse des sages.

Sous les ifs étaient rangées les tombes des colons morts à l'infirmerie, et, contre le mur et mieux abritées, étaient celles de religieuses et d'aumôniers claqués de leur belle mort. Enfin, au bout du cimetière, dans deux chapelles, les caveaux des fondateurs : M. Demetz et le baron de Courteille reposant « parmi ces enfants qu'ils ont tant aimés », ainsi qu'il est écrit sur le marbre noir dans la chapelle. Nous avions été choisis une dizaine pour escorter Rey et Rigaux. J'étais avec Villeroy. Tout au souci de notre amour, nous étions un couple uni menant en terre un couple mort, tout comme un peu après, je devais accompagner la dépouille de Stoklay, et dix ans plus tard, en pensée, unie à celle de Botchako, celle de Bulkaen, et plus tard encore celle de Pilorge.

Que m'était Stoklay ? Outre les nombreuses galanteries qu'il ne se hasardait à m'accorder qu'en sachant Villeroy assez à l'écart, nous eûmes deux fois nos vies croisées. Je voulus un jour m'évader. Était-ce bien parce que j'étais malheureux et désespéré ? Mais la violence qui m'anime quand mon désespoir est trop grand me ferait chercher aujourd'hui d'autres moyens de fuite. Et je me demande si ma condamnation à la Relègue ne me fera pas les trouver. J'ai déjà dit le goût — j'insiste sur le mot goût, car j'éprouvais une sensation dans la bouche, au sommet du palais — le goût funèbre des mots : « Instruction de la Relègue », et il me vient, pour que l'on comprenne mieux mon désespoir, d'écrire que j'étais semblable au lépreux vivant qui s'entend sous la cagoule, un cierge à la main, chanter l'office des morts, le *libera me*. Mais le désespoir vous fait sortir de vous-même (je pèse mes mots). Il était si profond que, pour vivre (continuer à vivre étant la grande affaire), mon imagination d'abord, la première, m'organisa un refuge dans ma chute même, et me créa une vie très belle. L'imagination allant vite, cela se fit rapidement. Elle m'entoura d'une foule d'aventures destinées peut-être à adoucir ma rencontre avec le fond de ce précipice — car je croyais qu'il avait un fond, mais le désespoir n'en a pas — et, au fur et à mesure que je tombais, la vitesse de chute accélérait mon activité cérébrale, mon imagination inlassable tissait. Elle tissait d'autres aventures et de nouvelles encore, et toujours plus vite. Enfin emportée, exaltée par la violence, il me parut à plusieurs reprises qu'elle n'était plus l'imagination mais une autre faculté, plus haute, une faculté salvatrice. Toutes les aventures inventées et splendides, de plus en plus prenaient une sorte de consistance dans le monde physique. Elles appartenaient au monde de la matière, pas ici toutefois, mais je pressentais qu'elles existaient quelque part. Ce n'est pas moi qui les vivais. Elles vivaient ailleurs et sans moi. Avide, en quelque sorte, cette faculté nouvelle, surgie de l'imagination mais plus haute qu'elle, me les montrait, me les préparait, les organisait, toutes prêtes à me recevoir. Il suffisait de peu de chose pour que je quitte l'aventure désastreuse que vivait mon corps, que je quitte mon corps (j'ai donc eu raison de dire que le désespoir fait sortir de soi-même) et me projette dans ces autres aventures consolantes qui se déroulaient parallèlement à la pauvre mienne. Ai-je été, grâce à une peur immense, sur le chemin miraculeux des secrets de l'Inde ?

Enfant, je m'enfuis à la course de Mettray. Je ne sais plus ce qui me commanda un après-midi de dimanche de rompre le cercle enchanté des fleurs, de lâcher mes sabots et de voler à travers la campagne. Passés les lauriers, le terrain était en pente. Je dévalai, comme on roule, les prés et les bosquets, instinctivement choisissant les limites des champs où, plus qu'ailleurs, ma silhouette avait des chances de se confondre. Je sentais, je pressentais que j'étais poursuivi. La rivière m'arrêta un moment, le temps que je m'aperçoive que j'avais perdu mon haleine. J'entendis des pas. Je voulus repartir le long de la rive, mais j'étais sans souffle. Je crois que mes vêtements blanchirent d'effroi. J'entrai dans l'eau et c'est là que, sans y entrer lui-même, Stoklay me reprit. Il allongea le bras. Je ne sais si je fus saisi par l'eau ou par l'enfant voleur d'enfant, mais je me rappelle ma joie d'être repris. La liberté que je conquérais — et déjà conquise durant ma course, puisque ma course était le premier acte libre — la liberté était une chose trop grave pour un gosse habitué aux soumissions. Je fus reconnaissant à Stoklay de m'arrêter (ici, je suis tenté de dire que ce même bonheur, je l'éprouve encore quand un policier m'arrête, et peut-être ne suis-je heureux que par le rappel inconscient de cette scène d'enfance). Classiquement, sa main se posa sur mon épaule. Je faillis m'affaisser dans l'eau de peur et d'amour. De peur, car m'apparut dans une lumière blanche, la monstruosité de l'acte que j'avais osé : ma fuite, vrai péché mortel, d'un ciel clandestin.

Enfin, je revins à moi. Et la haine à son tour prit possession de moi. Stoklay fut très bien. Il me dit que le père Guépin l'avait obligé à courir après moi ; bref, il donna de très nobles raisons alors que la seule bonne, il l'oubliait, par pudeur peut-être, car il se connaissait : c'était qu'étant fort et beau, porteur d'un nom qui rappelait de si près celui de Soclay, l'assassin de la fillette Marescot, il avait droit aux pires infamies ou, plutôt, il devait savoir que chez lui, les infamies tournaient en actes de héros et ceci fut obscurément compris des marles qui, forts de leur pouvoir, plutôt que renier l'un des plus beaux d'entre eux, ne lui tinrent pas rigueur de m'avoir ramené et s'arrogèrent le droit, à eux-mêmes, de vendre aux gâfes les girons et les cloches.

Stoklay me serrait le bras en me reconduisant à la Colonie, et je me voyais, à côté de lui, comme une évadée du sérail qu'un guerrier ramène. A la faveur d'un bosquet, quand nous fûmes enfin sur le petit chemin de la Colonie, il me regarda, avec sa main droite tourna ma tête vers la sienne, mais je sentis mon visage se couvrir d'une si hautaine solitude qu'il fit s'enfuir Stoklay, c'est-à-dire que ce qui était lui-même recula, quitta les bords de cette forme : son corps, quitta sa bouche, ses yeux, le bout de ses doigts et, plus vite que l'électricité, se retira par des replis profonds, lents, détournés, jusqu'à sans doute la chambre secrète de son cœur. Je restai en face d'une morte qui me regardait. Or, ma vengeance alla plus loin que moi. Pour sortir de sa léthargie, il éclata de rire, puis, par un mouvement du bras, il me fit passer devant lui. Dans ses mains, il me saisit aux épaules et, d'un coup de reins, d'un seul coup puissant, en riant toujours, il fit le simulacre de m'enfiler en marchant. Je fus projeté par son mouvement d'acier à trois mètres en avant. Je continuai seul ma route, devant lui, tout droit devant moi, et je rentrai ainsi à la Colonie, renvoyé d'un coup de queue. Directement, j'allai au quartier. Mais mon pantalon étant mouillé, il laissa sur celui de Stoklay une large tache humide qui, dénonçant une faute qu'il n'avait que désirée, suffit à le faire enfermer en cellule. Il eût très facilement pu se défendre en me faisant interroger, encore qu'on ne sache jamais comment se dirigeront les interrogatoires des directeurs de pénitenciers. Le directeur de Mettray n'était pas plus sot que celui de Fontevrault qui, pourtant, s'égarait dans les simples complications des aventures des détenus quand ils ont la pureté d'Harcamone.

Stoklay, incertain de ma réponse peut-être, si l'on faisait appel à mon pauvre témoignage, refusa de se défendre, et peut-être aussi fut-ce par vanité, afin d'être enfermé pour avoir baisé un jeunot. Il croyait à son tour se venger de moi en me compromettant. Il sortit de cellule pour faire le peloton quelques jours avant ma libération du quartier (les marles punis allaient en cellule où ils dormaient sur le plancher, et les autres gosses, toute la journée, en cadence tournaient autour de la cour : c'était le peloton). Le régime cellulaire, masturbation comprise, l'avait claqué. Maigre, pâle, il ne tenait plus debout. Il mendiait aux clodos une croûte ou un reste de bouillon. Qu'on n'en rie pas, je vois chaque jour la faim susciter d'autres lâchetés tout aussi belles, des humiliations auprès desquelles celle-ci n'est rien. Il se battit un jour avec Bertrand, maigre et faible comme lui. Et nous assistâmes à une bataille terrible et ridicule. Sous nos yeux, ils se portèrent des coups, aussi doux que des caresses. C'était une lutte tournée au ralenti, avec quelquefois, de part et d'autre, un sursaut de violence qui ne s'achevait pas. Les yeux seuls avaient leur force. C'était encore l'été. Les deux enfants se roulaient délicatement dans la poussière. Ils se savaient ridicules à nos yeux (car moins libres de nos mains pendant le jour, nous n'avions que nos nuits pour nous épuiser, mais quelles nuits sur nos planches dures !). Ils en souffraient et continuaient leur lutte. C'étaient des fantômes qui se déchiraient de haut en bas et par le déchirement de qui l'on apercevait l'imprécise et pourtant très nette vision des mystères de la mort. Je n'ose encore évoquer trop précisément les tortures de la faim et les magies qu'elle provoque. J'ai tant souffert par elle et vu souffrir mes amis que, sans les choisir exprès, s'ils ne la hurlent pas, mes mots vont soupirer ma détresse.

Au quartier, le frère aîné d'alors était Piug, un costaud magnifique sur qui les privations ne mordaient pas. D'un coup de pied et d'un sourire, il les sépara. Les deux tronçons s'en furent d'un côté et de l'autre, heureux d'être délivrés d'eux-mêmes. Pour moi, le tronçon Stoklay resta toujours saisi du très noble ridicule de l'épuisement physique. Quelques jours après ma sortie du quartier, il entrait à l'infirmerie pour y mourir. Le Très-Haut voulut encore que je fusse désigné pour aller au cimetière. Je devais, jusqu'au bout, conduire à la mort Stoklay. Le directeur vint jusqu'à l'église. A Mettray, personne n'a plus de parents. Nous jetâmes quelques gouttes d'eau bénite sur la tombe et, avec les autres colons, je sortis. C'est au retour que j'entendis Villeroy, Morvan et Mono parler d'évasion. Métayer, qui était près d'eux, les entendit sans doute aussi. Ils s'écartèrent de ce fils de roi dont le visage triste, taché de rousseur, les inquiétait. Ils s'enfuirent cette même nuit.

Il n'est pas douteux qu'à l'intérieur de chaque cellule aujourd'hui, les plus jeunes détenus ne rêvent du destin d'Harcamone. Toutes leurs pensées lui sont dédiées, et c'est encore cette part de Bulkaen que je perds. Harcamone s'est revêtu de la majesté de la victime et de la brutale beauté du guerrier. Donc, à l'intérieur même de Fontevrault, ce phénomène de la fécondation des mouflets par les grands chargés de crimes comme d'autant d'insignes prestigieux se répète, mais non avec une exacte ressemblance, car cette fois les gosses ne rêvent pas d'être Harcamone — si ce n'est aux séances d'assises — et non plus de l'imiter. Ils admirent son destin terrible et ils sont prêts à n'importe quel acte d'humilité en face de lui. La présence au milieu d'eux, dans la forteresse, de l'assassin condamné, les trouble d'un trouble assez vague, sans destination, alors que Mettray, troublé aussi, mais peut-être moins profondément, osait l'acte de vouloir devenir Fontevrault. J'espérais que les marles d'alors pensaient à nous qui ne vivions que pour eux et selon leur code. J'espérais que chacun d'eux était beau et qu'il s'était choisi un colon pour l'aimer secrètement, inventer des amours aux formes curieuses et, de loin, veiller sur lui. Il m'arrive de parler de la Colonie en disant : « La vieille », puis « la sévère ». Ces deux expressions n'eurent sans doute pas suffi à me la faire confondre avec une femme mais, outre que déjà elles qualifient habituellement les mères, elles me vinrent, à propos de la Colonie, alors que j'étais las de ma solitude d'enfant perdu et que mon âme appelait une mère. Et tout ce qui n'est qu'aux femmes : tendresse, relents un peu nauséabonds de la bouche entrouverte, sein profond que la houle soulève, corrections inattendues, enfin tout ce qui fait que la mère est la mère (en écrivant cela, l'idée de l'aumônier s'impose à mon souvenir. Dans toutes ses phrases, il employait le « si », expression d'un soupir et habituel à la conversation et à la littérature féminines : « On se sentait *si* heureux... » « Je fus soudain *si* loin de tout... » On voit la masse de la poitrine des femmes se soulever et retomber, ainsi le ventre du prêtre se gonflait. Tous ses gestes partaient de sa poitrine, ses mains y venant et venant d'elle sans cesse, si bien qu'on se demandait s'ils étaient provoqués par une charité qui avait sa source dans son cœur ou bien si sa poitrine était la partie la plus importante de son corps). Je chargeai la Colonie de tous ces ridicules et troublants attributs du sexe, jusqu'à ce que, dans mon esprit, elle se présentât non sous l'image physique d'une femme, mais qu'entre elle et moi s'établît une union d'âme à âme qui n'existe qu'entre mère et fils et que mon âme impossible à tromper reconnaît. J'arrivai à lui adresser des invocations. Je l'implorai de revivre à mon souvenir. Ce fut l'époque mystique. Cette divinité dormait encore dans un sommeil solennel et lointain, dans les limbes. Peu à peu, les voiles tombèrent d'elle. La mère se précisa. En cellule, je retrouvais pour de bon son sein qui palpitait et, avec elle, j'engageai de vrais dialogues et peut-être ces avatars qui faisaient de Mettray ma mère aggravèrent-ils du sentiment d'inceste l'amour que je portais à Divers, sorti du même sein que moi.

Il m'apparaissait de plus en plus fabuleux. Tout de lui me surprend encore et m'enchante. Il n'est pas jusqu'à ce mot : diversité, qui ne me paraisse né de lui, comme l'achillée, ou plante d'Achille, est née du guerrier qui en soigna son talon. Divers disait souvent : « Mes couilles » simplement. Il le disait à la place de : « Quelle connerie. » Son visage était dur. Quand je l'embrassai pour la première fois, le soir de notre noce (car bien que Villeroy eût quitté la famille, il veillait sur moi et, souvent, quand nous nous rencontrions derrière les lauriers, il m'apportait une part de fromage de cantine), quand je l'embrassai pour la première fois, en même temps que l'ivresse de l'intimité, avec un si beau visage se continuant par un corps si beau, de mâle si raide, je connus l'impossibilité de la communion. Cette tête était dure comme une tête de marbre. Elle engourdissait vos poignets. Et froide. Il ne palpitait pas. Aucune faille, fente, ne laissait sortir une idée, un émoi. Il n'était pas poreux. Certains sont poreux. Une buée en émane qui vous pénètre. Le visage de Divers était moins méchant qu'étrange. Ce n'est qu'en l'embrassant que je le reconnais un peu, qu'il me semblait le voir se présenter sous un aspect nouveau et troublant, ouvrant des perspectives inconnues. J'éprouvai cette émotion lorsque je découpai, dans un journal policier, la photographie de Pilorge. Mes ciseaux suivaient lentement la ligne du visage et cette lenteur m'obligeait à distinguer les détails, le grain de la peau, l'ombre du nez sur la joue. D'un point de vue neuf, j'apercevais ce visage chéri. Puis, devant le tourner de haut en bas pour les facilités du découpage, il me composa soudain un paysage montagneux, d'un relief lunaire, plus désert et désolé qu'un paysage du Tibet. J'avançais sur la ligne du front, je tournais un peu et, soudain, avec la rapidité d'une locomotive emballée, fonçaient sur moi des perspectives d'ombres, des gouffres de douleur. Je dus m'y reprendre à plusieurs fois pour achever mon travail tant étaient épais les soupirs qui, venant de très loin, arrivaient à ma gorge pour la boucher. Les deux lames des ciseaux restaient ouvertes, n'osant aller plus loin dans le papier, si beau le coup d'œil que j'avais sur certaine paupière. Je ne voulais pas finir trop vite. J'étais abandonné dans une gorge ou sur un pic, saisi par la découverte d'un visage d'assassin. Je caressais ainsi une dernière fois cet insolent gamin, comme on caresse un mot, en croyant le posséder. C'est ainsi, en les prenant à l'improviste, en les abordant par des chemins inhabituels qu'on découvre l'extraordinaire composition des visages et des attitudes, et certaines vertus de Bulkaen me furent révélées tout aussi accidentellement. En me disant, et c'était le dixième jour de notre rencontre, dans l'escalier, tandis qu'il prenait ma bouche :

— Une bise, Jeannot, rien qu'une.

Bulkaen m'avait ouvert la porte du cœur de René Rocky. J'avais l'habitude d'appeler bécot un baiser, Bulkaen avait dit : « Une bise. » Le langage érotique, celui dont on se sert pendant les jeux amoureux, étant une sorte de sécrétion, un suc concentré qui ne sort des lèvres qu'aux instants de la plus intense émotion, de la plainte, étant si l'on veut l'expression essentielle de la passion, chaque couple d'amants a son langage très particulier, chargé d'un parfum, d'une odeur *sui generis*, qui n'appartient qu'à ce couple. En me disant : « Une bise », Bulkaen continuait à sécréter le suc propre au couple qu'il formait avec Rocky. Un corps étranger parce que nouveau et insoupçonné pénétrait dans mon amour pour Bulkaen, mais en même temps, par ce mot, j'étais mis en rapport avec l'intimité du couple Bulkaen-Rocky. « Une bise », c'étaient les mots qu'ils se murmuraient au lit ou dans les détours des couloirs, et peut-être dans cet escalier. « Une bise », c'est ce qui survivait de leur amour détruit. C'était l'odeur qui s'en échappait après qu'il fut mort. C'est l'odeur même de l'haleine, et surtout de l'haleine de Bulkaen, se mêlant à la mienne. De ce mot qui m'était destiné, et de ceux qui l'accompagnaient, Rocky l'avait grisé, et tous les deux s'en étaient grisés certainement jusqu'au vertige. J'apprenais tout à coup que Bulkaen avait mené une vie amoureuse aussi profonde que la mienne, avec un passé assez chargé pour que lui vienne à la gorge un mot, et peut-être un geste à la main, qui se font ou se disent quand on est deux et qu'on s'aime selon les rites secrets d'un amour profond. J'entrais dans l'amitié de Rocky, en veillant sur la fidélité de Bulkaen à moi-même, et c'est sur sa fidélité à Rocky que je veillais aussi.

Sollicité secrètement, le hasard ne se fit pas attendre. Quand je remontais un midi, le neuvième de notre rencontre, de l'atelier, je déchirai un de mes chaussons et je m'accroupis pour le réparer, laissant ainsi tout l'atelier sortir et passer devant moi. Un gâfe resta avec moi, en arrière, mais quand j'eus fini, en me relevant, je me trouvai au niveau de l'atelier de Bulkaen, qui sortait. Bulkaen marchait le deuxième, le premier était Lou. L'un et l'autre, comme tout l'atelier, avaient les mains à plat dans la ceinture, sur le ventre, et Lou mit sa main droite devant ses yeux, à cause de la lumière. Bulkaen fit le même geste mais, tandis que Lou posait à plat sa main sur son front et l'y laissait, Bulkaen la passa lentement sur son crâne tondu, il la fit redescendre sur son front et l'y laissa, c'est alors qu'avec un synchronisme parfait, Lou continua sur lui ce geste commencé sur le front de Bulkaen, il fit descendre sa main sur ses yeux et lentement il la remit dans la ceinture de son froc, et Bulkaen, avec un léger temps de retard, fit ce geste également sur lui-même, mais avec un peu plus de vivacité, si bien que sa main fut à sa ceinture en même temps qu'arrivait à la sienne celle de Lou. Simultanément, ils relevèrent leur pantalon. Sans ma jalousie, j'eusse été déjà fort troublé par deux détenus, l'un suivant l'autre, et qui semblaient s'entendre secrètement pour se partager un geste aussi simple que celui qu'ils venaient d'accomplir, mais mon excitation de ces quelques jours me fit hausser l'événement à une échelle fabuleuse. Sans avoir l'air de les remarquer, je rejoignis au réfectoire mon atelier. Je me sentais à la porte de Bulkaen puisque je n'avais pas eu le temps ni la place d'insérer dans les connexions de leur mouvement, l'intention même de l'un des miens. Il fallait que j'entre en lui à tout prix.

Divers au moins, mieux que Pilorge mort, pouvait défendre son visage et les reflets de son cœur. C'est peut-être aussi cette défense qui le faisait trembler, bouger. La crainte continuelle où Divers vivait, était une crainte très dissimulée, sous des dehors de franchise, d'audace, enfouie au plus profond de son être. Parfois, elle affleurait jusqu'à la surface qu'elle vidait. Mais, toujours, cette crainte sourde, profonde, faisait comme prisonnier très légèrement Divers. Aucun de ses gestes n'était parfaitement pur. Ils étaient ceux d'une statue sur laquelle jouent la brise et la lumière. Leur trait était légèrement troublé. Quand je tins son visage dans mes mains, je tins le visage d'un personnage de rêve qui aurait pris corps. J'étais horrifié par l'impossibilité de m'en faire aimer. Je compris, lorsqu'il me dit en riant : « J'voudrais t'en jeter un coup dans le caleçon », qu'il le désirait parce que j'étais le môme le plus coté, mais il suffisait qu'il prononçât ce mot avec son accent grave, lourd, étonnant de poids dans une bouche aussi délicatement ciselée (on connaît ces lèvres si petites, sinueuses, qui ornent habituellement les visages potelés, c'était une bouche pareille dans un visage mat et maigre). Il disait un seul mot qui le dépouillait de son état de colon, mais le vêtait d'oripeaux magnifiques. C'était un roi. Aussi riche et puissant que le capitaine du bateau dont le membre surgissait des flots de dentelle et de soie avec la solennelle autorité des canons dans l'ombre des branches, tirant contre la galère des coups terribles provoquant à la pièce un recul dont le souvenir, plus que le coup lui-même, m'émeut car il était le recul savant des reins qui fonceront encore, sans arrêt, qui fonceront sous la dentelle comme les monstres gris des tirs allemands voilés d'un tulle de camouflage tissé par nous, dans la Centrale, et parsemé de feuilles et de fleurs. Mais il a fallu que j'attende sept ans pour savoir qu'il m'aimait. Sept ans ont durci les traits mais les ont aussi humanisés. Son visage est moins lisse, la vie l'a marqué. Je venais de laisser, en descendant au mitard où je retrouvai Divers, un Bulkaen méchant et charmant à la fois, faisant son possible pour m'aimer.

Divers me dit :

— Quand tu es parti, le chef de famille m'a fait coucher à côté du frère aîné dans ton hamac. Ah, nom de Dieu, bordel ! Qu'est-ce que je me suis tapé comme pignolles en pensant à toi ! Dans ton hamac, tu te tends compte ! Là-bas, j'pouvais pas croire qu'tu m'avais à la bonne. J'avais tout le temps l'impression qu'tu t'foutais de moi. Parce que t'es moqueur ! Tu te souviens quand Villeroy nous a enfermés dans le réfectoire ? J'ai dû te paraître rien con ?

— Con, oui, plutôt un peu.

Un samedi soir, Villeroy, Divers et moi, nous étions un peu à l'écart, près de la porte ouverte du réfectoire, et nous plaisantions du béguin que je paraissais avoir pour Divers, mais qu'on ne songeait pas à prendre au sérieux. A Mettray, je devais tordre la figure à mon amour car il m'étouffait. Il fallait qu'il sortît, que je le dise, que je le crie, mais craignant que le moindre mot n'incommodât Divers, qu'il ne s'en moquât, et n'interrompît les gestes tendus, les caresses, les contacts qui me vidaient un peu de ma charge amoureuse, j'exagérais jusqu'au caricatural l'expression de mon amour. Je ridiculisais Divers, mon amour et moi-même. De sorte que j'aimais sur un plan très pur, avec des sentiments très beaux mais que l'on ne voyait que reflétés par une de ces glaces ignobles de Magic-City. Divers craignait mon ironie. Or d'avoir caricaturé les gestes et les mots de l'amour avait détruit en moi-même le prestige de l'amour, ou plutôt : je m'habituai à aimer dans le ridicule, ou malgré lui. Je veux dire que chaque fois que je découvris chez un garçon certain côté ridicule, quelque tare, une tache sur sa beauté, cela ne m'empêcha pas d'en être amoureux. J'allai même jusqu'à être amoureux à cause de cela. Trop las d'aimer, n'ai-je pas suivi, épié les gosses tremblants par leur grâce, jusqu'à ce que se rompît le charme. J'attendais l'instant, le coup d'œil qui me ferait découvrir le point de laideur, l'angle suffisant pour indiquer la laideur, la ligne ou le volume détruisant la beauté, afin d'être désencombré d'un fardeau amoureux, mais il se produisait souvent, au contraire, qu'ayant vu sous toutes ses faces le gamin, il miroitât de mille autres feux et me prît dans ses charmes confus enchevêtrés dans ses facettes multipliées. Et la tare découverte ne suffisait plus pour me délivrer. Au contraire. C'est en la cherchant que, chaque fois, je découvrais un point de vue nouveau du chef-d'œuvre. Dois-je voir là l'origine de mes perversités amoureuses ? J'ai adoré des amants dont l'un avait des oreilles collées, un autre un léger bégaiement, un autre trois doigts coupés. La liste serait longue. Je m'étais si bien moqué de Divers, je l'avais chargé — et ses rapports avec moi — de tant d'ornements grotesques, que la blancheur de sa peau, d'abord odieuse sur un autre, sur lui fut acceptée, puis elle devint un charme. Et il n'est pas impossible que cela me conduise finalement jusqu'à la scatophagie —

dont je ne pouvais sans nausée entendre parler — et, après elle, plus loin qu'elle, jusqu'à la folie peut-être grâce à mon amour de détenus dans ces cellules où je devais, renonçant à reconnaître mes pets dans l'enchevêtrement d'odeurs qui se mêlent, accepter, puis goûter indistinctement ceux qui sortent des macs, et par là m'habituer à l'excrément. Et peut-être me laissai-je si bien aller à cela parce qu'ainsi je m'éloigne du monde. Je suis emporté dans cette chute qui, coupant par sa vitesse même et sa verticalité tous les fils qui me retiennent au monde, m'enfonce dans la prison, dans l'immonde, dans le rêve et l'enfer pour atterrir enfin dans un jardin de sainteté où fleurissent des roses dont la beauté — je le saurai alors — est faite de l'ourlet des pétales, de leurs plis, de leurs déchirures, de leurs pointes, taches, trous d'insectes, rougeurs et jusqu'aux tiges mousseuses à force d'épines.

Villeroy plaisantait de mon amour pour Divers dont il ne voyait que les contorsions, mais n'oubliait pas que j'étais un vautour. Il prenait soin de mon avenir et de ma dignité. Grâce à lui, mon geste avait plus d'ampleur. Plus de vent gonflait mon geste qui m'évoquait un gosse courbé sur son guidon, dévalant la côte, le vent de la course enflant sa chemise où s'érigeait une droite et dure petite poitrine. Il voulait que mon éducation fût virile. Il semble donc que, tout jeune, j'ai refusé dans mes rêves d'être sur la galère une belle captive mais un mousse afin de me réserver la possibilité de *grandir* aux côtés du capitaine, et de prendre sa place. On dirait presque des préceptes d'honneur (une sorte d'honneur guerrier) qui se transmettaient de marles à vautours. Il n'aurait pas accepté — comme aucun marle ne l'acceptait — que son vautour fût une lope. Il m'obligeait à me battre, mais ce n'était pas assez. Pour que les coups que je donnerais portassent mieux, pour que ma puissance et mon autorité fussent plus grandes, il fallait que je protège quelqu'un. Il décida donc que j'aurais un vautour. Il choisit lui-même un gosse de la famille E. C'était un gamin déluré qui me rit au nez quand Villeroy, un après-midi d'été, derrière les lauriers, me le présenta et lui dit en me désignant :

— C'est çui-là qui sera ton homme. C'est moi qui te le dis.

Villeroy voulait que je « case » le petit mec sous ses yeux. Un soir, il organisa un rendez-vous derrière la famille B. Je ne sais quelle ruse inventa le gosse pour venir de la famille E, sans être vu, en traversant le Grand Carré, mais à peine fut-il là que Villeroy le fit s'allonger sur l'herbe et les orties.

— Défais ton froc, commanda-t-il.

Le gosse baissa son pantalon. C'était le soir. S'il ne pouvait voir ma rougeur, Villeroy devinait ma honte à mes gestes gênés. Il me dit ·

— Allez, vas-y Jeannot, tape là-dedans.

Je le regardai. J'avais envie de me jeter à ses genoux. Ce qui m'angoissait, c'était l'idée qu'il m'aimerait moins, me trouverait moins gracieux si je me mettais sous ses yeux en posture de mâle. Il dit encore :

— Alors, quoi, faut faire vite, on n'a pas le temps. Quoi, t'as le trac ?

Couché sur l'herbe, les fesses nues au vent, le gosse attendait, patient jusqu'à l'indifférence. Villeroy me saisit le bras.

— Attends, j'vais t'aider. J'vais le passer d'abord.

Il s'allongea sur le môme, mais sa tête relevée comme celle d'un serpent, il me dit :

— Mets-toi là, devant moi.

Je m'accroupis en face du gosse. Villeroy avait dû foncer du premier coup, selon son habitude.

— Allez, en vitesse.

Ici devrait suivre la description d'un jeu d'enfants que je vous invite à compléter.

Comme Villeroy ne pouvait embrasser le môme, il dardait sur mon visage un regard qui l'unissait au sien par un long baiser. Aussi vite qu'il prît son pied, j'avais fini avant lui. Tous les trois, nous nous relevâmes sans aucune gêne. Le gosse en avait moins que personne. Villeroy le poussa vers moi.

— Faut vous embrasser.

Je l'embrassai. Il ajouta :

— Cette fois, c'est ton homme.

Et, tourné vers moi :

— Puis, toi, faudra prendre ses crosses, à ton môme.

Et reprenant, après ces mouvements furtifs, son ton autoritaire de frère aîné, il lui dit :

— Et maintenant, taille-toi, on t'a assez vu.

Quand il fut parti, Villeroy me prit amicalement par le cou et me dit :

— Alors, p'tit homme, c'était bon ?

Nous rejoignîmes les mecs qui s'apprêtaient à monter au dortoir.

J'étais fort. Je m'échappais de Villeroy, mais Divers m'attirant, il risquait de faire échouer l'épreuve de la virilité en m'aimant, or il s'amusait de cet amour que je lui portais. Villeroy trouvait piquant d'exciter sa propre jalousie. Soudain, il nous poussa d'un coup, Divers et moi, dans le réfectoire vide et tira la porte sur nous. Nous restâmes dix secondes saisis, enfermés dans la même obscurité. Divers, quand il se reprit, s'écria :

— Oh ! le con !

Dans l'ombre, malgré l'ombre, je sentis sa gêne. Je m'approchai de lui et voulus l'embrasser, mais il m'arrêta en riant. Je ris encore en lui disant : « C'est toi qui te dégonfles. » Il rit encore dans la nuit et dit : « Oui, je me dégonfle. » Une honte immense souleva mon cœur car je crus comprendre qu'il ne m'avait fait la cour, jusqu'ici, que pour se moquer de moi. Il me tournait en dérision quand il me disait : « Oh, mignon, je t'en fouterais un coup dans les baguettes », il ne le pensait pas, il le disait en marle. Je compris alors ma laideur, mes cheveux ras, un peu de barbe à mes joues, car je croyais encore que la plupart des marles recherchaient en moi la femme. Je ne laissai point paraître ma confusion et, le premier, je frappai à la porte de grands coups de poing, suppliant Villeroy d'ouvrir. Il ouvrit en se moquant de nous. Je ne sais ce qu'il avait cherché en nous enfermant. Peut-être m'humilier car un soir — et moi, son vautour qu'il chérissait, qu'il parfumait de tant d'amour, je ne pouvais douter aussi de son amitié —, un soir, après la soupe, il me commanda d'aller à l'évier essuyer la vaisselle. Je me levai, surpris, et il me lança, devant tous les autres, la lavette écœurante de graillon dans la figure, puis il rit à cette plaisanterie d'un gros rire qui m'insulta.

Je trahissais mon marle avec candeur. Les enfants trahissent tous avec cette même candeur, et je me demande si malgré les trahisons que je soupçonne, Bulkaen ne m'aimait pas. Peut-être m'aimait-il d'autant plus, ou m'eût-il aimé si je l'eusse possédé. Il fallait que je me décide à le prendre.

En rentrant de l'atelier des filets de camouflage, je le cherchai du regard. Il n'était pas là. Je craignis qu'il ne fût allé en douce à la sixième pour essayer d'avoir des nouvelles de Rocky. Je me tournai vers Rasseneur qui marchait à côté de moi et je lui demandai s'il n'avait pas vu Pierrot. Ce fut Lou-du-Point-du-Jour qui, du fond de sa mine blême, répondit à sa place d'une petite voix qu'il feignit de rendre indifférente, il feignait encore d'ignorer mon attachement pour Bulkaen, il dit :

— Lui, les gâfes le laissent filer pour qu'il retrouve ses macs. Il est monté devant.

Je ne bronchai pas. Je continuai, calme en apparence, à marcher dans le rang. Rasseneur corrigea : « Ça, c'est des bruits. » J'entendis encore Lou dire derrière moi :

— Y a Botchako qui cherche à se placer avec.

Arrivé au bas de l'escalier, comme par un hasard concerté, la lumière fut allumée et la Centrale, à cinq heures du soir, eut soudain cette allure d'une boulangerie qui s'affaire en silence dans une ville endormie. Je bousculai les premiers qui s'engageaient, je me précipitai, grimpai en vitesse les trois étages ; il était en haut, immobile et droit, comme à son habitude, les deux mains passées dans la ceinture de son froc, sur le ventre. Il sourit en me voyant arriver à cette allure et, parce qu'il était de quatre marches au-dessus de moi, il me parut qu'il me souriait de haut.

— Catin, salope, dis-je, la voix assourdie et déjà

exténuée par la course, car je savais n'avoir plus la pudeur des malaises provoqués par l'effort physique.

— Mais, qu'est-ce qui te prend, Jeannot ?

Confiant en sa spontanéité, je m'attendais à une réaction prompte. J'attendais un coup de poing. Je croyais qu'il aurait un mouvement violent qui prouverait sa spontanéité. Il ne vint pas. Je hurlai tout bas :

— Et puis ton mec, moi, j'me le mets sur le bout.

Tout à coup, je compris que je n'avais aucun droit sur lui. Je n'avais pas assez d'autorité naturelle pour m'imposer et exiger qu'il m'appartînt par la vertu d'un seul de mes regards ou par une imposition des mains. Je savais, d'autre part, que le mot amitié ne signifie rien en Centrale quand il ne sous-entend pas l'amour. Rien ne l'obligeait donc à m'être fidèle, qu'une chose : la possession physique ; or, même en rêve, je ne l'avais pas possédé. Il répéta :

— Jeannot, qu'est-ce qui te prend ?

Le troupeau des détenus qui venaient derrière moi montait. Nous l'entendions.

— Va-t'en, Jeannot, je t'en prie. Si on nous voit encore ensemble, on va déconner sur mon compte.

Mais je m'approchai, les mâchoires serrées, et j'emprisonnai sa taille dans mes bras. Je le tins fermement. Je fus stupéfait ; il ne chercha même pas à se dégager. Le visage suppliant, il me dit encore :

— Jeannot, laisse-moi !

Et, tout bas : — J'suis ton môme, je te le jure.

Je le lâchai et il s'enfuit à sa cellule. Il était temps, les pénitents silencieux étaient là. Je me mêlai à eux, mais je sentis que seulement si j'avais Bulkaen, je serais son ami, avec les droits que donne l'amitié. Et c'est l'amitié que je suscite chaque nuit, toujours plus profonde, toujours plus étroite. Je veux la possession de Bulkaen. Possession, est-ce le mot exact ? Nos ébats confondent si bien nos corps... Je rapporte qu'il y a peu de nuits, j'ai imaginé une si belle scène d'amour avec lui et je n'en sus la tristesse qu'au réveil, quand je compris qu'il était mort, que son corps pourrissait dans le cimetière de la Centrale, à côté du corps de Botchako.

Au fur et à mesure que j'écris de lui, je débarrasse Bulkaen de tout l'attrait que je lui voyais. J'ai donné sur le papier la vie à un être excellent, que j'ai paré de toutes les beautés de mon ami. J'ai dépouillé le Bulkaen de chair que j'aperçois se retirant peu à peu de la banalité. Je me demande s'il posséda jamais tous ces charmes que je découvrais en lui, le cœur battant. Le rôle de Bulkaen fut peut-être de se faire aimer, et c'est l'ivresse que me causait cet amour qui me permit mieux de découvrir — grâce au langage — les qualités de l'être idéal maintenant fixé. On peut me demander si justement je n'aimais pas Bulkaen parce que je découvris *aussi* chez lui ces qualités. Je ne peux répondre.

Je l'aimais de moins en moins, et je ne lui eusse plus écrit ces lettres d'amour que je voulais les plus belles lettres du monde. Il ne m'inspirait plus. J'avais tiré de lui tout ce que j'en pouvais tirer — soit parce que mes moyens sont à court, soit parce qu'il était lui-même vidé. Par les jeux et les trucs du langage, il m'aura servi à définir un être, à lui donner la force et la vie. Mais quel fut donc au juste son rôle ?

C'est avec des mots d'amour que j'ai inscrit dans ce livre ses actes, ses gestes, tous les attributs de sa personnalité qui s'érige étoilée d'angles durs. Mais n'ayant plus besoin, pour l'œuvre d'art, de chercher en moi — ou de les y trouver sans chercher — ces expressions qui le sublimisaient, si je pense à Bulkaen vivant de notre vie, je me contente de le *voir* agir sans le secours de mots magiques. Je ne le nomme plus. J'ai dit de lui tout ce que j'avais à dire. L'œuvre flambe et son modèle meurt. Et quand je me réjouissais d'avoir donné déjà tous les plus beaux noms dont je fusse capable, à d'autres gamins enfermés vivants dans mes livres, c'était peut-être avec l'idée mal précisée que je conserverais Bulkaen hors de ma littérature, être physique que j'eusse aimé avec mon corps comblé. Et je n'ai plus qu'une infinie pitié pour ce pauvre piaf qui ne peut plus voler parce que je l'ai dépouillé de toutes ses plumes.

S'il n'était l'archange enflammé, l'archange Harcamone, dont l'aventure se déroulait au Ciel, c'est-à-dire dans la plus haute région de moi-même, que l'on ne prenne pas prétexte de cette phrase pour penser qu'Harcamone n'existât jamais. J'ai connu l'assassin. Il a marché sur terre à côté de moi, mais il se continuait si loin que je fus seul à assister à l'extrême de ses prolongements. L'expression : « dans la plus haute région de moi-même »... veut encore dire qu'il me fallait tendre toute mon attention pour percevoir très haut ou très loin en moi, puisque je les distinguais à peine, les dessins, le diagramme qu'y inscrivaient les vibrations suscitées par les gestes humains, par les actes sur terre d'Harcamone.

S'il n'était cet archange, Bulkaen n'avait pas non plus le triste destin de Divers. Jamais je ne lui parlai avec précision d'Harcamone. S'il lui portait un culte, il était secret. Sa pudeur se fût effarouchée, or il le portait au fond du cœur. Mis au jour, j'eusse fait prendre en horreur ce culte et moi avec. Divers aimait la prison comme on aime la vie quotidienne. Il vivait dans le quotidien de la prison, sans l'embellir, sans vouloir l'embellir. Il se savait prisonnier, pour toute sa vie, Bulkaen valsait dans la prison parce que son rythme naturel était la valse, mais il espérait que ses tourbillons feraient tomber les murailles et l'entraîneraient au soleil. Son corps chantait un hymne à l'action, à la liberté. J'ai dit qu'il était joyeux, qu'il m'apprenait la joie et j'ai écrit ce qui précède afin que vous sentiez ce que fut mon désarroi quand il me fit passer le mot où il me demandait le poème sur le bagne. Mettray l'avait talé au bon endroit. Il était touché à mort malgré son rire et sa santé. Rien n'empêcherait qu'il ne fût entraîné comme nous tous, par ce lest mortel. Sans nul doute, il avait risqué la mort — il la trouvera — pour délivrer Rocky. Après ses barreaux, il eût coupé ceux du forçat. Il voulait sauver son amant. Dans mon esprit, Bulkaen appartient à la foule nombreuse des jeunes garçons qui tournent autour de la prison où est bouclé leur ami et complice, le jeune ou l'aîné à qui l'on fait passer en douce, grâce à un gâfe de connivence, du linge, des pipes, un mot d'espoir taché d'amour. Autour de toutes les prisons du globe rôdent ces silhouettes silencieuses et souples, meurtries malgré leur sourire. On les appelle les âmes en peine.

Chacune des chutes de mon amour pour Bulkaen fait resplendir Harcamone, mais alors je voudrais, pour être tout à fait à cette dévotion délaissée et reprise d'un cœur repentant, que Bulkaen l'abandonnât, l'ignorât. Les mots n'ont aucun pouvoir sur l'image d'Harcamone. Ils ne l'épuiseront pas, car sa matière est inépuisable.

Les romans ne sont pas des rapports humanitaires. Félicitons-nous, au contraire, qu'il reste assez de cruauté, sans quoi la beauté ne serait pas. Dans les prisons, le règlement relatif aux criminels est sévère et précis. Il est juste — selon le code de particulière justice au service de la beauté — qu'il le soit puisqu'il est un des outils qui va travailler la matière la plus dure et, en même temps, la plus délicate : les cœurs et les corps d'assassins. Ne nous apitoyons pas si le soir même, après lui être signifiée en paroles par la Cour, la condamnation d'Harcamone lui était signifiée en fait par tout un ensemble de détails qui lui firent comme monter un gradin par où il passait, quittant son état d'homme à l'état de mort, et dont il eût peut-être pu profiter pour s'évader, car on doit pouvoir faire servir à des fins pratiques certains états extraordinaires qui nous sont accordés. Je crois que l'expression « supra-terrestre » pourrait convenir à cette nouvelle manière d'être. On commença donc par refuser à Harcamone de monter à son ancienne cellule. En passant au greffe, il lui fut accordé cet égard terrible : n'être pas fouillé. On ne le battit pas, et il s'en étonna. Les gâfes avaient été très durs pour lui. Le jour même qu'il égorgea Bois-de-Rose, on lui passa les menottes et tous les gardiens, l'un après l'autre, le frappèrent. Il hurlait On le frappait toujours et, quand on le ressortit de la cellule où avait lieu le supplice, il était en sang. Il fallut que des auxiliaires le transportassent à la cellule qu'on lui réservait en attendant le jugement de la Cour. Tout le long du chemin, il perdit du sang. Il était le mort et le meurtrier. Ils le brutalisèrent encore quand ils pressentirent son pouvoir, mais qu'eussent-ils dit en apprenant ses miracles, que la rose veut dire l'amour, l'amitié, la mort... et le silence ! Dans leur esprit, Harcamone eût pris place dans une mystérieuse société où le langage serait enseigné par de savants et subtils Chinois ! Deux gardiens et un chef l'encadraient et le conduisirent directement à la cellule des condamnés à mort. Le surveillant, qui ouvrit la porte, le fit avec solennité, avec une sorte de tendresse. Sentiment qui fut indiscernable dans son geste, seulement je sais qu'il fut, ce gâfe, soudainement attendri, prêt à fondre en larmes. Le moindre fait, d'apparence suspecte, insolite, peut lui causer un choc et faire éclore cette vertu merveilleuse : la charité. Un rien et son cœur s'ouvrait. La porte fit un bruit de porte, habituel, effrayant.

Ce chapitre de mon livre ne sera qu'un chant de désespoir, et je crains que ce dernier mot ne revienne souvent sous ma plume. Harcamone pénétra le premier. Il entra dans le désespoir même, car s'opérait dès maintenant, non plus les cérémonies, où le corps n'avait rien à craindre, de la mise hors du monde. En effet, la pompe de la Cour d'assises peut nous faire songer à des funérailles de première classe avec le concours d'un clergé très spécial où l'accusé, déjà condamné en principe, occupe une place monumentale de vivant au plus haut point, vivant au paroxysme puisque tous ces fastes sont en son honneur, puisqu'il est le cœur qui envoie son sang pour que vive ce corps gigantesque : la parade de la Cour, les soldats, le public et, dehors, la foule mêlant

272

son nom au nom de la mort et, plus loin encore, les journaux, la radio, tout un peuple attentif et comme doublé d'un élément plus secret, caché, qu'il vivifie aussi de son sperme surnaturel, les adolescents à la gorge serrée par l'angoisse et qui porteront, durant toute leur vie, le stigmate sacré de la décollation. Il faisait connaissance avec les détails trop précis de la mort, ceux qui règlent le corps et dont le corps se préoccupe. Ici cessait le sublime et jamais mot ne fut mieux à sa place. La cellule était semblable à celle qu'il avait habitée dans les trois mois de prévention, au deuxième étage. Semblable, mais avec quelques particularités redoutables. L'horreur infernale ne réside pas dans un décor d'un fantastique inhabituel, hirsute, inhumain, délibéré. Elle accepte le décor et les manières de la vie quotidienne ; seul un détail ou deux les transforme (un objet qui n'est pas à sa place, ou qui est à l'envers, ou qu'on voit du dedans), prend le sens même de cet univers, le symbolise, révélant que ce décor et ces manières relèvent de l'enfer. La cellule était pareille aux autres et pareille aussi la vie qu'y mènerait Harcamone, mais la fenêtre était maçonnée jusqu'à sa mi-hauteur et le guichet, ouvert dans la porte, n'avait aucune fermeture qu'une petite grille comme celle qui est au judas des couvents. Enfin, dehors, près de la porte, il y avait un grand escabeau de bois où s'installeraient à tour de rôle, pour ne pas perdre de vue l'assassin une seconde, les gâfes qui, de la sorte, le surveilleraient assis. Cette cellule était vraiment spéciale. A peine Harcamone fut-il entré qu'un gardien suivi d'un auxiliaire portant des draps, des couvertures, une chemise de toile raide, une serviette, une paire de chaussons, une veste et un pantalon de bure, arrivait à son tour. Harcamone s'assit sur le lit et un gardien commença à le dévêtir de son costume civil qu'on lui avait permis de mettre pour l'audience. Il lui retira d'abord sa cravate, puis ses chaussures, puis la veste et c'est quand il fut complètement nu qu'il lui enfila la chemise, puis la veste et le pantalon de bure. Harcamone ne toucha pas à ses vêtements. Il était en plein centre d'un de ces états qu'on peut dire féerique. Harcamone était fée, et les fées ne touchent pas à leurs oripeaux terrestres. Il ne prononça pas un mot durant l'opération. Les quatre gâfes et l'auxiliaire le servaient. Le surveillant-chef dit :

— Je crois que tu peux compter sur le recours en grâce.

Mais Harcamone ni personne ne répondit. Une fois habillé, il se rassit sur le lit et sombra dans une sorte de mer qui fit son corps s'alléger à tel point qu'il ne le sentait plus. Le corps connaît, en effet, cette fatigue que l'on éprouve après une trop longue marche et qu'on s'allonge n'importe où, tout à coup. Quelque chose d'autre encore l'enfonçait dans cette mer qui berce les galères et les galériens, c'était un bruit très particulier et une opération si insolite qu'elle paraissait s'accomplir ailleurs. Il fallait un de ces chocs venus d'on ne sait où et qui vous réveillent. C'est alors qu'il vit à ses pieds agenouillés, à même le plancher, quatre gâfes qui rivaient une chaîne à chacune de ses chevilles. Il toucha le bord de ses manches d'abord, puis, sur sa cuisse, son pantalon tendu. Il eut peur.

Du dehors montait encore une rumeur assourdissante. Bulkaen me dit plus tard qu'il avait distingué :

274

« A mort ! » « A mort ! » C'est faux, car les dortoirs ont leurs fenêtres du côté des préaux et des ateliers, mais je le crois pourtant, car depuis toujours les foules acclament par ce cri l'assassin qui revient dans son char du Palais à sa prison.

Il est impossible qu'au retour des Assises, le panier à salade qui ramène le condamné à mort ne revienne lentement, car il est chargé du poids de tous les ornements funèbres, du poids du ciel. Aujourd'hui, le moteur s'épuise, mais quand la voiture était tirée par des chevaux — et c'est encore ainsi que je la vois — les chevaux marchaient, s'essoufflaient jusqu'au poitrail dans une boue noire. Les essieux craquaient.

Il y a deux sortes de cortèges : celui où l'assassin est seul avec sa garde — c'est le moins tragique — et celui qui contient, dans les autres minuscules cellules, ses complices dont la vie est sauve. Une joie horrible les transporte. Ils ne sont qu'un chant de vie, une valse où des violons s'enchevêtrent et cette valse est silencieuse et se fait funèbre pour accompagner le camarade déjà mort qui plaisante sur la mort, torturé jusqu'au cœur du cœur d'être passé si près de la vie puisque ceux qui le touchent de près, ses potes qu'il adorait ce matin, qu'il hait ce soir, la conservent. Harcamone était revenu seul.

Si les criminels étaient jugés par une Cour qui donne en plein dans le fantastique, c'est-à-dire une Cour vêtue à la façon des diables d'opéra, en un carnaval effrayant, ou composée d'êtres inhumains, surhumains, comme les prêtres par exemple, les séances seraient moins terribles. Mais étant composée d'hommes près de la vie courante, banale, pour devenir tout à coup, sans perdre leur humanité puisque nous avons tous pu les voir conserver ces tics qui font d'eux des hommes, juges qui décident de la mort, on doit penser qu'un côté des hommes, un côté de nous-même reste en rapport étroit avec les enfers, puisque tout à coup il se réfère à eux. L'horreur serait, en effet, moins grande si l'on était aux prises avec une férocité qui montre l'enfer loin de l'homme que lorsqu'on découvre l'enfer en lui. On ne peut plus alors espérer de miracle. Les chaînes d'Harcamone étaient rivées et ne l'étaient pas de par une volonté mystérieuse, fabuleuse, mais de par une volonté humaine, la volonté populaire qui avait délégué ici quatre gardiens faisant office de forgerons aussi bien que les forgerons eux-mêmes.

Harcamone voulut parler, dire on ne sait quoi, il ne savait quoi, mais la parole sécha dans sa gorge. Il comprit alors qu'il fallait se taire afin de continuer l'engloutissement dans cette mer de torpeur. Les gardiens pouvaient parler, s'affairer. Ils étaient du monde qui se préoccupe de chaînes, qui rive des boulons, qui ferme des portes : lui-même survolait ce monde.

— Tu as faim ? dit le surveillant-chef.

Harcamone fit non de la tête.

— Tu ne veux pas un peu de soupe ?

Il dit très bas : « Non, non. » Harcamone n'avait rien mangé depuis le matin, mais le chef comprit qu'il ne devait pas insister. Il fit signe aux autres de sortir et lui-même tira la porte sur lui, et la ferma au verrou. Un garde avait déjà été désigné pour prendre la faction au guichet. Il s'assit sur le tabouret et commença sa veille. Harcamone eut l'idée de dormir et, pour cela, de s'allonger sur le lit, mais ses pieds étaient si lourds — la chaîne — qu'il dut les prendre à deux mains pour les poser au bord du lit. Il fit un bruit de ferraille qui obligea le gâfe à regarder avec plus d'attention. Harcamone semblait dormir. Il avait laissé tomber sa tête sur le traversin. Il est à peine utile de dire qu'il revécut l'audience, en la transformant à son gré, pour son bien, pour arriver à l'acquittement. Mais au fur et à mesure qu'il repassait devant un détail douloureux : une erreur de l'avocat, une faute de réponse, une violence du Président, il tressaillait de honte et de rage. Comment Napoléon pouvait-il dormir et s'éveiller à volonté ? La nuit tombait. La cellule était presque noire et, soudain, il s'y fit une clarté brutale qui frappa les murs blancs. Le gardien avait allumé. Ce choc détruisit l'engourdissement qui s'emparait de lui. Il comprit qu'il aurait de la lumière toute la nuit, et durant quarante-cinq nuits.

Bulkaen m'apprit comment la nouvelle gagna les dortoirs. L'auxiliaire du mitard qui avait aidé à la funèbre opération rejoignit sa cellule qu'il partageait avec Bulkaen alors puni. Elle était à côté du dortoir 8. Avec sa cuiller, il frappa sur le mur de gauche les sept coups de la formule d'appel : « J'ai des godasses qui... pompent l'eau ! » Bulkaen traça sur une feuille de papier, avec un clou : « Condamné à mort » et, au-dessous de chaque lettre, son numéro dans l'alphabet. La première cellule du dortoir 8 répondit par le même signal et Bulkaen (aux mains plus agiles) ayant le papier sous les yeux, passa le message. C — un, deux, trois, O — un, deux, trois, quatre, cinq, six, etc. La nouvelle passa par le même moyen du dortoir 8 au dortoir 6, du 6 au 9, mais déjà toute la prison était criblée d'un martèlement très assourdi, d'une multitude de coups venant de tous les coins, allant dans tous les sens. Le message désolé traversait les murailles. Il courait, il volait plus vite que les nouvelles traîtresses portées sur le vent, par-dessus la jungle, chez les sauvages. Il échappait à la poursuite des gâfes. Les murs, les échos, le plafond, les appels d'air étaient émus. La prison, dans l'obscurité, vivait d'une vie intense, universelle, une nuit de quatorze juillet. D'avoir déclenché une activité si violente, amoureuse comme l'émoi que provoque l'annonce de la Patrie en danger, l'auxiliaire et Bulkaen étaient ivres. Un appel au mur de droite les fit sursauter. Ils pensèrent enfin qu'une action allait effacer un peu celle-ci, tout en regrettant de ne pouvoir sombrer tout à fait dans sa nausée. Ce fut encore Bulkaen qui prit la cuiller et répondit au signal, puis ils écoutèrent : « Un... deux... trois... — C. » Un silence. Puis : « Un, deux, trois... » La cellule de droite leur communiquait la condamnation à mort.

La nuit était épaisse.

Derrière les murailles de la Centrale, la foule s'en allait, retirait ses cris, ses insultes, sa rumeur. Le silence s'établit.

La prison était silencieuse. Personne n'osa chanter. Le gardien mangeait un repas froid en attendant d'être relevé par un collègue. Et, dehors, autour de la prison, quelques adolescents accotés aux troncs mousseux des arbres, le front penché et les yeux souvent clos par la fatigue et le chagrin, veillaient toujours, tandis que d'autres dormaient sur l'herbe où se posa un rayon de lune. Ce signe de fidélité surnaturelle me cause un désespoir immense, car il me rend plus douloureux ce que me fut l'abandon de Bulkaen quand je l'attendais, ou un mot de lui, à la salle. Mais je devine ce qu'aux yeux des autres, je puis paraître dur, car la dureté de Bulkaen était faite aussi de sa profonde désolation de se voir abandonné. Cette tristesse immense montait en lui, mais s'arrêtait aux yeux que la fierté empêchait de pleurer. Et c'est cette tristesse refoulée qui composait sa dureté. La crainte que je ne l'abandonne quand j'étais là-haut lui faisait m'écrire tous les jours, m'obligeant à répondre. Cette crainte l'adoucissait un peu. Il voyait ma pensée constante. Il me sentait près de lui. Il ne cessait de tresser le lien qui nous liait, et sa main le serrait toujours. Mais plutôt que de l'amertume, j'éprouvais une sorte de paix. Dès le moment que le gosse n'a plus besoin de moi, ma fonction disparaît et, en même temps qu'elle, tout ce que mes rapports avec lui avaient de nécessité, donc de pur, donc d'éclatant. Mais du mitard je ne pouvais plus rien pour lui. Et je ne devais pas compter sur mon autorité, malgré la dernière scène que nous eûmes. J'étais en haut de l'escalier. J'attendis qu'il sortît de son atelier, pour lui donner un mot. Il se précipita vers moi en souriant. Il crut peut-être que j'allais aller à lui, mais je ne bougeai pas. Il se cogna contre moi, et je restai immobile. Mon immobilité l'étonna, il sourit. Je restai impassible. Il me donna un léger coup qui chercha à m'ébranler, mais je ne bougeai toujours pas. Il m'en donna un autre plus fort. Je paraissais de pierre. Il s'acharna et une rage violente qui l'éclaira par les yeux s'empara de lui. Il me frappa au visage. Au fond de moi montaient la colère et un rire énorme, silencieux, invisible sur mon visage et qui excitait encore ma colère, l'attisait. Je savais venu le moment où je devais soumettre Bulkaen. Je le laissai frapper encore. Il avait perdu son sourire. Et, tout à coup, je fus quelque chose comme un dieu qui n'en peut plus des insultes des hommes, ni de leur arrogance, et je cognai. Il fut d'abord étonné par la riposte qui avait été si lente à venir. Tout mon corps penché vers lui, je le dominais, je voulais l'écraser. Il se ressaisit et voulut parer, mais le moindre de ses gestes m'excitait, au contraire. J'y allai des pieds et des poings, jusqu'à ce qu'il fût par terre accroupi sur les marches, prêt à dégringoler dans une pauvre posture dont je n'eus même pas pitié. L'écume à la bouche, je dis : « Relève-toi. » Il se releva d'un seul coup. Je recommençai à cogner, mais il ne fit plus aucun mouvement de parade ni d'attaque, de sorte que je me trouvai très près de lui qui n'était défendu par aucun obstacle. Je le touchais. Mon corps touchait le sien. Je cognais toujours mais sa chaleur se mêlait à la mienne. Mes joues étaient en feu et les siennes aussi. Pour éviter un coup dans la gueule, son buste fit un quart de tour, je ne l'atteignis pas, mais je perdis l'équilibre et me penchai contre lui. Mes cuisses touchaient les siennes. Mes coups perdirent leur violence. Je le pressai contre moi debout, son dos sur ma poitrine. Ma main droite prit son visage, voulut le tourner, mais il résista. Je l'emprisonnai plus étroitement dans mes jambes. Je voulus l'embrasser sur la bouche, il se détourna ; sur les yeux, il y mit ses deux poings. J'essayai de les arracher et je me sentis refaire ce geste exécrable qui m'avait conduit à

Mettray : ma cruauté de seize ans voulut que je crevasse l'œil gauche à un enfant qui, effrayé par mon regard impitoyable, comprenant que son œil m'attirait, voulut le sauver en y portant son poing. Mais ma poigne était plus forte, j'arrachai son poing et crevai son œil avec mon canif. Bulkaen fit ce même geste de protection. Je me collai contre lui. Il ne chercha pas à se décoller de moi. Je le pressai un peu plus fort... puis brusquement, je fis le geste voyou de le plier en mettant une main sur son ventre et l'autre sur sa nuque, violemment. Je le tins dix secondes ainsi, sans rien oser de plus. Je le sentis vaincu. J'entendis sa respiration suffoquée, je soufflai moi-même un peu ; quand je l'eus lâché, nous étions honteux l'un et l'autre.

Je dis, les dents serrées, l'air toujours mauvais :

— J't'ai eu quand même.

— Malgré moi. T'as même rien eu du tout, j'avais mon froc.

— C'est la même chose. J'ai joui. Et puis je t'aurai quand j'voudrai.

— Jeannot.

Nous nous regardâmes.

Ses yeux n'étaient pas étonnés. Nous ne paraissions pas nous apercevoir que cette bataille n'avait pas eu de raison apparente, mais nous sentions au fond de nous qu'il fallait qu'elle eût lieu. Je lui dis :

— Taille-toi. Y en a marre.

Il partit en rajustant ses effets dérangés. J'étais le maître.

Pour moi, il n'était plus à présent que le môme qu'il fut à Mettray, celui qu'il n'avait cessé de porter, je le voyais bien. Je regagnai mon atelier, et ce vers quoi je fus surtout, grâce à cette scène, reporté, c'est nos promenades du dimanche hors de la Colonie, et cela parce qu'à mon nom prononcé sur un ton d'apaisement, j'avais répondu d'un air méprisant.

Le dimanche après-midi, après avoir entendu les vêpres à la chapelle, nous allions en promenade, musique et drapeau en tête. Nous allions sur les routes, dans la campagne, quelquefois très loin, à la Membrolle et, un jour même, jusqu'en vue de Fontevrault. Nous aperçûmes les fenêtres de la Centrale où peut-être les détenus étaient accrochés et nous regardaient venir, écoutant notre musique aller vers eux. Nous ne jouions que des pas relevés et des marches militaires, conduits par les clairons et les tambours de seize ans. C'est là-dessus que nous marchions au pas. Dans ce pays, où la moindre maison a l'élégance d'une demeure de prince, les châteaux sont nombreux. A la promenade, nous les rencontrions sur le bord de la route. En passant devant eux notre troupe se taisait. Chacun de nous qui, durant les nuits d'hiver, vers le matin, s'était rêvé châtelain pour échapper à l'horreur d'un réveil honteux, dans le froid et les injures, à rencontrer le château si près croyait voir son rêve s'approcher brusquement. Il croyait qu'il allait entrer et se trouver maître du lieu. Il le croyait et ne le croyait pas. Nous marchions toujours. A mesure que le château s'éloignait de nous, les conversations reprenaient. Notre histoire intime était finie. Seulement, nous nous retournions, de loin en loin, afin d'être bien sûrs que le château s'éloignait. Je les vis toujours de la sorte, si loin de moi, et dans mon hamac la nuit si souvent, pour m'évader de notre vie immonde, je rêvais de leurs glaces, de leurs tapis, de leurs marbres, ils furent avec tant de force et si longtemps objets de rêve et je suis si pauvre que je ne puis croire qu'il en existe de vrais.

Bulkaen lui-même me dit un jour :

— « Moi, j'ai toujours été fleur », aveu qu'après sa mort, je rougis d'avoir entendu car il démentait ses lettres pressantes et suant la sincérité, où il me disait avoir toujours brillé. Mes vols n'ont jamais réussi à me mettre en immédiat contact avec la richesse, mais ils auront fait mieux. Les livres aux reliures armoriées, le Japon impérial des exemplaires de luxe, les maroquins à grains longs, les plats aux armes, l'or vieilli des fers, se mêlaient en désordre aux statuettes chinoises, aux cachets d'onyx et de vermeil, à des soieries, à des dentelles, et transformaient ma chambre en un pont de bateau pirate après le sac d'un gabion.

Je sortais d'un rêve aujourd'hui oublié, et c'est en me penchant par-dessus le bord de mon hamac, que je vis, une nuit, sous celui de Villeroy, une trappe se rabattre sans bruit. Villeroy n'était plus à sa place endormi. Je restai éveillé jusqu'à son retour, inventant par quel moyen il avait pu déclouer les planches, avec quelles cordes ou draps noués il était descendu du dortoir au réfectoire, et avec qui ? Pour aller où et qu'y faire ? Peut-être que toute la bande de mecs marles venait de sauter dans la nuit, à deux pas de moi qui ne l'avais pas soupçonné. Je n'osais pas aller voir dans les hamacs où les autres étaient couchés. J'attendis deux heures, ou plus, ou moins. Je me rappelle avoir entendu au fond du dortoir quelqu'un fredonner : « Amoureusement, balancez-vous... »

Je compris : « amoureuses mômes... » Enfin, au réfectoire, en bas, il se fit un léger bruit et, soulevant les planches, la tête de Villeroy apparut, puis un buste un instant sectionné, enfin le plus émouvant de son corps et un genou sur le bord de l'ouverture, tandis que l'autre, parce que le pied s'était posé sur le plancher, replié dans le pantalon tiré était une tête d'infirmière sous le voile cassé. Villeroy était vêtu de sa chemise et de son pantalon. Il tira une corde qui devait pendre et que je n'avais pas vue, nouée à la tringle des hamacs. Enfin, il se redressa et, me voyant réveillé, il s'approcha de moi et me dit qu'il venait de rencontrer son pote Robert, un casseur sorti de tôle depuis peu.

— D'où ? demandai-je.

— Ben, de Fontevrault. Je l'avais vu hier. Y m'avait passé un biffeton en loucedé.

Il me le dit avec une certaine gêne, qui était peut-être causée par le fait qu'un peu d'inquiétude l'avait essoufflé et qu'il devait me parler bas. Enfin, il expira un peu plus d'air et, avec l'aspiration, confondu avec elle, rauque un peu, il lâcha :

— Drôlement balancé, mon pote.

Le plus gros de l'aveu était fait. Il put le développer sur un ton plus simple. Il ajouta :

— Y n'a pas pu m'emmener ce soir parce qu'y n'avait pas encore trouvé de fringues pour moi. Causes-en pas, surtout, hein ?

Il me le chuchota, sa bouche à mon oreille. Les phrases entraient en moi, me faisaient choir au fond d'un monde ténébreux où, pour être admis tout à fait, il me suffisait d'entourer de mon bras le cou de Villeroy, qui n'eût osé me repousser, mais je n'osai

284

faire le geste. Il me dit encore, car tout était possible maintenant, en approchant de moi sa tête tondue :

— Tu sens si je sens bon ?

Je soupirai d'un soupir arrivant du fond de ma nuit : « Oui », très faiblement car j'eusse crié. Enfin, et la plus fraternelle émotion nous enveloppa, il ajouta sur un ton un peu désinvolte

— J'sens bon. Y m'a embrassé.

Et il fit ce geste particulier aux fumeurs en fraude : après avoir tiré sur le clop, et que la fumée sort, la main l'agite devant la bouche, l'écarte et la dissipe. (C'est un de ces nombreux gestes qui consacrent le marle, qui le font du Clan.) Villeroy fit donc ce geste sans même qu'il eût à dissiper sa fumée : il craignait que ne lui fût resté dans la bouche et l'eût trahi le parfum de son pote. Cela amena le vertige final. Mon homme, mon dur, mon mec, celui qui m'embrassait et me donnait son parfum, se laissait embrasser, caresser par un marle plus puissant. Un casseur l'avait embrassé ! les voleurs s'embrassaient donc ! A ce souvenir que j'écris, mon cœur se serre, car je comprends qu'il n'est pas impossible que Lou-du-Point-du-Jour, très secrètement aux yeux de tous, ait aimé Bulkaen. Pour m'en apercevoir, il avait fallu qu'une trappe s'ouvrît dans la nuit. Les voleurs s'embrassaient et les voleurs ne furent plus pour moi que des jeunes hommes parfumés qui s'embrassent. Dois-je voir là le point de départ de mon goût pour le vol ? Si nous ne montions pas nos coups avec la précision qui devait diriger en Centrale nos combinaisons, nous inventions alors de folles rêveries qui nous portaient par-delà les mers et les monts, qui nous faisaient sauter les époques et nous préparaient à admettre le vol dans notre vie. Enfin, elles nous permettaient surtout de confondre nos vies projetées dans le futur avec l'existence audacieuse et torturée des voyous de Fontevrault. Ces macs nous portaient dans leur culotte.

J'aime l'acte de dérober parce que je le vois, en lui-même, élégant, mais surtout, j'aime les voleurs de vingt ans dont la bouche ronde est entrouverte sur des dents petites et fines. Je les ai tant aimés qu'il fallait bien que j'arrive à leur ressembler, que mes gestes courts et lourds s'allégeassent, saisissant enfin cette élégance supérieure qu'ont ces mômes, et j'ai dû faire, lors de mes vols, non les gestes qu'ils auraient faits en pareil cas, mais ces gestes gracieux grâce à quoi je les aime. J'aimais les voleurs furtifs, glissants : je devins furtif glissant, si bien que la police et ses mouchards me dépistèrent vite. Je compris plus tard qu'il était prudent d'enfermer en moi le personnage adorable dont je jouais le rôle. Je le serrai de plus près. Je pris son âme éveillée, son esprit tendu vers l'occasion, mais je me refusai ses gestes. Peu à peu, il disparut en moi. Il se fondit. Je ne fis plus les gestes que j'eusse aimé voir faire, mais ceux précis que je devais faire en cette particulière circonstance. Lui, il veillait au fond de moi. C'était proprement mon ange gardien. Et c'est ainsi que j'en vins à exécuter des gestes qui étaient à moi seul, dictés par la seule nécessité, et je me débarrassai enfin des gouapes élégantes qui me hantaient. Je n'eus à vaincre que la honte de la sournoiserie à laquelle nous oblige, fût-ce une seconde, l'acte de voler. D'avoir à me cacher, même l'espace d'un clin d'œil, me faisait rougir, mais je compris encore que le voleur doit transformer cette sournoiserie nécessaire en facteur de jouissance. Le voleur aime la nuit (épier, la tête baissée, le regard coulissant ou comme ailleurs, c'est être dans la nuit ; être masqué, grimé, c'est être dans la nuit). Il faut aimer voler. Jeune voleur, sois toujours porté par la rêverie qui fait de toi l'être resplendissant à qui tu voudrais ressembler ! Seuls les enfants qui se veulent bandits afin de ressembler au bandit qu'ils aiment — ou être ce bandit — osent trouver l'audace de jouer jusqu'à la dernière limite leur personnage. Il importe que votre geste soit beau. Tout geste accompli dans la souffrance, taillé dans la souffrance, né d'elle et du danger, malgré les contorsions qu'il donne au visage, malgré les postures grotesques du corps, mérite le respect. Accouplez-les pour leur beauté comme les gosses dont je parle font ce qu'ils font pour la beauté d'être marle. Voler est beau. Peut-être serez-vous gêné parce que c'est un geste bref, très bref, invisible surtout (mais il est la moelle de l'acte) qui fait le voleur méprisable : juste le temps qu'il épie et dérobe. C'est hélas exactement là le temps qu'il faut pour être voleur, mais franchissez cette honte, après l'avoir décelée, montrée, rendue visible. Il faut que votre orgueil sache passer par la honte pour atteindre à sa gloire.

Nous étions des enfants sauvages qui allaient dans la cruauté bien plus loin que nos idoles les gangsters audacieux. Mais, bien que j'aie perdu cette faculté de dérober les ornements des malabars, que l'on ne s'étonne pas si, au début de mon séjour au mitard, en crayonnant sur un sac en papier mon portrait pour Bulkaen, je me fis, sans m'en rendre compte, une carrure de balèse. Je me dessinai avec les muscles que je me savais et je me savais fort. Il faudra la mort de Bulkaen et la connaissance de ses trahisons pour me dégonfler.

La Colonie agissait donc sur l'homme que je serais. C'est ainsi qu'il faut comprendre « la mauvaise influence » dont parlent les maîtres, poison lent, semence à retardement dont la floraison est inattendue. Le baiser à Villeroy, et le baiser de ce casseur firent tout, car je fus encore terrassé par cette idée que chaque mâle avait son mâle admirable, que le monde de la beauté virile et de la force s'aimait ainsi, de maillon en maillon, formant une guirlande de fleurs musclées et tordues, ou rigides, épineuses. Je devinai un monde étonnant. Ces marlous n'en finissaient pas d'être femmes pour un autre plus fort et plus beau. Ils étaient femmes de moins en moins en s'éloignant de moi, jusqu'au marlou très pur, les dominant tous, celui qui trônait sur sa galère, dont la verge si belle, grave et lointaine, sous forme de maçon, parcourait la Colonie. Harcamone ! J'étais à l'autre bout de cette guirlande, et c'est le poids de la virilité du monde que je supportais sur mes reins tendus quand Villeroy m'emmanchait. Et c'est un vertige à peu près semblable qui m'étourdit quand je sus qu'Hersir avait été en correction à Aniane.

Aniane était une colonie fermée, ceinte de murs épais infranchissables, comme Eysses d'ailleurs. Nous connaissons toutes les particularités des bagnes, car à Mettray nous n'avions d'autres conversations que celles qui ont trait aux prisons et aux bagnes. Nous nous disions : « Un tel, il a fait le saut, il est à Belle-Ile. » « Un autre, il est à Aniane. » Et ces noms qui eussent épouvanté ou émerveillé un enfant encore dans sa famille, nous les prononcions avec autant de simplicité qu'un habitant de Singapour en met dans cette phrase : « Je passerai par Sourabaya. » Le climat d'Aniane devait être plus oppressant que le nôtre, à cause des murs, et les enfants qui poussaient derrière étaient pour nous très différents des colons d'ici, une autre végétation les couronnait, d'autres branches continuaient leurs mains, d'autres fleurs ; mais pourtant ils étaient des colons, comme nous, comme moi, et moi, sorti d'un bagne, j'aime un gars sorti d'un bagne, qui aime un gars rentré au bagne, qui aime un gars sorti d'un bagne.

Villeroy m'embrassa sur la bouche, mais je n'osais encore le prendre par le cou, et je restai seul au bord du vertige sans pouvoir y tomber.

Un jour, et j'en ressentis une peine immense, nous apprîmes que Toscano s'était enfin laissé mettre. Il était de corvée au réfectoire et, comme nous étions dans la cour après la soupe de midi, il était allé chercher un broc d'eau à la borne-fontaine. Immédiatement toutes les filles du village l'entourèrent moqueuses, car il fallait qu'un coup de vent, collant à lui sa chemise, la transformât en une de ces camisoles bleues que j'ai vue à Marguerite sur les gravures qui ornent le texte de *Faust* et cela au moment où l'enfant achevait la transformation en essuyant une larme ou en écartant comme des cheveux ou un voile, ce qui n'était que les gouttelettes de l'eau de la fontaine soulevées par le vent. Ainsi il arrive souvent qu'un geste accidentel fasse de vous le personnage d'une scène célèbre, connue par l'histoire, ou qu'un objet placé de telle sorte reconstitue un décor où se passa la scène, et tout à coup, nous avons le sentiment de continuer une aventure interrompue par un long sommeil ou bien encore il semble qu'il n'existe qu'un répertoire restreint de gestes, ou encore que vous apparteniez à une sorte de famille héroïque dont chaque membre recommence les mêmes signes ou encore que vous êtes le reflet dans le temps d'un acte passé comme sur un miroir le reflet dans l'espace : dans le métro, me soutenant parfois des deux mains à la mince colonnette verticale plantée entre les portes, n'étais-je pas le reflet de Jeanne d'Arc au sacre de Reims, tenant la hampe de son étendard ? En regardant par le grillage de sa cellule, j'ai vu sur son lit blanc Bulkaen allongé sur le ventre, les bras repliés sur quoi reposait son menton, enfin dans la pose même du Sphinx, et prêt à l'amour, et je fus devant lui, un Indéchiffrable, avec un bâton de pèlerin, Œdipe interrogeant. Et lui-même, que n'était-il pas encore, chaque fois que je l'allais voir en cachette à son atelier et que ses camarades de travail me disaient :

— Il va bien finir par t'envoyer aux Durs ?

Je pouvais sourire, plaisanter, et Bulkaen avec moi, une sorte de crêpe nous voilait, car la plaisanterie avait l'odeur naturelle de toutes les prophéties et cette ombre de deuil sur son visage, c'était l'ombre du grand chapeau de paille sur la gueule rasée des forçats. Nous sommes un livre d'histoire familière et vivante où le poète sait déchiffrer les signes de l'Éternel retour. La faute que Toscano portait sur son visage était connue déjà car Larochedieu avait vu la nuit même Deloffre descendre du hamac du vautour. Ainsi, cette hautaine vertu s'était rendue. J'ai peu de peine à imaginer toutes ses luttes, toutes ses ruses, tous ses combats protégés par l'horreur d'être un vautour classé, définitif, protégé par l'opinion méprisante, mais les combattant aussi et combattant la volupté quand les bras nus de Deloffre se posèrent sur lui. Il avait cédé. Et, personnages avec lui de chanson d'autrefois, nous l'entourions à la fontaine. Les autres se moquaient de lui. Moi, j'étais un galant triste. Quand vint Deloffre rayonnant, il mit un pied sur la borne, posa son poing sur l'épaule de Toscano écarlate. Le marle apparaissant fit taire les fillettes.

Il se trouva naturellement une salope pour faire envoyer Toscano au quartier. J'entendis qu'on en parlait dans un groupe, je dis :

— Lui, au mitard, pourquoi ? Qu'est-ce qu'il a fait ?...

— Une bouffarde à son mec et y s'est fait cravater.

Toscano devint une petite reine et nous jouâmes à nous disputer les caïds, et Bulkaen, un soir, le dernier soir que je le vis, à la douche, eut le temps de me faire un aveu semblable. Il avait réussi à entrer dans ma petite loge, sous prétexte de me demander du savon. Je ruisselais déjà. L'eau brûlante nous enveloppait d'une buée blanche, il réussit donc à n'être pas vu du gâfe lui-même invisible. Je me savonnais, je voulus le repousser. Je dis :

— Planque ta gueule, ta petite gueule...

Il rit doucement.

— C'est pas de ma faute si j'ai une gueule de pute. J'suis comme ça. A Mettray, j'en ai fait marcher des mecs... Pour un rien, y avait des bagarres... Du temps que j'y étais c'est pour moi et puis pour un autre petit mec, Régis, que les marles se sont bagarrés le plus... des fois... Il murmurait cela en se savonnant. L'eau tombait sur son dos courbé, sur sa nuque. Notre savon moussait.

A mesure qu'il parlait et qu'il me racontait ma propre vie, je revivais la Colonie, sous les marronniers fleuris dans la poussière de la brosserie. Je revoyais la moustache ridicule que reniflait Dudule...

Bulkaen continuait son murmure :

— ... des fois on se voyait à la récréation. Je lui disais : « Alors, Régis, combien que t'as fait faire de bagarres aujourd'hui ? » Ou bien, je lui disais : « Vingt-deux que je fais se battre Millaud (Millaud c'était son caïd) avec le mien. J'lui fais foutre une bourrée ? » Alors il me disait : « Vingt-deux. Mais tu y arrives pas. » On était des mômes. On avait quatorze ou quinze ans. Alors, j'écrivais un biffeton et puis j'allais voir mon caïd. J'lui disais : « Tiens, v'là ce que Millaud m'envoie. » A la récréation, ils se rencontraient. Le mien tamponnait l'autre : « Viens le chercher mon môme. On va se donner ça, si tu veux. » L'autre y se dégonflait pas. Et pan ! pan ! Ça y allait jusqu'au sang.

Il récitait de plus en plus vite. Il s'énervait à ce souvenir. Les derniers mots passaient entre des dents presque serrées, son bras nu, tendu, droit, s'activait entre ses pieds. Il foulait et malaxait la mousse et l'aurore.

Il rit et hocha un peu la tête.

— J'en ai fait marcher...

Je pris sa main, mais à peine l'eus-je frôlée qu'il disparut ruisselant dans le brouillard opaque. Et ruisselant était le mot même dont se servit le gâfe pour me parler de sa mort « il était ruisselant au pied du mur... » une nuit d'averse ; il me semble qu'il mourut ce jour même, escamoté par la vapeur.

Depuis que j'ai revu Divers, j'ai remarqué chez lui des signes qu'on n'eût peut-être pas trouvés chez Harcamone, ni chez Pierrot : la trace des femmes. La dureté d'Harcamone et son destin l'avaient écarté de l'amour quel qu'il fût.

Quant à Bulkaen, il était resté si peu de temps en liberté, si peu de temps mêlé à la vie civile que l'influence de la Colonie n'avait pas eu le temps de se dissiper. Il avait toujours vécu dans son halo et ses gestes restaient pris dans cette ombre suffocante — l'ombre des lauriers-roses — malgré ses efforts pour l'écarter. Mais Divers avait connu la femme. Je le reconnais à son langage d'abord, car il parlait tout naturellement des règles, du linge. Il disait encore le mot « troncher » pour « baiser ». Enfin, dans ses gestes les plus osés, il y a une pudeur que nous n'avons pas.

J'eusse désiré dans ce livre faire une apologie aussi du vol. J'aimerais que mes petits compagnons aient été d'élégants voleurs, vifs comme le Mercure. Étions-nous vraiment des voleurs ? Je ne le crois pas, et j'en suis surpris, et peiné. Les forfaits dont nous nous vantions, par leur étrangeté, leur magnificence rappelleraient ces ornements barbares dont aujourd'hui ne savent plus se parer les acteurs : espionnage, cercueils de bois de rose, amours de princes, noyades, pendaisons à des écharpes, jambes de bois, pédérasties, naissances dans des roulottes, etc., qui faisaient d'eux des idoles extravagantes. Ainsi les enfants de mon récit savaient s'orner. Ils arrivaient ici avec un passé généralement tragique et noble. Au fur et à mesure inventé, il coulait de leurs petites bouches cruelles et boudeuses. Il faut donc qu'ils soient aussi cela puisque je les montre tels. Je n'invente pas. Si je les ai pris sous un certain angle, c'est que, vus de là, ils se présentaient ainsi — ce qui peut être dû à une déformation prismatique — mais qui est donc ce qu'ils sont aussi, eux-mêmes ignorant de l'être. Or, le gosse le plus audacieux, celui qui osa la plus folle parure, ce fut Métayer.

C'est en pensant à lui surtout que j'ai dit que tous les enfants sont fils de roi. Métayer avait dix-huit ans. Je répugne à décrire les jeunes gens qui sont laids, mais celui-ci me fit tant rêver que j'accepte de me rappeler ses abcès rouges, son visage triangulaire et taché de rousseur, ses gestes aigus, dangereux. Il raconta aux plus attentifs et surtout à moi, qu'il était le descendant direct des rois de France. Le chapelet des généalogies s'égrenait entre ses lèvres très étroites. Il prétendait au trône. Personne n'a étudié l'idée royale chez les enfants. Je dois dire pourtant qu'il n'est pas un gosse ayant eu sous les yeux l'*Histoire de France* de Lavisse ou de Bayet, ou n'importe quelle autre, qui ne se soit cru dauphin ou quelconque prince de sang. La légende de Louis XVII évadé d'une prison donna surtout prétexte à ces rêveries. Métayer avait dû passer par là. Il se voulait héritier des rois de France. Il ne faudra pas confondre la mégalomanie de Métayer avec mon goût profond de l'imposture qui me faisait rêver m'introduisant dans une famille puissante. Remarquons que Métayer se croyait fils ou petit-fils de roi. Il se voulait roi pour rétablir un ordre détruit. Il était roi. Je ne désirais que commettre un sacrilège, souiller la pureté d'une famille comme je souillerais la caste des marles en y faisant admettre le vautour que j'étais.

Au fur et à mesure que j'écris, le souvenir de cet enfant se précise. Il était royal à cause de l'idée souveraine qu'il se faisait de sa personne. Ses pieds maigres et nus dans des sabots étaient pauvres pieds de prince sur les dalles glacées d'un Louvre, ou sur la cendre. Quelle élégance et quel dépouillement supérieur au regard de l'éloquence céleste et fastueuse que Divers montrait dans chacun de ses gestes. L'un était le prince et l'autre le conquistador.

Les marles de la famille B ignoraient, ou feignaient d'ignorer Métayer qui continuait à porter en soi, secrètement gardée, l'idée de sa royauté. Mais ce tabernacle vivant, avec des gestes hautains, les gestes que devait avoir le diacre Étienne lorsqu'il eut avalé l'hostie pour la soustraire à la profanation, et cette hauteur nous exaspéraient sourdement. Sourdement, c'est-à-dire que nous n'en laissions rien paraître, et même que nous ne savions pas en être touchés. Puis un soir, notre haine explosa. Métayer était assis sur la première marche de l'escalier qui conduit au dortoir. Se croyait-il le roi saint Louis sous le chêne de Justice ? Il parlait, quelqu'un osa se moquer. Vinrent les rires auxquels il répondit par le mépris. Alors tout ce que nous avions amassé de rancune, tout d'un coup rompit les barrages et l'inonda : les coups, les gifles, les insultes, les ordures, les crachats. La famille se souvint qu'il avait dû vendre la mèche de l'évasion de Derelle, Leroy, Morvan. Vraie ou fausse, une accusation de ce genre était terrible.

Aucun enfant ne songeait à contrôler. On punissait cruellement sur des soupçons. On exécutait. Le prince royal fut exécuté. Trente gosses plus acharnés sur lui que les Tricoteuses sur son ancêtre l'entouraient en hurlant. Dans un de ces trous de silence comme il s'en forme souvent dans les tornades, nous l'entendîmes murmurer .

— On fit aussi cela au Christ !

Il ne pleura pas, mais il fut sur ce trône revêtu d'une si soudaine majesté qu'il s'entendit peut-être dire par Dieu lui-même : « Tu seras roi, mais la couronne qui te serrera la tête sera de fer rougi. » *Je le vis*. Je l'aimai. Ce fut quelque chose de comparable à l'espèce de crainte que je connus à l'école quand j'eus à dessiner un visage. Les visages sont défendus par le respect. Ils se ressemblent dans ce sens qu'ils sont des images. En dessiner les grandes lignes ne me causa aucune émotion mais, quand il fallut chercher la ressemblance, ce n'était pas seulement une difficulté matérielle, physique, qui me paralysa. Elle était d'ordre métaphysique. Le visage resta là devant moi. Et la ressemblance s'en échappait. Enfin tout à coup mon crâne éclata. Je venais de voir que son menton était particulier, son front était particulier... Je m'avançais dans la connaissance. Métayer fut Métayer quand, sous la bagarre, il fit éclater le ciel en posant ses deux mains devant sa poitrine, de telle façon qu'elles se touchassent, grandes ouvertes, par la pointe des ongles du pouce, comme le font les mains gravées sur les tombes juives. Il faut quelquefois céder aux attitudes. La nécessité qui me commande relève d'un théâtre intérieur aux jeux violents.

Divers me disait parfois en riant :

— Viens dans mon hamac, je te ferai reluire, tu verras si je suis bien monté.

Or, Harcamone, un jour, s'enivra. Le vin ne pouvait pas noircir un ange en mission, mais il le bleuit. Colorié par le vin bleu, il circula en butant, trébuchant, hoquetant, éructant, à travers toute la Colonie sans que personne ne le vît. Le souvenir de cet assassin poudré qui titubait parmi les lauriers me fait rêver encore. Ah ! J'aime à la folie toute cette étrange mascarade du crime. Ces princes et ces princesses de la haute impudeur, ces « Marie-Antoinette », ces « Lamballe » étourdissantes dégagent des charmes qui me terrassent. L'odeur de leurs aisselles après une course, c'est l'odeur des vergers ! Harcamone, paf enrubanné, ivre, chantait dans la cour ! Personne ne le vit, mais lui-même voyait-il quelqu'un ? Même ouverts, ses yeux étaient fermés.

C'est moi qui, le soir dont je parlais, remplaçai Harcamone à son poste de lecteur. Car, dans chaque famille, pendant que les autres mangeaient, un colon faisait à haute voix la lecture d'un livre de la bibliothèque rose. C'est l'assassin qui lisait d'habitude au réfectoire de la famille B, mais il était ivre ; je pris donc de ses mains le livre enfantin où tout mot inoffensif se donnait des allures d'allusions, étrangères au chef de famille et comprises de nous seuls. C'est alors que je lus cette phrase écrite par la comtesse de Ségur : « Ce cavalier était bien monté. » Si elle voulait dire que sa monture était belle, Divers, en disant « bien monté », évoquait son splendide appareil d'amour, et moi, en prononçant la phrase, j'eus l'émerveillement de transformer pour moi seul Divers en un centaure impétueux.

Nous n'étions pas soignés à l'infirmerie de Mettray, pas plus que nous ne le sommes ici. Naze (ou plombé) Divers va chaque semaine à la piqûre qu'il appelle, comme les autres malades, la piqouze, un mot fabriqué par la secrète tendresse que le mac porte, en même temps qu'au remède, à la maladie qui le marque mais dont jamais il ne guérira. Jamais les religieuses, aussi dévouées soient-elles, ne sauront panser la chair défaite. L'infirmerie pourtant nous était un paradis. Elle apparaissait, dans notre fatigue quotidienne, comme une halte fraîche grâce à sa blancheur : glace des cornettes, des tabliers, des blouses, des draps, du pain, des purées, des porcelaines. Dans cette glace, dans cette neige, nous désirions parfois nous ensevelir. Sur cette haute cime, sœur Zoé avait fiché la hampe de fer de l'étendard noir et rouge du despotisme. Elle houspillait les petits mecs qui, de lit en lit, s'envoyaient des œillades dans des mots d'amour. Un jour, je la vis donner, sur les doigts du nouveau clairon, Daniel, un coup dur d'une grosse clé de tourière. Était-ce au contact de mille enfants plus filles que gars, que la sœur avait pris cette allure d'homme ? Le gosse, entre ses dents serrées, grogna ;

— Je t'aurai, salope.

Elle l'entendit et avant qu'il fût guéri de ses furoncles, elle lui fit quitter l'infirmerie. Nous sortîmes ensemble mais, lui, il trouva le moyen de rejoindre son vautour, Renaudeau-d'Arc, qui l'attendait derrière une haie de lauriers.

Mais le sort avait encore d'autres moyens de

m'ouvrir les yeux, ou d'ouvrir la nuit en deux pour me laisser voir dedans. Vous ai-je dit qu'une fois, Divers m'appela : « Mon tambour ! » Il me battit doucement, de ses baguettes fines, élégantes. Un midi, qu'il revenait de l'école de clique avec son tambour, nous nous trouvions seuls un moment, en arrière des autres. Il portait l'instrument sur son dos. Par un mouvement brusque, le faisant tourner, il l'eut devant lui. Du plat de la main, il en caressa deux ou trois fois la peau de batterie puis, quelle rage soudaine le saisit ? Le retournant, d'un coup de poing fermé, plus noir et plus féroce qu'un chevalier, il creva la peau de résonance où s'enfonça son poignet vibrant d'émotion. Enfin, il se ressaisit, rit avec sa belle bouche mouillée et, haletant encore un peu, tout près de ma bouche, il me dit :

— Je t'ai eu tout de même, petite vache. Ça tu peux pas le dire. Tiens, vise ton froc !

Il venait avec une promptitude cavalière de relever mes jupes. Sur un canapé ou une mousse fraîche, je fus terrassé par ce poids de merveilles. Ce n'est que le sperme refroidi que la princesse violée par un garde du palais songe à sa dignité ! Une scène rapide éclata en moi : « Partez, hurlai-je en moi-même ! Partez ! Mais partez donc ! En face de vous je ne peux pas me dominer ! » Le garde vainqueur baissait la tête et me regardait d'un air sournois comme s'il eût dit : « Je t'aurai, garce ! » Je criai encore : « Je dois être blême de rage. » Divers avait déplacé le tambour et, sur la bosse qui s'éteignait, je vis la même tache dont je sentis la chaleur à la mienne. J'eus quelques gestes maladroits, idiots, absurdes, qui étaient des gestes d'exorcisme pour rejeter loin de moi la joie qu'avait accordé à la princesse le corps vigoureux du garde. Puis il y eut en moi cet assombrissement qui se fait soudain à l'approche de la mort. Notre cœur se voile. C'est la nuit. Une nuit semblable m'avertit de la mort de Bulkaen.

Je ne sus rien de précis tout d'abord, mais il me semble bien que le nom de Bulkaen hissé sur la prison ait flotté, léger, et que les ondes qu'il déplaçait m'aient causé ce malaise indéfinissable que j'éprouvais jusqu'au centre de la Salle. L'idée de l'évasion dut le séduire.

Pendant plus d'un an, en travaillant chaque jour un peu accroupi et dissimulé derrière un tas de chiffons, à l'atelier des tailleurs, Botchako avait réussi à découper une sorte de trappe dans le plancher. Le travail — je l'ai vu cinq ou six jours après l'évasion en allant chercher une brassée de frocs rapiécés — était d'une précision et d'une délicatesse de Chinois. Il s'était servi d'un tranchet ou d'une paire de ciseaux, je ne sais. Puis, à l'aide du même outil, il avait creusé une cavité, dans la poutre maîtresse, assez grande pour y loger son buste incliné, les deux jambes devant pendre à droite et à gauche de la poutre, dans le vide, au-dessus de la salle capitulaire. Il y travailla un an. Le soir qu'il décida de partir, il s'y introduisit dans l'encoche avec une provision de tabac — trouvé je ne sais où — et du pain. Puis un copain éparpilla des chiffons sur la trappe refermée.

Quand le gâfe, à six heures, vint chercher les détenus, il les compta, comme chaque soir. On chercha le manquant dans toute la tôle, on ne le trouva pas. On le crut évadé. Il ne s'enfuit que la troisième nuit.

J'appris encore qu'il avait volé un peu plus tôt une scie à métaux à l'atelier de ferronnerie. Il attendit quelques jours que fût calmée l'émotion que provoqua ce vol dans toute la Centrale. On ne le soupçonna pas. Les gâfes redoublèrent de vigilance, les rondes furent triplées et faites avec plus de soin, mais quinze jours après tout était oublié et le service de surveillance reprit son rythme normal. D'après ce que l'on comprit des explications de Botchako, c'est lui qui avait d'abord descellé la fenêtre de l'atelier de tailleur et scié un barreau, puis il était descendu dans la cour et Bulkaen, laissant de sa fenêtre pendre un fil, avait monté l'outil, scié un barreau de sa fenêtre, et il était descendu de même façon que Botchako. En s'aidant l'un l'autre, ils avaient pu escalader le premier mur et, arrivés dans le chemin de ronde, Botchako lança l'engin qu'il avait fabriqué avec des lames de fer de son sommier : c'était une sorte de harpon au bout d'une corde enroulée autour de sa taille. Le harpon devait s'accrocher au faîte du mur. C'est Bulkaen qui commença l'escalade mais, par les chiens policiers, l'alerte fut donnée. On entendit quelques aboiements, puis une rage de hurlements. Nous étions tous attentifs dans nos lits. Soudain, dans la nuit, on crie : « Arrêtez ou je tire. » Et voici ce qu'on me raconta. Bulkaen dut grimper plus vite. Les gâfes arrivèrent. Botchako empoigna la corde qui pendait et grimpa à son tour. La griffe tenait, la corde était solide, mais la pierre couronnant le faîte du mur n'était pas scellée. Il pleuvait. Sous le poids des deux corps, sans osciller, elle tomba d'un bloc. C'est Botchako qui eut les jambes cassées. Bulkaen voulut se sauver. Il se rua contre les trois gâfes qui

arrivaient, revolver haut. L'un d'eux tira. Bulkaen
recula. Les chiens se ruèrent. Il recula encore contre
le mur. Les gâfes s'approchèrent pour le prendre
mais, blessé à la cuisse, je crois, il se débattit. Il lutta
contre les chiens et les gardes. Il ne s'avouait pas pris.
Il cogna dans les gâfes avec ses pieds et ses poings, un
coup frappa un revolver qui tomba et Bulkaen le vit
briller à ses pieds, rapide il le ramassa et tira des
coups dans les gâfes, mais six autres gardes étaient
accourus avec le surveillant-chef, ce fut une mitraille
qui cloua mon ami contre le mur. Il s'écroula. Je ne
puis m'empêcher de le voir, les mains en porte-voix
autour de la bouche et formant le cri muet : « Au
secours ! » et ruisselant, disparaître lentement dans
la fumée, dans l'eau et dans l'éclatement de vingt ou
trente fleurs de feu mortelles.

Botchako gémissait, les jambes encore prises dans
le bloc de granit. On l'emporta à l'infirmerie. Il
mourut peu de jours après, sans avoir repris connaissance. Voici alors le mot de Lou-du-Point-du-Jour :

— Pierrot va retrouver son coquin chez les anges.

Je suis sûr que par Lou, le gourbi des macs était
mis au courant de toutes les sourdes rumeurs, des
rivalités de notre groupe. Nous méprisaient-ils ou, au
contraire, cet éternel mouvement, cet incessant
échange sentimental les troublaient-ils ?

On les enterra tous les deux dans le petit cimetière
de la Centrale. Un jour, peu après, nous étions cinq
mecs en corvée de paillasse (remplir de paille les
vieilles toiles à matelas). Avec quelques détenus, les
gâfes se faisaient plus familiers. Ils parlaient de
choses et d'autres. On plaisantait un peu avec eux.
Un des gars dit :

— Vous y étiez, vous, m'sieur Brulard, quand Bulkaen et Botchako ont voulu mett' les bouts ?

Et pendant que nous bourrions les paillasses, malgré le règlement qui lui interdisait de nous parler de ces choses, et sur un tel ton, le gâfe qui savait, comme le savaient tous les gâfes, mon amitié pour Bulkaen, nous récita cette nuit où il était. Il insista sur la pluie qui le gênait afin que je sache bien comme elle traita Pierrot. La poussière piquait mes yeux, gênait ma gorge, mais il ne me fit pas pleurer. Il osa dire : « C'était ton copain », mais je ne répondis rien. Les autres continuaient leur boulot sans me regarder. Il n'oublia pas un détail, ni les balles qui le trouaient, ni celles qui ricochaient contre le mur, ni sa bouche tordue, ni son silence. Plus tard, j'eus d'autres précisions, plus brutales, mais je n'avais ni la liberté morale d'admirer, ni le temps, ni la surprise. Je suivais en expert passionné, en témoin qui se souvient d'une autre qui fut comme la répétition générale de celle-ci, l'aventure écarlate de Bulkaen. Je ne sentais rien : j'observais et c'est la foule des détenus qui me renseignaient sur la beauté de l'aventure. Aux yeux écarquillés, aux bouches soudain entrouvertes, aux silences, aux soupirs de cette foule qui m'entourait, je comprenais obscurément que j'assistais à un passage plus beau, et qu'il fallait admirer... On me dit :

— Il a mis le pied après une saillie en ciment qu'a cédé... On croit que c'est là qu'i s'est déchiré la jambe...

Le « oh » sourd que râlaient toutes les gorges m'avertissait que la narration était émouvante. Je venais de m'entendre raconter, sur un air joyeux, la mort de mon ami, mais j'étais tellement épuisé que la foule avait dû me prêter son âme pour sentir. Trois jours plus tard, j'appris que c'est du mitard que Bulkaen s'était enfui. Pour Pierrot, il n'était pas question que son corps fût redemandé par la famille, on ne lui connaissait pas de famille et quant à Botchako, s'il est exact que tout détenu doit passer à la Centrale le temps auquel il fut condamné, comme il lui restait encore trois ans à tirer, sa famille ne pourra réclamer son corps que dans trois ans... Je sais par les fossoyeurs qu'on les jeta dans la fosse commune. Pierrot fut enseveli dans la dentelle bleue des tatouages qui couvraient tout son corps : la bouée et le mataf, la chevelure de la fille, les étoiles à la pointe des seins, le bateau, le cochon sur sa queue, la femme nue, les fleurs, les cinq points de la paume et jusqu'au léger trait allongeant les yeux.

Quand un cave s'est laissé dérober un objet de valeur, s'il se plaint à la police, on dit : « Le cave il a porté le pet », et encore : « Il a porté le deuil. » A Dieu, je porte le deuil !

Votre mort, Bulkaen, hésite et s'étonne de vous voir arriver mort. Vous m'avez précédé. Mort, vous m'avez dépassé, vous m'avez traversé. Votre lumière s'est éteinte... Comme les poètes, les héros précoces meurent jeunes ! Malgré moi, c'est sur un mode solennel que je parlerai de vous, de votre vie, de votre mort. Bulkaen ! Entre tant d'autres amours, qu'avez-vous été ? Un amour bref puisque je ne vous ai vu que douze jours. Le hasard pouvait me mettre en demeure d'en chanter un autre.

Je n'ai pas la prétention de vous mettre au fait de tous les mystères (et les dévoiler) qui sommeillaient dans la Colonie. Il y avait pas mal de choses encore. Je cherche. Quelquefois j'y pense, mais elles me parviennent à l'esprit sans laisser de traces. Sans trace sur le papier. Il faut attendre, elles apparaîtront à la fin du livre.

Parlerai-je aussi du sourire des colons ? Et surtout des extraordinaires sourires narquois et agaçants, malicieux et gentils, plus putains que ceux des filles, par quoi, quand ils passaient près d'eux les mômes agaçaient les grands, et Bulkaen les tatoués. Comme il me le dit une fois, je suis sûr qu'il fit « battre des cœurs et des mecs de cœur ».

Ils n'accomplissaient que des actes utiles. Cela peut paraître extraordinaire après que j'ai dit que leur vie était calquée sur la vie des prisonniers, mais ce miracle se produisait, que je tenterai de démontrer : chacune des activités, tout en étant la reproduction de la même — ou qu'ils croyaient même — en Centrale, trouvait toujours son prétexte dans une nécessité immédiate. Ils ne jouaient pas. Les primitifs et les enfants sont graves. Chez eux, si l'on observe quelques fêtes joyeuses, c'est que la joie est si forte qu'elle s'exhale de ces jeux (toujours religieux), qu'elle éclate en rires. Les fêtes ne s'improvisent pas. Elles sont elles-mêmes des actes utiles, étant plutôt gestes rituels d'un culte accordé à une divinité qu'il faut gagner. L'exécution de Métayer fut une fête, avec immolation à l'origine et déchaînement orgiaque. Enfin, je crois que la joie de ces enfants était d'ordre bachique, une espèce d'ivresse causée par certaines cruautés si fortes que cette joie ne pouvait s'exprimer que par un rire rauque mais musical, aussi, et s'ils souriaient parfois, c'est qu'ils ne savaient — et n'y songeaient — se refuser à cette joie tourbillonnante, musicale, qui enveloppe toute tragédie de haute qualité. Mais leur rire était sombre. Les fleurs sont la gaieté et certaines sont la tristesse faite fleurs. Et le rire des colons, le rire d'Harcamone surtout, ne produisait à la surface de son visage qu'un léger remous, tandis qu'on voyait bien que lui-même continuait à vivre dans un fond de vase épaisse, de boue, d'où parfois remontait une bulle d'air : une larme. Et toute la Colonie composait un énorme Harcamone.

Mais les adolescents sont derrière les murailles. Ils ne nous espèrent plus et, à l'autre bout de la campagne tourangelle, Mettray est désert, inoffensif enfin. Est-il possible que la prison rigide, le temps en l'effritant, ait adouci les angles jusqu'à faire d'elle une stèle romantique, douce aux yeux et tendre au cœur? Quand je revis la Colonie, l'herbe avait poussé entre les pierres, les ronces pénétraient dans les feuilles par les fenêtres que tant de colons, la cuisse en équerre, enjambèrent. Les carreaux étaient brisés, les hirondelles nichaient à l'intérieur du bâtiment et l'escalier couvert et obscur, qui nous permit d'échanger tant de baisers et de caresses, s'était effondré.

D'avoir jeté un coup d'œil sur ces ruines, jamais ne guérira la tristesse de mon âme. J'avançai doucement et je n'entendis rien que le cri de quelques oiseaux. Je n'ai trouvé qu'un cadavre. Je sais que ma jeunesse est morte. Il ne reste plus rien du passage de tant de voyous. Sauf peut-être quelques dates, ou des initiales entrelacées gravées dans le plancher et dans les murs des cellules du quartier. Je fis le tour de la

Colonie, puis un tour plus grand, puis un autre, et à mesure que je m'éloignai en décrivant des cercles de plus en plus vastes, je sentais mourir ma jeunesse. Se peut-il que soit séché, dès la fleur, ce nœud de serpents monstrueux qui attirait tant de gars ? J'espérais encore qu'un colon m'apparaîtrait, et j'espérais voir une corvée, commandée par un chef d'atelier, apparaître au tournant de la route, je ne mettais plus ma foi qu'en ce dernier miracle qui ferait revivre soudain, après un engourdissement de cinq ans, la Colonie abandonnée.

De l'avoir revue dans cet état de désolation fait cesser le jeu de l'invention. Mon imagination se tarit mais, par contre, je me tourne vers ma jeunesse ; je m'endors en elle. Je cherche à la faire revivre par tous les moyens. Puisqu'elle est partie, éparpillée dans les autres pénitenciers de France, la sévère bande qui donnait toute sa rigidité à cet endroit naturellement si tendre, il faut j'aille en chercher le souvenir en moi-même. J'apprends que je l'aimais, ma Colonie, avec ma chair, comme lorsqu'on dit qu'ils firent leurs préparatifs de départ, la France comprit, perdant la rigidité qu'ils lui imposaient, qu'elle avait aimé les Allemands. Elle serrait ses miches. Elle priait le supplanteur pour le retenir en elle. « Reste encore », criait-elle. Ainsi la Touraine n'était plus fécondée.

Dans ma tristesse, j'ai si fort besoin d'un éclat que j'arracherais mon cœur pour le lancer à ta figure.

Où se réunit maintenant la progéniture des anges ? Mon Mettray bien-aimé ! Si le simple précepte de Jésus « Amour » devait donner naissance au plus extraordinaire ramassis de monstres · métamorphoses en fleur, évasions par les Anges, tortures sur le gril, résurrection, danses avec des animaux païens, côtes dévorées, lépreux guéris, lépreux baisés, tripes canonisées, fleurs condamnées sans rire par des conciles notoires, enfin toute une légende que l'on qualifie de Dorée, les miracles plus bouleversants encore, grouillants dans nos familles, devaient à la fin s'unir, se fondre, se mêler, cuire, bouillir dans des chaudrons pour laisser voir au fond de mon cœur le plus scintillant des cristaux : l'Amour. Amour pur, et simple, que je voue au souvenir de ces familles travaillées en méandres.

Amour encore qui me cause une amertume insurmontable parce que je l'ai cru découvrir entre Pierrot et Botchako que l'on appelait ici — titre égal à celui de Khan — le Bandit Botchako. C'était un gars à enculer n'importe quel giron, mais il n'avait rien d'un amoureux transi. Qu'il arrivât en se balançant, les mains dans la ceinture, et tombât le premier petit mec qui lui plût, c'était assez dans sa manière. Mais oser venir délivrer Bulkaen du mitard et l'emmener avec lui ! Car c'est du mitard que s'évada Bulkaen. Il n'y resta qu'un jour, le jour de mon arrivée, je ne pus donc le voir à la salle de discipline.

On imaginera facilement ce que furent ma joie et mon désespoir quand je l'appris. Il était enfin descendu au mitard, il avait réussi à se faire punir pour me voir, comme je l'espérais et le redoutais à la fois. Il m'avait donné la preuve de son amour, et cette preuve n'était pas annulée par sa fuite car il lui eût été facile de s'enfuir de sa cellule de dortoir et Botchako, lui, n'était pas descendu au cachot.

Quand un des mecs de la salle, un matin, après sa mort, me dit :

— Moi aussi, j'l'avais vu passer, en balayant les cellules. Il était à la famille...

— Tu l'as vu, toi ? D'où i v'nait ?

— Du prétoire, j'te dis.

Une grande reconnaissance monta de tout mon être vers la Création tout entière qui permettait un instant pareil, et j'admirai du même coup la misère de notre destin qui, à l'instant que j'allais tenir mon bonheur, faisait intervenir la mort.

— Pourquoi au prétoire ?

— Il a fumé au dortoir.

Mais un autre détenu, du dortoir même de Bulkaen, rectifia :

— C'est pas lui qui fumait, c'est Point-du-Jour.

— Alors ?

— Alors ? Pierrot a dit qu'c'était lui.

— Lui, Pierrot. Pierrot a dit au gâfe : « C'est moi, chef. »

Et je connus qu'il est terrible de comprendre le jeu des amours de nos amis parce que nous-mêmes sommes passés par le même système du jeu des amours. A Mettray, au dortoir, j'avais pris sur moi la faute de Divers. Bulkaen se chargeait du crime de Lou-du-Point-du-Jour.

Et Botchako savait-il cela quand il osa délivrer le gosse ? Il avait eu pour Bulkaen, pour Pierrot, des égards, des délicatesses incroyables et, pour les couronner, il avait voulu s'évader avec lui, c'est-à-dire s'unir à lui dans le plus grand péril, ou bien sauver Pierrot, ou bien l'associer à ses coups audacieux, dans une vie d'aventures. L'une comme l'autre de ces raisons m'oblige à examiner ce que Pierrot possédait de particulier, d'autre que les vautours de la tôle, et qui l'avait fait élire par un maître. Une autre question est encore à poser : s'il a choisi pour s'évader la complicité de Bulkaen, c'est que Botchako a reconnu en lui les facultés qu'on demande à un camarade d'évasion, et d'abord le sang-froid et le courage qui sont des qualités viriles, et que possédait Bulkaen a tel point que je puis dire de lui qu'il était insensible, glacé, aveugle. Je pouvais espérer que nos souvenirs mêlés de Mettray nous embrouilleraient, Bulkaen et moi, dans une sorte de confusion où il se saurait se retrouver, et qu'il prendrait peut-être, avec ses lacs, ses boucles pour de l'amour. Il se perdrait peut-être dans les méandres d'une vie antérieure et m'aimerait comme un besson en aime un autre qui fut autrefois la moitié de lui-même. Mais cette explication naissait des mots et les faits sont différents. Bulkaen ne devait pas m'aimer nécessairement parce que je lui rappelais Mettray car, moi-même, j'aimais Bulkaen pour Mettray, mais je n'aime tant Mettray que parce que Bulkaen y fut le plus joli des mômes. A l'amour que je portais à Bulkaen se mêlait son mépris pour moi. Cette proposition peut paraître incohérente, j'aimerais qu'on y réfléchît. Ce mépris, émanant de Bulkaen, éclaté par lui, entrait en moi sans violence et altérait mon amour. Lentement, il me désagrégeait, il détruisait ma vie.

Tout s'est effondré. Il ne me restait qu'à tuer Bulkaen ou à me tuer, car il n'y avait plus de raison d'exister puisque mon rôle était rempli qui était de me donner ce bonheur et cette peine, et la mort.

Mais Bulkaen était plus haut que moi. J'étais sûr

de ne jamais l'atteindre. Et même si je l'apercevais dans sa misérable réalité de triste voyou au visage un peu sale, à l'âme encombrée par la sentimentalité des chansons réalistes, des chansons vécues, il était plus haut que moi parce qu'il était plus fier. Il me regardait de très haut. Il ne m'aimait pas, je l'aimais. Enfin, il était le démon qui m'incitait à plus de dureté, à plus d'audace, à plus d'amour : comme Harcamone était celle d'un autre, Bulkaen était ma virilité.

Pour qu'il l'aimât avec ces qualités, Botchako devait lui-même présenter ces quelques défaillances dans le sang-froid et le courage, par où le courage et le sang-froid de l'autre pénétraient en lui. Botchako était donc tendre et faible, et peut-être souhaitait-il sincèrement mon amitié quand il m'offrit la touche. Je suis encore honteux d'avoir repoussé l'amitié et, davantage encore, ce qui la symbolise ici : le clop.

Il me suffisait d'entendre à Mettray un marle dire à Stoklay : « C'est Rigaux qui m'a passé la touche... » et je soupçonnais les marles attachés l'un à l'autre par un lien d'amitié, par une complicité qui écartait d'eux les cloches et les vautours et, pourtant, aucun serment n'avait été exprimé, qui les unissait. Ils se reconnaissaient plutôt au jugé, à l'instinct. Les mêmes goûts les attiraient, les mêmes dégoûts. La « touche » était la « pierre de touche ». Les rares mégots passaient, mouillés, sucés, noirs, sales, exquis, signes d'ignobles tendresses, d'une bouche à une autre, mais chacune était gonflée de la mine boudeuse et méchante, que l'on voit à quelques enfants dont l'âme est lourde de sanglots, aux enfants délicats qu'un désespoir galvanise. Chez nous, rien ne les attendrissant, les marles ne pleuraient jamais, ni personne plus qu'eux. Les petits hommes droits, rigides, dans leurs surplis bleus, les mains dans les poches, crânes, secs, épineux, inhumains à force de dureté, parcouraient les allées, traversaient les haies, sous un soleil d'été digne de leur fragile rudesse. Ils ignoraient les charmes, les douceurs, les abandons du groupe indissoluble parce qu'ils ignoraient l'amitié et ses trésors. Là encore ils étaient romains. Mais connaissant l'amour, ils avaient voulu les cloches. Les marles s'aimaient sans violence et, pour défendre cet amour qu'ils se portaient — ou plutôt portaient aux signes distinctifs de la caste — ils avaient besoin d'un adversaire. L'adversaire est nécessaire car il inscrit l'amour dans les lignes, il lui donne forme. Ces lignes sont des digues qu'il bat, qu'il assaille en prenant ainsi conscience de lui-même.

Daniel avait repris son service de clairon. Un matin qu'il se trouvait à sa place dans le Carré désert, près du bassin, afin d'être toujours prêt pour n'importe quelle sonnerie que lui commandait Guépin, sœur Zoé, qui allait de l'infirmerie à la chapelle entendre la messe basse, passa près de lui. La rage dut glacer le cœur de l'enfant. Il songea sans doute à son môme qui s'était coupé le doigt, à cause de la sœur, pour rester avec lui. Il dit bonjour à la sœur, criant : « Bonjour, sœur Zoé. » Sorties de leur fonction, les religieuses étaient volontiers aimables. Elle répondit donc bonjour. Le clairon s'approcha d'elle et, quand ils furent l'un vers l'autre, ils étaient aussi très près du bassin. Le gamin vigoureux donna un coup d'épaule à la vieille qui, le souffle coupé, bascula dans la flotte. Ses jupes la soutinrent un instant, faisant d'elle un nénuphar énorme et ridicule, mais très vite elles se chargèrent d'eau et tirèrent au fond la religieuse muette d'épouvante et de honte. Le contact de l'eau sur ses jambes, ses cuisses, son ventre, la nouveauté d'un élément dont elle n'avait plus l'habitude, paralysaient la vierge. Elle n'osa ni un mouvement ni un cri. Elle s'enfonça. Il y eut encore un léger remous à la surface, puis ce fut le calme si pur de tous les matins d'avril. Sous les fleurs de marronnier, la vierge mourut noyée. L'enfant, d'un autre coup d'épaule, rajusta la bretelle rouge et blanche de son clairon, remit ses mains dans ses poches et, tranquille, lent, s'éloigna du bassin. Ce n'est que le lendemain qu'on découvrit le cadavre dans l'eau. Évidemment, on conclut à un accident, à un faux pas. Le dimanche suivant, avant la messe, le directeur réunit les colons dans la salle des fêtes et leur dit la mort accidentelle de sœur Zoé, et il les engagea à prier pour elle.

Le départ de Villeroy pour la famille H m'avait un peu libéré de ma fidélité. Ce fut l'époque de ma honte. Cette honte ne fut jamais éclatante. Jamais on n'en parla devant moi à voix haute, sans doute à cause de la proximité de Villeroy qu'on supposait capable de surgir tout à coup pour défendre son petit mec, mais cette honte m'enveloppait à la façon de certaines odeurs émanées de vous et que les gens font semblant de ne pas sentir. Pourtant à une façon de silence, à un plissement du front, on sent qu'elles savent. Chaque nuit, les macs, à tour de rôle, passaient dans mon hamac. Nos amours étaient rapides, mais Larochedieu les connut. Je fus conduit au prétoire. C'était, près du quartier, une petite pièce blanchie à la chaux, meublée d'une table à tapis vert et de deux chaises. Le dirlo était assis derrière la table. A côté de lui, Dudule et, derrière, sur le mur, accroché un immense crucifix. Tous les punis de la journée attendaient, à la porte, leur tour d'être condamnés à : huit pains secs, dix pains secs, huit piquets (deux heures chaque jour de mouvements fatigants, exécutés dans la cour du quartier, en place de récréation) ou un mois de quartier, ou un ou deux mois de cellule, mais le plus souvent, c'était cellule ou quartier jusqu'à nouvel ordre. J'attendis aussi à la porte. Le bruit des sabots ferrés que les punis frappaient en cadence m'entrait dans l'âme et la dévêtait de tout espoir : « Un ! Deux ! Un... Deux... (un mot ici. L'élégance était de prononcer « un, deux » de la façon la moins claire possible, par exemple : « Ours... con... » ou bien « con... doo », enfin comme un grognement. Plus le grognement du frère aîné était bizarre, sauvage, plus le frère aîné était craint et respecté. Je repense au pouvoir de ce cri. Il venait de ressembler à celui de la bête, de la brute. Qui eût dit simplement : « Un, deux » eût été ridicule. Ce cri était cri de mâle. Il troublait les vautours. Quand, après une pause, il reprenait, c'est l'empire de l'homme qui, après un peu de répit, nous soumettait. Pour préciser sa puissance, il faut parler de cri de guerre, de tatouages, de sceaux bizarres, de sceptres ornés, de phallus imposés. Chaque mâle avait son commandement propre correspondant à la forme, à la grosseur de sa verge). J'attendis à la porte du prétoire, dissimulant déjà dans ma bouche le morceau d'acier de mon briquet afin de le passer en fraude quand, dès ma condamnation prononcée, le surveillant, M. Bienveau, me prendrait au passage et me mettrait tout nu pour me fouiller et me jeter en cellule. J'entrai. Dudule prit un papier et me dit :

— On t'a vu sortir d'un hamac qui n'était pas le tien. C'est ignoble !

Et M. le Directeur, dont toute la peau des joues tremblait :

— C'est ignoble ! A ton âge !

J'eus un mois de grande cellule.

Dans la grande cellule, quand un jeune emmanché était là, le soir les gâfes croyaient que nous dormions mais les marles organisaient leurs jeux cruels. Comme ils parlent aux femmes qu'ils soumettent, les appellent tordues, pouffiasses, les durs parlaient méchamment aux enfants de l'odeur de leurs pieds blessés, de leur cul mal lavé. Ils disaient d'un jeune ayant les ongles des orteils trop longs : « Il a les ongles qui frisent. » Ils disaient encore : « Ton panier à crotte. » « J'vais secouer ton panier à crotte » (à « crottes » en l'entendant, l'enfant ajoutait l's infâme). On peut dire que les gosses pâles et soumis marchaient à la baguette et au fouet des féroces expressions. Pourtant, ils étaient de friandes délices qu'il fallait débarrasser d'une écorce écœurante, ils étaient pareils à ces soldats très jeunes, enveloppés de barbelés d'où ils s'envoleront peut-être avec des ailes d'abeilles mais où, pour l'instant, ils sont des roses prises à leurs tiges. Les durs enveloppaient les gosses de ces épouvantables réseaux Un jour, au quartier, ils obligèrent d'un mot Angelo, Lemercier et Gevillé, à leur laver les pieds. J'étais là. Je ne me fis pas déchausser, par humilité envers les durs : Deloffre et Rival de la famille B,

Germain et Daniel de la famille A, et Gerlet de la C, mais eux-mêmes par considération pour Villeroy ne m'imposèrent pas la corvée. C'est Deloffre qui inventa le cérémonial. Chacun des trois enfants passant devant les bat-flanc eut sa fonction ; Angelo portait sur ses mains une bassine pleine d'eau, avec son mouchoir qu'il y trempait, Lemercier lavait les pieds des marles déchaussés, Gevillé les essuyait avec sa chemise retirée puis, tous les trois ensemble, à genoux, baisaient les pieds lavés. Était-ce l'horreur qui nous saisissait quand nous entrions dans la grande cellule ? Dans l'obscurité, luisaient les torses nus des marles immobiles. L'odeur était celle de l'urine, de la sueur, du crésyl, de la merde. Et les marles, de leurs bouches de fleur, crachaient des crachats claquants et des injures enveloppantes. Lorenque qui était là, devait aimer Angelo en secret, car il voulut le défendre, d'une façon assez légère, il est vrai, contre les duretés de Deloffre, mais le môme sentait que Lorenque n'était pas un vrai marle. Lorenque dit :

— Laisse-le, va, fais-le pas chier.

Deloffre laissa couler, mais peu après, il obligeait l'ange frémissant de dégoût à lui nettoyer les narines avec sa langue. Lorenque dit encore :

— Alors, quoi, Deloffre, laisse-le choir !

Mais cette fois Deloffre fit sa gueule de vache. Il dit :

— La demi-portion, t'as intérêt à t'occuper de ton froc.

Il était en rogne, pas bon à toucher. La méchanceté, qui lui donnait aussi l'air d'avoir peur d'un coup de poing dans la gueule, provoquait en lui des rages si violentes qu'elles troublaient tout son organisme. Il

316

avait l'apparence intelligente et mauvaise de certaines fioles de poison, des reptiles et des poignards (ceux qu'on appelle « des miséricordes ») mais la méchanceté aussi dure, aiguë, sereine, d'un bijou, d'une bague pour la faute duquel je suis emprisonné. La méchanceté, lors d'un accès, pouvait aller jusqu'à tuer, et c'est dans ce sens, qu'à propos de lui, j'ai voulu parler de la méchanceté, cette arme qui tue. Il avait pour Harcamone, de la fillette le visage mort qui scintillait de la méchanceté volontaire, de tous les objets qui ont provoqué votre malheur. Harcamone ne devait pouvoir le regarder sans haine.

Angelo se coula tendrement contre Deloffre. Il rit de Lorenque et lui dit :

— De quoi que tu t'occupes ?

Il voulait saisir l'occasion de rentrer en grâce auprès du marle en prenant son parti contre son chevalier. Lorenque se tut. Se boucla l'écœurant accord qui s'établit sur le dos de celui qu'on a châtié. Angelo, avec sa langue, nettoya les narines du voyou.

J'ai évoqué cette scène parce qu'elle se passait dans une cellule de punition, en tout point semblable à celle où l'on nous a groupés ici, à Fontevrault, où je viens de m'entendre conter l'épilogue d'une histoire d'amour. Ils étaient une dizaine de mecs dans la cellule, dont aucun ne devait être au courant de mon amitié pour Bulkaen, et je remarquai parmi eux un ancien auxiliaire de la sixième division. La sixième restait pour moi la division mystérieuse, où je n'étais encore jamais allé, mais où Bulkaen se rendait souvent en cachette de moi : c'était la division de Rocky. Je demandai à l'auxiliaire s'il n'avait pas

connu ce dernier. Il me répondit oui. Il précisa :
« C'était un grand mince. Un bon type. Oui, je l'ai
connu, mais il est parti à l'île de Ré. Avant il s'était
marié ici. Y a pas bien longtemps. » Marié « légi-
time ». Dans mes yeux, à l'instant, éclata la vision
déchirante d'une noce où la mariée était Bulkaen lui-
même, vêtu d'une robe à traîne en satin blanc, les
épaules nues, des fleurs d'oranger, des lis sur la tête
rasée et sur les bras. Toute l'émotion qui me troubla
était due au rappel de cette noce sous les étoiles, à
Mettray. En moi, l'image de Rocky, un peu défail-
lante, se confondait avec celle de mariés en frac, de
bagnards amoureux, dans un décor de tapis rouges et
de plantes vertes. Mais une consolation, une paix très
douce, entrait dans mon cœur, car je croyais être sûr
que Rocky en prison s'était marié parce qu'il n'aimait
plus Bulkaen. Enfin, j'étais sûr que Bulkaen savait ce
mariage et qu'il en éprouvait du dépit et je fus vengé
de son mépris pour moi. Mais en même temps, je
regrette qu'une amitié sauvage ne nous ait liés,
Rocky, Lou-du-Point-du-Jour, Botchako, Divers et
moi, ne nous ait rendus pareils aux cinq guerriers de
Cléopâtre à qui nous eussions remis toutes nos
fortunes réunies pour acheter à l'un de nous désigné
par les dés ou les cartes, une nuit d'amour avec
Bulkaen.

Pour avoir été à Mettray, je suis bon, c'est-à-dire
que ma bonté envers les humbles est faite de ma
fidélité à ceux que j'ai aimés. M'élevant dans la
solitude hyperboréale de la richesse, mon âme n'aurait pas su s'épanouir, car je n'aime pas les opprimés.
J'aime ceux que j'aime, qui sont toujours beaux et
quelquefois opprimés mais debout dans la révolte.

On ne vit pas quarante ans de sa vie, ou sa vie entière parmi les enfants et les anges sans se tromper dans ses comptes. Et les tortionnaires d'enfants sont parfumés du parfum des enfants.

M. Bienveau était le grand maître du quartier. Sa bouche était fermée sur des dents serrées, et l'on ne voyait pas son regard noir, derrière des binocles. Il portait, été comme hiver, un extraordinaire canotier de paille jaune entouré d'un large ruban de faille bleu ciel. Bienveau était enfermé dans une petite chambre dont la fenêtre s'ouvrait sur la cour du quartier où nous tournions selon le rythme commandé par le frère aîné. Et, à l'abri d'une grille, il rayait sur une liste l'unique gamelle de soupe du gosse qui trébuchait ou bavardait en silence. Pour l'été, il avait inventé de se faire apporter une bassine pleine d'eau fraîche et il nous regardait mourir au soleil quand lui-même prenait des bains de pieds qui duraient trois heures. Il mourut d'un autre mal. Toute la Colonie l'accompagna au cimetière du village de Mettray mais, quand, au sortir de la chapelle, le chef de musique abattit son bras pour commander la marche funèbre, la grande âme joyeuse de la Colonie s'exhala dans le tourbillon d'une *Marseillaise* muette.

Comme ici c'est la salle de discipline qui concentre, qui élabore l'essence même de la Centrale, la Colonie tirait du quartier sa puissance d'amour et, plus profondément encore, de la grande cellule où, besognant les ténèbres, quelques marles émettaient des ondes qui ne s'arrêteront pas de sitôt.

La mort de Bulkaen et celle de Botchako auraient dû les édifier, les sanctifier, mais dans toutes les canonisations, il existe un avocat du diable, et dans cette affaire, ce fut encore Lou-du-Point-du-Jour. Il dit :

— Et pis, quoi, Botchako, c'était un cave, comme pas mal...

— Que tu dis.

— Interroge la Fouine. Y z'ont travaillé ensemble. Le bandit Botchako, le duringue, y pouvait pas faucher les bafouilles dans les appartements, y n'osait pas les lire ! Rapport à sa délicatesse Et un mec comme ça, ça jouait les gros bras !

Mais si sa mort n'a magnifié Bulkaen qu'à mes yeux, elle l'a placé encore dans une région de moi-même où je puis l'atteindre. Toutefois, écoutez encore : dès que j'appris qu'il me serait impossible de le revoir, séparé de lui par les règlements du mitard, à mon désespoir je compris que je l'aimais d'un amour si grand qu'il me fut impossible de disposer de son image, la nuit, pour mes plaisirs solitaires. Peu après, sa mort l'héroïsa pendant quelques jours, et il fut intangible, mais maintenant que son flamboie-ment s'éteint, je sens que je vais l'aimer tendrement. Dans ma mémoire, notre aventure à deux prend des allures plus humaines. Quand sa dureté le quitte, une tendresse le vêt, chacun de ses actes, même le plus féroce, s'adoucit.

Ma mémoire ne conserve que ceux qui m'apai-saient, ceux qui disaient l'amour caché et intermit-tent qu'il me portait en même temps qu'il me portait son mépris et, dans les actes féroces, je sais ne garder que ces fissures dans leur marbre par où s'échappait, pareille à la buée qui sort d'un solfatare, sa douceur plus qu'humaine. Enfin, je vois bien que je n'ai aimé qu'un gosse et qui m'aimait, un gosse voluptueux puisque si tendre, et plus rien n'empêche qu'après sa mort, je jouisse de lui et avec lui, et sa mort, au lieu de le rendre inviolable, c'est par elle que je le viole. Et c'est cette nuit même que j'ai forcé son spectre à m'avouer : « Mecton, j'voudrais qu'j'aie au fond du derch une pogne pour choper ce que t'y fourres. » Et pour que mon geste soit plus facile, j'accumule sur Bulkaen tous les signes par quoi je peux le voir tout autrement qu'en héros. Je me rappelle avec plaisir l'étonnement enjoué de ses yeux quand il me raconta, le neuvième jour de notre rencontre, que son caïd de la famille Jeanne-d'Arc, pour la première fois, l'aima. Il se souvint tout à coup du noyau de cerise avalé et dont menacent leurs enfants les parents en disant qu'il peut germer et sortir du ventre en arbuste couvert de fleurs. Le sperme pouvait germer en lui et faire s'y développer un gosse. Je rappelle même qu'à Mettray, il était à l'atelier des champs, donc parmi les cloches. Cela n'enlève rien à sa séduction, mais lui ajoute plutôt. Quelles cloches n'avaient un cœur de marles ?

Pour Winter, la beauté fut un coup dur. Les durs s'éprirent de lui et il eut la souffrance d'être par douze bites enfilé, et la honte de l'être presque publiquement. Longtemps après, quand il me raconta sa vie de jeune mac à Paris, une délicate émotion qui naissait de sa honte passée, faisait un peu flotter sa voix, flotter son visage, lui-même flotter. Sous ses gestes brusques, par transparence, on distinguait la trace des humiliations du cachot. Certaines cicatrices apparaissent lorsqu'on frotte le membre blessé.

Sa jolie gueule et sa nonchalance avaient excité les marles qui se le tapèrent.

— J'viens de m'taper un p'tit mec, ainsi parlait Divers qui ajoutait pour moi :

— T'en auras une de p'tite qu'quette de voyou, toi aussi.

Winter ne connut pas longtemps, hélas, les misères de la prostitution. J'eusse aimé voir ce gamin archiduc dans le royaume surnaturel de nos reflets, je veux dire de ce monde plus haut jusqu'où nous plongeons, démolis jusqu'à la honte par les verges, les poitrines, les cuisses et les griffes des marles qui sautaient, d'un ciel sublime dans sa caverne. Winter se coupa les cils pour être moins beau. Il changea de famille et devint cloche. Mais je l'avais vu se débarbouiller de ses larmes après avoir été nettoyé au foutre par une douzaine de marles. On le mit à la famille C qui était presque uniquement composée de vautours, même les frères aînés. L'un était d'un dur de la famille B et l'autre d'un mac de la famille A, qui prenaient leurs crosses, les faisaient respecter. Et les petits vautours, au réfectoire, après avoir envoyé au pain sec contre le mur une cloche qui faisait du bruit avec ses sabots, ajoutaient très haut :

— Ça se laisse taper dans la lune, et ça fait du boucan.

Cette outrecuidance magnifique empêchait sourires et révoltes.

Je ne sais pas si, de moi-même, j'eusse inventé les attitudes perverses, mais il est impossible que le poète ne soit pas influencé par les mots, la forme des phrases, davantage encore par ceux qui, en les prononçant pour la première fois devant lui, les lui révèlent. En riant, quand il me faisait cette cour grotesque dont j'ai parlé, Divers me dit un jour :

— Viens, ma chatte, j'vais te faire une langue dans les trous du nez.

Et il accompagna ces mots d'un mouvement de langue en vrille.

Divers avait des gestes qui ne peuvent être qu'aux mâles. En s'asseyant à la table, pour mettre la chaise sous moi et la rapprocher de la table, je ne l'ai pas prise par chacun des côtés du siège, comme je faisais habituellement. J'ai passé une seule main entre mes cuisses et j'ai tiré la chaise ainsi. Ce geste est un geste d'homme, un geste cavalier qui m'a un peu désar-çonné, tant il me paraissait impossible que je pusse le faire. Et puis, je l'ai recommencé et m'y voici fait.

Divers a été pendant trois années le garçon le plus beau de la Colonie qui contenait une centaine d'adolescents splendides. Il osait — il était le seul à l'oser — faire retailler ses frocs pour les rendre collants. Cet endroit de lui-même était un point central de la Colonie. Même quand il n'était pas là, je sentais qu'y étaient braqués mes yeux. Et, chose étrange, le moindre de ses gestes (qu'il soulevât un bras, fermât le poing, courût, sautât à califourchon sur mon beau mac, se fendît...) ou la simple vue d'une des parties apparemment inoffensives de son corps : son bras nu ou vêtu, son poignet de force, sa nuque, ses épaules immobiles et étroites, et surtout les fiers mollets dessinés par le pantalon de treillis (en effet, les plus forts et les plus beaux gosses avaient des mollets que l'étoffe modelait) et, d'instinct, nous avions compris (rappel des muscles bosselés d'Harca-mone) que la beauté résidait dans cette vigueur, que d'eux on pouvait tirer un prestige, puisque — en cachette, nous moulions bien, avec nos mains, l'étoffe flottante du pantalon, de façon qu'y restât en creux la marque du mollet, nous tendions le jarret pour qu'il bombât le treillis (c'était encore une façon de bander volontairement) — il suffisait de voir un de ces détails chez Divers pour sentir qu'ils n'étaient que la représentation pudique du précieux paquet de son sexe.

Les cinq points bleus, tatoués en quinconce sur la main franche, à la base du pouce, chez les autres, cela voulait dire : « J'emmerde la police. » Sur le poing de Divers, cela allait chercher très loin, dans la Bible et mes mythologies, une signification extrêmement grave, car ces points étaient des ornements sur un prêtre qui servait je ne sus jamais quel culte. Pour la première fois, je compris les musiciens qui expriment avec le chant la passion. Je voudrais pouvoir noter la mélodie que j'entendis sur les gestes de Divers.

Pendant les défilés, ou lorsque nous allions du réfectoire à l'atelier, ou de la salle d'honneur à la famille, Divers se plaçait quelquefois derrière moi et, quand nous marchions, il s'appliquait à mettre ses pas dans les miens, il collait à moi avec précision ; sa jambe droite se lançait, collée contre la mienne, puis sa jambe gauche contre ma jambe gauche, sa poitrine presque sur mes épaules, son nez, son haleine sur ma nuque. Je me sentais porté par lui. J'étais comme si, déjà sous lui, il m'eût baisé, m'assommant de tout son poids et aussi me tirant à lui comme l'aigle Ganymède, comme enfin il devait le faire cette quatrième nuit qu'il passa avec moi, où mieux préparé, je le laissai entrer en moi profondément et qu'il s'abattit, de sa masse énorme (tout un ciel me tombant sur le dos), ses griffes enfouies dans mes épaules, et ses dents mordant ma nuque. Il était planté en moi, poussant dans mon sol et, au-dessus de moi, déployant une ramure et un feuillage de plomb.

(Sur sa chemise blanche, par le col entrouvert, j'ai vu passer le bord d'un maillot de jersey rayé bleu et blanc. Quelle sorte de fidélité le fait conserver sur sa peau cette peau de matelot ? Mais je comprends le plaisir des hommes découvrant sous la robe des femmes le coin d'une chemise. Moi, je retrouve sous son air civilisé, sur ses paroles polies, raisonnables, des coins de Mettray aussi troublants que le triangle bleu et blanc dans l'ouverture de la chemise.)

On sait que les chefs de famille dormaient dans une petite chambre aménagée à l'extrémité de chaque dortoir. Nous trouvions toujours moyen d'échapper à la surveillance du garde qui nous épiait par un petit carreau mobile incrusté dans le mur. Sa promptitude, sa vivacité, toute son allure qui était à la fois furtive et fautive, parce que ses regards et ses gestes étaient rapides et brefs, et franche parce qu'ils étaient droits. Ce mélange n'est pas rare. Je l'ai retrouvé en Bulkaen. Les adolescents savent aller vite de la souplesse à la vigueur qui fait croire à la pureté. Une nuit, Daniel se glissa sous les hamacs pour voler. Les colons ne se volent pas entre eux. Ils sont forts, et les vols ne serviraient qu'à se faire mettre la gueule en miettes, ou ils sont faibles et quel besoin auraient les marles de se lever la nuit pour voler ? Ils se font remettre le jour, poliment par son possesseur, la chose désirée.

Je vis donc Daniel.

Le lendemain matin, après la prière au réfectoire, avant le déjeuner — soupe et pain noir — nous apprîmes qu'on avait volé la montre et le tabac du surveillant. Le soir même, Daniel manquait à l'appel. On l'avait vu pour la dernière fois, vers trois heures de l'après-midi, aller de la brosserie aux latrines. Il passa pour évadé. Mais trois jours après, on découvrit dans une haie de lauriers son petit cadavre qui sentait déjà. Il était abandonné, dents découvertes, un œil arraché, et percé de quatorze coups de tranchet. Je me croyais le seul à avoir vu Daniel se promener sous les hamacs et je ne sus pas comment relier sa mort à cette course nocturne. Une fois couché dans le dortoir endormi, mon œil émergeant au-dessus de cette mer de vagues immobiles, je n'osai plus regarder la nuit en face. Chaque petit môme gonflant à peine le hamac se chargeait du mystère de la mort.

Mon amitié pour Toscano, que Deloffre aimait, me faisait quelquefois, en cachette de son homme, le rejoindre la nuit. Sous son hamac, nous nous accroupissions sur une couverture, enroulés dans une autre, et nous bavardions. L'amitié que je devais porter à Toscano était de nature si pure que le soir même que nous échangeâmes le brin d'herbe, tellement je me sentis purifié, j'acceptai de faire l'amour comme chaque soir, avec Villeroy, mais une sorte de chasteté plus forte que moi m'empêcha tout plaisir. Je prétextai un malaise et je m'enfouis bien vite dans mon hamac pour y retrouver non Toscano, mais l'amitié que je lui portais. Plusieurs fois de suite, il avait refusé de descendre de son hamac où il restait, tout au fond, recroquevillé dans le sac de couchage. Une fois, avant que je le quitte, il me demanda à l'oreille :

— Tu ne sais pas si les mousses avaient les cheveux coupés ?

Je compris immédiatement qu'il s'agissait de la Marine Royale, mais je ne sus que lui répondre, car si j'avais lu bien des romans d'aventures sur les pirates du XVIIIe siècle, des récits d'abordage, de naufrages, de tempêtes, de mutineries, de pendaisons à la grand'hune, si l'on m'a parlé de cet extraordinaire gaillard d'avant, je me suis perdu dans des combines de rhum et d'esclaves noirs, d'or et de viande boucanée, décrites en lignes serrées sur un papier sale, mais je ne sais pas si les mousses, à l'époque, avaient les cheveux coupés. Je suppose qu'ils étaient pouilleux. Enfin, un soir, le gosse consentit à rabattre ses couvertures, à descendre et à reprendre avec moi nos causeries. C'est sûrement qu'il en avait terminé avec cette histoire qui l'embarquait sur un brick portant le pavillon des forbans, le Jolly-Rogers à tête de mort, ou sur la galère qui le sortit d'un bagne maritime pour travailler la mer Caraïbe. Et le soir même de ce retour du plus beau des voyages, il m'appela en secret et me fit voir la montre en argent que Daniel avait volée au chef de famille. Je lui demandai comment il avait eu cela, mais il ne voulut rien dire. La police avait fait un grand désordre pour découvrir l'assassin, mais elle arrivait de Paris avec des méthodes qui collent aux meurtres habituels et qui n'ont aucune prise sur le monde des enfants. C'est à la prison de Brest que je connus la fin de l'histoire. J'y retrouvai Deloffre qui me parla avec beaucoup d'émotion de Toscano qui s'était noyé sous nos yeux et, dans son trouble, il ne s'aperçut même pas qu'il me racontait aussi le meurtre de Daniel. Il l'avait vu entrer, comme moi, dans la chambre du chef. Le matin du vol, il ne dit rien, mais vers midi, il rencontra Daniel dans une haie de lauriers et lui réclama une part du butin. Le voleur refusa. Une lutte s'ensuivit jusqu'à ce que Daniel, percé de quatorze coups de tranchet (nos tranchets étaient plus coupants, plus féroces, plus dangereux dans nos mains que des poignards solides), tombât, sanglant, et mort dans les lauriers noirs. Il n'avait pas crié. La bataille s'était déroulée en silence, dans les branchages muets. Pour moi, la campagne tourangelle est jonchée de petits morts au torse frêle ou musclé, aux bras nus, sans aucune boucle de cheveux consolante pour les pleurer. Morts la bouche close, les dents serrées, d'une mort italienne. Ce meurtre eut lieu derrière un massif à un carrefour de corridors, d'allées, de couloirs d'ébène, de rangs d'hommes d'armes rencontrant des enfilades de colonnes dans trois directions. C'était, par la présence héroïque d'un enfant de seize ans, le péristyle d'un palais de Racine. Deloffre prit pour lui le tabac, et la montre pour sa frégate, et je ne puis me défendre d'admirer l'héroïsme du vautour qui n'aimait pas son marle et qui n'ouvrit jamais la bouche pour le vendre et ne commit qu'une fois l'imprudence de me montrer la montre.

Huit jours avant son départ pour Toulon, Villeroy, de la famille H, me vendit officiellement. Il me vendit à Van Roy, un marle qui fut libéré une fois, mais que sa mauvaise conduite ramena à la Colonie. Je compris enfin d'où venaient ces morceaux de fromage dont il me gavait. C'était mon prix. Pendant trois mois, Van Roy s'était privé de sa cantine pour m'acheter, et c'est moi-même qui avais dévoré ma dot, au fur et à mesure qu'on la payait. Il ne fut pas passé d'acte de vente, mais un soir, dans la cour, devant Deloffre, Divers et cinq autres marles, Villeroy dit qu'il me cédait à Van Roy et si cela déplaisait à l'un des colons présents, que celui-là cherche des crosses à lui seul avant de s'en prendre à Van Roy. Je craignis et j'espérai un instant que Divers parlerait. Il se tut. Et tous les autres gosses étant déjà au courant des vues de Van Roy dirent que tout était régulier. Van Roy me saisissant alors par-derrière m'enferma brutalement dans ses bras et dans ses jambes. Un mois après, il s'éprit d'un autre vautour qu'il vendit. Il me céda alors à Divers que j'épousai en une noce dont j'ai parlé.

Il fallait que Deloffre fût Parisien, qu'il descendît souvent dans le métro et remarquât cette affiche extravagante qui conseille les soins à donner aux asphyxiés. Un après-midi de je ne sais lequel des trois juillets que je passai à Mettray, le second, je crois, nous descendîmes tous, musique en tête, jusqu'à cette rivière dont je parle, qui coulait au bas de la colline. On nous avait distribué des petits caleçons de bain et nous devions nous sécher un peu avec nos serviettes et beaucoup avec le soleil. Nous nous mîmes nus sous l'œil du gardien en col de celluloïd et cravate noire, et ce fut charmant, dans le pré, sur le bord de la rivière, ces quatre cents enfants qui offraient à l'eau et au soleil leurs maigres corps. La rivière était peu profonde. Toscano s'éloigna un peu avec Deloffre. Il dut tomber dans un trou, il disparut sous l'eau et Deloffre le rapporta dans ses bras, noyé. Il le déposa sur l'herbe du pré. Nous étions la famille B au complet et assez éloignée du chef de famille. Nous demeurâmes saisis. Deloffre allongea Toscano sur le ventre et lui-même l'enfourchant, il commença ses tractions rythmées que l'affiche du métro conseille. Cette affiche est illustrée d'un dessin curieux : un jeune homme chevauchant le dos d'un autre étendu sur le ventre. Le souvenir de cette image (amenée par la nécessité du moment) rappela-t-elle à Deloffre des réflexions obscènes (il me le dit plus tard) ou sa posture suffit-elle ? Ou le voisinage de la mort ? Les tractions rythmées étaient désespérées d'abord, mais grosses d'espoir, d'espoir fou. Ce désespoir se dégonfla au moindre espoir. Ses gestes se ralentirent, mais si, plus lents, ils se chargèrent d'une vigueur extraordinaire, ils parurent empreints d'une vie spirituelle. Dans le pré vert, sur l'herbe, à poil, le soleil séchant nos corps, nous formions un cercle d'âmes inquiètes, anxieuses. La plupart restaient toutes droites, quelques-unes se penchaient en avant. Nous avions peur d'assister à l'un de ces miracles où Jeanne d'Arc redonna la vie aux enfants morts. Deloffre semblait prendre en lui un excès de vie (qu'il tirait de ses rapports intimes avec la nature puissante de midi) pour animer Toscano. Que son ami ne meure pas ! Et le jour de l'enterrement, je ne suis pas sûr qu'instinctivement, il n'ait reproduit, dans le cortège, sur lui-même avec ses bras, les gestes habituels, sur son visage les tics et les sourires de Toscano, accomplissant enfin derrière le cercueil la fonction exaltante de l'Archimime funèbre. Le sexe de Deloffre frôlait les fesses de son vautour mort, dessinées par le caleçon mouillé. Tous nous voyions bien cela, mais aucun de nous n'eût osé dire un mot. Deloffre aurait pu siffler pour rappeler à la vie son ami, siffler ou chanter, comme sifflait le caïd de Bulkaen autrefois.

(J'ai écrit « autrefois » à propos de Bulkaen. Pour moi, maintenant, Bulkaen préside à tous mes souvenirs de la Colonie. Il est leur père. Il est donc antérieur à tous.) Quand son caïd se préparait à l'amour, il faisait Bulkaen siffler doucement un tango.

— Ah ! j'en ai connu des drôles, j'te dis, Jeannot, me disait Bulkaen en riant.

Je ne riais pas. Ce geste me rappelait un rite de la terre, car, dit-on, les paysans vendéens font jouer du violon et de l'accordéon pour que bande le baudet qui doit baiser l'ânesse.

Au milieu de cette herbe verte, le geste de Deloffre était sacré. Personne ne rit.

Enfin, il eut un moment tout secoué de petits frissons : ce n'était ni le vent séchant l'eau sur ses épaules, ni la peur, ni la honte, mais la volupté. En même temps il s'abattait tout à fait contre le corps du petit mort. Son chagrin fut atroce et nous comprîmes qu'une femme eût été nécessaire pour le calmer.

Depuis, j'ai passé par la salle et, les plus nobles, les plus vigoureux macs, je les ai vus rompus par la marche, tomber sur les genoux. Parce qu'ils murmuraient des mots trop bas, j'ai vu des gâfes aux sombres torses, aux pectoraux d'or massif, emmanchés dans des attitudes de belluaires, battre à coups de triques leurs muscles bosselés. Ils crient qu'on les bat, les macs. Ils crient comme leurs putains. Et leurs cris montent jusqu'à moi après avoir traversé des travées, des murs et des caves. Ici, c'est une école où l'on transforme les hommes. Comme on voit au cinéma des Romains faire fouetter leurs esclaves, au fond des caves de la Centrale, j'ai vu des gâfes fouetter jusqu'au sang de splendides soleils presque nus. Ils se tordaient sous les lanières, ils se traînaient par terre. Ils étaient plus dangereux que des tigres, aussi souples, mais plus sournois, ils pouvaient éventrer le gâfe aux yeux durs. Et lui, plus insensible à la beauté torturée, que son bras indifférent, fouettait sans faiblir. Il menait à bien sa métamorphose. D'entre ses mains, les macs sortaient pâles de honte et les yeux baissés. C'étaient des jeunes filles prêtes pour la noce.

Comme Fontevrault eut sa révolte, nous eûmes la nôtre.

Il ne circula aucun papier parmi la Colonie, mais tous les marles furent au courant. Nous étions soutenus par autre chose qu'un espoir de liberté qui n'eût pas suffi à nous déraciner de nos habitudes. Il fallait l'amour. C'est Richard qui prit en main le mouvement et l'impulsion qu'il lui donna eut la fougueuse allure qui l'animait. Nous ne désirions pas, profondément, nous évader, pressentant que s'il existe une vie mondaine brillante où les voleurs et les escrocs, les maquereaux, les gigolos peuvent parader en souliers vernis, nous ne trouverions jamais, sauf en Centrale, une maison obscure, caverneuse, parcourue de sinueux corridors où l'on peut rôder comme dans la Colonie, mais outre qu'elle nous semblait venir d'une autorité amoureuse, nous désirions la révolte pour la révolte. Par révolte, entendez bien une évasion en masse, car la Colonie n'étant contenue par aucune muraille — et puisqu'il faut un foyer aussi digne que possible aux charges d'explosifs — aucune explosion n'était possible. Je ne suis pas bien sûr d'avoir jusqu'à présent réussi à montrer que notre vie n'était d'habitude jamais exaspérée, jamais nerveuse. Aucun orage ne s'accumulait dans nos familles comme dans une vallée, car l'électricité de nos fronts et de nos cœurs trouvait toujours le moyen de s'échapper de mille façons par les fleurs, les arbres, l'air, la campagne. Si elle était tendue, notre vie ne l'était que par une attitude tragique d'enfants qui se mesurent et se défient. Nous voulions soulever les flots d'une colère d'un jour afin de ressentir plus lourdement sa chape de plomb se rabattre sur nous et nous écraser, nous laisser cuire lentement, à l'étouffée. Personne ne parut affairé. Les vautours mis au fait par leurs mâles furent silencieux. Aucun ne parla par trahison ou par faiblesse. La consigne était de déclouer dans chaque dortoir trois ou quatre planches du plancher — comme l'avait fait Villeroy — et de descendre par là dans le réfectoire, de gagner la campagne et de s'y égailler, un par un. La consigne était bien : un par un, mais nous savions que la nuit aurait vite fait de réunir les gosses, d'organiser des couples, puis des bandes. Nous n'envisagions pas cela avec beaucoup de netteté, car nous étions, malgré un espoir idiot qui nous montrait la réussite certaine, assurés du peu de chances de cette réussite

L'idée d'évasion demeura parmi nous, couvée précautionneusement pendant quatre jours Au moins est-ce le temps que je la connus. Pour en parler, nous nous réunissions par petits groupes contre un mur et l'un de nous chassait les cloches comme on chasse les mouches, les empêchant d'approcher. Je crois que rien n'avait transpiré à travers nous. Le départ fut fixé pour une nuit d'un dimanche au lundi.

Je ne saurais dire avec précaution ce que j'éprouvai quand le bruit courut, l'après-midi, que sept marlous meneurs de la révolte avaient été vendus par Van Roy et Divers ; Divers occupait déjà cette place, qui le faisait respecter de tous, de marle très haut, très fort. Il possédait encore cet avantage d'avoir su éviter la bagarre et ainsi de n'avoir jamais été vu en posture de vaincu. Je le méprisai pour sa trahison sans toutefois lui retirer mon amour. Au contraire, même, je m'efforçai de le rendre plus violent afin de ne plus laisser de place au mépris, mais je sentis bien que je m'éloignais un peu de lui et, presque instinctivement, je me détournai de sa vue alors qu'autrefois mon visage se tournait vers son soleil. Toute la Colonie connut sa bassesse et personne ne parut lui en tenir rigueur. Elle venait de vivre quatre merveilleux jours d'espoir. Elle respirait la fumée des cendres encore chaudes, cela lui suffisait. Or, le soir même, il y eut un coup d'éclat : Van Roy, arrêté parmi les sept, était libéré alors qu'il n'avait même pas trois mois de bonne conduite. Il en fallait en général un an. Nous comprîmes. Une épouvantable injustice nous avait fait accuser Divers. Mais en moi, le mal était fait pour longtemps et le mépris que je lui portai toute une journée devait marquer mon cœur. Pourtant, mon instinct ne s'était pas trompé, il avait reconnu que Divers n'était pas le véritable mâle, qu'il était l'usurpateur, car dès que j'appris la trahison de Van Roy, ce marle, à mes yeux, n'en acquit que davantage de prestige. Il avait osé un geste terrible, qui envoyait au bagne d'Eysses six des plus beaux d'entre ses amis. J'eus donc encore la révélation dangereuse que les marles les plus forts étaient des donneuses. Je dis « encore », car je l'avais compris quand Stoklay m'arrêta dans mon évasion, et pressenti bien avant lorsqu'un jour j'entendis un marle faire un mensonge niais : au quartier le frère aîné dérouillant un jeunot qui ne marchait pas en cadence lui dit :

— Je fais exprès de te foutre une bonne bourre pour que le gâfe ne te mette pas au pain sec.

Et je me plus à imaginer leur bloc granitique miné d'un profond et sinueux réseau de taupinières. J'apprenais que les traîtres naissaient parmi les chevaliers, parmi les plus nobles, les plus hautains, et que Divers n'avait pas pu trahir précisément parce que sa nature était tendre et qu'il s'efforçait à la dureté en en observant toutes les apparences. Et quand il eut quitté la Colonie pour je ne sais quel destin, vers quel port, la nuit je revécus avec plus d'ivresse les minutes d'amour que m'avait données ce mac vermoulu de cirons : Van Roy. Je m'endormais dans ses bras. Plus que celle de Divers, j'étais « sa petite femme ».

La vraie révolte eut lieu un an plus tard. C'est Guy, arrivé à Mettray l'année même de mon départ, qui me la raconta

— Voilà. On était sur les rangs, le matin, pour partir aux ateliers. Y a Guépin qui passe en revue. Y voit un type, je sais plus qui c'est, qui passe un

335

battant de briquet à un pote. Alors y vient, y gueule. Il a voulu voir le battant. L'autre l'envoie chier. Y s'allaient bagarrer, mais c'était un marle le mac, alors voilà les autres marles qui se fâchent. Alors, tu piges, au lieu de rester alignés, tous les autres mecs, y veulent regarder, y sortent du rang malgré (le mot malgré lui apparaît-il trop littéraire, il le répète et le prononce avec une dureté aussi vulgaire qu'il peut) malgré les chefs d'ateliers et les chefs de famille. Ça fait la pagaïe. Et on commence à gueuler. Tout d'un coup, y a un mec qui gueule : « On fout le feu et on s'en va ! »

Alors, ce fut la confusion. Les gâfes furent pris dans les habiletés stratégiques des enfants. Plusieurs bâtiments brûlèrent un peu, les colons s'enfuirent, des gâfes furent tués qui hurlaient en mourant, qui suppliaient : « J'ai des enfants, pense que j'ai des enfants. » Les plus coupables (63) furent envoyés à Eysses pour dix ans.

Mes nuits à Mettray, vers la fin de mon séjour, devinrent angoissées. L'une d'elles m'a laissé le souvenir des plus fortes peurs que j'aie connues. Je me réveillai en pleine obscurité, les yeux tâtonnant avant de me reconnaître à Mettray, enfin heureux de m'y voir. La peur collait à ma chemise, mouillait mes draps. Je venais de vivre un des plus effrayants cauchemars de mes sommeils. Avec je ne puis me rappeler quels complices, j'avais dû voir tuer sur un talus une vieille femme. Je ne revois avec précision que la scène des bijoux. Je marchai sur ceux qui étaient tombés et je les enfonçai dans la vase avec mon talon, puis je les ramassai quand mes complices se furent retournés, sûr de n'être vu que du jeune homme qui, au bas du remblai, avait assisté indifférent au meurtre de la vieille, constatant ainsi que je n'y participais pas. Je ne me méfiais donc pas de lui et c'est sous ses yeux que je me baissai et ramassai les bijoux. Il s'agissait de trois bagues — des anneaux destinés à des doigts quelconques de la main, et la troisième qui était d'une forme particulière : une sorte de petit capuchon taillé dans une émeraude — ou topaze, je ne sais plus — et dont la fonction était de coiffer le pouce. Je les mis dans ma poche. Elles valaient très cher, mais une somme en francs petits, petits comme des paillettes... Le jeune homme me laissa faire, puis, quand j'eus ramassé les bijoux, il me posa la main sur l'épaule en disant :

— Qu'est-ce que tu as là-dedans ?

Et il m'arrêta selon les règles connues, car c'était un policier déguisé en jeune homme. Je ne songeai point d'abord que l'on me guillotinerait mais, peu à peu, cette idée monta en moi. Par petites vagues, la certitude m'envahit. L'angoisse me réveilla, et j'eus le soulagement de me retrouver dans la cellule. Mais ce rêve avait un accent de vérité tel qu'éveillé j'avais peur de ne l'avoir pas tout à fait rêvé, pas seulement rêvé. C'est qu'il retraçait, en le déformant et le continuant justement, un fait qui s'était passé la veille. J'avais profité de la libération d'un colon pour faucher à Van Roy tout son tabac et le cacher dans ma paillasse. Comme le libéré quittait le dortoir avant le réveil, quand il connut le vol, Van Roy ne manqua pas de l'en accuser. Il entra dans une colère terrible et il n'hésita pas à fouiller toutes les paillasses. Il visita la mienne aussi. Il m'aurait tué s'il y avait découvert son tabac. Il chercha mal et ne trouva rien.

Et quand je me rappelle le rêve dit plus haut, il fond sur moi la même angoisse qui m'étreignait à mon réveil. C'est parce qu'il m'apparaît être l'épilogue hautement justicier de toute cette aventure que je transcris, provoquée par un petit fait d'apparence banale : la trahison d'Harcamone par Divers, dont je me suis fait le complice en l'aidant et en l'absolvant.

Et comme à Mettray, j'avais eu l'impression que ce rêve n'était pas né de rien — comme paraissent souvent naître les rêves — je viens d'avoir l'impression ici que tout ce passage de ma vie avait ses racines profondes dans ce rêve, qu'il en était la floraison à l'air (j'allais écrire « libre », et « pur », hélas!).

Je n'avais rien fait pour gagner la confiance de Deloffre, mais peut-être se souvint-il qu'à l'époque où j'étais vautour, j'étais l'ami de Toscano. Un soir, il me reparla de sa mort et me dit toute son horreur d'être hanté par le gosse. Je demandai s'il croyait aux revenants. Il ne s'agissait pas de cela, mais le simulacre d'amour qu'il avait fait sur son cadavre, cette insolite cérémonie sur un catafalque de chair lui apparaissait ce qu'elle devait être à tous les yeux : une profanation. Il vivait dans la honte — dans l'horreur d'avoir baisé un mort et, surtout, d'y avoir pris du plaisir. Après le drame, il lui fallait vivre dans la tragédie. Il me dit un jour :

— J'ai l'impression que j'ai assisté à ma naissance, que je suis sorti de lui aussitôt après sa mort. Mon crâne, c'est le sien ; mes tifs, mes dents, mes châsses, c'est les siens ! J'ai l'impression que j'habite le corps mort de ma petite gueule d'amour !

C'était là, sans doute, sans aucun doute, les racines profondes, emmêlées, griffues de mon rêve, et cette soudaine révélation devait m'en procurer une autre. Si ce rêve paraissait être le prolongement d'un autre, à la façon dont moi-même j'étais le prolongement de Divers, le crime dont nous nous rendions coupables en laissant punir Harcamone n'était-il pas le prolongement (plutôt que la répétition) d'un crime antérieur? Voici comme je l'entends: la ressemblance que l'on m'avait dit avoir avec Divers ne m'apparaissait pas trop car il n'existait pas à la Colonie d'autres miroirs que les minuscules glaces à main — une par famille — que le chef prêtait le dimanche matin au colon chargé de nous raser. Je ne savais donc rien de mon visage car ce que j'en pouvais distinguer du dehors dans les carreaux inférieurs des fenêtres était trop imprécis. D'autre part, les colons qui avaient une fois parlé, à propos du mien, du visage de Divers, ne semblaient plus se soucier de cette ressemblance. Toutefois, j'étais intrigué par elle, non que je crusse très sérieusement à une parenté vraie, mais je m'en inventais une, plus étroite encore s'il se peut, que la parenté du sang, afin de pouvoir emmêler nos amours d'un inceste violent. Sans qu'il le sût, je regardais son visage que je croyais être aussi le mien. J'essayais, sans y parvenir, de graver tous ses traits dans ma mémoire. Je fermais les yeux pour essayer de l'y reconstituer. J'apprenais sur le sien mon visage. Sa taille — il était plus grand que moi — et son âge — il avait dix-huit ans et moi seize — au lieu de me gêner, au contraire, me faisaient me considérer comme la réplique, en retard de deux ans, de lui-même. Si l'on veut, il me semblait que j'étais destiné à refaire pour le compte des années vingt-six et vingt-sept, les gestes éminents dont il avait paré les années vingt-quatre et vingt-cinq. Je le continuais. J'étais projeté par le même rayon, mais je devais me préciser sur l'écran, me rendre visible, deux ans après lui. Jamais lui-même ne me parla de notre mystérieuse ressemblance. Peut-être ne la connaissait-il pas.

A présent, je sais qu'il est beaucoup plus beau que moi. Mais ma solitude m'a précipité vers cette ressemblance jusqu'à désirer qu'elle soit parfaite, jusqu'à me confondre avec lui-même. Ainsi les deux frères aînés de la famille C se regardaient comme se regardent deux bessons parfaits, ceux dont le gémellisme est provoqué par la division d'une cellule biologique unique, ceux qui sont sûrs de n'avoir été qu'un et qu'un coup d'épée a tranchés. Enfin, ayant encore entendu dire qu'à force de s'aimer et de vivre ensemble, certains mari et femme avaient fini par se ressembler et d'une façon inquiétante, presque comique, cet espoir me grisait que Divers et moi, dans une vie antérieure, avions vieilli très unis, en nous aimant.

Je m'ensevelis donc, comme je l'ai dit, dans le plus profond de cette atmosphère que créent ici les présences secrètement unies d'Harcamone et de Divers. Harcamone vivait dans les détours d'une mort lente et compliquée qui passait et repassait sur elle-même. Sans nous le dire expressément, Divers et moi communiions — par la vertu de nos regards et de nos gestes hantés — dans la mort d'Harcamone. L'extraordinaire pureté que j'accorde à Bulkaen, la lumière vivante, la droiture morale dont je le parais avaient donné à mon aspiration vers Harcamone, et la forme de son destin, l'allure d'une ascension. Je me sentais monter vers lui, ce qui, nécessairement, m'obligeait à le placer très haut, rayonnant, dans la pose même de Bulkaen m'attendant au sommet de l'escalier. Mais cette interprétation était erronée.

Si l'habituelle sainteté consiste à monter dans un ciel vers son idole, la sainteté qui me menait vers Harcamone en étant exactement le contraire, il était normal que les exercices m'y conduisant fussent d'un autre ordre que les exercices qui mènent au ciel. Je devais aller à lui par un autre chemin que celui de la vertu. Je ne désirais pas l'accès au crime éclatant. L'abjection où se tenait Divers — et celle, plus intense, de nos deux volontés réunies — nous enfonçaient la tête en bas, à l'opposé du ciel, dans les ténèbres, et plus ces ténèbres étaient épaisses, plus étincelant — donc plus noir — en serait Harcamone. J'étais heureux de son supplice, de la trahison de Divers et de plus en plus nous étions capables d'un acte aussi atroce que le meurtre d'une fillette. Que l'on ne confonde pas avec le sadisme cette joie que je connais quand on m'apprend certains actes que le commun appelle infamie. Ainsi mon plaisir quand j'appris le meurtre de cet enfant de quinze ans par le soldat allemand me fut causé par le seul bonheur de cette audace qui osait, en massacrant la chair délicate des adolescents, détruire une beauté visible et établie pour obtenir une beauté — ou poésie — résultat de la rencontre de cette beauté brisée avec ce geste barbare. Un Barbare souriant au sommet de sa statue abattait autour de lui les chefs-d'œuvre grecs !

L'influence d'Harcamone agissait vraiment selon sa parfaite destination : par lui, notre âme était ouverte à l'extrême abjection. Il faut bien que j'emploie la terminologie imagée dont on se sert couramment. Qu'on ne s'étonne pas si les images qui indiquent mon mouvement sont l'opposé des images qui indiquent le mouvement des saints du ciel. On dira d'eux qu'ils montaient, et que je me dégradais.

C'est alors que je parcourus ces chemins tortueux qui sont, à vrai dire, les sentiers mêmes de mon cœur et de la sainteté. Les voies de la sainteté sont étroites, c'est-à-dire qu'il est impossible de les éviter et, lorsque, par malheur, on s'y est engagé, de s'y retourner pour revenir en arrière. On est saint par la force des choses qui est la force de Dieu ! Bulkaen fut une cloche à Mettray. Il est important qu'on s'en souvienne, et je dois l'aimer, puisque je l'aime, à cause de cela, afin de ne laisser aucune prise au mépris, non plus qu'au dégoût. Lui-même m'aurait haï s'il avait su que je l'aimais pour cela. Il aurait cru mon cœur plein de tendresse pour le petit clodo qu'il était alors et c'est pourquoi je le traitais avec sévérité, comme on traite le marbre. J'aimais Bulkaen pour son ignominie.

Pour atteindre Harcamone, il fallait passer par l'opposé de la vertu. D'autres signes encore m'ont amené petit à petit à cette vision émerveillée que je vais raconter. Mais déjà je suis le jeune homme, attardé sur la route, qui s'avance dans le crépuscule et se dit : « C'est derrière ces collines, c'est dans la brume, derrière ces vallons. » La même émotion l'étreint que celle du soldat qui combattait dans la nuit africaine, qui s'approchait en rampant, fusil au poing et se disait : « C'est derrière ces rocs que se trouve la ville sainte. » Mais il faut peut-être encore descendre dans la honte, et l'un des plus douloureux souvenirs de l'enfance de Bulkaen me remonte à la tête. Bulkaen était un personnage tragique par son tempérament passionné, extrême, et il l'était par les circonstances de sa vie. Quand il m'assura aimer la prison (il me le dit un matin, à la promenade, en me montrant son visage sans fatigue), je compris qu'il existait des gens pour qui la prison est une forme de vie acceptée. De m'y complaire ne suffirait pas pour que je le crusse, mais tout à coup le plus beau des prisonniers m'assurait aimer la prison. Ainsi, quand ils tournent dans la salle de discipline, les bras croisés sur la poitrine, la tête basse, dans cette position des dévots marchant à la Sainte Table, au gâfe ou au prévôt qui les appellent, les détenus montrent un front buté, fermé, des sourcils froncés, un air terrible parce qu'ils viennent d'être arrachés d'une de ces plongées profondes dans la rêverie où ils se meuvent avec agilité. Il aimait la prison vers laquelle il tombait, car elle l'arrachait de terre, et je sens que j'eusse été impuissant à lutter contre elle puisqu'elle était la forme, elle-même, prise par la fatalité pour arriver à son dénouement choisi.

Comme d'autres prirent sur eux le péché des hommes, je vais prendre sur moi ce surcroît d'horreur dont fut chargé Bulkaen. Divers, quand il apprit que je l'aimais, tint lui-même à me dire le fait que je vais rapporter, car Divers resta à Mettray deux ans encore après mon départ. Il y connut Bulkaen, qui connut Van Roy libéré une première fois et revenu un an après pour de nouveaux délits.

En me racontant cela, Divers ne savait pas qu'il me présentait ainsi un Bulkaen en mesure d'entrer dans notre groupe de réprouvés.

« Je mis la plus collante de mes culottes et, je me demande par quel prodige il put, pendant une heure que durait la récréation de midi, tromper le surveillant toujours épiant, Van Roy réunit les sept plus marles de la famille, dont Deloffre et Divers, dans la cour, derrière la maisonnette. Puis il vint me chercher. Dès que je le vis s'approcher de moi, je compris que mon heure était venue. On allait procéder à mon exécution.

« C'est alors que la Colonie devint un des antres les plus angoissants de l'enfer. Elle resta ensoleillée pour les fleurs, les feuillages et les abeilles, mais le mal y fut inclus. Chaque arbre, fleur, abeille, le ciel bleu, le gazon, devinrent accessoires d'un lieu et d'un site infernaux. Les parfums restèrent les parfums et l'air pur aussi pur, mais le mal y était. Ils devinrent dangereux. Je me trouvais au centre d'un enfer moral qui avait pour objet mon tourment. Van Roy vint vers moi, l'air assez détaché, un léger sourire à la bouche. En m'indiquant le fond de la cour, il me dit :

« — Allez, marche !

« Les lèvres sèches, sans répondre, j'avançai et vins de moi-même me coller contre le mur du fond, celui qui faisait face aux latrines. De là, ceux qui jouaient sous l'œil du chef devant la famille ne pouvaient nous voir et ils avaient dû recevoir l'ordre de ne pas s'approcher durant toute la récréation. Quand j'arrivai, les sept marles qui discutaient entre eux, les mains dans les poches, se turent. Van Roy cria d'un ton joyeux :

« — On va y aller, les gars ! A quinze mètres !

« Lui-même se plaça devant moi, à la distance qu'il disait. Il me cria :

« — Ouvre ta gueule, salope !

« Je ne fis pas un mouvement. Les marles rirent. Je n'osais regarder Divers, mais je devinais qu'il était aussi exalté que les autres. Van Roy reprit :

« — Ta sale gueule, tu vas l'ouvrir ?

« J'ouvris la bouche.

« — Plus grand !

« Il s'approcha de moi et m'écarta les mâchoires avec ses poignes d'acier. Je restai ainsi. Il revint à quinze mètres, se pencha un peu sur le côté droit, visa, et me cracha dans la bouche. Un mouvement de déglutition presque inconscient me fit avaler le glaviaud. Les sept hurlèrent de joie. Il avait craché juste, mais il les fit taire afin de ne pas attirer l'attention du chef de famille.

« — A vous autres, cria-t-il.

« Deloffre qui riait, il le saisit aux épaules et lui fit prendre la place et la pose que lui-même venait de quitter. Encore agité par le rire, Deloffre me cracha sur les yeux. Les sept y passèrent, et plusieurs fois même, et Divers parmi eux. Je recevais les crachats, dans ma bouche distendue que la fatigue n'arrivait pas à refermer. Il eût suffi d'un rien pourtant pour que ce jeu atroce se transformât en un jeu galant et qu'au lieu de crachats, je fusse couvert de roses jetées. Car les gestes étant les mêmes, le destin n'eût pas eu grand mal pour tout changer : la partie s'organise... des gosses font le geste de lancer... il n'en coûterait pas plus que ce soit du bonheur. Nous étions au centre du parc le plus fleuri de France. J'attendis des roses. Je priai Dieu de fléchir un peu son intention, de faire un faux mouvement afin que les enfants ne me haïssant plus, m'aimassent. Ils auraient continué ce jeu... mais avec des mains pleines de fleurs, car il eût fallu si peu de chose pour qu'au cœur de Van Roy, à la place de haine, entrât l'amour. Van Roy avait inventé cette punition. Mais à mesure que les marles s'exaltaient, leur entrain, leur chaleur me gagnaient. Ils avançaient de plus en plus, jusqu'à être très près de moi, et ils visaient de plus en plus mal. Je les voyais, les jambes écartées, se ramener en arrière comme le tireur qui bande l'arc, et faire un léger mouvement en avant tandis que le jet giclait. J'étais atteint à la face et je fus bientôt visqueux plus qu'une tête de nœud sous la décharge. Je fus alors revêtu d'une gravité très haute. Je n'étais plus la femme adultère qu'on lapide, j'étais un objet qui sert à un rite amoureux. Je désirais qu'ils crachassent davantage et de plus épaisses viscosités. C'est Deloffre qui s'en aperçut le premier. Il montra un point précis de ma culotte collante et cria :

« — Oh ! vise sa chatte ! ça le fait reluire, la morue !

« C'est alors que je fermai la bouche et fis le geste de m'essuyer avec la manche. Van Roy se précipita sur moi. D'un coup de tête dans le ventre, il m'envoya contre le mur. Les autres l'arrêtèrent... »

Bulkaen était la honte même. Son souvenir pouvait m'aider puissamment quand j'entrepris l'aventure audacieuse d'assister Harcamone, sinon tout de suite par ma présence physique, mais par mon esprit projeté avec la violence d'une flèche dans la direction de sa cellule

Je vais essayer de parler de cette expérience, pour laquelle me soutint l'âme de Bulkaen, avec le plus de précision possible. Je demande que le lecteur me prête une grande attention.

Tout mon corps — presque tout mon esprit — lutta donc en face d'Harcamone, et ma difficulté était d'autant plus grande que Divers me harcelait.

Enfin, le quarante-septième jour après la condamnation à mort d'Harcamone, après l'avoir assisté dans toutes ses nuits, l'avoir soutenu durant toutes ses tentatives, las, éreinté par mes essais d'entrer en relation avec les puissances occultes, découragé, j'étais prêt à recevoir Divers.

Il est possible que la fatigue cernât mes yeux, et que la fièvre colorât mon visage car le soir même, après la marche, durant toute une journée, dans la salle, alors que j'étais encore au plein de mes démêlés avec l'épouvantable expérience, il s'approcha de Dédé Carletti et j'entendis qu'il lui disait :

— C'soir j'ai besoin de causer avec Jeannot. Change de cellote, va dans la mienne.

Carletti fit un signe des yeux et murmura :

— Ça biche, Banco !

Un coup de cloche. La marche des punis cesse. Immobiles dans la position où le coup de cloche nous avait saisis, nous attendîmes que le gâfe commandât : « Direction des cellules, en avant. »

Nous montâmes aux cellules. Les gâfes changeant de service chaque jour ne savaient pas au juste dans quelle cage à poule du dortoir chacun de nous couchait. Celui qui était de garde ce soir-là ne remarqua rien d'anormal quand il vit Divers à côté de moi à la porte, si fatigué des quatre nuits passées, que je vais rapporter, que je me jetai sur la paillasse, sans me dévêtir. Divers tomba sur moi et me couvrit de baisers la figure.

— Jeannot !

J'ouvris les yeux. Il souriait. Il ne soupçonnait rien de ma fatigue. Il croyait peut-être à une coquetterie. Je n'eus même pas la force de répondre. Il arrangea ses jambes entre les miennes, puis il passa son bras sous ma tête. Au bout de quelques secondes, il songea à arranger les couvertures. Il devait avoir froid. J'étais toujours sous le coup ultime de la fatigue. J'avais trop souffert, et d'essayer, et de ne pas réussir. Il y avait quatre jours que je travaillais mes nuits.

Ce fut cette période où je restai couché sur le bat-flanc, toute la nuit, les yeux écarquillés dans l'obscurité. Il y avait quinze jours que Bulkaen était mort. Je sortais chaque matin pour aller à la salle de discipline et ma cellule restait vide, nue. Je ne gardais, en les dissimulant dans le trou de la tinette, que les sacs en papier sur lesquels je notais ce qui va suivre. Je m'accroupissais sur le bois du bat-flanc. Je m'efforçais d'occuper le plus petit volume en rentrant mes jambes sous moi, et je me couvrais, autant que possible, de façon à rester bien dans le noir. Peut-on appeler rêverie ce mouvement de mon esprit, ou de je ne sais quelle autre faculté qui me permit de vivre en Harcamone, vivre en Harcamone, comme on dit vivre en Espagne ?

Malgré mon admiration pour son destin si farouchement conduit à son terme fatal, je ne pouvais empêcher un immense désespoir de m'étreindre, car Harcamone était encore un être de chair, et cette chair meurtrie me faisait pitié. J'aurais voulu le sauver, mais prisonnier moi-même à la quatrième puissance, mon corps lié, affaibli par la faim, je ne pouvais tenter d'autres secours que ceux qu'offre l'esprit. Peut-être est-il là plus de ressources que dans l'audace physique. Et une autre fois encore, je fus repris par l'idée qu'une évasion simple, grâce à l'emploi méthodique du merveilleux, était possible. J'interrogeai mon esprit, et l'exercice auquel je me livrai n'était pas une rêverie. Les yeux grands ouverts sous ma veste, je pensais. Il fallait trouver. Harcamone me harcelait. Les délais du pourvoi allaient expirer. Plus qu'il me hantait, je hantais Harcamone. Je voulais l'aider. Il devait réussir. Il fallait qu'il veillât, qu'il rassemblât sa puissance comme on rassemble des meutes. Il devait se nourrir afin de n'avoir pas un corps débile. Je veillais sur lui, je tendais mon esprit. Je le bandais. J'oubliais ce qui n'était pas Harcamone et sa fuite hors du monde sensible. Je ne reconnaissais plus les bruits qui annoncent l'auxiliaire porteur de la boule et de la soupe. Enfin, la quarantième nuit, j'eus la révélation en moi de la cellule d'Harcamone. Il se leva. En chemise, il se dirigea jusqu'à la fenêtre. Il me semble encore que durant sa marche tout son être hurlait. Il se calma quand, grimpé sur le rebord, le ciel fut sur son visage. Évadé de sa nuit, il eut un geste neuf et naïf pour pisser. Un coup de tonnerre éclata en moi quand je vis ce dieu qui s'ignorait à peine, égoutter son sexe sans entendre l'appel que lui criait une voix que j'entendais. Savait-il que les fleurs, les forêts, les étoiles, les mers, les montagnes, parcourues de son pas musical, de lui-même étaient ivres ? La lune donnait en plein, la fenêtre était entrouverte sur une campagne blême d'épouvante Je tremblai qu'il ne s'échappât par le mur entrouvert, qu'il n'appelât au secours son autre des étoiles, et que le ciel ne se pressât dans la chambre pour l'en arracher sous mes yeux, son autre de la mer, et que la mer n'accourût. De mon cachot, je voyais l'horrible et merveilleux signal du dieu transi aux autres de la nuit, aux doubles, à ses seigneurs, à lui-même hors d'ici. La peur et l'espoir d'assister à la transformation me faisaient l'esprit si net, si clair, que je ne compris jamais rien avec une aussi surprenante exactitude. Il avait déjà un pied dans l'hiver du ciel. Il allait être aspiré. Il s'amincissait pour passer entre les barreaux. Il allait s'enfuir sur la nuit, mais quelque chose se cassa. Il ne parut plus connaître son empire et descendit posément du bord de la fenêtre. Je craignis encore un instant qu'il ne vînt à mon lit pour m'interroger sur les anges ou le dieu : ce serait me demander ce qu'il savait mieux que moi, de sorte qu'il m'eût fallu lui donner une fausse explication pour qu'il me comprît.

Il regagna son lit sans rien savoir du danger ou du prodige, mais moi, je fermai les yeux et ce fut un repos bien gagné. D'avoir osé regarder cette préparation, j'étais fort de la même force que ce roi d'un pays détruit, et qui a le culot en face d'un miracle de le contrarier et de s'opposer à Dieu. J'étais fort de me savoir opérer selon les puissances poétiques. Tout cet exercice avait été présidé par ce que je suis obligé d'appeler l'âme de Bulkaen. Lui-même occupait le centre d'un groupe d'enfants et de filles, à la table d'un café d'où il voyait, par-delà une habitude, un autel doré et illuminé, où se dissimulaient les scènes de la cellule d'Harcamone. S'il paraissait s'y intéresser fort peu, Bulkaen regardait quelquefois, mais sa seule présence était une preuve qu'il approuvait le drame. Il m'aidait. Je m'endormis. Au réveil, en me rendant à la salle, ni dans les couloirs, au lavabo, ni dans la salle à l'heure de la soupe, je n'adressai un mot à personne. J'évitai Divers, mais lui-même m'évitait peut-être. Enfin, à la deuxième nuit de cette crise, le matin, j'arrivai à la salle. J'avais encore entre les dents la tige de cette rose que j'avais dérobée à Harcamone et que ma ferveur gardait précieusement. Je ne sais si j'étais transfiguré, mais sans doute que les lignes de mon visage n'avaient plus le même arrangement car, me reconnaissant à ce qui n'avait pu changer, mes vêtements, Divers s'approcha de moi et j'admirai son courage car il me souffla :

— T'es plus le même !

Je suis tenté d'écrire : « J'allais défaillir », ce serait faux physiquement car je ne m'évanouis jamais, mais mon trouble moral était immense de me sentir le fiancé mystique de l'assassin qui m'avait abandonné cette rose directement arrivée d'un jardin surnaturel.

Peut-être Divers supposait-il que j'occupais mes nuits avec des rêves moins dangereux, avec son image ou l'image d'un autre amant. Il me jalousait. Il lui fallut donc beaucoup de courage ou beaucoup de lâcheté — en tous les cas, il subit une profonde agitation — pour attendre jusqu'à ce soir, pour s'imposer toute une nuit. Il ne soupçonnait pas comme j'avais travaillé. Il réussit donc à pénétrer dans ma cellule de la façon que j'ai rapportée plus haut. Il s'allongea près de moi, sur le bat-flanc. Il picorait sur mon visage mille rapides baisers qui claquaient sec. J'ouvris les yeux.

La chaleur de son corps m'avait troublé. Malgré moi, je le serrai un peu. Sa présence et cet amour me délivraient du miracle que j'avais failli provoquer. A mon étreinte, pourtant légère, il répondit par un geste fougueux qui ouvrit mon pantalon (on sait qu'il ne tenait que par une ficelle, elle sauta). Je quittais Harcamone. Je trahissais Harcamone. Et l'épuisement que j'avais éprouvé par le fait de ces quatre nuits s'échappait, remplacé par un bien-être délicieux : le sentiment d'être remonté en surface après un trop long engloutissement fut prolongé. Après la nuit indiquée, quand Harcamone faillit s'enfuir, happé par la fenêtre, et après la journée de marche qui suivit, je regagnai mon bat-flanc et, la tête toujours cachée, comme une poule sous son aile, je recommençai mon travail. Mon front brisait les murs, écartait les ténèbres. J'appelais à mon secours la poésie fidèle. J'étais en sueur. C'est à cette heure que commença pour Harcamone ce chapitre que j'eusse voulu intituler : « Message aux enfants de France. » Le soir, quand se turent toutes les voix libres de la nuit et que le gâfe ne pouvait entendre du couloir où il avait pris l'habitude de lire son ciné-roman, Harcamone se leva, silencieusement, car il avait appris à porter ses chaînes sans bruit, et il se colla contre le mur de la cellule, à côté de la porte, face à la fenêtre. De là, il n'était pas vu du geôlier, mais lui-même pouvait apercevoir un coin du ciel, ciel indifférent, sans constellations précises, mais enfin un ciel de France couvrant une campagne adorée, silencieuse, où pour mettre plus de désolation à nos cœurs, ne s'entend dans la nuit que le bruit de la descente d'un invisible vélo en roue libre. Son corps se plaqua contre le mur. En même temps que la désolation, un immense espoir l'emplissait, lisible sur son visage ardent. Cet espoir provoqua sa rigidité totale. Un soubresaut le fit s'arc-bouter contre le mur. Il dit : « Il est temps », puis, peu après : « Tu ne trouveras jamais une pareille occase. » Sa main droite se détacha du mur, frôla sa braguette dont l'étoffe remuait comme la surface d'une mer agitée par une tempête intérieure terrible, puis elle l'ouvrit. Un vol de plus de cent colombes, dans un bruit d'ailes se pressa, sortit, s'éleva vers la fenêtre, entra dans la nuit et ce n'est qu'au matin que les adolescents qui veillent autour de la prison, couchés sur la mousse, derrière les troncs d'arbres, se réveillèrent dans la rosée avec au creux de leur main, blottie, cette colombe de leur rêve.

Mais ce n'est pas là le miracle attendu, et le temps pressait. Harcamone s'énervait, et cet énervement m'éreintait. Enfin, la nuit suivante, donc la troisième de l'expérience, il se crut en mesure de tenter sa chance. Il sentait derrière les murs mon aide lui parvenir. Le soir, il se coucha et attendit la nuit. Quand elle fut bien établie autour de la prison, il fit un mouvement : les chaînes ne sonnèrent pas ou le gâfe dormait-il ? Il n'entendit rien. Néanmoins, Harcamone se leva avec beaucoup de précaution. Il ne savait si la nuit était sombre puisque toute son existence se passait au centre incandescent d'une lumière blanche, crue. Il s'approcha de la porte en soutenant ses fers, mais à peine eut-il fait trois ou quatre pas que ces fers s'ouvrant tombèrent sur le plancher, sans bruit. Harcamone ne s'émut pas. Il devait être habitué à la courtoisie des choses. L'oreille collée à la porte, il écouta : le gâfe dormait. Il emplit d'air ses poumons. La chose allait être difficile, il prononça donc en lui-même une invocation : il fit appel à toute son énergie. Les opérations magiques sont épuisantes. Elles vident. On ne les recommence pas deux fois dans la même journée. Il faut donc réussir du premier coup. Il passa. Il passa à travers la porte d'abord, accompagné par une musique telle que les fibres du bois furent déchirées sans douleur, ensuite il traversa exactement le gâfe endormi. En passant la porte, il laissait derrière elle ses vêtements, et son bras tatoué déposa sur le bras du gardien la flèche qui, sur son bras, traversait un cœur. Enfin, il se trouva dans un corridor, éclairé plus doucement que la cellule. Nu, ses muscles saillaient à tel point qu'on les eût dit rembourrés comme, sous les chaussettes, les membres des joueurs de football. Il bandait de tous ses muscles. Pour gagner l'escalier au fond du couloir, il longea une zone d'ombre. En marchant sur les talons, sa croupe tressautait comme celle d'un baigneur qui va sur les galets. Pas un bruit. Sur son dos, ses cuisses, ses épaules, son ventre, l'Étoile se rapprochait du Serpent, l'Aigle de la Frégate. Il monta les escaliers. Arrivé à l'étage, il chercha longtemps certaine porte et quand il l'eut trouvée, il voulut la traverser, mais la fatigue de la première opération le fit défaillir. Il attendit un peu qu'un gâfe vînt lui ouvrir (comme nous attendions à la porte de nos cellules, à la Santé, qu'un gâfe qui passe consente à ouvrir, pour nous y

354

enfermer, la porte de notre prison). Il attendit, mais c'était un espoir idiot. Il s'affaissa devant la porte fermée, derrière laquelle dormaient les condamnés au bagne. S'il l'y eût trouvé, Bois-de-Rose eût pu dire de lui comme il le fit un jour :

— C'est un julot du dimanche.

Vers le matin, il se réveilla, retraversa le gâfe endormi et se recoucha, grelottant.

Il fallait un support à mes désirs, un prétexte. Harcamone fut ce prétexte et ce support, mais il était trop inaccessible pour qu'il le puisse demeurer long-temps et, de lui-même, en se présentant, Bulkaen se chargea de tous ces ornements que ma folie secrète. Il s'érigea en prêtre. A cette magnificence particu-lière et issue de lui seul, le destin ajouta encore en faisant de lui un être d'élection, chargé de découvrir les plus nobles vérités. J'appris, toujours par Lou-du-Point-du-Jour, qu'avant de partir de la Santé pour Fontevrault, Rocky s'arrangea pour que Bulkaen passât une dernière journée, mais entière dans sa cellule. Rocky avait gardé un peu de vin. Ils eurent vite fait de se dire tout ce qu'ils avaient sur le cœur et, je ne sais comment, ils en vinrent à cette idée : avec les quatre autres détenus, ils entassèrent toutes les paillasses dans un coin, replièrent le lit contre le mur, et pendant des heures ils dansèrent. Puisqu'il leur était permis de se dire adieu pour une séparation qu'ils croyaient longue — ils ne pensaient pas se revoir à Fontevrault — après s'être dit quelques mots maladroits d'amitié, ils firent ensemble le seul geste d'amour qu'il est permis de faire en public : ils dansèrent. Les pieds nus dans leurs souliers sans lacets, pendant des heures, avec les quatre autres

types, chants et danses mêlés. Et les danses les plus
banales, des valses, des javas, qu'ils sifflaient en
tournant. Je vois, alors que j'écris, Bulkaen fixer en
tournant les yeux noirs de Rocky et y chercher
encore Hersir, et c'est sans doute à cette journée
qu'il pensait quand il me dit un jour (le dixième de
notre rencontre) : « Le reflet de ses yeux dans ceux
de Rocky me faisait bander. » Ils étaient désespérés.
Mais l'amour et la valse les emportaient dans une
légèreté joyeuse, insensée et tragique. Ils venaient
d'inventer spontanément la plus haute forme du
spectacle, ils avaient inventé l'opéra.

Il n'est pas étonnant que la plus misérable des vies
humaines s'écrive avec des mots trop beaux. La
magnificence de mon récit naît naturellement (par le
fait de ma pudeur aussi et de ma honte d'avoir été si
malheureux) des pitoyables moments de toute ma
vie. Comme une pauvre condamnation au supplice
prononcée il y a deux mille ans fit fleurir la Légende
Dorée, comme la voix chantée de Botchako éclosait
en corolles de velours de sa voix perlée si riche, mon
récit puisé dans ma honte s'exalte et m'éblouit.

Je ne cherche plus, dans des rêveries, la satisfac-
tion de mes désirs amoureux — comme sur la galère
— j'assiste à la vie d'Harcamone en spectateur qui
n'est troublé que par l'écho de ce qu'eût produit
autrefois sa beauté et son aventure sur lui-même.
Enfin peut-être que la faim, agissante encore que
cultivée, me forçait jusqu'au cœur de la personnalité
d'Harcamone. Il s'engraissait pour que je souffre
moins. Il éclatait de santé. Jamais il ne s'était connu
plus robuste et moi jamais plus chétif. L'auxiliaire le
soignait chaque jour un peu mieux que la veille. Son

visage s'empâta un peu. Il acquérait la majesté des dictateurs repus.

A mesure qu'approchait le moment fatal, je sentais Harcamone se tendre, lutter en lui-même, cherchant à sortir de lui pour sortir de là. Partir, fuir, s'échapper par les fissures, comme une buée d'or ! Mais il fallait se transformer en poudre d'or. Harcamone s'accrochait à moi. Il me pressait de trouver le secret. Et je faisais appel à tous mes souvenirs des miracles, connus ou inconnus, à ceux de la Bible, à ceux des mythologies, et je cherchais l'explication vraisemblable, l'espèce de tour de passe-passe très simple qui permit aux héros de les réaliser. Je me fatiguais. Je ne prenais aucun repos. Je ne mangeais plus. Le quatrième jour, un gâfe osa me dire : « Eh ! bien, Genet, ça va pas ? » A peine eut-il prononcé ce mot de pitié qu'il se referma, il se libéra de notre contact par un haussement d'épaules, et il reprit sa rêverie aussi lointaine que la nôtre. Divers me jeta un coup d'œil, et il supposa, comme le gâfe, que c'était la mort de Bulkaen qui me minait.

Enfin, Bulkaen trouva ce dernier truc inventé au milieu des signes les plus nets de la désolation. Il s'enfuit, par le même chemin.

De mes yeux où mes doigts s'enfonçaient sortent encore, quand je les touche, des images dont la succession était si rapide qu'il m'était presque impossible de donner un nom à chacune. Je n'avais pas le temps. Passèrent des couples de matelots, des cyclistes, des danseuses, des paysans, enfin Harcamone accompagnant une fillette. Ces personnages étant muets, je ne pus connaître son nom. Harcamone parlait. L'un à côté de l'autre, ils marchaient dans une campagne qui m'était familière, peut-être parce qu'elle était imprécise. La fillette souriait. Harcamone devait lui dire des choses aimables. Elle pouvait avoir dix ou onze ans. Si je ne me les rappelle plus aujourd'hui, alors je distinguais très bien la douceur et la beauté de son visage. Harcamone avait seize ans, mais son corps était déjà en marche vers cette perfection un peu massive dans laquelle il se réalisa quelques jours avant sa mort. Il était l'émanation d'une puissance plus forte que lui. Il parlait dans le cou de l'enfant. Son haleine chauffait sa nuque et ils s'enfonçaient toujours plus dans la campagne. Bulkaen restait à son poste. Il présidait toujours l'opération. Parfois, quand j'en avais besoin, obscurément, il jetait un coup d'œil dans sa direction (c'est-à-dire que mon activité spirituelle bifurquait, l'œil de mon esprit se détachait d'Harcamone et je voyais Bulkaen). Il n'avait guère bougé. Sauf qu'il se trouvait être sur un banc, parmi les filles de Marie, ou bien que son visage avait revêtu les lignes mouvantes qui vont de l'ours à l'oiseau, mais Bulkaen était là.

On condamna Harcamone, après le meurtre de la fillette, à « la vingt et une », et à son propos, le mot de monstre fut prononcé. Personne ne comprit que l'un des mobiles de ce meurtre était la timidité charmante de l'assassin. A seize ans, les femmes l'épouvantaient et, pourtant, il ne pouvait garder plus longtemps sa fleur. Il ne craignait pas la fillette. Près d'un buisson d'églantines, il caressa ses cheveux. La petite garce frémissante laissa faire. Il dut lui murmurer quelque chose de banal, mais quand il passa la main sous ses robes, sa coquetterie — ou la peur — la fit se défendre et rougir. Cette rougeur fit rougir Harcamone qui se troubla. Il tomba sur elle, ils roulèrent dans le creux d'un fossé, sans un mot. Mais quels yeux avait la fillette! Harcamone eut peur. Il comprit que prenait fin l'avatar qui l'avait transformé en valet de ferme. Il devait accomplir sa mission. Il eut peur du regard de la fillette, mais le voisinage de ce petit corps qui voulait s'enfuir et, malgré sa crainte, se pelotonnait entre les bras du garçon, l'excitait au premier geste d'amour.

Tout le monde a remarqué qu'il manque toujours des boutons à la braguette des jeunes paysans : négligence des parents ou des maîtres, malfaçon des vêtements, geste trop souvent répété de boutonner et de déboutonner, pantalons usés, trop longtemps portés, etc., la braguette d'Harcamone était ouverte et, presque de lui-même, son sexe surgit. La fillette eut encore tendance à serrer les cuisses, mais elle les écarta. Comme il était plus grand qu'elle Harcamone avait son visage perdu dans l'herbe. Il écrasait la gosse, il lui fit mal. Elle voulut crier. Il l'égorgea. Ce meurtre d'une enfant par un enfant de seize ans devait m'amener à cette nuit où me serait donné la vision d'une montée vers le paradis qui m'est offert.

Je tremblais (ce n'était pas mon corps, mais vraiment quelque chose en moi était tremblant) qu'Harcamone ne s'évanouît. Il parcourait encore les couloirs après avoir traversé la porte et le gâfe. Je suivais sa marche de porte en porte. J'aurais voulu le guider, mais je ne pouvais que lui communiquer ma force d'âme, pour le soutenir dans sa quête. Enfin, il s'arrêta. La Centrale paraissait déserte. On n'entendait pas même le bruit du vent dehors (jamais il ne s'engouffre dans mes couloirs trop bien clos). Harcamone se trouvait devant une porte où était accroché l'écriteau : « Germain, 40 ans, T.F. » Il lutta pour entrer, mais épuisé par tous ses efforts précédents, il ne pouvait plus rien espérer de nos puissances. Nous savions que, derrière la porte, c'était la Guyane avec son soleil, la mer traversée, la mort vaincue. Derrière la porte, il y avait trois assassins attendant leur départ pour le bagne. Harcamone allait vers eux on sait pourquoi. Vers eux comme je vais vers lui. Ils lui offraient la paix d'une Guyane baignée de soleil et d'ombre, avec des palmiers, des évasions, dans la fraîcheur du chapeau de paille.

Mais il était vidé, il s'affala.

Personne ne pouvait m'entendre hurler mon angoisse. Je criai, impatient, coléreux : « Un silence religieux ! » Je crois que j'ai voulu dire qu'on fasse silence encore plus, mais que c'était si beau, cet échec, que tout le monde devait observer un silence religieux, enfin j'exprimais ce que mon sentiment et ce que l'instinct même avaient de religieux. Je me sentis rougir d'avoir prononcé un mot de journaliste. Mes lèvres s'agitèrent. Je m'endormis. Au réveil, le lendemain matin, quand le gâfe ouvrit la porte du dortoir, je me trouvais dans un tel état de trouble, tellement pris par des aventures inhumaines que je souffrais dans mon corps même. J'étais épuisé. Fallait-il renoncer à un rêve soutenu par tant de cariatides ? Pour le calmer, il aurait fallu qu'un enfant m'embrassât, qu'une femme permît que j'appuie ma tête sur sa poitrine. Le gâfe ouvrit la cellule et il entra pour l'inspecter, comme il le faisait d'habitude. J'éprouvai le besoin impérieux de m'approcher de lui. Je fis même un mouvement. Il me tournait le dos. Je vis son épaule et j'eus soudain envie de pleurer : j'avais fait le geste de toucher cette épaule, le même geste que fit Bulkaen un jour. Je descendais l'escalier quand il me rejoignit en courant, et emporté par le mouvement de sa course, sa main s'abattit sur mon épaule. Je tournai la tête, il tourna la sienne vers moi et nous nous trouvâmes face à face. Il riait.

— Je suis content ! dit-il.

— Ça te rend brutal, la joie.

Il se fit presque câlin.

— J't'ai fait mal, Jeannot ? J't'ai pas fait mal, allez ! Dis ?

Trop de bonheur brillait dans ses yeux, ses joues habituellement pâles étaient colorées. Je dis :

— Mais qu'est-ce qui se passe ? Qu'est-ce que t'as ?

— Écoute, Jeannot, tout à l'heure, j'ai été sur le point de faire une connerie, tellement que je suis content... C'est de la joie... J'sais pas ce que j'ai... J'ai été sur le point de taper sur l'épaule d'un gâfe, j'ai levé le bras... J'avais envie de toucher une épaule, heureusement je me suis arrêté à temps, tu parles ! Alors je t'ai vu passer, j'ai venu en courant... Jeannot ! Je t'ai pas fait mal ? Je pose ma main sur ton épaule comme t'as posé ta pogne un jour sur la mienne, Jeannot !

Je ricanai un peu.

— Ça va mal, mon p'tit pote...

J'étais inquiet en face de tant de joie. Je sentais qu'elle était dirigée contre mon bonheur et je lui fis un mauvais accueil. Je dis encore très sec :

— T'as pas besoin de faire du théâtre, ça me touche pas. Fous le camp, les gâfes vont radiner.

Il partit, léger, sans cesser de sourire. C'était le onzième jour de notre rencontre.

Aujourd'hui, j'avais la honte d'avoir fait vers le gâfe le même geste de la main que Bulkaen avait fait vers moi.

La journée fut pénible, la marche harassante. Elle m'apporta pourtant la paix grâce à la puissance magique de la ronde. Car, outre cette paix d'être enfin en nous-mêmes par notre attitude penchée, nos bras croisés, la régularité de notre pas, nous éprouvions le bonheur d'être dans une danse solennelle confondus par l'inconscience où dodelinait notre tête Le réconfort de nous sentir unis, que l'on connaît dans toutes les danses en cercle ou en lignes, quand on se tient par la main, dans la farandole ou le kolo... Nous tirions cette force de nous savoir marcher liés aux autres, dans la ronde. Nous éprouvions encore un sentiment de puissance, parce que nous étions vaincus. Et notre corps était fort parce qu'il bénéficiait de la force de quarante musculatures. Ce n'est qu'au bout du tunnel très profond et très sombre que je voyais Harcamone, mais j'étais sûr d'être à nouveau, la nuit venue, à la porte de la cage à poule fermée, mêlé à sa vie.

Mais je ne pouvais pas continuer l'expérience plus longtemps. Il m'aurait fallu l'entraînement des Yogis.

Le soir, je tombai presque de fatigue, comme je l'ai dit, dans les bras de Divers. Uni à lui, ma fatigue s'enfuyait. Je caressai sa tête qu'on avait rasée le matin même. Cette boule entre mes mains, sur mes cuisses, parut énorme. Je la retirai violemment et l'amenai malgré son poids jusqu'à ma bouche que la sienne mordit.

Je soupirai : « Riton ! » Son nom prononcé écarta encore Harcamone.

Il colla son corps exactement contre le mien. Ni l'un ni l'autre n'avions retiré notre costume de bure. C'est moi qui songeai à nous déshabiller. Il faisait froid. Divers hésita.

Mais j'avais hâte d'être plus près de lui encore. Je ne voulais pas que la nuit qui venait me trouvât isolé, livré par la faiblesse à un danger que je sentais venir.

Quand nous fûmes en chemise, nous nous enlaçâmes à nouveau. La paillasse était tiède. Nous remontâmes sur nos têtes les couvertures de laine brune, et nous fûmes un moment immobiles, comme au fond de ces berceaux où les peintres byzantins enferment souvent les Vierges et les Jésus. Et quand notre plaisir fut pris deux fois, Divers m'embrassa et s'endormit dans mes bras. Ce que j'avais redouté se produisit : je restai seul.

J'avais obtenu un peu de tabac et je fumai presque toute la nuit. La cendre de mon clop tombait sur ma couverture, sur mon bat-flanc. Ce signe encore me troublait car j'avais le sentiment d'être couché sur un lit de cendres. Et la présence de Divers ne m'empêcha pas de reprendre, aussi vive que les autres nuits, pour la dernière fois, mon activité de voyante et d'ascète. Je fus tout à coup touché par l'odeur des roses et mes yeux furent emplis par la vue de la glycine de Mettray. On sait qu'elle était au bout du Grand Carré, vers l'allée, contre le mur de l'économat. J'ai dit qu'elle était emmêlée aux ronces d'un rosier de roses-thé. Le tronc de la glycine était énorme, tordu par la souffrance. On le retenait au mur par un réseau de fils de fer. Des branches trop grosses étaient soutenues par un piquet fourchu. Le rosier était attaché au mur par des clous rouillés. Son feuillage était luisant et les fleurs avaient toutes les nuances de la chair. Quand nous sortions de l'atelier de brosserie, il fallait quelquefois attendre un peu pour que les autres ateliers soient prêts afin de pouvoir rentrer tous ensemble, au pas, sur une sonnerie du clairon, et c'est devant la glycine et le rosier mêlés que M. Perdoux, le chef d'atelier, nous faisait faire halte. Les roses, dans la figure, nous lâchaient alors flouses sur flouses. A peine ce souvenir des fleurs m'eut-il visité que se précipitèrent aux yeux de mon esprit les scènes que je vais dire.

On ouvrit la porte d'Harcamone. Il dormait, couché sur le dos. Quatre hommes pénétrèrent d'abord dans son rêve, puis il s'éveilla. Sans se lever, sans même soulever son torse, il tourna la tête vers la porte. Il vit les hommes noirs et comprit aussitôt, mais il se rendit très vite compte également qu'il ne fallait pas briser ou détruire cet état de rêve dont il n'était pas encore dépêtré, afin de mourir endormi. Il décida d'entretenir le rêve. Il ne passa donc pas sa main dans ses cheveux embrouillés. Il dit « oui » à lui-même et il sentit la nécessité de sourire, mais d'un sourire à peine perceptible aux autres, en lui-même afin que la vertu de ce sourire se transmît à son être intérieur, pour être plus fort que l'instant car le sourire écarterait malgré elle l'immense tristesse de son abandon qui risquait de le faire chavirer dans le désespoir et toutes les douleurs qu'il engendre. Il sourit donc, de ce sourire léger qu'il allait conserver jusqu'à la mort. Que l'on ne croie pas surtout qu'il fixât autre chose que la guillotine, il avait les yeux braqués sur elle, mais il décida de vivre dix minutes héroïques, c'est-à-dire joyeuses. Il ne fit aucun humour, comme on l'osa écrire dans les journaux, car le sarcasme est amer et recèle des ferments de désespoir. Il se leva. Et, quand il fut debout, dressé au milieu de la cellule, sa tête, son cou, tout son corps surgirent de la dentelle et de la soie que seuls portent sur eux, aux pires instants, les maîtres diaboliques du monde, et dont il fut soudain paré. Sans changer d'un pouce, il devint immense, dépassant la cellule qu'il creva, emplit l'Univers et les quatre hommes noirs rapetissèrent jusqu'à n'être pas plus gros que quatre punaises. On a compris qu'Harcamone fut recouvert d'une majesté telle que ses vêtements eux-mêmes s'ennoblirent jusqu'à devenir soie et brocart. Il fut chaussé de bottes de cuir verni, d'une culotte de soie molle, bleue, et d'une chemise de blonde ancienne dont le col était entrouvert sur son cou magnifique qui supportait le collier de la Toison d'Or. Vraiment, il arrivait en droite ligne, et par la voie des cieux, d'entre les jambes du capitaine de la galère. Peut-être en face du miracle dont il était l'objet et le lieu, ou pour toute autre raison — rendre grâce à Dieu son père — il posa en terre le genou droit. Vite les quatre hommes en profitèrent pour escalader cette jambe, puis la cuisse en pente. La montée leur fut pénible, la soie glissait. A mi-cuisses, délaissant une braguette inaccessible et tumultueuse, il rencontrèrent la main d'Harcamone posée. Ils grimpèrent et, de la main sur le bras, sur la manche de dentelle. Enfin ce fut l'épaule droite, le cou penché sur l'épaule gauche et, le plus légèrement possible, le visage. Harcamone n'avait pas bougé, sauf qu'il respirait la bouche entrouverte. Le juge et l'avocat entrèrent dans l'oreille et l'aumônier avec le bourreau osèrent pénétrer dans la bouche. Ils avancèrent un peu sur le bord de la lèvre inférieure et tombèrent dans le gouffre. Et ce fut alors, presque aussitôt le gosier franchi, une allée d'arbres descendant en pente douce, presque voluptueuse. Tout le feuillage était très haut et formait le ciel du paysage. Ils ne pouvaient reconnaître les essences car dans des états comme le leur, on ne distingue plus les caractères particuliers : on traverse des forêts, on foule des fleurs, on escalade des pierres. Ce qui les étonna le plus fut le silence. Pour un peu, ils se fussent pris par la main, car à l'intérieur d'une telle merveille, l'aumônier et le bourreau devinrent deux écoliers égarés. Ils allèrent encore, inspectant à droite et à gauche, prospectant le silence, butant contre la mousse, pour voir, mais ils ne trouvaient rien. Au bout de quelques centaines de mètres, sans que rien n'eût changé dans ce paysage sans ciel, il fit sombre. Ils éparpillèrent du pied assez joyeusement les débris d'une fête foraine : un maillot pailleté, les cendres d'un feu de camp, un fouet d'écuyère. Puis, en se retournant, ils comprirent qu'ils avaient suivi, sans s'en rendre compte, des méandres plus compliqués que ceux d'une mine. L'intérieur d'Harcamone n'en finissait pas. On le pavoisait de noir plus qu'une capitale dont le roi vient d'être assassiné. Une voix du cœur prononça : « L'intérieur se désole. » Enfin la peur se levant en eux, comme un léger vent sur la mer, la peur les gonfla. Ils allèrent plus loin, plus légers, entre des roches, des falaises vertigineuses, parfois très rapprochées, où ne volait aucun aigle. Ces parois se resserrèrent encore. On approchait des régions inhumaines d'Harcamone.

L'avocat et le juge, en entrant par l'oreille, avaient d'abord erré à travers un extraordinaire fatras de ruelles étroites, mais dont on soupçonnait les maisons (fenêtres et portes closes) d'abriter des amours dangereuses, tombant sous le coup de la loi. Les ruelles n'étaient pas pavées, car on n'entendait pas le bruit de leurs chaussures, mais il semblait qu'ils marchassent sur un sol élastique, où ils rebondissaient légèrement. Ils voletaient. Ces ruelles étaient d'une sorte de Toulon, tortueuses pour contenir la marche titubante des matelots. Ils tournèrent à gauche, croyant que c'était par là, puis à gauche, à gauche. Toutes les rues étaient pareilles. Derrière eux, d'une maison lépreuse sortit un jeune matelot. Il regarda autour de lui. A la bouche, entre les dents, il avait une herbe qu'il mâchait. C'est le juge qui tourna la tête et le vit, sans pouvoir distinguer son visage, car le matelot avançait de profil et se détournait quand on le regardait. L'avocat comprit que le juge ne pouvait voir. Il se retourna mais il ne vit, lui non plus, le visage qui se dérobait. Je m'étonne encore du privilège qui me permettait d'assister à la vie intérieure d'Harcamone et d'être l'observateur invisible des aventures secrètes des quatre hommes noirs. Les ruelles étaient aussi compliquées que les défilés abrupts et les allées de mousse. Elles descendaient suivant la même pente. Enfin, tous les quatre se rencontrèrent à une sorte de carrefour que je ne saurais décrire avec précision, qui creusait, encore vers la gauche, un corridor lumineux bordé d'immenses miroirs. C'est par là qu'ils allèrent. Tous les quatre en même temps s'interrogèrent avec une voix anxieuse, la respiration presque abolie :

— Le cœur, avez-vous trouvé le cœur ?

Et, comprenant aussitôt qu'aucun d'entre eux ne l'avait trouvé, ils continuèrent leur chemin dans ce corridor, auscultant les miroirs. Ils avançaient lentement, une main formant pavillon à l'oreille et l'oreille souvent collée à la paroi. C'est le bourreau qui, le premier, entendit les coups frappés. Ils marchèrent plus vite. Leur peur devint telle qu'ils firent sur ce sol élastique des bonds de plusieurs mètres de longueur. Ils soufflaient fort et se parlaient sans arrêt, comme on se parle en rêve, c'est-à-dire des paroles confuses et si douces qu'elles ne font que chiffonner le silence. Les coups se rapprochaient de plus en plus forts. Enfin, les quatre hommes noirs arrivèrent devant une glace où était dessiné, visiblement gravé avec le diamant d'une bague, un cœur traversé d'une flèche. C'était là sans doute la porte du cœur. Quel geste fit le bourreau, je ne saurais le dire, mais ce geste fit ouvrir le cœur et nous pénétrâmes dans la première chambre. Elle était nue, blanche et froide, sans ouverture. Seul, au milieu de ce vide, droit sur un billot de bois, un jeune tambour de seize ans était debout. Son regard impassible et glacé ne regardait rien au monde. Ses mains souples battaient du tambour. Les baguettes levées retombaient nettes, précises. Elles scandaient la plus haute vie d'Harcamone. Nous vit-il ? Vit-il le cœur ouvert et profané ? Comment ne fûmes-nous pas saisis de panique ! Et cette chambre n'était que la première. Il restait à découvrir le mystère de la chambre cachée. Mais à peine l'un des quatre eut-il pensé qu'ils n'étaient pas au cœur du cœur, qu'une porte s'ouvrit d'elle-même, et nous nous trouvâmes en face d'une rose rouge, monstrueuse de taille et de beauté.

— La Rose Mystique, murmura l'aumônier.

Les quatre hommes furent atterrés par la splendeur. Les rayons de la rose les éblouirent d'abord, mais ils se ressaisirent vite car de telles gens ne se laissent jamais aller aux marques de respect... Revenus de leur émoi, ils se précipitèrent, écartant et froissant, avec les mains ivres, les pétales, comme un satyre sevré d'amour écarte les jupons d'une fille. L'ivresse de la profanation les tenait. Ils arrivèrent les tempes battantes, la sueur au front, au cœur de la rose : c'était une sorte de puits ténébreux. Tout au bord de ce trou noir et profond comme un œil, ils se penchèrent et l'on ne sait quel vertige les prit. Ils firent tous les quatre les gestes de gens qui perdent l'équilibre, et ils tombèrent dans ce regard profond.

J'entendis le pas des chevaux qui ramenaient le fourgon pour conduire le supplicié dans le petit cimetière. Il avait été exécuté onze jours après que Bulkaen eut été fusillé. Divers dormait encore, il eut simplement quelques grognements. Il péta. Fait singulier, je ne débandai pas de la nuit, malgré mon activité cérébrale qui me tenait très loin du désir amoureux. Je ne me défis jamais des bras de Divers, malgré une ankylose d'un bras et d'une jambe.

L'aube se levait à peine. J'imaginai la marche d'Harcamone silencieuse, solennelle, sur les tapis déroulés, afin d'assourdir son pas, de sa cellule à la porte de la prison. Il devait être encadré des aides. Le bourreau marchait devant. L'avocat, le juge, le directeur, les gâfes suivaient... On coupa ses cheveux bouclés. Tondus ras, ils tombèrent sur ses épaules. Un gâfe — Brulard — le vit mourir. Il me parla de ses blanches épaules. Je fus un instant interloqué qu'un garde osât parler ainsi des ornements d'un homme, mais je compris vite qu'Harcamone n'étant vêtu que de la chemise blanche des condamnés, surtout s'imposaient dans le matin ses épaules athlétiques, massives, montant à l'échafaud. Le garde aurait pu dire : « Ses épaules de neige. »

Afin de ne pas trop souffrir moi-même, je me fis aussi souple que possible. Un instant, je m'amollis au point qu'il me vint à l'idée que, peut-être, Harcamone avait une mère — on sait que les décapités ont tous une mère qui vient pleurer au bord du cordon de flics qui gardent la guillotine — je voulus songer à elle et à Harcamone, déjà partagé en deux, je dis doucement, dans la fatigue : « Je vais prier pour ta maman. »

Quand il fut réveillé par la sonnerie du matin, Divers s'étira, m'embrassa. Je ne lui dis rien. Quand, le même matin, on ouvrit la porte pour nous conduire à la salle de discipline, je le rejoignis dans le couloir. Ses yeux étaient affolés. Il venait de lire sur les visages des gâfes et sur ceux des détenus alignés dans le couloir, pour aller au lavabo, la tragédie de la nuit. Nous ne nous désenlaçâmes pas, n'étant pas enlacés, mais en passant l'un près de l'autre, dans le va-et-vient de la fenêtre à la porte, nous nous étions arrêtés un moment, et sans nous en douter nos têtes s'étaient d'elles-mêmes penchées, comme lorsqu'on donne un baiser sans vouloir être gêné par le nez pour faire les bouches se toucher. Quant à nos mains, elles restèrent dans la ceinture du pantalon. Ce n'est qu'en entendant la clé dans la serrure faire un bruit de tonnerre (le gâfe ouvrait la porte de la salle) que l'écho profond de la cellule répercute, que nous nous aperçûmes l'avoir quittée et sentîmes enfin la gravité de notre situation. Je ne veux pas dire gravité disciplinaire ou pénale, nous sentîmes que l'instant était solennel puisque nos têtes avaient pris l'habitude de la détresse même, de la détresse à deux. Tout autre geste qu'eût interrompu la clé se fût transformé du reste en signal augural. L'énervement, l'irritabilité nous faisaient voir un sens dans toutes choses.

Divers me dit :

— Jeannot, t'as entendu ce matin ?

Je ne dis rien, mais je fis signe que oui. Lou-du-Point-du-Jour nous avait rejoints. L'air rieur, il dit à Divers :

— Alors, voyou, ça va ?

Ici encore, j'entendais l'expression charmante appliquée non plus à un môme ou à un amant, mais à un camarade, un ami, et qu'on veut honorer. Ce n'était plus et c'était encore un mot d'amour, appartenant au vocabulaire de la nuit. Puis il ajouta :

— Les gars, c'est fini. Du beau môme, on en a fait deux ! A qui le tour ?

Il était campé haut, les mains sur son ventre. Pour nous, pour Divers et moi, il était la personnification du moment fatidique, il était l'aube, le point du jour. Jamais jusqu'alors son nom n'avait eu si exacte signification.

— Charrie pas avec ça, dit Divers.

— De quoi ? T'es un tendre ? Ça te chiffonne que j'en rigole ? C'est pas de ta faute si qu'on l'a coupé.

Divers vit-il une accusation sournoise ? Il répondit :

— Ferme-la !

Peut-être se souvint-il d'expression employée pour dire qu'un mec chargeait un complice : « Il l'a enterré. » Lou répondit doucement :

— Ah ! Si je veux !

Divers voulut cogner. Son poing partit. Lou ne bougea pas. Son nom créait autour de lui une zone aussi infranchissable que celle que crée la beauté autour d'un visage — car si je frappai Bulkaen, ce ne fut jamais en plein visage — et, quand Divers voulut lui donner un coup de poing, Lou fit appel, tout bas, au charme de son nom : le poing gauche de Divers ne franchit pas l'obstacle invisible, la zone enchantée. Stupéfait, il voulut essayer avec son poing droit, mais la même paralysie le fit si léger qu'il le retint avec sa main gauche, et il abandonna la lutte en face de l'autre haletant, et pourtant souriant, devant la révélation de son pouvoir.

Le regard de Divers brilla dans les yeux de Bulkaen au moment de la scène de l'escalier, quand je voulus l'embrasser. Je vis cette même lueur terrible du type prêt à défendre — qu'on ne rie pas — son honneur d'homme. C'est du reste les seules fois que j'ai vu dans des yeux humains un regard d'aussi implacable décision. Bulkaen fut méchant. Ce soir, parce que la nuit est plus douce, une rêverie me conduit à imaginer ce qu'eût été Bulkaen à sa sortie de prison si... Je le vois me disant froidement, ses yeux d'acier dans les miens, et refusant ma main qui l'accueille : « Tu peux foutre le camp », puis, devant moi, interloqué : « Ben, oui, quoi, j't'ai pris pour un bon micheton, maintenant que j'ai plus besoin de toi, t'as plus qu'à te tailler ! »

Cette rêverie a été amenée parce que depuis longtemps j'ai enregistré ce regard froid, irrévocablement clos à ma sympathie, et retrouvé ce matin dans les yeux de Divers. Pourtant, je ne puis croire que Bulkaen mentait en me parlant de son amitié et jusqu'à son amour, car, sachant le dévouement que je lui portais, n'importe quel garçon, pédé ou pas, quand je tendis le bras pour l'attirer à moi, n'eût pas résisté à l'appel du baiser. Mais s'il a menti, Bulkaen, j'admire son outrecuidance et quelle tendresse ne tue-t-il en moi ? Dieu est bon, c'est-à-dire qu'il sème tant d'embûches sur notre parcours que vous ne pouvez pas aller où il vous mène.

Il me haïssait. Me haïssait-il ? De loin, je lutte encore contre son amitié pour Rocky. Je lutte comme le magicien qui veut empêcher un charme, qui veut détruire les sortilèges d'un rival. Je lutte comme une victime choisie, visée, déjà prise. Je lutte sans bouger avec toute mon attention tendue, vibrante. J'attends. Je ferai un éclat plus tard. Je me durcis. Je lutte. C'est une complicité qui lie Bulkaen à Rocky. C'est donc une complicité plus minutieuse — complicité de meurtre ? — qui doit l'unir à moi. Je voudrais prendre sur moi le meurtre d'Harcamone, et en partager l'horreur avec Bulkaen. Mais je ne puis m'empêcher de penser que plus d'une fois la littérature exploite le sujet de l'homme important supplanté par le moindre et, même si, grâce à notre plus étroite, plus dangereuse collaboration, c'est moi qui suis le type désigné, le destin, par une altière ironie, pourra encore faire Bulkaen préférer Rocky. Enfin, je sais que je ne pourrai venir à bout de celui-ci parce qu'il est lié à Bulkaen, parce qu'avant moi, et jusqu'au bout, il a abordé avec lui les dangers d'une liaison qu'il fallait défendre contre les murmures et les clins d'œil des potes.

La journée fut morne, mais traversée par la joie que m'avait causée la découverte, le matin même, d'un papier calque représentant une tête de matelot à l'intérieur d'une bouée. C'était un modèle qui courait à travers toute la Centrale où plus de cinquante détenus, que rien ne reliait entre eux, se l'étaient fait tatouer.

Le silence me sembla léger. Mais le soir, Divers s'arrangea pour être enfermé dans ma cellule. Il devait sentir comme moi le besoin de nous unir pour porter le deuil d'Harcamone. Quand il fut couché, ses muscles s'étant relâchés, ce que je couvris de baisers ne fut plus qu'une vieille dame fatiguée. Et je ne compris jamais que le baiser est la forme du primitif désir de mordre, et même de dévorer, autant que ce soir où je connus la lâcheté de Divers devant son crime qui, en pâlissant son visage, le fit rentrer dans sa fragile coquille. J'eus envie de le gifler ou de lui cracher à la figure. Mais je l'aimais. Je l'embrassai, le serrant à l'étouffer, lui donnant encore le baiser le plus féroce — où vint d'elle-même, du plus profond de moi, toute une réserve de rage — que j'aie donné à un gars. Je connus la volupté de le dominer, enfin ! J'étais le plus fort moralement, mais physiquement aussi, car la peur et la honte amollissaient ses muscles. Et, dans mon étreinte, je me couchai sur lui pour cacher sa honte. Je me rappelle même avoir pris la précaution de le recouvrir de tout mon corps, puis des plis de mes vêtements qui y gagnèrent une dignité de suaire ou de peplum antique, blottissant sa tête sous mon aile afin que le monde ne voie pas son pauvre regard de mâle humilié. Nous accomplissions quelque chose comme les noces d'or des époux douloureux et qui ne s'aiment plus dans la joie, mais dans la douleur. Nous avions attendu quinze ans, en nous cherchant peut-être sur d'autres mecs, depuis l'instant de mon départ de Mettray, alors que lui-même était au quartier de punition pour quelque délit de gosse.

A l'un des bouts du couloir central du quartier, il y avait une grande verrière dépolie, protégée par des barreaux, et qui ne s'ouvrait jamais, sauf un vasistas, ménagé dans la partie supérieure. C'est derrière elle que je vis Divers pour la dernière fois à Mettray. Il était grimpé, grâce à je ne sais quoi, jusqu'au vasistas où il se tenait pendu par les mains. Sa tête dépassait seule, et le corps s'agitait lourdement derrière les vitres, puissant et mystérieux au fond de cette eau, plus troublant encore du mystère du matin. Ses mains délicates étaient agrippées de chaque côté de son visage. Il me dit au revoir dans cette position.

Mon souvenir s'arrête sur son visage comme on s'arrête sur les choses qui vous consolent. Je relis son visage comme le relégué, prisonnier pour la vie, relit le paragraphe 3 : « Les condamnés à la relégation perpétuelle pourront, après un délai de trois ans, à compter du jour où leur peine de la relégation a commencé, être libérés conditionnellement... »

Harcamone est mort, Bulkaen est mort. Si je sors, comme après la mort de Pilorge, j'irai fouiller les vieux journaux. Comme de Pilorge, il ne me restera plus entre les mains qu'un article très bref, sur un mauvais papier, une sorte de cendre grise qui m'apprendra qu'il fut exécuté à l'aube. Ces papiers sont leur tombeau. Mais je transmettrai très loin dans le temps leur nom. Ce nom, seul, restera dans le futur débarrassé de son objet. Qui étaient Bulkaen, Harcamone, Divers, qui était Pilorge, qui était Guy ? demandera-t-on. Et leur nom troublera comme la lumière nous trouble qui arrive d'une étoile morte il y a mille ans. Ai-je dit tout ce qu'il fallait dire de cette aventure ? Si je quitte ce livre, je quitte ce qui peut se raconter. Le reste est indicible. Je me tais et marche les pieds nus.

La Santé. Prison des Tourelles, 1943.

DU MÊME AUTEUR

LETTRES AU PETIT FRANZ (1943-1944), coll. Le Cabinet des Lettrés, 2000

LES BONNES, 2003 (La Bibliothèque Gallimard n° 121)

LE BAGNE, 2009 (Folio Théâtre n° 119)

LA SENTENCE suivi de J'ÉTAIS ET JE N'ÉTAIS PAS, 2010

Dans la collection « L'Arbalète/Gallimard »

NOTRE-DAME-DES-FLEURS, édition originale chez Marc Barbezat/L'Arbalète en 1948, nouvelle édition en 1966 (Folio n° 860)

MIRACLE DE LA ROSE, édition originale reliée chez Marc Barbezat/L'Arbalète en 1946, nouvelle édition en 1956 (Folio n° 887)

LES BONNES, édition originale chez Marc Barbezat/L'Arbalète en 1958, nouvelle édition en 1963 (Folio n° 1060 ; Folio Théâtre n° 55)

LE BALCON, édition originale chez Marc Barbezat/L'Arbalète en 1956, nouvelle édition en 1960 (Folio n° 1149 ; Folio Théâtre n° 74)

LES NÈGRES. Clownerie précédé de POUR JOUER « LES NÈGRES », édition originale chez Marc Barbezat/L'Arbalète en 1958, nouvelle édition en 1960 et 1963 (Folio n° 1180 ; Folio Théâtre n° 94)

LES PARAVENTS, édition originale chez Marc Barbezat/L'Arbalète en 1961, nouvelle édition en 1976 (Folio n° 1309 ; Folio Théâtre n° 69)

L'ATELIER D'ALBERTO GIACOMETTI, nouvelle édition originale chez Marc Barbezat/L'Arbalète en 1958, nouvelle édition en 2007 avec des photographies d'Ernest Scheidegger

LE BAGNE. Théâtre et scénario, édition originale chez Marc Barbezat/L'Arbalète en 1994

« ELLE », édition originale chez Marc Barbezat/L'Arbalète en 1989, « ELLE » précédé de SPLENDID'S, nouvelle édition établie, préfacée et annotée par Michel Corvin, 2010 (Folio Théâtre n° 127)

LE FUNAMBULE AVEC L'ENFANT CRIMINEL, édition originale chez Marc Barbezat/L'Arbalète en 1958, nouvelle édition en 1966. LE FUNAMBULE, nouvelle édition, 2010. L'ENFANT CRIMINEL, nouvelle édition, 2014

LETTRE À OLGA ET MARC BARBEZAT, édition originale chez Marc Barbezat/L'Arbalète en 1988

POÈMES, édition originale avec 21 photographies de l'auteur chez Marc Barbezat/L'Arbalète en 1948, nouvelle édition en 1962

SPLENDID'S. Pièce en deux actes, édition originale chez Marc Barbezat/L'Arbalète en 1993, SPLENDID'S suivi de « ELLE », nouvelle édition établie, préfacée et annotée par Michel Corvin, 2010 (Folio Théâtre n° 127)

LETTRES À IBIS, 2010

Dans la collection « Futuropolis »

JOURNAL DU VOLEUR, *illustrations de Baudoin*, 1993

Bibliothèque de la Pléiade

THÉÂTRE COMPLET : *Théâtre : Haute surveillance — Les Bonnes — Splendid's — 'Adame Miroir — Le Balcon — « Elle » — Les Nègres — Les Paravents — Le Bagne. Œuvres critiques : Lettre à Jean-Jacques Pauvert — Le Funambule — Préface inédite des « Nègres » — Lettres à Roger Blin — L'Étrange mot d'... — Choix de correspondance, documents, appendices,* 2002

COLLECTION FOLIO

Dernières parutions

Tous les papiers utilisés pour les ouvrages
des collections Folio sont certifiés
et proviennent de forêts gérées durablement.

Impression Maury Imprimeur
45330 Malesherbes, le 22 janvier 2022
Dépôt légal : mars 2022
1ᵉʳ dépôt légal dans la collection : octobre 1977
Numéro d'impression : 261075

ISBN 978-2-07-036887-7 / Imprimé en France.

541223